SEXE, DIAMANTS
ET PLUS SI AFFINITÉS…

DU MÊME AUTEUR
CHEZ POCKET

LE DIABLE S'HABILLE EN PRADA
PEOPLE OR NOT PEOPLE
SEXE, DIAMANTS ET PLUS SI AFFINITÉS...

LAUREN WEISBERGER

SEXE, DIAMANTS ET PLUS SI AFFINITÉS…

Traduit de l'américain
par Christine Barbaste

Fleuve Noir

Titre original :
CHASING HARRY WINSTON

Le papier de cet ouvrage est composé de fibres naturelles, renouvelables, recyclables et fabriquées à partir de bois provenant de forêts plantées et cultivées durablement pour la fabrication du papier.

ISBN : 978-2-266-19843-1

Pour Mike
Avec tout mon amour

Slip ? Quel mot infâme !

Lorsqu'on sonna à sa porte, à 9 heures un lundi soir alors qu'elle n'attendait personne, Leigh ne songea pas : *Ça alors ! Qui cela peut-il bien être ?* Mais plutôt : *Merde ! Fichez-le camp !* Existait-il vraiment des gens accueillant avec plaisir les visiteurs inopinés qui « passaient dire bonjour », ou « prendre des nouvelles » ? Des ermites, de toute évidence. Ou alors, des gens qui vivaient dans quelque trou paumé, à l'instar de ces sympathiques personnages de *Big Love* dont elle n'avait, pour sa part, jamais croisé les modèles dans la vraie vie – oui, eux probablement, ne voyaient rien à redire aux visites imprévues. Mais sonner chez *elle,* un *lundi soir* ! C'était ni plus ni moins un affront. Les lundis soir étaient sacrés : c'était le seul moment de la semaine où Leigh pouvait rompre toute communication avec le reste du monde, traînailler en survêtement et se repaître, grâce à cette merveilleuse invention qu'était le décodeur-enregistreur, un épisode après l'autre, de *Project Runway*. Le lundi soir était sa seule plage de solitude de la semaine, et une prérogative obtenue de haute lutte auprès de ses amies, de ses parents et de Russell.

Si les filles avaient cessé de lui proposer des sorties le lundi soir depuis la fin des années 90, Russell, lui, avait carrément regimbé dans les premiers temps de leur relation, avant d'en prendre son parti, et de trouver finalement son compte dans cette soirée hebdomadaire de liberté à la saison des championnats de foot. Quant à sa mère, un soir par semaine, elle rongeait son frein et se retenait de décrocher le téléphone ; les années aidant, elle avait fini par accepter l'idée que, quel que soit le nombre de fois où elle appuierait sur la touche « bis », sa fille ne la rappellerait pas avant le mardi matin. Leigh avait même mis au pas son patron qui, ce soir-là, s'abstenait de lui imposer des lectures de manuscrits – ou pire, de l'importuner au téléphone. Voilà donc pourquoi ce coup de sonnette était tout bonnement incroyable – incroyable *et* angoissant.

Qui cela pouvait-il être ? Sans doute le concierge, qui venait changer le filtre du climatiseur ; ou un livreur de Hot Enchiladas qui voulait déposer un menu, ou encore – et c'était l'hypothèse la plus vraisemblable – un visiteur qui s'était trompé de porte. Leigh coupa le son de la télé et se figea, osant à peine respirer. Tête penchée de côté comme un labrador digne de ce nom, elle tendit l'oreille, guettant toute confirmation du départ de l'intrus, mais elle n'entendit que le martèlement sourd et régulier qui émanait de l'appartement au-dessus.

Souffrant de ce que son ancien psy dénommait une « sensibilité au bruit », et que toute autre personne de son entourage qualifiait de « foutue névrose », Leigh, avant d'engager toutes ses économies dans l'achat de cet appartement, s'était naturellement renseignée sur le compte de ses voisins. Elle n'avait certes rien visité de mieux en un an et demi, mais elle entendait ne rien laisser au hasard.

Leigh avait donc demandé à Adriana de la rencarder sur l'habitante du 17D, l'appartement situé juste au-dessus de celui qu'elle convoitait. En pure perte. Son amie avait fait la moue de celle à qui on pose une colle et haussé les épaules. Adriana vivait pourtant dans le penthouse qui occupait tout le dernier étage de l'immeuble depuis près de vingt ans, depuis que ses parents avaient quitté São Paulo pour s'installer à New York ; mais elle avait entièrement adopté cette attitude typiquement new-yorkaise qui consiste à mettre un point d'honneur à ne pas connaître ses voisins. Aussi, par un samedi venteux de décembre, juste avant Noël, avec une furtivité digne de James Bond, Leigh avait glissé 20 dollars au portier pour pouvoir patienter dans le hall de l'immeuble, en feignant de lire un manuscrit. Au bout de trois heures, le portier s'était raclé la gorge, sans grande discrétion, et l'avait fixée avec une insistance appuyée par-dessus ses lunettes. Leigh avait tourné la tête et découvert une dame obèse, ensachée dans une robe-housse à pois, qui était en train d'extraire un catalogue de téléachat d'une boîte aux lettres. *Octogénaire – au bas mot*, estima-t-elle avec un soupir discret de soulagement : elle n'aurait donc pas à endurer les martèlements de talons aiguilles sur les planchers, les soirées qui se poursuivent jusque tard dans la nuit, ou les défilés de visiteurs turbulents.

Leigh signa dès le lendemain un chèque d'acompte ; deux mois plus tard, elle emménagea avec une joie fébrile dans son appartement de rêve – un T1 en parfait état, avec une cuisine remise à neuf, une baignoire taille XXL, et une vue plus que convenable sur l'Empire State Building. C'était sans doute un des logements les plus exigus de l'immeuble – bon, d'accord, *le plus exigu* – mais à ses yeux, il n'en demeurait pas moins un appartement de rêve, dans un immeuble qu'elle n'aurait jamais pensé être dans ses moyens, et même si l'acquisition de ces quelques mètres carrés vendus à prix d'or avait vidé son bas de laine, il restait un vrai cadeau tombé du ciel.

Comment aurait-elle pu prévoir que cette voisine d'apparence inoffensive était une adepte convaincue des socques orthopédiques à semelles de bois ? Régulièrement, Leigh se maudissait d'avoir imaginé que seuls les talons hauts étaient un risque potentiel de nuisances sonores. C'était une bévue digne d'un amateur. Naturellement, avant d'avoir croisé sa voisine chaussée des socques incriminées, Leigh avait échafaudé une explication élaborée, susceptible d'élucider le mystère de ce ramdam incessant : cette femme, avait-elle décidé, devait être hollandaise (puisque tout le monde savait que les Hollandais affectionnaient les sabots de bois), doyenne d'une famille nombreuse et fière de ses origines, dont les innombrables membres (enfants, petits-enfants, nièces, neveux et cousins… tous fervents adeptes des sabots de bois) défilaient chez elle. Jusqu'au jour où elle avait croisé sa voisine affublée d'une attelle gonflable et appris, à la faveur d'un intérêt feint, que la femme souffrait de toutes sortes d'affections des pieds aux noms dégoûtants – fasciites plantaires, ongles incarnés, neuromes, oignons. Leigh avait montré autant de sympathie qu'elle en était capable, avant de remonter dare-dare consulter le règlement de copropriété. Dans lequel il était bien évidemment stipulé, noir sur blanc, que chaque propriétaire était tenu de recouvrir quatre-vingts pour cent de la superficie de ses planchers avec de la moquette. Malheureusement, c'était là une pure hypothèse d'école puisqu'il apparaissait également sur la page suivante que son assourdissante voisine était la présidente de la copropriété. En conséquence de quoi

Leigh endurait ce martèlement jour et nuit depuis bientôt quatre mois – une mésaventure qui n'aurait pas manqué de l'amuser si elle n'en avait pas été la victime.

Le martèlement continuait. Leigh avait l'impression que ses nerfs étaient reliés directement au volume et à la fréquence de ce *poum-poum-poum* régulier, et pile au moment où ses battements cardiaques commençaient à se caler sur ce schéma rythmique, il évolua en un *poum-pam-poum-pam-poum-poum.* Elle s'obligea à respirer lentement, mais ses expirations étaient courtes, saccadées, ponctuées de petits halètements. En apercevant son teint pâle (qu'elle qualifiait de « diaphane » les bons jours, et de « livide » tous les autres) dans le miroir fixé à la porte du placard de l'entrée, un mince voile de transpiration couvrit son front.

Cette gêne respiratoire accompagnée de suées semblait se reproduire de plus en plus fréquemment – et n'était pas nécessairement liée à ce maudit martèlement. Parfois, elle s'éveillait avec une soudaineté presque douloureuse d'un sommeil profond en s'apercevant que son cœur s'était emballé, et que ses draps étaient trempés. La semaine précédente, pendant le cours de yoga, au milieu d'une *shavasana* par ailleurs entièrement apaisante – et qui l'aurait été plus encore si le prof ne s'était pas senti obligé de passer à ce moment-là une version *a cappella* d'*Amazing Grace* – Leigh avait senti une douleur aiguë lui transpercer la poitrine à chaque inspiration. Et le jour même, en observant la marée humaine affluer, comme chaque matin et chaque soir, dans la rame de la ligne N – elle s'obligeait à prendre le métro en dépit de son aversion – elle avait senti sa gorge se nouer et son pouls s'accélérer. Ces symptômes n'appelaient que deux explications plausibles : comme, malgré sa tendance prononcée à l'hypocondrie, Leigh ne pensait pas être une candidate sérieuse à la crise cardiaque, il s'agissait donc, tout simplement, d'une crise d'angoisse.

Pour essayer de chasser la panique, elle pressa l'extrémité de ses doigts sur les tempes, étira la nuque vers la droite, puis vers la gauche. Peine perdue. Il lui semblait que ses poumons n'arrivaient à se remplir qu'à dix pour cent de leur capacité, et pile à l'instant où elle commençait à se demander qui trouverait son corps – et quand – elle distingua, derrière la porte, un sanglot étouffé. Puis, on sonna de nouveau.

Elle se rapprocha sur la pointe des pieds et colla son œil au judas. Le couloir était désert. *Ah non ! Je ne vais pas tomber dans le panneau !* songea-t-elle. Il était bien connu qu'à New York, c'était précisément en se laissant abuser par ce genre de stratagème et convaincre par quelque génie du crime d'ouvrir sa porte, qu'on se faisait cambrioler et violer. Certes, les mesures de sécurité en vigueur dans l'immeuble rivalisaient avec celles du siège des Nations unies ; certes, depuis huit ans qu'elle vivait dans cette ville, elle ne connaissait personne qui avait été victime ne serait-ce que d'un pickpocket ; et quant aux probabilités qu'un meurtrier psychopathe ait jeté son dévolu justement sur *son* appartement quand l'immeuble en abritait deux cents autres, elles étaient minces... Mais qu'importe. Ça commençait toujours comme ça, songea-t-elle en composant furtivement l'extension téléphonique du portier.

Qui décrocha au bout de quatre interminables sonneries.

— Gerard ? Leigh Eisner, au 16D. Il y a quelqu'un devant ma porte. Je pense qu'on essaie de la forcer. Pourriez-vous monter immédiatement ? Vous croyez que je devrais appeler police secours ? demanda-t-elle tout d'une traite, en arpentant frénétiquement son minuscule hall d'entrée et en versant des Nicorette directement du paquet dans sa bouche.

— Pas de problème, mademoiselle. J'envoie quelqu'un immédiatement. Mais peut-être avez-vous pris Mlle Solomon pour une autre personne ? Elle vient d'arriver et elle est montée sans s'annoncer… ce qui est normal, puisqu'elle figure sur votre liste de visiteurs autorisés.

— Emmy ? Emmy est là ?

Oubliant à la seconde même le spectre d'un trépas imminent, Leigh ouvrit sa porte à la volée, et découvrit effectivement Emmy, assise par terre contre le mur, genoux repliés sous le menton, en train de se balancer d'avant en arrière. Le visage baigné de larmes.

— Mademoiselle Eisner, puis-je vous aider en quoi…

— Merci, Gerard. Tout va bien, lança Leigh.

Elle referma précipitamment son téléphone portable et le glissa dans la poche kangourou de son sweat-shirt puis elle s'agenouilla devant son amie et tira en queue de cheval sa chevelure humide de larmes.

— Emmy, que se passe-t-il ? roucoula-t-elle. Dis-moi.

Cette sollicitude libéra une nouvelle cascade de sanglots qui ébranlèrent le corps gracile d'Emmy. Leigh passa mentalement en revue les causes susceptibles de provoquer une telle souffrance, et n'en trouva que trois : un décès, une disparition annoncée dans la famille, ou un homme.

— Il est arrivé quelque chose à tes parents ? À Izzie ?

Emmy secoua la tête.

— Emmy, dis quelque chose ! Tout va bien avec Duncan ?

Cette dernière question fit naître un gémissement si plaintif que Leigh eut mal rien qu'à l'entendre. Bingo.

— C'est fini ! s'écria Emmy d'une voix étranglée de douleur. Fini pour de bon.

Au cours des cinq dernières années, depuis qu'Emmy sortait avec Duncan, Leigh avait entendu cette déclaration au moins à huit reprises ; mais ce soir-là, quelque chose semblait différent.

— Em, je suis sûre que c'est juste…

— Il a rencontré quelqu'un.

— Il a *quoi* ?

Leigh laissa retomber ses bras et s'assit sur ses talons.

— Excuse-moi, je me suis mal exprimée, reprit Emmy. *Je* lui ai fait rencontrer quelqu'un.

— Qu'est-ce que tu racontes ?

— Tu te souviens de cet abonnement en salle de sport que je lui ai offert pour ses trente et un ans parce qu'il mourait d'envie de retrouver la forme ? En fait, il n'y a jamais fichu les pieds – pas une seule fois en deux ans – parce que d'après lui, c'était mal « rentabiliser son temps » que d'aller piétiner sur un tapis de course. Alors plutôt que d'annuler ce foutu abonnement, j'ai eu l'idée géniale, l'idée lumineuse, de lui offrir des séances avec un coach, afin qu'il ne gaspille pas une seule seconde de son temps précieux à faire de la gym comme le commun des mortels.

— Je crois que je vois où tu veux en venir.

— Quoi ? Tu penses qu'il s'est tapé le coach ? lâcha Emmy avec un rire sans joie.

Parfois, les gens étaient surpris d'entendre des propos crus dans la bouche de cette jeune fille d'un mètre cinquante-cinq qui avait tout l'air d'une adolescente, mais Leigh, elle, n'y prêtait plus attention.

— C'est d'abord ce que j'ai pensé, moi aussi. Mais c'est pire que ça. Bien pire.

— C'est pourtant difficile de faire pire.

Leigh ne pouvait rien offrir de mieux que son entière et sincère sympathie et son soutien, mais Emmy ne sembla pas réconfortée pour autant.

— Ah, tu crois ça ? Eh bien, écoute la suite. S'il s'était contenté de la sauter ! J'aurais peut-être pu le digérer. Mais mon Duncan, il ne fait jamais les choses à moitié : il est « tombé amoureux », lâcha-t-elle en mimant des guillemets et en levant au ciel ses yeux injectés. Il « attend », je cite, qu'elle soit « prête ». Elle est VIERGE ! Tu le crois, ça ? Ça fait cinq ans que je supporte ses infidélités, ses mensonges et ses perversions sexuelles tout ça pour qu'il puisse TOMBER AMOUREUX D'UNE PUCELLE QUE J'AI PAYÉE DE MA BOURSE ? *Amoureux,* Leigh ! Que vais-je devenir ?

Leigh, soulagée de pouvoir enfin se raccrocher à du tangible, aida Emmy à se relever.

— Viens, entrons. Je vais nous préparer du thé, et tu pourras tout me raconter.

Emmy renifla.

— Oh, mon Dieu ! j'avais oublié... C'est lundi. Je ne veux pas te déranger. Ça va aller...

— Ne sois pas ridicule, je ne faisais rien, mentit Leigh. Entre, sans discuter.

Elle installa son amie sur le canapé, tapota l'accoudoir généreusement rembourré pour l'inviter à y poser la tête, puis s'éclipsa dans la cuisine. Avec ses plans de travail en granit moucheté, ses équipements électroménagers en inox flambant neuf, la cuisine était la pièce préférée de Leigh. Casseroles et poêles, suspendues à des crochets, étaient rangées par ordre de taille dans les placards, avec la même méticulosité que les épices dans leurs pots de verre assortis ou les ustensiles dans leurs bacs en acier. Miettes, flaques, emballages vides ou vaisselle sale – rien de tout cela n'avait droit de cité. Même le réfrigérateur était d'une propreté si immaculée qu'il semblait toujours astiqué de frais. En un mot comme en mille, la cuisine semblait s'ingénier à refléter la personnalité névrotique de sa propriétaire.

Leigh remplit la bouilloire achetée la semaine précédente chez Bloomingdale à la faveur de promotions sur le rayon maison (après tout, qui avait décrété qu'il fallait attendre de déposer sa liste de mariage pour avoir droit à de nouveaux objets ?) et entassa sur un plateau des tranches de fromage et des crackers basses calories. D'un coup d'œil par l'ouverture ménagée dans la cloison, elle vérifia qu'Emmy était confortablement installée, et en la voyant allongée sur le dos, un bras replié sur les yeux, Leigh attrapa son téléphone, sélectionna le numéro d'Adriana et tapa « SOS. E et D ont rompu. Descends ASAP. »

— Tu aurais de l'Advil ? lança soudain Emmy. Duncan en avait toujours sur lui… ajouta-t-elle, comme pour elle-même.

Leigh faillit lui répliquer du tac au tac que Duncan n'avait pas son pareil pour trimballer tout un tas de choses sur lui – la carte de son salon de massage préféré, une photo de lui enfant (de la taille d'un portefeuille) et parfois même une ou deux pustules malencontreusement placées (« De banals papillomes ! » protestait-il). Mais cela aurait été mal venu. Emmy souffrait assez comme ça. Et puis, cela aurait été hypocrite : contrairement à ce que tout le monde supposait, Leigh ne pouvait se targuer de vivre la relation sentimentale la plus parfaite au monde. Mais elle chassa Russell de ses pensées.

— Bien sûr, je t'en apporte un tout de suite, répondit-elle en éteignant la bouilloire qui sifflait. Le thé est prêt.

Les deux filles commençaient à peine à siroter leur tasse quand on sonna à la porte. Emmy haussa les sourcils et regarda Leigh.

— Adriana, indiqua cette dernière, avant de lancer à tue-tête : C'est ouvert !

Ce qu'Adriana avait découvert sans aucune aide. Elle entra en trombe dans le salon et se planta devant ses amies, mains sur les hanches.

— Que se passe-t-il ? demanda-t-elle avec autorité.

Son léger accent brésilien, qui, lorsqu'elle s'exprimait posément n'était guère plus qu'une discrète intonation chantante et sexy, rendait son élocution quasiment inintelligible lorsque – pour reprendre ses termes – quelqu'un, ou quelque chose l'« enflammait ». Ce qui arrivait souvent.

— Qu'est-ce qu'on boit ?

Leigh lui indiqua la cuisine.

— L'eau est encore chaude. Regarde dans le placard au-dessus du micro-ondes. J'ai tout un assortiment de parfums…

— Du *thé* ! s'indigna Adriana en désignant Emmy. Tu ne vois donc pas qu'elle est malheureuse ? Il nous faut de *vraies* boissons. Je vais préparer des *caïpirinhas*.

— Je n'ai pas de menthe fraîche. Ni de citron vert. En fait, je ne suis même pas sûre d'avoir l'alcool qu'il faut, répondit Leigh.

Adriana hissa un grand sac en papier kraft au-dessus de sa tête avec un sourire triomphal.

— J'ai tout prévu !

Souvent, Leigh trouvait la brusquerie d'Adriana irritante, voire un peu embarrassante, mais ce soir-là, elle lui fut reconnaissante de prendre la situation en main. Et elle avait beau la connaître depuis presque douze ans, son sourire la laissait encore partagée entre l'émerveillement et le désarroi. *Comment quelqu'un peut-il être aussi beau ?* se demanda Leigh pour la cent millième fois. *Quel pouvoir supérieur a orchestré une union si parfaite de gènes ? Qui a décidé qu'une seule et unique personne méritait une peau comme celle-là ?* C'était fondamentalement injuste.

À peine quelques minutes plus tard, les cocktails étaient prêts, distribués, et tout le monde était installé – Emmy et Adriana vautrées sur le canapé, Leigh assise par terre, en tailleur.

Leigh posa la main sur la cheville d'Emmy.

— Bon, raconte-nous ce qui s'est passé. Prends ton temps, et dis-nous tout.

Emmy soupira, mais pour la première fois depuis son arrivée, le flot de larmes semblait tari.

— Il n'y a pas grand-chose à dire. Elle est absolument ravissante – tellement ravissante que c'en est écœurant. Et jeune. Très, très jeune.

— C'est quoi, « très, très jeune » ? demanda Leigh.

— Vingt-deux.

— Ce n'est pas *si* jeune.

— Elle a une page sur *MySpace*.

— Leigh grimaça.

— Et elle est sur *Facebook*.

— Doux Jésus, marmonna Adriana.

— Ouais, je sais. Sa couleur préférée, c'est le bleu lavande ; son livre préféré, *Régime Miami* ; elle *adore* la pâte à cookies, les feux de camp, et regarder les dessins animés à la télé le samedi matin… Ah, oui : elle a aussi besoin *impérativement* de neuf heures de sommeil, sinon, elle est de super mauvais poil.

— Quoi d'autre ? s'enquit Leigh.

— Tu trouves que ça ne suffit pas ?

Adriana prit les choses en main :

— Nom ?

— Brianna Sheldon.

— Études ?

— Southern Methodist University[1], diplômée de communication, membre de Kappa Kappa Gamma, indiqua Emmy en affectant des inflexions de jeune coquette écervelée.

— Ville natale ?

— Richmond, mais elle a grandi dans une banlieue de Charleston.

— Musique ?

— Comme si tu avais besoin de demander. Kenny Chesney.

— Option sportive au lycée ?

— Disons-le à l'unisson…, proposa Emmy.

— Majorette ! entonnèrent Leigh et Adriana.

— Exactement, soupira Emmy, tout en ne pouvant réprimer un sourire. J'ai trouvé des photos d'elle sur Internet, sur l'album de mariage de sa sœur – elle se débrouille pour rester canon dans une robe en taffetas. Écœurant, je vous dis.

Les trois filles éclatèrent de rire, rompues à une tradition parmi les plus anciennes de l'amitié féminine : la médisance comme remède à l'adversité. Qu'y a-t-il de plus réconfortant, quand on voit sa vie vaciller parce que le nom de notre petit ami vient d'apparaître inopinément sur *weddingchannel.com*, que de dire pis que

1. Université privée, Dallas, Texas. *(N.d.T.)*

pendre de la nouvelle élue ? C'était d'ailleurs en des circonstances semblables qu'était née leur amitié à toutes trois. Emmy et Leigh s'étaient rencontrées en « Astronomie 101 », un cours que l'une et l'autre avaient choisi pour s'acquitter du très redouté certificat scientifique, avant de réaliser, mais trop tard, que l'astro était en fait un mélange corrosif de chimie, de calcul et de physique – et nullement l'occasion d'apprendre, comme elles l'avaient espéré à l'origine, à connaître les constellations et contempler les étoiles. Elles étaient bonnes dernières de leur groupe de travaux dirigés et le prof leur avait fait savoir, sans mâcher ses mots, que si elles n'amélioraient pas leurs résultats, elles seraient recalées. Cette semonce les avait incitées à se retrouver trois fois par semaine dans la salle d'étude du dortoir d'Emmy, une espèce d'aquarium éclairé aux néons, coincé entre la cuisine et la salle de bains communes. Un jour, alors qu'elles s'attaquaient à la révision d'un partiel, elles entendirent, en provenance du couloir, un claquement sonore aussitôt suivi d'une bordée d'insultes, proférées d'une voix perçante, distinctement féminine. Emmy et Leigh écoutèrent la diatribe avec un sourire entendu – encore une qui téléphonait sa façon de penser au goujat éméché qui n'avait pas daigné la rappeler le lendemain. Mais soudain, une autre voix féminine, tout aussi haut perchée et pareillement déchaînée, se fit entendre ; quelques secondes plus tard, Emmy et Leigh virent apparaître une fille sublime, à la chevelure blond miel, qui était en train de se faire agonir d'injures par une autre blonde, hystérique, rouge comme une pivoine, et nettement moins jolie.

— Quand je pense que j'ai voté pour toi ! tempêtait cette dernière. J'ai même carrément pris la parole devant toute la sororité pour te soutenir, et c'est comme ça que tu me montres ta gratitude ? En couchant avec mon petit ami ?

La superbe blonde soupira puis, d'une voix posée, résignée et teintée d'un accent sexy, dit :

— Annie, je me suis excusée. Je n'aurais jamais fait ça si j'avais su que c'était ton petit ami.

L'argument ne calma nullement la furie :

— Comment pouvais-tu l'ignorer ? Ça fait des mois qu'on sort ensemble !

— Je l'ignorais parce que hier soir, vois-tu, il *m*'a abordée, il a *m*'a draguée, il *m*'a offert à boire et il *m*'a invitée à l'accompagner à la soirée de sa fraternité. Je suis désolée s'il ne m'est pas venu à l'esprit que ce type avait une petite amie. Si cela avait été le cas, je te promets, j'aurais passé mon chemin. (Elle tendit la main, dans un geste de réconciliation et de contrition.) S'il te plaît. Les hommes ne sont pas si importants. On oublie, d'accord ?

— Oublier ? siffla l'autre fille avec férocité, dents serrées. Tu n'es qu'une petite salope de première année qui se croit irrésistible parce qu'elle se tape les anciens du campus ! N'approche pas de moi et n'approche pas de lui, et va jouer les Marie-couche-toi-là ailleurs que dans ma vie. Pigé ?

Plus la fille débitait son petit laïus, plus elle haussait la voix : à la fin, elle hurlait.

Adriana considéra la furie, assez longuement, comme si elle soupesait la meilleure réponse, puis décida de laisser tomber.

— Reçu cinq sur cinq, dit-elle sobrement.

Aussitôt, la blonde en colère pivota sur une de ses Puma et déguerpit. Adriana s'autorisa enfin à sourire. C'est à ce moment-là qu'elle remarqua qu'Emmy et Leigh avaient été aux premières loges. Elle s'avança jusque sur le seuil de la salle d'étude.

— Vous avez vu ça ?

Emmy toussota ; Leigh rougit et hocha la tête.

— Oui, ça bardait drôlement.

Adriana éclata de rire.

— Comme elle l'a si gentiment fait remarquer, je ne suis qu'en première année. Comment je peux savoir qui sort avec qui ? Surtout quand le garçon en question passe la moitié de la soirée à me dire que c'est génial de redevenir célibataire après avoir été enchaîné pendant quatre mois. J'étais censée le passer au détecteur de mensonges ?

Leigh se recula contre son dossier et but une gorgée de Coca light.

— Tu pourrais trimballer toujours sur toi la liste de toutes nos aînées, avec leur numéro de téléphone. Comme ça, chaque fois que tu rencontres un mec, tu les appelles pour t'assurer qu'il est libre.

Un immense sourire illumina le visage d'Adriana et Leigh tomba sous le charme : elle comprit immédiatement pourquoi le garçon de la veille avait oublié jusqu'à l'existence de sa petite amie en présence de cette fille.

— Je m'appelle Adriana, annonça cette dernière. Apparemment connue aussi sous le nom de « Reine des Garces de la Promo 2000 ».

— Moi, c'est Leigh. Je pensais faire une demande de cooptation au semestre prochain, jusqu'à ce que je rencontre ta « sœur ». Alors merci pour cette leçon instructive.

Emmy corna la page de son manuel et sourit à la nouvelle venue.

— Emmy, annonça-t-elle. Connue également comme « La Dernière Vierge de la Promo 2000 », au cas où tu ne serais pas au courant. Ravie de te rencontrer.

Ce soir-là, les trois filles avaient bavardé trois heures durant et décidé d'un plan d'action pour les semaines à venir. Adriana laisserait tomber la sororité, qu'elle n'avait rejointe que sous la contrainte, en cédant à la pression maternelle ; Leigh annulerait sa demande de cooptation au sein de cette même sororité, et Emmy perdrait sa virginité dès qu'elle rencontrerait le candidat approprié.

Depuis cette soirée, les trois filles ne s'étaient plus quittées…

— J'ai aussi réussi à lire sur sa page *Friendster*[1] – en utilisant le mot de passe de Duncan, évidemment – qu'elle rêve d'avoir deux garçons et une fille, et qu'elle veut être une jeune maman. N'est-ce pas mignon ? Et Duncan n'a pas l'air d'y trouver à redire.

Leigh et Adriana se regardèrent, puis regardèrent Emmy qui, concentrée sur l'ablation d'une cuticule, faisait visiblement un gros effort pour retenir ses larmes.

C'était donc ça. L'âge de la fille, son passé de majorette, ou même son ravissant prénom… autant de détails qui pouvaient justifier qu'Emmy sorte de ses gonds, mais qui n'avaient rien d'intolérable ; ce qui l'était, en revanche, c'est qu'elle aussi mourait d'envie de fonder une famille, dans les plus brefs délais. D'aussi loin que remontaient les souvenirs de tous ceux qui la connaissaient, Emmy avait toujours exprimé énergiquement son désir d'avoir des enfants. C'était même une obsession, chez elle. Elle disait à qui voulait l'entendre qu'elle souhaitait une famille nombreuse, et ce, le plus tôt possible. Quatre, cinq, six gosses – des filles, des garçons, plusieurs de chaque, qu'importe, du moment qu'elle les avait… rapidement. Bien que sachant certainement

1. Autre site Internet de réseau social.

mieux que quiconque combien ce désir d'enfant la tenaillait, Duncan s'était toujours débrouillé pour esquiver toute grande discussion à ce sujet. Les deux premières années de leur relation, Emmy s'était gardée de l'aborder. De fait, ils n'avaient que vingt-cinq ans, et même elle avait conscience que rien ne pressait. Mais bientôt, quand il lui sembla que le temps filait plus vite que la lumière, elle devint plus insistante, et Duncan plus circonspect. Quand il disait, par exemple : « Statistiquement parlant, j'aurai sans doute des enfants un jour », Emmy préférait ignorer le manque d'enthousiasme de cette affirmation et l'usage éloquent du pronom *je*, pour se concentrer sur le fait que Duncan avait prononcé le mot magique « enfants ». C'est à cause de ce mot magique qu'elle avait fermé les yeux sur toutes les fois où il avait découché pour « obligation professionnelle » et sur celle où, inexplicablement, elle avait attrapé des chlamydiae. Après tout, Duncan avait implicitement accepté d'être le père de ses futurs enfants.

Adriana rompit le silence la première et fit ce qu'elle faisait toujours quand elle était mal à l'aise : elle changea de sujet.

— Leigh, *querida*, il fait vingt-trois degrés dehors. Pourquoi es-tu habillée comme en plein hiver ?

Leigh considéra son pantalon en polaire épaisse et le sweat-shirt assorti, puis haussa les épaules.

— Tu ne te sens pas bien ? Tu as pris froid ?

— Je ne sais pas. J'ai pris le premier truc qui m'est tombé sous la main. Quelle importance ?

— Aucune. C'est juste étrange, pour quelqu'un qui est – comment dire ? – si *sensible à la température,* que tu ne sois pas en train de fondre.

Leigh n'était pas décidée à reconnaître qu'elle avait effectivement chaud – trop chaud – ni même à expliquer qu'elle avait des circonstances atténuantes. D'autant qu'Adriana, en dépit de sa question, se moquait éperdument d'apprendre que Leigh s'emmitouflait de la sorte parce qu'elle ne supportait pas que l'arrière de ses bras et le dessous de ses cuisses restent comme collés au cuir du canapé. Naturellement qu'elle aurait préféré traîner en caleçon et débardeur ! L'autre détail qui expliquait sa tenue, mais qui ne regardait personne, c'est que comme elle détestait porter des sous-vêtements sous ses pantalons de pyjama ou de yoga, ceux-ci étaient voués à un usage unique avant de terminer dans le panier à linge sale. Et ce soir-là, ce survêt en polaire était le seul vêtement d'intérieur propre disponible dans le placard et capable de la protéger de ce maudit canapé en cuir, qu'elle avait acheté en cédant à l'insistance d'Emmy et de sa mère. Pour sa part, elle aurait préféré un modèle plus contemporain, recouvert d'un tissu microfibre qui ne lui aurait pas donné en permanence l'impression d'être assise sur du caoutchouc en voie de dissolution. Sans compter que l'hiver venu, en dépit de la température agréable qui régnerait dans l'appartement, si elle ne voulait pas avoir l'impression d'être assise sur un morceau de banquise, il lui faudrait se couvrir comme un Esquimau. Non, franchement – mieux valait qu'on n'aborde pas ce sujet.

— Hum, hum..., lâcha-t-elle en espérant que son silence mettrait un terme à cette conversation. Je crois qu'on est prêtes pour une seconde tournée.

La seconde *caïpirinha* se laissa boire plus facilement que la première, si facilement même que Leigh était désormais capable de passer outre le martèlement qui semblait transpercer son plafond. Il était temps qu'elle se mobilise pour son amie.

— Bon, dis-nous quels sont, dans la personnalité de Duncan, les trois principaux aspects qui pourraient faire déchanter la majorette, dit-elle en pliant ses jambes en position du lotus.

Elle pressa ses plantes de pieds l'une contre l'autre et poussa les genoux en direction du sol pour sentir l'étirement à l'intérieur des cuisses.

— Oui, bonne idée, renchérit Adriana.

Emmy ne semblait pas remarquer qu'une mèche s'était échappée de sa queue de cheval et lui barrait le visage (elle était la seule des trois filles, et peut-être même de toute la population féminine de Manhattan, à n'avoir jamais infligé ni teinture, ni permanente, ni mèches, ni même une simple vaporisation de jus de citron à sa chevelure brune mi-longue). Leigh résista à l'envie qui la démangeait de glisser cette mèche derrière l'oreille de son amie, et glissa à la place une seconde Nicorette dans sa bouche.

Emmy leva les yeux.

— Que voulez-vous dire ?

— Quels sont ses défauts ? Ses habitudes dégoûtantes ? Les conditions restrictives ? précisa Leigh.

Adriana leva les mains dans un geste d'exaspération.

— Allons, Emmy ! Ça peut être tout et n'importe quoi ! Excentricités, complexes, obsessions, addictions, secrets… Tu te sentiras mieux après. Dis-nous ce qui n'allait pas chez lui.

Emmy renifla.

— Mais rien n'…

— Ah non ! Ne nous dis pas qu'il était parfait, l'interrompit Leigh. Il est acquis que Duncan était… (Elle marqua une pause pour écarter les premiers qualificatifs qui lui venaient à l'esprit – « manipulateur », « pervers », « déloyal ».)… charmant, mais il y avait forcément un truc qui clochait chez lui, et dont tu ne nous as jamais parlé. Une info classée secret-défense qui fera bientôt raccrocher ses pompons à la sémillante Brianna.

— Un trouble narcissique de la personnalité ? proposa Adriana.

— Des troubles de l'érection ? enchaîna aussitôt Leigh en s'engouffrant dans la brèche.

— Une addiction au jeu ?

— Il chialait plus que toi ?

— L'alcool le rendait violent ?

— Un Œdipe mal résolu ?

— Va-y Emmy ! Cherche bien, la pressa Leigh.

— Bon... Il y a un truc que j'ai toujours trouvé un peu bizarre... (Ses deux amies la dévisagèrent avec avidité.) Mais il n'y avait pas non plus de quoi fouetter un chat. Il ne l'a jamais fait pendant qu'on faisait l'amour, ni...

— Ce n'en est que plus intéressant, observa Leigh.

— Vas-y Emmy, accouche !

— Il, euh... Emmy toussa et s'éclaircit la voix. On n'en parlait pas vraiment, mais il, euh... parfois, il mettait un de mes slips pour aller bosser.

Adriana et Leigh avaient beau se considérer comme des filles à la langue bien pendue en toutes circonstances (qu'il s'agisse de parler sur un divan, d'argumenter pour se faire retirer des contraventions ou obtenir une table dans un restaurant archicomble), cette révélation les laissa sans voix. L'espace de plusieurs secondes – peut-être même d'une minute entière – aucune des deux ne sut par quelle réponse logique ou rationnelle accueillir cette nouvelle information.

Adriana fut la première à reprendre ses esprits.

— *Slip ?* Quel mot infâme ! lâcha-t-elle avec un froncement de sourcils, avant de vider la carafe de *caïpirinha* dans son verre.

Leigh la dévisagea avec ébahissement.

— J'ai du mal à croire que tu choisisses ce moment pour faire ta pédante. Une de tes meilleures amies te dit que le garçon avec qui elle est sortie pendant cinq ans mettait ses culottes, et toi, tu tiques sur le choix du mot ?

— Je souligne juste sa trivialité. Toutes les femmes détestent ce mot. *Slip*. Rien que de le prononcer – *slip* – j'en ai des démangeaisons.

— Adriana ! *Il portait ses sous-vêtements !*

— C'est bon, j'ai entendu ! Je faisais un commentaire – une note de bas de page, si tu veux – pour qu'à l'avenir, on évite d'employer ce mot. *Slip* – beurk ! Vous ne le trouvez pas répugnant ?

— O.K., peut-être, concéda Leigh après un instant. Mais ce n'est pas vraiment ce qui importe ici.

Tout en sirotant sa *caïpirinha*, Adriana lui lança un regard lourd de sous-entendus.

— Bon, c'est quoi qui importe, alors ?

— Le fait que son petit ami partait bosser tous les jours en costume et que sous ledit costume, il portait une culotte en dentelle. Tu ne trouves pas *ça* légèrement plus flippant que le mot *slip* ?

Emmy, qui avait suivi cet échange d'un regard étonné mais vide d'expression, étouffa soudain un sanglot. Leigh réalisa aussitôt qu'elle était allée trop loin.

— Oh, Em, je suis désolée. Je ne voulais pas dresser un tableau aussi noir que…

Emmy leva la main, doigts bien écartés.

— Arrête. S'il te plaît.

— C'était vraiment indélicat de ma part, je te jure que je n'étais même pas…

— Tu fais fausse route. Duncan ne s'est jamais intéressé à mes culottes en dentelle. Ni à mes boxers d'ailleurs, expliqua Emmy avec un sourire en coin. En revanche, il avait un gros faible pour mes strings…

— À nous deux, traînée. (Gilles passa devant Adriana et lui assena une petite claque sur le haut du bras, manquant de déloger le téléphone qu'elle avait coincé entre le menton et l'épaule.) Et accélère. J'ai mieux à faire qu'à écouter tes conversations cochonnes.

Quelques dames d'un âge respectable, plongées dans la lecture de *Vogue* ou de *Town and Country*, levèrent la tête, offusquées – à en juger par leurs regards désapprobateurs – par ce manquement aux règles élémentaires de la bienséance. Et ce, juste à temps pour voir Adriana reposer sa tasse de café sur la soucoupe et lever le bras au-dessus de sa tête, majeur tendu. Geste qu'elle fit sans même daigner redresser la tête, encore entièrement absorbée par sa conversation.

— Oui, *querido*, oui, oui, ce sera parfait. Par-fait ! À ce soir. Il me tarde, ajouta-t-elle plus bas, mais d'une voix qui restait parfaitement audible. On va s'éclater. Mmm… Mille baisers.

Elle toucha l'écran de son iPhone de la pointe d'un ongle vermillon, lâcha l'appareil dans la besace Bottega Veneta qui béait à ses pieds et alla rejoindre Gilles à son poste de travail.

— Alors ? Une nouvelle proie ? Qui est le petit veinard de la semaine ? s'enquit celui-ci en pivotant sur son tabouret.

Adriana, consciente d'être au centre de l'attention générale, creusa les reins et bascula imperceptiblement le buste en avant ; le peignoir en soie remonta de quelques centimètres sur son derrière – qui n'était pas spécialement petit, mais rond et ferme comme l'aimaient les hommes – qu'elle posa, d'un air dégagé, sur le fauteuil.

— Pff… tu tiens vraiment à connaître les détails ? C'est déjà chiant de se le taper, alors d'en parler…

— Hou ! J'en connais une qui s'est levée du pied gauche, ce matin. (Debout derrière elle, Gilles avait entrepris de démêler sa chevelure ondulée avec un peigne à larges dents.) Comme d'habitude, je présume ? ajouta-t-il en s'adressant à elle par miroir interposé.

— On pourrait peut-être éclaircir les mèches autour du visage ? (Elle termina son café, rejeta la tête en arrière contre le torse de Gilles et soupira.) Je suis dans une ornière, Gilles. Tous ces hommes, tous ces noms, tous ces visages… J'en ai marre, je m'y perds. Sans parler de ma salle de bains ! On se croirait dans un drugstore. Il y a un tel choix de flacons de mousse à raser et de savons que je pourrais ouvrir un commerce.

— Adi, très chère… (Gilles, qui connaissait son aversion pour ce diminutif, ne ratait pas une occasion de l'utiliser.) Je te trouve bien ingrate. Es-tu consciente qu'une ribambelle de filles échangeraient leur vie contre la tienne sans l'ombre d'une hésitation ? Qu'elles seraient prêtes à tout ne serait-ce que pour passer une soirée dans un corps comme le tien ? Tiens, pas plus tard que ce matin, il y avait là deux mondaines en herbe qui caquetaient et s'extasiaient sur ta vie *fabuleuse*.

Adriana pinça les lèvres.

— Ah bon ? fit-elle avec une feinte désinvolture tout en s'observant dans le miroir.

Eh bien, oui, son nom était régulièrement cité dans toutes les pages mondaines les plus prisées – était-ce sa faute si elle attirait les photographes comme la lumière les insectes ? – et, naturellement, figurait sur toutes les listes d'invités de toutes les soirées, les inaugurations de boutique et/ou événements caritatifs les plus courus. Et oui, pour être complètement sincère, elle devait admettre qu'elle avait fréquenté quelques hommes remarquablement riches, beaux et célèbres. Mais *pourquoi* tout le monde supposait-il que les signes extérieurs d'une vie glamour suffisaient à la rendre heureuse ? Cette présomption la rendait dingue ! Certes, c'était là des privilèges géniaux – et elle n'entendait pas une seule seconde y renoncer – mais maintenant qu'elle avançait en âge (bientôt le cap fatidique des trente ans !), elle commençait à suspecter que la vie ne se résumait pas à ça.

— Oui, vraiment, reprit Gilles. Alors secoue-toi, ma fille. Tu peux papillonner et jouer à la jeune fille angélique dans les galas de bienfaisance, mais fondamentalement, tu es une Marie-couche-toi-là, et c'est pour ça que je t'adore. D'autre part, on n'a parlé que de *toi* la dernière fois. Aujourd'hui, c'est mon tour.

Il se déhancha, tendit la main et darda un regard impatient en direction de son assistante, une brune maigrichonne avec des yeux de biche et un air apeuré qui se précipita pour placer une feuille d'alu dans sa paume ouverte.

Adriana lâcha un soupir et d'un signe, indiqua à l'assistante de lui apporter un autre cappuccino.

— Très bien. Parlons de toi. Comment vas-tu ?

— Que c'est aimable à toi de poser la question ! s'exclama-t-il en se penchant pour lui planter un baiser sur la joue. Voyons… J'ai décidé de concentrer ma recherche d'un mari sur les hommes qui sont déjà en couple. C'est encore un peu tôt pour tirer des conclusions, mais les résultats sont encourageants.

— Il n'y a donc pas assez de célibataires dans cette ville pour que tu aies besoin de jouer les briseurs de ménage ?

— Tu sais bien ce qu'on dit, chérie – si tu n'as pas de ménage heureux, brises-en un.

— Qui dit ça ?

— Eh bien, mais moi, évidemment. Crois-moi, tu n'as pas vu un mec apprécier une fellation tant que tu n'as pas rencontré celui qui s'en passe depuis dix ans.

Adriana éclata de rire et baissa aussitôt les yeux. Elle affectait d'accueillir avec nonchalance et détachement les descriptions exhaustives et explicites que Gilles lui faisait des relations entre hommes, mais celles-ci la mettaient en réalité un peu mal à l'aise. Devoir admettre, chez elle, cette tendance à la pudibonderie l'agaçait d'ailleurs souverainement. Elle l'imputait au vieux fond de moralité conservatrice de ses parents qui, par ailleurs généreux avec leur argent et exubérants dans leurs multiples façons de le dépenser, n'auraient pu être taxés de pionniers des mœurs. Et elle devait reconnaître que cette pruderie n'affectait en rien sa propre vie amoureuse, qu'on aurait difficilement pu qualifier de « conservatrice », puisqu'elle avait perdu sa virginité à treize ans, et couché depuis avec plus d'hommes qu'elle n'aurait su en compter.

Gilles, tête légèrement inclinée de côté et front plissé par la concentration, disposait adroitement les feuilles d'alu en halo autour de son visage.

— Non, sérieux, reprit-il. Je pense que je suis sur une piste.

Adriana était accoutumée aux incessants revirements de Gilles en ce qui concernait ses choix de style de vie, et elle adorait en faire le récit à ses amies. Au cours de ses derniers rendez-vous au salon, elle avait glané quelques perles telles que : « On baise, et *après* on discute » ; « Les vrais hommes engagent un décorateur » et « Pas d'haltères, pas de rencard », autant de règles auxquelles il adhérait avec une surprenante dévotion. La seule promesse qui était restée un vœu pieux, c'est lorsque, pour son quarantième anniversaire, il avait juré de renoncer à jamais aux plaisirs tarifés (« Ces plans, c'est bon pour les hétéros en mal de sensations fortes. Dorénavant, je me cantonne aux civils. ») Mais pour avoir parié dans la foulée de renoncer également aux virées à Las Vegas – et ne pouvant pas se battre sur tous les fronts – il avait replongé.

Le téléphone d'Adriana sonna. En regardant par-dessus son épaule, Gilles vit que c'était Leigh.

— Dis-lui que si elle ne convainc pas son Adonis de fiancé de lui passer la bague au doigt rapido, je vais le kidnapper et l'initier aux joies de l'autre camp…

— Mmm… Je suis sûre qu'elle va trembler de peur. Hé, Leigh, tu as entendu ça ? Tu dois épouser Russell immédiatement, sinon, Gilles va te le faucher.

D'un mouvement lent et délicat, Gilles étala au pinceau un peu de solution sur une mèche, releva la main en cassant le poignet, puis entortilla l'extrémité de la mèche au creux des racines, replia le carré en alu par-dessus la substance visqueuse et termina par quelques tapotements du peigne.

— Qu'a-t-elle répondu ?

— Qu'il est tout à toi. (Voyant que Gilles s'apprêtait à répondre, elle secoua la tête et leva la main pour l'en empêcher.) Splendide ! J'en suis. Évidemment que je suis prise ce soir, mais je cherchais justement une bonne raison pour annuler. Et puis, si Emmy veut sortir, qui sommes-nous pour contrer son désir ? Quelle heure ? Parfait, *querida*, rendez-vous dans le hall à 9 heures. Mille baisers.

— Que se passe-t-il avec Emmy ? demanda Gilles.

— Duncan a rencontré une nana de vingt-deux balais qui meurt d'envie de faire des bébés avec lui.

— Ben voyons. Comment Emmy le prend-elle ?

— À mon avis, elle est moins anéantie qu'il n'y paraît, dit Adriana en léchant une trace mousseuse de lait sur sa lèvre. Elle se dit juste qu'elle *devrait* être au trente-sixième dessous. Elle rabâche volontiers sur le thème « jamais-plus-je-ne-rencontrerai-quelqu'un-d'autre », mais ça n'a pas grand-chose à voir avec le fait que Duncan lui manque. Elle devrait s'en sortir.

— Ah ! soupira Gilles. Je rêve de m'occuper de ses cheveux. Tu réalises à quel point des cheveux vierges sont rares de nos jours ? Pour un coloriste, c'est comme le Saint-Graal.

— Je veillerai à passer le message. Tu veux venir avec nous, ce soir ? On va dîner et boire des verres. Rien d'exceptionnel, on sera juste entre nous.

— Tu sais combien j'adore les soirées entre filles, mais j'ai rencard avec le maître d'hôtel du week-end dernier. Avec un peu chance, on va passer *directo* au sport en chambre.

— Je croise les doigts pour toi, répondit distraitement Adriana qui n'avait plus d'yeux que pour l'homme, grand et large d'épaules, vêtu d'une très élégante chemise bleue à carreaux et d'un pantalon au pli impeccable, qui venait de s'avancer jusqu'au comptoir.

Gilles suivit son regard tout en repliant une dernière feuille d'alu, puis il écarta les mains comme pour dire : « Et voilà le travail ! »

— J'ai terminé, ma chérie.

L'assistante aux yeux de biche prit Adriana par le bras pour l'escorter jusque sous un casque. Gilles, depuis sa place, lui lança, assez fort pour être entendu de tout le salon – et sans aucun doute du nouveau venu :

— Ne bouge plus et efforce-toi de garder les jambes serrées, chérie. Je sais que ce n'est pas facile, mais juste pour un quart d'heure, c'est tout ce que je te demande.

Adriana leva les yeux au ciel en prenant un air excédé et pour toute réponse, tendit son majeur, assez haut cette fois pour qu'il soit visible de loin. Elle se délecta des regards choqués que lui décochèrent ses voisines, toutes des mondaines entre deux âges qui lui faisaient penser à sa mère. Du coin de l'œil, elle remarqua que l'inconnu n'avait rien perdu de son petit manège et avait un petit sourire amusé. *Je n'ai plus l'âge de ces âneries*, songea-t-elle en l'observant à la dérobée. Quand il passa devant elle, il la regarda, toujours en souriant. Adriana, moitié par calcul, moitié par instinct, croisa brièvement son regard, en ouvrant grand les yeux, l'air de dire : « Qui, moi ? » et en laissant apparaître la pointe de sa langue au milieu de sa lèvre supérieure. Non, vraiment, elle devait mettre un terme à ces comportements de gamine ; mais en même temps, c'était tellement amusant.

Emmy allait et venait dans l'appartement, se déplaçant sans bruit pour ne pas réveiller Otis. Finalement, il y avait moins de désordre qu'elle ne l'avait pensé. L'appartement était petit, même pour un studio à Manhattan. La salle de bains était un peu glauque et la lumière quasiment inexistante mais, sans ces concessions, comment aurait-elle pu espérer vivre dans le pâté de maisons le plus arboré de West Village pour moins de 2 500 dollars par mois ? Elle l'avait décoré avec autant de soin que l'y avait autorisé à l'époque son budget de jeune diplômée, qui n'était pas lourd, mais qui lui avait au moins permis de peindre les murs en jaune pâle, d'installer un lit encastrable dans le mur du fond et de disposer quelques confortables coussins de sol sur un tapis à longues mèches déniché à la braderie d'un magasin de fins de séries. À défaut d'être spacieux, l'endroit était confortable et accueillant, et tant qu'Emmy ne pensait pas à la cuisine dont disposait Izzie à Miami, ou à Leigh dans son nouvel appartement, ou encore à Adriana – surtout Adriana ! – dans son penthouse somptueux, elle pouvait même lui trouver un certain charme. N'était-ce pas d'une cruauté inqualifiable qu'elle (qui était passionnée de gastronomie et aurait avec joie passé chaque minute de son temps libre au marché des petits producteurs ou devant les fourneaux, ne dispose pas d'une cuisine digne de ce nom ? Dans quelle autre ville de la planète un loyer annuel de 30 000 dollars ne donnait pas à quelqu'un la possibilité de posséder un four ? Emmy était obligée de se contenter d'un évier, d'un micro-ondes, d'un mini-réfrigérateur et d'une plaque chauffante – certes neuve, mais obtenue après des mois de suppliques et plaidoyers auprès du propriétaire. Les premières années, en dépit de ces équipements restreints, Emmy s'était vaillamment échinée à créer des plats à la mesure de son inspiration, avant de finalement baisser les bras. Maintenant, comme la plupart des New-Yorkais, l'ancienne élève de l'école de cuisine se faisait livrer des plats cuisinés, ou dînait dehors.

Elle renonça à son projet de grand ménage, se laissa choir sur le lit défait et commença à feuilleter l'album photo qu'elle avait édité sur *kodakgallery.com* pour commémorer ses trois premières années d'idylle avec Duncan. Elle avait consacré un temps infini à sélectionner les meilleurs clichés, puis à les recadrer, modifier les formats, corriger les yeux rouges ; passé des heures entières à cliquer sur la souris, jusqu'à en avoir des fourmis dans les doigts et mal à la main. Certaines pages s'inspiraient de la pratique du collage ; d'autres n'offraient qu'un seul portrait pris sur le vif, en pleine page. La photo qu'elle avait choisie pour apparaître dans la fenêtre de la couverture était sa préférée entre toutes : un cliché en noir et blanc, que quelqu'un avait pris lors du dîner, au cirque, pour fêter les quatre-vingt-cinq ans du grand-père de Duncan. De cette soirée, Emmy gardait surtout le souvenir d'une morue en croûte de sésame absolument transcendante ; mais ce qui à présent lui sautait aux yeux, c'était la façon dont elle enlaçait les épaules de Duncan d'un geste protecteur, ou dont elle le contemplait, avec un sourire béat, quand lui, parfaitement maître de lui, arborait un sourire contenu tout en regardant ailleurs. Les manitous du langage corporel de *US Weekly*[1] s'en seraient donné à cœur joie. Quant à la réaction de Duncan, lorsqu'elle lui avait offert l'album le soir de leur anniversaire… Il avait manifesté autant d'enthousiasme que celui qui reçoit une écharpe ou une paire de gants (ce qui, incidemment, était précisément ce qu'il lui avait offert – une écharpe et des gants assortis, et préemballés par les soins du magasin). Il avait déchiré le papier et arraché les rubans qu'Emmy avait soigneusement choisis dans des couleurs masculines et les avait poussés dans un coin, sans prendre la

1. Hebdomadaire people. *(N.d.T.)*

peine de détacher – et encore moins de lire – la carte scotchée au dos. Il l'avait remerciée et embrassée sur la joue, puis il avait feuilleté l'album avec ce rictus dont il était spécialiste, avant de s'excuser pour prendre un appel de son patron. À la fin de la soirée, il lui avait demandé d'emporter l'album chez elle pour s'épargner la peine de le trimballer, et depuis deux ans, il n'avait pas bougé de chez elle, où seul l'ouvrait l'occasionnel visiteur qui ne manquait jamais de souligner combien Duncan et Emmy formaient un beau couple.

Otis, depuis sa cage reléguée dans un coin du studio, croassa, puis crocheta du bec un des barreaux métalliques et le secoua avec détermination. « Otisveutsortir. Otisveutsortir », brailla-t-il.

Onze ans déjà, et Otis se portait toujours comme un charme. Emmy avait lu quelque part que les perroquets gris d'Afrique pouvaient vivre jusqu'à soixante ans ; chaque jour, elle priait pour que cette information ait été le fait d'une coquille. Déjà, à l'époque où il était sous l'entière responsabilité de Mark, le premier de ses trois petits amis, Emmy n'appréciait pas particulièrement Otis ; depuis qu'elle partageait avec lui ses trente-deux mètres carrés, il l'insupportait plus que jamais, et ce d'autant plus que, sans conseil ni encouragement d'aucune sorte, ce maudit animal avait acquis un vocabulaire effroyablement étendu, consistant presque exclusivement en un répertoire d'ordres, de critiques, et de commentaires le concernant à la troisième personne. Quand Mark, une fois son diplôme en poche, lui avait demandé de veiller sur Otis pendant les trois semaines qu'il allait passer au Guatemala pour perfectionner son espagnol, Emmy avait refusé tout net. Mais il avait insisté, et elle avait fini par céder : l'histoire de toute sa vie. Les trois semaines s'étaient transformées en un mois, puis trois, après quoi Mark avait obtenu une bourse de deux ans pour étudier sur place les contrecoups de la guerre civile sur une génération d'enfants guatémaltèques. Il avait depuis longtemps épousé une Nicaraguayenne, diplômée d'une université américaine et membre des *Peace Corps*, et s'était installé à Buenos Aires ; mais Otis, lui, était resté à New York.

Emmy souleva le loquet et attendit que l'oiseau pousse la porte de sa cage. Il sauta avec une grâce toute relative sur le bras qu'elle lui tendait, et la regarda droit dans les yeux. « Raisin ! » piailla-t-il de sa voix de crécelle. Avec un soupir, Emmy cueillit un grain dans la coupe nichée dans un creux de sa couette. Pour sa part, elle préférait les fruits qu'on pouvait découper ou peler, mais Otis, lui, faisait une fixation sur les raisins. Il lui arracha le grain des doigts, l'avala d'un coup d'un seul, et en exigea immédiatement un autre.

Quel cliché je fais ! songea Emmy. Larguée par son goujat de petit ami, remplacée par une fille plus jeune, acculée à la seule compagnie d'un animal domestique ingrat, et prête à réduire en charpie le symbole pictural d'une relation qui n'avait été qu'une longue imposture. Tant de pathétique l'aurait fait rire s'il s'était agi de la vie de quelqu'un d'autre. Oui, quand c'était Renée Zellweger, grimée en petite gourde potelée, qui dégoulinait d'auto-apitoiement en sifflant verre sur verre sur un écran, c'était drôle ; ça l'était beaucoup moins quand on était soi-même ladite petite gourde potelée – bon d'accord, *mince*, voire maigre – dont la vie venait de se transformer en comédie sentimentale de série Z.

Cinq années de perdues – un vrai coup d'épée dans l'eau. De vingt-quatre à vingt-neuf ans, il n'y en avait eu que pour Duncan, tout le temps, et *elle*, qu'avait-elle de tangible, au bout du compte ? Certainement pas ce poste que Massey, le grand chef internationalement réputé, lui offrait depuis un an, et qui lui aurait donné l'opportunité de voyager partout dans le monde pour chercher de nouveaux lieux d'implantation et superviser leur ouverture : Duncan l'avait suppliée de s'orienter plutôt vers un poste de manager général, basé à New York, afin qu'ils puissent se voir plus régulièrement. Certainement pas non plus une bague de fiançailles – ça, ce serait pour la majorette, la pucelle tout juste majeure qui n'aurait jamais la hantise de sentir ses ovaires se ratatiner à vue d'œil au point d'en faire des cauchemars la nuit. Emmy devrait se contenter du pendentif Tiffany en argent, en forme de cœur – un cadeau d'anniversaire, identique, avait-elle découvert plus tard, à ceux qu'il avait offerts à sa sœur et sa grand-mère, également pour leurs anniversaires. Et naturellement, si Emmy avait souhaité s'obstiner dans son masochisme, elle aurait pu noter que c'était en fait la *mère* de Duncan qui avait choisi et acheté les trois bijoux, afin d'épargner à son fils débordé le temps et l'effort que requérait l'achat d'un cadeau.

Quand était-elle devenue aussi amère ? À quel moment la situation s'était-elle détériorée et avait-elle atteint un point de non-retour ? Ce dont elle était absolument certaine, c'est qu'elle ne pouvait s'en prendre qu'à elle. Certes, au début de leur relation, Duncan était différent – débordant d'un enthousiasme juvénile, charmant et, à défaut d'être attentionné, du moins un peu plus présent – mais Emmy elle aussi était différente. À l'époque, elle venait de quitter Los Angeles et son boulot de serveuse pour reprendre ses études et réaliser un rêve d'enfance : s'inscrire dans une école de cuisine. Pour la première fois depuis qu'elle était sortie de la fac, elle retrouvait Leigh et Adriana, elle était euphorique d'être à Manhattan, et fière de ce passage à l'acte qui constituait un pas décisif. Certes, l'école de cuisine n'était pas exactement telle qu'elle se l'était représentée : les cours étaient souvent fastidieux, assommants, et ses comparses faisaient montre d'un esprit de compétition choquant quand il s'agissait de décrocher un stage dans un restaurant. Beaucoup n'étant pas des New-Yorkais de souche, ils ne connaissaient personne hormis leurs camarades de cours et la vie sociale n'avait pas tardé à prendre un tour incestueux. Ah ! et puis il y avait eu aussi ce petit incident regrettable avec ce chef étoilé au *Michelin* en visite à New York, qui avait circulé en moins de temps qu'il n'en faut pour préparer un croque-monsieur. Emmy était encore passionnée de cuisine mais désillusionnée par ses expériences scolaires quand elle avait décroché un stage chez Willow, l'antenne new-yorkaise de l'empire gastronomique de Massey. C'était cette année-là qu'elle avait rencontré Duncan, une année au rythme frénétique, marquée par le manque de sommeil et des questionnements sans fin pour tenter de découvrir où était sa place dans la chaîne de la restauration – si tant est qu'elle en eût une. Elle venait de s'apercevoir qu'elle préférait travailler en salle plutôt qu'en cuisine : elle ne supportait plus l'ego des chefs, ni l'absence de créativité qui allait de pair avec l'obligation de suivre des recettes au pied de la lettre ; elle détestait l'absence de rapport avec ceux qui mangeaient les plats qu'elle aidait à réaliser ; elle ne supportait plus non plus de se retrouver coincée pendant huit ou dix heures d'affilée dans des cuisines aveugles et transformées en étuve, où seuls les ordres qui fusaient et les casseroles qui s'entrechoquaient lui rappelaient qu'elle n'était pas en enfer. Aucun de ces aspects n'avait jamais figuré dans ces rêves où elle fantasmait sur sa future carrière de chef internationalement réputé. Ce qui l'avait encore plus surprise, ç'avait été de découvrir à quel point elle aimait servir les tables et s'occuper du bar, bavarder avec les clients. Pour Emmy, ç'avait été une période tourmentée, où il lui avait fallu redéfinir ses objectifs tant professionnels que personnels. À présent, avec le recul, elle voyait qu'elle était mûre pour tomber dans les filets d'un type comme Duncan. Oui, c'était presque – presque ! – compréhensible que ce soir-là, à la fête qui avait suivi le gala des Jeunes-Amis-de-Ceci-ou-Cela (une des dizaines de soirées caritatives où Adriana l'avait traînée cette année-là), elle ait craqué sur Duncan.

Emmy l'avait remarqué plusieurs heures avant qu'il ne l'aborde. Pour quelle raison ? À ce jour encore, elle l'ignorait. Était-ce à cause de son costume négligemment froissé et de sa cravate desserrée – l'un et l'autre classiques, de bon goût et adroitement assortis ? Ou bien de cette impression qu'il donnait de connaître tout le monde, de sa façon de distribuer des tapes dans le dos et des baisers sur les joues et, de temps à autre, de s'incliner avec galanterie devant une amie ou une amie d'amie ? Qui sur terre avait à ce point confiance en lui ? Qui était capable de se mouvoir avec autant d'aisance au milieu d'une telle foule sans trahir le moindre sentiment d'insécurité ? Emmy l'avait traqué des yeux à travers la salle, subtilement d'abord, puis avec une intensité qu'elle-même ne s'expliquait pas. Ce n'avait été qu'après le départ de la plupart de ces jeunes invités et celui d'Adriana – qui avait filé avec l'élu de la soirée – que Duncan s'était soudain matérialisé à ses côtés en se faufilant, de profil, entre son tabouret et le tabouret voisin, qui était vacant.

— Salut, je m'appelle Duncan, s'était-il présenté en s'accoudant au comptoir.

— Oh, excusez-moi. Tenez, j'allais partir, avait bafouillé Emmy en se laissant précipitamment glisser du tabouret et en le poussant entre eux deux.

Il lui fit un grand sourire.

— Je ne convoitais pas votre tabouret.

— Ah, euh… pardon.

— Je voulais vous offrir un verre.

— Merci, mais je, euh…, je…

— Vous partiez. Vous venez de le dire. Mais j'espérais vous convaincre de rester encore un peu.

Le barman apparut comme par enchantement avec deux Martini, servis dans des verres riquiqui, comparés à ces aquariums qu'affectionnaient la plupart des bars. Si chacun s'ornait d'olives vertes géantes sur une pique, l'un contenait un liquide transparent, l'autre, une mixture plus trouble.

Duncan fit glisser délicatement un des verres vers elle ; Emmy remarqua qu'il avait des ongles soignés, rosés, avec des cuticules nettes et bien hydratées.

— Les deux sont à la vodka, indiqua-t-il. Celui-ci est normal, et celui-là… est un peu plus chargé. Lequel préférez-vous ?

On serait en droit de penser que cela aurait suffi à affoler le radar de n'importe qui, mais non, pas celui d'Emmy. Elle avait trouvé Duncan complètement captivant et quand, un moment plus tard, il l'avait invitée à boire un dernier verre chez lui, elle avait accepté avec joie. Naturellement, elle n'avait pas couché avec lui ce soir-là, ni le week-end suivant, ni même celui d'après. Elle n'avait connu, après tout, que deux hommes jusque-là (le chef français ne comptait pas : sa décision de coucher avec lui avait tourné court quand il avait descendu son boxer ultra-moulant et qu'elle avait découvert ce qu'Adriana voulait dire, exactement, quand elle l'assurait qu'elle « comprendrait *illico* le problème » le jour où elle serait confrontée à un cas de non-circoncision), et les deux avaient été des petits amis de longue date. Elle avait le trac. Sa pruderie – chose que Duncan n'avait encore jamais rencontré chez une fille – ne fit qu'accroître sa détermination, et c'est ainsi qu'Emmy, bien involontairement, trébucha sur le concept de la fille difficile à séduire. Plus elle atermoyait, plus Duncan la poursuivait, et à la faveur de cette valse-hésitation, leur relation prit des airs de relation amoureuse. Il y eut des dîners romantiques au restaurant, des dîners aux chandelles à la maison, et de grands *brunches* festifs dans des bistrots branchés *downtown.* Duncan l'appelait juste pour lui dire bonjour, lui faisait livrer des ours en gélatine et des coupes de beurre de cacahuètes à l'école, lançait ses invitations des jours à l'avance pour s'assurer qu'elle ne fasse pas d'autre projet entre-temps. Qui aurait pu prévoir que cinq ans plus tard, tout ce bonheur serait réduit à néant par un coup de frein brutal, qu'Emmy aurait gagné un état d'esprit aussi cynique, que Duncan aurait perdu la moitié de ses cheveux et que leur couple, le plus ancien de tout leur cercle amical, s'effondrerait comme un château de sable au premier souffle de brise tropicale ?

C'est la question qu'Emmy posa à sa sœur à la seconde où elle décrocha. Depuis que Duncan l'avait larguée, Izzie appelait deux fois plus souvent qu'à l'accoutumée ; ce coup de fil était déjà le quatrième en vingt-quatre heures.

— Tu viens vraiment de comparer ta relation à un château de sable et la majorette à une *brise tropicale* ?

— Izzie, sois sérieuse une seconde, veux-tu ? Qui aurait pu prévoir un truc pareil ?

Izzie réfléchit un instant à la façon de formuler sa réponse.

— Eh bien…

— Eh bien quoi ?

— On tourne autour du pot, Em.

— En ce cas, dis-le tout net.

— Disons juste que ça ne vient pas complètement de la gauche du terrain, répondit Izzie avec douceur.

— Je ne vois pas ce que tu veux dire.

— Quand tu dis que tout a capoté à la vue de euh… une autre fille, je ne suis pas entièrement certaine que ce soit exact. Non pas que l'exactitude importe ici, naturellement. Duncan est un imbécile et un abruti, quoi qu'il en soit, et qui ne t'arrive même pas à la cheville.

— Bon, d'accord, ce n'était pas le *premier* signe avant-coureur. Mais tout le monde a droit à une seconde chance.

— C'est sûr. Mais fallait-il lui en donner une sixième ? Une septième ?

— Ouah ! Sois sincère, Izzie, dis-moi ce que tu penses vraiment.

— Je sais que tu vas me trouver dure, Em, mais c'est vrai.

À l'instar de Leigh et d'Adriana, Izzie avait réconforté Emmy tandis que Duncan accumulait plus d'« erreurs », de « mauvaises décisions », de « dérapages par inadvertance », d'« accidents », de « faux pas » et (leur préféré à toutes) de « rechutes » qu'on ne pouvait en faire le compte. Emmy savait que sa sœur et ses amies détestaient Duncan pour lui avoir infligé tant de mauvais quarts d'heures ; leur désapprobation avait toujours été palpable, et au bout d'un an, exprimée à voix haute. Mais ce que ni ses amies ni Izzie ne comprenaient – ce qu'elles ne pouvaient *pas* comprendre – c'était ce sentiment qu'elle éprouvait lorsque leurs regards se croisaient dans une fête surpeuplée. Ou quand il l'attirait sous la douche pour lui frictionner le dos avec des sels de bain parfumés au concombre, qu'il entrait le premier dans un taxi pour lui épargner de devoir s'enfoncer jusqu'au bout de la banquette, ou encore qu'il commandait, sans même avoir besoin de la consulter, des rouleaux au thon avec de la sauce piquante mais *sans* chapelure. Des détails, certes, et qui allaient normalement de pair avec toute relation sentimentale, mais ni Izzie ni ses amies ne pouvaient savoir le bonheur qu'elle éprouvait quand l'attention de Duncan cessait de papillonner pour se concentrer sur elle, même pour quelques instants seulement. Cela rendait tous les autres drames insignifiants, ce qui était, lui assurait Duncan, précisément le cas : des flirts innocents, rien de plus.

Quelles conneries !

Le seul fait d'y repenser à présent la mettait en rage. Comment diable avait-elle pu accepter des arguments tels que : s'endormir comme une masse sur le canapé d'une fille était finalement « raisonnable » quand on avait bu autant de whisky ? Où avait-elle eu la tête quand elle l'avait accueilli à nouveau dans son lit, sans s'assurer au préalable qu'il avait une explication acceptable à lui fournir pour ce message plutôt dérangeant, entendu par mégarde sur son répondeur, et qui émanait soi-disant « d'une vieille amie de la famille » ? Et mieux valait oublier cette complète débâcle qui avait nécessité une visite en urgence chez la gynéco, qui certes l'avait rassurée (grâce au ciel, tout allait bien), mais n'avait pas pu s'empêcher d'ajouter que, selon elle, le « petit bouton de rien du tout » de Duncan était plus vraisemblablement une acquisition récente qu'une rechute liée à ses années de fac, comme il le soutenait.

La voix d'Izzie la tira de ses pensées.

— Et je ne dis pas ça simplement parce que je suis ta sœur, ni parce que je m'en sens le devoir – ce qui est pourtant le cas – mais parce que je le crois sincèrement : Duncan ne changera jamais, et vous deux ne serez jamais – ni maintenant, ni plus tard – heureux ensemble.

La simplicité de cette affirmation lui coupa presque la respiration. Izzie, de vingt mois sa cadette, sa presque jumelle physiquement, venait, une fois de plus, de prouver combien elle était plus réfléchie, plus sage, plus mûre. Depuis combien de temps Izzie nourrissait-elle ces sentiments ? Et pourquoi, au cours de leurs innombrables conversations au sujet de Kevin, qui était devenu son mari, ou de leurs parents ou de Duncan, Izzie n'avait-elle jamais affirmé aussi clairement cette évidence ?

— Que tu n'aies jamais voulu l'entendre ne signifie pas que je ne l'ai jamais dit. Emmy, on te l'a toutes dit et répété. On te l'a *rabâché* sur tous les tons. C'est comme si tu avais décidé de congédier ton bon sens pendant cinq ans.

— Tu es vraiment mignonne. Je parie que toutes les filles rêvent d'avoir une sœur comme toi.

— Arrête ! Toi et moi savons bien que tu es une indécrottable monogame, et que tu as du mal à trouver tes marques en dehors d'une relation de couple. Ça ne te rappelle rien ? Parce que moi, vois-tu, ça me fait affreusement penser à maman…

— Merci infiniment pour cette brillante analyse, docteur Freud. Peut-être pourrais-tu m'éclairer sur un dernier point, et me dire en quoi cette situation affecte Otis ? Je suis certaine que les ruptures font également des ravages sur les perroquets. D'ailleurs, maintenant que j'y pense, je devrais sans doute envisager de le faire aider. Mon Dieu, j'ai été tellement égocentrique ! Cet oiseau souffre !

Izzie, désormais interne en obstétrique et gynécologie à l'hôpital universitaire de Miami, avait un temps flirté avec la psychiatrie et résistait rarement à la tentation d'analyser tout ce qui – du règne humain, animal ou végétal – croisait son chemin.

— Plaisante tant que tu veux, Em. Dès lors que tu dois affronter une situation, tu choisis l'arme de la dérision. Je ne dis pas que c'est là la pire approche. Je voudrais juste te pousser à passer un peu de temps seule. Concentre-toi sur toi – fais ce que tu veux, quand tu veux, sans considérer les priorités de quelqu'un d'autre.

— Si tu pars sur ces conneries des deux moitiés qui ne font pas un tout, je vais gerber.

— Tu sais que j'ai raison. Prends juste un peu de temps pour toi. Recentre-toi sur ton moi. Redécouvre *qui* tu es.

— Ouais. En d'autres termes : « Sois célibataire. » *Facile pour elle de donner des conseils entre les bras d'un mari aimant*, pesta Emmy.

— Ça te semble donc si redoutable ? Tu as enchaîné les relations sans marquer de pause depuis que tu as dix-huit ans.

Et ce qu'Izzie ne soulignait pas n'en était pas moins gros comme une montagne : ça n'avait pas vraiment marché.

Emmy soupira et regarda la pendule.

— Je sais, je sais. J'apprécie le conseil, Izzie, vraiment, mais il faut que je file. Leigh et Adriana me sortent, c'est la grande soirée sur le thème « Tu-es-bien-mieux-sans-lui », et il faut que je me prépare. On se reparle demain ?

— Je t'appellerai de l'hosto sur ton portable, après minuit, quand le coup de feu sera passé. Bois quelques verres, ce soir, d'accord ? Va danser. Embrasse un inconnu. Mais *par pitié*, évite de rencontrer ton prochain petit ami !

— Je vais essayer, promit Emmy.

Juste à cet instant, Otis criailla le même mot quatre fois d'affilée.

— Que dit-il ? demanda Izzie.

— *Slip*. Il n'arrête pas de répéter *slip*.

— Dois-je demander pourquoi ?

— Non, ne me demande surtout pas pourquoi.

Pour la toute première fois depuis qu'elles habitaient dans le même immeuble, Adriana devança Leigh à leur rendez-vous dans le hall. Et ce en raison de circonstances indépendantes de sa volonté : au retour de son après-midi de détente chez le coiffeur – et qui s'était conclu par un rendez-vous pris avec l'inconnu sexy pour le week-end suivant – Adriana avait eu la surprise de trouver l'appartement littéralement envahi par ses parents. Certes, techniquement parlant, c'était *leur* appartement, mais vu qu'ils ne séjournaient jamais plus de quelques semaines par an à New York, Adriana se sentait en droit de le considérer comme le sien, où ils n'étaient que des invités de passage. Des invités insupportables et redoutés. Mais après tout, s'ils n'aimaient pas les authentiques peaux de zèbres africains qu'elle avait choisies pour remplacer leurs ennuyeux tapis orientaux, ni le nouveau système de télécommande des éclairages, lampes et équipements électroniques, eh bien, c'était *leur* problème, pas le sien. Et personne, pas même eux, ne pouvait prétendre *préférer* une antique baignoire Jacuzzi en marbre italien à la cabine de douche cascade-sauna-hammam dernier cri qu'elle avait installée à la place dans la salle de bains principale. Aucune personne saine d'esprit, du moins. Voilà pourquoi Adriana avait été contrainte de s'habiller et filer du plus vite qu'elle avait pu : en quatre petites heures, son sanctuaire ultra-design s'était transformé en un cercle de l'enfer tout résonnant de querelles.

Non pas qu'elle ne les aimât pas, naturellement. Son papa commençait à se faire vieux, et parvenu à l'automne de sa vie, il se montrait bien plus coulant que lorsque Adriana était enfant. Il semblait heureux de laisser sa femme mener la barque et n'exigeait pas grand-chose, sinon son cigare cubain du soir et les traditionnelles retrouvailles dans la propriété de Rio, les semaines précédant et suivant Noël, et qui réunissaient tous ses enfants sans exception (les trois qu'il avait eus avec sa première épouse, les trois qu'il avait eus avec la seconde, et Adriana, qu'il avait eue avec son actuelle et, fallait-il espérer, dernière épouse). En ce qui concernait sa mère, c'était tout l'inverse. Madame de Souza s'était montrée compréhensive et permissive tout au long de l'adolescence de sa fille et l'avait laissée découvrir à sa guise le sexe et les drogues, mais son attitude libérale ne s'étendait pas aux filles de vingt-neuf ans – surtout celles dont la prédilection pour le libertinage et les substances illicites ne pouvaient plus relever de l'étiquette « expérimentale ». Ce n'était pas qu'elle ne comprenait pas qu'on aimât profiter de la vie – elle était brésilienne, après tout. Manger (des nourritures à faible teneur en graisses, sucres et calories), boire (bouteille après bouteille de vin blanc très cher), aimer (quand on ne pouvait décemment plus invoquer une énième migraine)... tout cela était l'essence même de la vie. Mais qui se devait d'être menée selon des règles de conduite appropriées : on pouvait se montrer insouciante jeune fille, et le redevenir une fois – et une fois seulement – qu'on avait trouvé et épousé le bon mari. Adolescente, elle avait elle-même voyagé, travaillé comme mannequin et connu son lot de fêtes – on disait encore d'elle qu'elle avait été la Gisèle de sa génération. Mais Carmen de Souza avait toujours mis en garde Adriana sur un point : les hommes étaient à peine moins fugaces que la beauté. À vingt-trois ans, elle-même avait sécurisé son avenir auprès d'un mari (fabuleusement) riche et plus âgé qu'elle, auquel elle avait donné une magnifique petite fille. C'était ainsi qu'il fallait procéder, et pas autrement.

À la seule pensée de devoir endurer les laïus maternels pendant quinze jours de plus, Adriana se sentait la proie de vapeurs. Elle s'étira sur le canapé légèrement affaissé du hall et réfléchit à la stratégie qu'il convenait d'adopter : trouver de quoi occuper ses journées ; ne rentrer que tard à l'appartement – voire ne pas rentrer du tout ; et convaincre ses parents, chaque fois que l'occasion s'en présenterait, qu'elle consacrait toute son énergie – et, naturellement, la rente substantielle qu'ils lui allouaient – à trouver le mari idéal. Si elle faisait montre de prudence, ils n'entendraient jamais parler de ce rocker anglais au look dépenaillé qui vivait dans un immeuble miteux d'East Village, ni de ce chirurgien sexy qui avait un cabinet à Manhattan, et une femme et des enfants à Greenwich. Si elle se montrait attentive, ils n'entendraient même jamais parler de ce sublime Israélien qui se prétendait simple gratte-papier auprès de son ambassade mais qui, Adriana en était certaine, travaillait pour le Mossad.

La voix cassée de Leigh – Adriana n'avait de cesse de lui répéter que c'était une des rares choses naturellement sexy chez elle, mais son amie semblait s'en ficher éperdument – interrompit ses pensées.

— Ouah ! s'exclama Leigh, essoufflée, en la toisant avec des yeux ronds. J'adore ta robe.

— Merci, *querida*. Mes parents viennent de débarquer, donc j'ai dû leur raconter que j'avais rendez-vous avec un homme d'affaires argentin. Maman était tellement heureuse d'entendre ça qu'elle m'a prêté une de ses robes Valentino. (Du plat de la main, elle lissa la robe noire et courte, puis pivota sur elle-même.) N'est-elle pas fabuleuse ?

La robe était en effet très belle – comme si elle était capable de penser, la soie savait quelle courbe épouser étroitement, quelle autre draper gracieusement – mais il va sans dire que même attifée dans une nappe à carreaux, Adriana aurait été superbe.

— Fabuleuse, confirma Leigh.

— Viens, filons avant qu'ils descendent et me voient avec toi, et non avec un joueur de polo sud-américain.

— Je croyais que c'était censé être un homme d'affaires.

— Qu'importe.

Le taxi, englué dans les embouteillages qui, comme chaque samedi soir, paralysaient le sud de l'île, roulait sur la 13e Rue à une allure d'escargot. À pied, il ne leur aurait guère fallu plus d'un quart d'heure pour parcourir les quelques blocs qui séparaient leur immeuble, à deux pas de Washington Square, de West Village, mais ce soir-là, ni Leigh ni Adriana n'avaient envisagé de crapahuter. Surtout pas Adriana qui, perchée sur ses escarpins Louboutin, semblait risquer de se briser les deux jambes si jamais elle s'aventurait sur plus de quelques mètres prudemment comptés.

Lorsqu'elles arrivèrent enfin devant The Waverly Inn, Emmy leur avait envoyé une bonne demi-douzaine de textos à chacune et les attendait dans le hall, adossée au comptoir de l'hôtesse.

— Qu'est-ce que vous fabriquiez ? siffla-t-elle en les voyant franchir l'entrée exiguë. Ils n'ont pas voulu me laisser attendre au bar sans vous.

— Mario ! Vilain garçon ! roucoula Adriana en embrassant un bel homme de race indéterminée. Emmy est une de mes amies, et mon invitée ce soir. Emmy, je te présente Mario, l'homme derrière la légende.

On procéda aux présentations, on échangea embrassades et poignées de main, puis les trois filles furent escortées jusqu'à une table de trois. Les joyeux habitués ayant émigré en masse dans les Hamptons pour le week-end de *Memorial Day*, les lieux n'étaient pas aussi bondés que d'habitude, mais offraient encore plein d'opportunités à celui qui désirait mater.

— *L'homme derrière la légende ?* répéta Emmy en levant les yeux au ciel. Tu es sérieuse ?

— Les hommes ont besoin d'être flattés, *querida*. Combien de fois ai-je essayé de vous faire entrer ça dans le crâne ? De temps à autre, il leur faut des caresses. Soufflez le chaud et le froid aux moments voulus, et ils sont à vous pour toujours.

Leigh goba quelques Nicorette.

— De quoi tu parles, au juste ? lança-t-elle. Emmy ? Elle s'exprime en quelle langue ?

Emmy haussa les épaules. Elle était habituée à ces « secrets » auxquels Adriana essayait de les initier depuis des années. Ils étaient comme de jolis contes de fées : amusants à entendre, mais il aurait été vain de leur chercher une application dans la vraie vie.

Adriana captura la main du serveur dans la sienne et susurra :

— Nicholas, nous prendrons mon cocktail préféré.

Puis elle se carra confortablement dans son fauteuil et examina les clients. D'après elle, il était encore un peu tôt : l'endroit ne s'animerait et ne deviendrait vraiment fréquentable que vers minuit, une fois que les clients occasionnels et les curieux avides de croiser des têtes connues auraient débarrassé le plancher, et que les habitués pourraient commencer à picoler et à socialiser entre eux. Pour l'instant, la clientèle se composait de trentenaires, manifestement issus des milieux des médias et des industries de loisir et plutôt séduisants, qui semblaient heureux comme tout de se trouver là.

— Bon, les filles, et si nous évacuions la question pour pouvoir apprécier notre dîner ? lança Emmy au moment où le serveur posait trois vodkas-gimlets sur la table.

Adriana reporta son attention sur ses amies.

— Évacuer quoi ?

Emmy leva son verre.

— Le toast que l'une de vous portera immanquablement, destiné à me rappeler combien je suis bien mieux sans Duncan. Qu'être célibataire est formidable. Ou encore que je suis jeune et belle et que les hommes sont prêts à venir démolir ma porte. Allez ! Faisons-le et passons à autre chose.

— Je ne vois pas ce qu'il y a de formidable à être célibataire, observa Leigh.

— Et si tu es indubitablement belle, *querida*, tu as presque trente ans. Ce n'est pas si jeune que ça, souligna Adriana.

— Je suis certaine que tu vas finir par rencontrer quelqu'un de merveilleux, mais je n'ai pas l'impression qu'à notre époque, les hommes viennent encore tambouriner aux portes, ajouta Leigh.

— Pas les célibataires, du moins, précisa Adriana.

— Il reste encore des hommes célibataires dans cette ville ? demanda Leigh.

— Oui, ils sont gays.

— Et ne sont plus célibataires pour très longtemps. Pour le coup, ce sera l'extinction définitive de la race.

Emmy soupira.

— Merci, les filles. Vous avez toujours le mot qu'il faut. Heureusement que vous êtes là pour me soutenir le moral.

Leigh rompit un petit pain et sauça son assiette nappée d'huile d'olive.

— Que dit Izzie de tout ça ?

— Elle essaie de ne pas le montrer, mais je sais qu'elle est positivement ravie. Entre elle et Duncan, ça n'a jamais été le grand amour. En plus, elle est obsédée par l'idée que, je cite : « Je suis incapable de trouver mes marques en dehors d'une relation de couple. » En d'autres termes, elle m'a servi ses sempiternelles âneries psychologisantes.

Adriana et Leigh échangèrent des regards entendus.

— Qu'est-ce qu'il y a ?

Leigh contempla son assiette ; Adriana arqua ses sourcils au dessin parfait. Aucune des deux ne semblait décidée à répondre.

— Arrêtez ! Ne me dites pas que vous êtes d'accord avec elle. Elle ne sait pas de quoi elle parle.

Leigh tendit la main et tapota la main d'Emmy.

— C'est sûr. Izzie a un mari qui l'adore, des tonnes de passe-temps de plein air, et un diplôme de médecine. Ai-je oublié quelque chose ? Ah oui, elle a décroché une résidence d'interne dans la ville qui arrivait en tête de ses vœux d'affectation, elle va être nommée interne en chef – un an plus tôt que prévu. Tu as entièrement raison… elle est affreusement mal placée pour te donner son avis de sœur.

— On s'écarte du sujet, intervint Adriana. Et au risque de passer pour celle qui, ici, manque de tact, je pense que Leigh essayait de te dire qu'il y a peut-être du vrai dans les propos d'Izzie.

— Du *vrai* ?

Adriana hocha la tête.

— Ça fait un bail que tu n'as pas été seule.

— Oui…Tu ne l'as même jamais été, renchérit Leigh. Ce qui n'est pas forcément une mauvaise chose en soi. C'est un fait, c'est tout.

— Ouah ! s'exclama Emmy en faisant claquer le menu contre sa poitrine. Autre chose ? Allez-y, c'est le moment de vider votre sac.

Adriana coula un regard hésitant vers Leigh.

— Eh bien…

— Vas-y, dis-le, l'encouragea celle-ci avec un mouvement de tête.

— Hé ! Je déconnais ! se récria Emmy avec un regard effaré. Il y a vraiment *autre chose* ?

— Emmy, *querida*, c'est gros comme un rhinocéros blanc dans le salon.

— Éléphant.

Adriana secoua la main.

— Oh, si tu veux. Un éléphant blanc. Tu as bientôt trente ans…

— Merci de me le rappeler.

— Et tu n'as connu que trois hommes. Trois ! C'est à peine concevable, et pourtant vrai.

La conversation s'interrompit, le temps que Nicholas dispose les entrées à partager sur la table :

un tartare de thon à l'avocat, et un généreux plateau d'huîtres. Il fit mine de vouloir prendre leur commande, mais Emmy posa les deux mains sur son menu et lui décocha un regard si courroucé que le jeune homme battit en retraite.

— Vous êtes incroyables, toutes les deux, reprit-elle. Vous me rabâchez pendant vingt minutes que je suis incapable de rester seule, et ensuite, sans crier gare, vous changez de disque et vous me dites que je ne suis pas sortie avec assez de mecs. Non mais… vous vous entendez ?

Leigh pressa un quartier de citron sur les huîtres et, délicatement, en délogea une de sa coquille.

— Pas *sortie* – *couché*, précisa-t-elle.

— Oh ! Où est la différence ?

Adriana étouffa un hoquet.

— Tu vois, ma chérie, c'est exactement là que réside le problème. *Où est la différence ?* Entre un petit ami régulier et des aventures sans lendemain ? Doux Jésus, on n'est pas sorties de l'auberge.

Emmy chercha du regard le soutien de Leigh mais celle-ci hocha la tête en signe d'assentiment.

— Je suis la première étonnée de dire ça, mais sur ce coup-là je partage l'avis d'Adriana. Tu es une monogame en série et le résultat, c'est que tu n'as jamais connu que trois garçons, à titre significatif. Je pense que ce qu'Adi veut dire ici… (Elle profita de ce qu'Adriana, entre la nourriture, l'alcool et la conversation sur le sexe, ne sache plus où donner de la tête, pour user exceptionnellement de ce diminutif honni.) … c'est que tu devrais rester quelque temps célibataire. Et être célibataire, ça signifie sortir avec plusieurs garçons, prendre le temps de voir celui qui te correspond le mieux, et surtout, s'amuser un peu.

— En résumé – pour que les choses soient bien claires – tu me dis que je devrais coucher plus souvent à droite à gauche ?

Le visage de Leigh s'éclaira d'un sourire où perçait une fierté maternelle.

— Exactement.

— Et toi ? fit Emmy en se tournant vers Adriana.

— C'est ce que je me *tue* à te dire ! répondit-elle en claquant dans ses mains.

Emmy soupira et se recula contre son dossier.

— Je suis d'accord avec vous.

— C'est vrai ? s'exclamèrent ses amies d'un ton pareillement ébahi.

— Évidemment. J'ai eu un peu de temps pour procéder à un auto-examen, et j'ai abouti à la même conclusion. Il n'existe qu'une seule façon logique de procéder : je vais coucher avec des hommes au hasard des rencontres. Type, taille, couleur – je n'ai aucun préjugé. Je suis même ouverte à toutes les propositions. (Elle s'interrompit et regarda Adriana.) C'est ce que qu'on appelle une dépravation planifiée. Et quand tu verras le degré de débauche que je vais atteindre, tu seras fière de moi.

Adriana contempla son amie avec une certaine incrédulité. Ses oreilles lui jouaient-elles des tours ? Non, apparemment pas, mais cette déclaration était tellement inconcevable qu'elle avait forcément loupé quelque sarcasme en chemin. Elle répondit donc ce qu'elle répondait toujours quand elle ne savait pas quoi dire d'autre :

— Fabuleux, *querida*. Tout simplement fabuleux. J'adore l'idée.

De la pointe du couteau, Leigh fit glisser une bouchée de tartare de thon sur sa fourchette, qu'elle porta à sa bouche d'un geste élégant.

— Emmy, on plaisantait, tu sais. Personnellement, je trouve ça génial que tu n'aies pas connu beaucoup de garçons. Quand quelqu'un te demande combien de partenaires tu as eus dans ta vie, tu n'as même pas besoin de diviser par trois ! C'est super, non ? De ne pas avoir à mentir.

— Eh bien, moi, je ne plaisantais absolument pas, lui rétorqua Emmy en interceptant le regard du serveur qui passait à proximité de leur table. Trois coupes de champagne, s'il vous plaît, commanda-t-elle. Ce soir, ajouta-t-elle en se retournant vers ses amies, nous fêtons le début de ma nouvelle vie et, croyez-moi, j'ai du temps à rattraper. Lundi à la première heure, je rappelle Massey pour lui dire que j'accepte le poste. Quel poste, vous demandez-vous ? Eh bien, celui pour lequel il me propose un salaire de ministre, assorti de notes de frais pharaoniques, et qui va consister à me balader dans le monde entier, à descendre dans les plus beaux hôtels et à manger dans les meilleurs restaurants, afin de trouver de nouvelles inspirations. Des inspirations ! Pour renouveler les cartes de ses restos. Insensé, non ? Et qui est l'idiote qui, depuis un an, s'obstine à décliner sa proposition parce qu'elle rechignait à délaisser son pauvre petit chéri ? Votre servante. Qui ne voulait pas que ce malheureux Duncan se sente abandonné et mal-aimé pendant qu'elle menait grand train. Donc, oui, je vais le rappeler, accepter sa proposition, et me taper tous les célibataires esseulés et séduisants qui vont croiser ma route. De beaux étrangers, sexy en diable. Et quand je dis tous, c'est *tous sans exception*. Qu'en dites-vous, les filles ? Ça vous va ? Alors, s'il vous plaît, portons un toast, conclut-elle en levant une des coupes que le serveur venait de leur apporter.

Adriana lâcha un ricanement nasal, qui aurait été qualifié de disgracieux s'il avait émané d'une fille moins belle, mais qui, venant d'elle, se parait de grâce féminine et exotique. Tandis que Leigh et Emmy lui décochaient un regard interrogateur, il lui sembla brusquement ne pas être dans son assiette. Pourquoi cela lui faisait-il bizarre d'entendre Emmy annoncer son projet d'un changement radical de vie, quand elle-même avançait en roue libre et sans effort sur le même chemin depuis des années ? Au sein de leur trio, elle avait toujours tenu le rôle de la fêtarde jet-setteuse. Sentait-elle cette position menacée, ou avait-elle juste bu un verre de trop ? Quelque chose, dans la déclaration d'Emmy, l'avait désarçonnée. Et s'il y avait un sentiment dont Adriana n'était pas coutumière, c'était bien celui-là. Elle leva sa coupe et plaqua un sourire sur ses lèvres.

— À une condition cependant, reprit Emmy en lui adressant un sourire rusé. Je veux de la compagnie.

— De la compagnie ? s'étonna Leigh qui, depuis un petit moment, se mordillait la lèvre inférieure et s'acharnait sur une peau morte.

Elle paraissait anxieuse. Adriana se demanda pourquoi son amie semblait en permanence nerveuse ces derniers temps. Tout ne marchait-il pas à merveille pour elle ?

— Oui, de la compagnie. Je veux bien me dévergonder si *toi* (Emmy tendit le doigt vers Adriana) tu acceptes de t'engager sérieusement dans une relation monogame. Avec l'homme de ton choix, naturellement.

Adriana inspira, tapota distraitement ses lèvres du bout du doigt, le laissa là un instant, comme en suspens, puis lentement, le fit glisser jusqu'en dessous de l'oreille. C'était là un de ses petits manèges favoris. Comme escompté, il attira instantanément l'attention des quatre hommes qui dînaient à la table voisine, Nicholas rappliqua ventre à terre, et elle éprouva ce tressaillement familier d'excitation qu'elle avait quand elle se sentait observée.

Les trois filles commandèrent chacune un plat, ainsi qu'une assiette de macaronis à la truffe et au fromage à partager, et une autre tournée de cocktails.

— Alors ? Qu'en dis-tu ? repartit Emmy.

— C'est ma mère qui te paie ?

— Oui, ma douce. C'est ta mère qui m'a soufflé l'idée de sauter dans le lit de tous les types que je vais rencontrer au cours de l'année à venir, juste pour que tu acceptes de te caser. Ellc est futée, hein ?

— Allons, un peu de sérieux, soupira Leigh. Aucune de vous deux n'a envie de mettre ce plan à exécution, alors on pourrait peut-être passer à autre chose ? Emmy, tu as dit ce que tu avais à dire. Si tu veux foncer tête baissée dans une autre relation de couple et rempiler pour cinq ans, c'est indiscutablement ton droit. Quant à Adriana, elle a plus de chance de devenir astronaute que monogame. Sujet suivant.

— Ce n'est pourtant pas comme si je lui demandais de prendre des mesures drastiques – comme se trouver un travail, par exemple, observa Emmy avec un grand sourire espiègle.

Adriana se força tant bien que mal à sourire à son tour. Elle n'avait jamais été douée pour l'autodérision, et détestait tout particulièrement les plaisanteries concernant son oisiveté. En cet instant, il lui semblait entendre la voix de sa mère résonner dans sa tête.

— Ouah… Tu emploies la méthode forte, *querida*. Eh bien, tu sais quoi ? Je relève le défi.

— Tu quoi ? dit Emmy en triturant une mèche.

— Tu es sérieuse ? s'étonna Leigh, en laissant son verre suspendu à mi-chemin des lèvres.

— J'ai dit que je relevais le défi. Quand commençons-nous ?

Emmy croqua une pointe d'asperge, mastiqua délicatement et avala.

— Accordons-nous un peu de temps pour tirer au clair les termes du pacte. À la fin de la semaine prochaine, on se met d'accord sur un plan, OK ?

Adriana hocha la tête.

— D'accord. Et cela te laissera le temps de réfléchir à tes propres résolutions, ajouta-t-elle en levant son verre en direction de Leigh.

— Moi ? s'étonna celle-ci en fronçant ses sourcils épilés de frais. Des résolutions ? Pourquoi ? Ce n'est pas le Nouvel An. Et ce n'est pas parce que vous avez perdu le sens commun que je dois en faire autant.

Emmy leva les yeux au ciel.

— Leigh ? Qu'a-t-elle besoin de réformer ? Elle a un boulot de rêve, un petit ami de rêve, un appartement de rêve, des parents merveilleux et unis..., énuméra-t-elle. Oui, une vie de rêve, insista-t-elle en ignorant le regard mécontent que lui lançait l'intéressée.

— Oui, peut-être, concéda Adriana, en gardant les yeux rivés sur Leigh. Mais il faudra qu'elle trouve elle aussi quelque chose. Tu peux faire ça, Leigh, n'est-ce pas ? Réfléchir à un aspect de ta vie que tu aimerais changer ? Améliorer ?

— Oui, bien sûr, répondit Leigh d'un ton un rien agressif. Je suis sûre qu'il y a des milliers de choses à changer.

Adriana et Emmy échangèrent un regard. Chacune savait que l'autre pensait la même chose : puisque Leigh maîtrisait parfaitement la situation, ça ne lui ferait pas de mal de lâcher un peu de lest et de s'amuser.

— Eh bien, tu disposes de quinze jours pour en choisir une, *querida*, annonça Adriana de sa voix cassée et autoritaire. Et en attendant, portons un toast.

Emmy hissa son verre comme s'il était un presse-papiers en plomb.

— À nous ! annonça-t-elle. D'ici l'été prochain, je me serai prostituée auprès de la moitié de Manhattan et Adriana aura découvert les joies de la monogamie. Et Leigh aura… fait quelque chose.

— À nous ! lança Adriana, en attirant une fois de plus l'attention de la moitié du restaurant.

— À nous, répéta Leigh, sans trop de cœur.

Emmy se pencha vers ses amies et observa, dans un chuchotement assez fort pour être entendue des tables alentour :

— On est complètement, royalement, merveilleusement *pétées*.

Adriana rejeta la tête en arrière, moitié par ravissement, moitié par habitude, pour faire son petit effet. Le champagne avait dissipé cet étrange sentiment de malaise.

— Oui, complètement *culbutées tête par-dessus cul*, même ! renchérit-elle en éclatant d'un rire puissamment sonore. Et le jeu de mots est volontaire, évidemment.

— Pouvons-nous partir d'ici avant d'entrer dans une spirale de la honte comme aucune de nous n'en a jamais connue ? S'il vous plaît ? plaida Leigh.

Le vin rouge que Nicholas n'avait cessé de leur servir avec diligence commençait à lui donner mal à la tête et elle savait que ce n'était plus qu'une question de temps – de minutes, même – avant que ses amies basculent d'une gaieté bon enfant à une ivresse carabinée.

Emmy et Adriana se regardèrent et éclatèrent de rire.

— Allez, Miss Perfection ! (Adriana se leva en oscillant et tira Leigh par le bras). On va t'apprendre à t'amuser enfin un peu.

Si tu le trouves trop gros, c'est que tu ne le mérites pas

— Viens au lit, bébé. Il est presque une heure du mat'. Tu ne crois pas que tu en as assez fait pour aujourd'hui ?

Russell retira son tee-shirt, cala ses boucles brunes au creux d'une main et, de l'autre, lissa et tapota le drap à côté de lui – un geste d'invite qui se voulait alléchant mais que Leigh ne pouvait se défendre de trouver toujours un peu menaçant.

— Il ne me reste plus que quelques pages, répondit-elle. La lumière te dérange ? Je peux aller dans le salon.

Russell soupira et ouvrit son livre, le *Guide des mouvements de musculation*.

— Ce n'est pas la lumière qui me dérange, mon cœur, et tu le sais. Mais le fait qu'on ne se soit pas endormis ensemble une seule fois depuis des semaines. Tu me manques.

Leigh songea d'abord qu'il se comportait comme un gamin pleurnichard, capricieux, et qu'elle ne céderait pas. Après tout, ce manuscrit était l'un des ouvrages les plus convoités de l'année et il était crucial qu'elle l'ait lu pour le comité de lecture qui aurait lieu le lendemain matin. Cela faisait huit longues années qu'elle travaillait d'arrache-pied et enfin – enfin ! – elle était sur le point d'être promue éditrice senior (un grade dont seules six personnes pouvaient se prévaloir chez Brook Harris, et elle avait la possibilité de devenir la benjamine de ce cercle envié), et voilà que Russell semblait penser que le seul fait qu'ils sortent ensemble depuis un an lui donnait le droit de régenter toute sa vie. Ce n'était pas *elle* qui lui avait demandé de rester dormir, qui s'était pointée à sa porte après sa partie de poker hebdomadaire, en battant des cils et en disant : « Bébé, je mourais d'envie de te voir. »

Elle s'en voulut aussitôt de ces pensées si peu charitables. N'était-elle pas la plus atroce, la plus ingrate, la plus indifférente des garces ? Elle était loin de nourrir autant de ressentiment, un an plus tôt. Quand Russell l'avait abordée, lors de la soirée que Brook Harris donnait en l'honneur de Bill Parcells (qui fêtait la sortie de ses mémoires d'entraîneur des *Cowboys*[1]) Leigh l'avait immédiatement reconnu. Sans être une téléspectatrice assidue d'*ESPN* – loin de là – elle savait que ce jeune homme au sourire et aux fossettes juvéniles comptait au nombre des célibataires les plus convoités de Manhattan, et lorsqu'il s'était présenté, elle avait déployé tout son charme. Ce soir-là, ils avaient passé plusieurs heures à bavarder, d'abord à la soirée, puis devant des bières, à la Pete's Tavern. Russell lui avait confié, avec une franchise presque inconvenante, que sa vie de célibataire à New York ne l'amusait plus du tout, qu'il en avait assez de se disperser, de sortir avec des mannequins, ou des actrices, et qu'il était prêt à rencontrer « une vraie fille », sous-entendant naturellement par là

1. Une des équipes de football de Dallas. *(N.d.T.)*

que Leigh ferait une parfaite candidate. Leigh s'était bien évidemment sentie flattée : quelle fille n'aurait pas souhaité retenir l'intérêt de Russell Perrin ? D'autant qu'il remplissait toutes les cases de toutes les listes qu'elle avait pu dresser au fil des années. Il était, sur tous les plans, pile le genre d'homme qu'elle espérait trouver, sans jamais oser penser qu'elle le trouverait un jour.

Et voilà qu'au bout d'un an ou presque d'une relation stable avec ce garçon magnifique, qui s'était de surcroît révélé sensible, gentil, attentionné, et fou amoureux d'elle, elle ne ressentait qu'une sensation d'étouffement. Aux yeux de tous ses proches, il était plus qu'évident que Leigh avait rencontré en la personne de Russell l'homme de sa vie. Pourquoi cela n'était-il pas aussi évident à ses propres yeux ? Comme pour bien insister sur ce point, Russel l'obligea à tourner la tête vers lui et planta ses yeux dans les siens.

— Leigh, mon cœur, je t'aime tellement.

— Moi aussi je t'aime, répondit-elle machinalement, sans une seconde d'hésitation.

Cependant, si une tierce personne – même un parfait étranger – avait pu observer la scène, elle aurait immanquablement douté de la sincérité de cette déclaration. Comment était-on supposé réagir quand quelqu'un qu'on appréciait, qu'on respectait énormément et qu'on souhaitait connaître mieux, vous annonçait – au bout de deux mois d'une relation qui n'avait par ailleurs rien de passionné – qu'il était fou amoureux de vous ? Leigh avait répondu du tac au tac, comme l'aurait fait toute personne dotée d'une solide aversion pour les confrontations : « Moi aussi, je t'aime. » Depuis, elle se disait qu'elle finirait par s'habituer à ces mots, et qu'une fois qu'ils se connaîtraient mieux, elle serait capable de les prononcer avec plus de conviction. Mais presque un an plus tard, tel n'était toujours pas le cas, et cela la perturbait.

Elle se força à détacher les yeux de son manuscrit et à répondre d'une voix sucrée :

— Je sais, c'est un peu la folie ces derniers temps, mais c'est chaque année pareil : dès qu'arrive juin, tout devient chaotique. Je te promets que ce n'est qu'un mauvais moment à passer.

Elle retint son souffle et attendit que Russell laisse exploser sa colère (chose qui, jusque-là, ne s'était jamais produite), lui réponde qu'il ne tolérerait pas sa condescendance, qu'il n'appréciait pas qu'elle s'adresse à lui comme une mère à son gamin venant d'étaler du beurre de cacahuètes sur le tapis.

Au lieu de quoi, il lui sourit. Et ce n'était pas un sourire pétri de ressentiment ou de résignation, mais un sourire sincère, compréhensif, et même affreusement contrit.

— Je ne voulais pas te mettre la pression, bébé. Je sais combien tu adores ton boulot, et je veux que tu en profites tant que c'est possible. Prends ton temps et viens te coucher quand tu seras prête.

Leigh releva la tête d'un mouvement brusque.

— *Tant que c'est possible* ? Tu remets ça sur le tapis ? À une heure du matin ?

— Mais non, mon cœur, je ne remets rien sur le tapis. Tu m'as fait savoir on ne peut plus clairement que tu n'envisageais pas de t'installer à San Francisco pour l'instant – mais j'aimerais vraiment que tu sois moins butée sur ce sujet. C'est une opportunité incroyable, tu sais.

— Pour toi, répondit-elle, d'un ton de gamine boudeuse.

— Pour nous deux.

— Russell, ça ne fait même pas un an qu'on est ensemble, et je trouve un peu prématuré d'envisager de déménager à l'autre bout du pays…

Le degré de contrariété qui se laissait entendre dans son ton les surprit autant l'un que l'autre.

— Rien n'est jamais prématuré quand tu aimes quelqu'un, Leigh, répondit-il d'une voix égale et posée.

Cette équanimité que Leigh avait trouvée si séduisante au tout début de leur relation avait à présent le don de la faire sortir de ses gonds : à voir comment Russell dominait parfaitement ses émotions et refusait en toutes circonstances de s'énerver, Leigh finissait par se demander s'il lui arrivait de l'écouter vraiment.

— N'abordons pas ce sujet maintenant, tu veux bien ?

Russell s'assit et se déporta jusque sur le bord du lit pour se rapprocher de Leigh, installée dans son « coin lecture » – qui se composait d'une lampe équipée d'une ampoule reproduisant la lumière naturelle et d'un fauteuil confortable. L'immense couette – un achat qui avait nécessité des semaines de recherches, pour lequel elle avait comparé chaque marque disponible sur le marché afin d'en évaluer le moelleux et l'épaisseur – glissa par terre et faillit renverser au passage le bonsaï posé sur la table de chevet, sans que Russell, apparemment, n'y prenne garde.

— Et si je nous préparais du thé ?

Une fois encore, Leigh rassembla chaque once de volonté pour se retenir de hurler. Non, elle ne voulait pas se coucher. Non, elle ne voulait pas de thé. Elle voulait juste que Russell *arrête de parler*.

Elle inspira lentement, profondément, mais discrètement.

— Merci, mais ça va. Laisse-moi juste quelques minutes de plus, d'accord ?

Il la contempla d'un regard empreint d'indulgence, puis sauta du lit et vint l'envelopper dans ses bras. Leigh sentit qu'elle se raidissait ; c'était plus fort qu'elle. Russell resserra son étreinte et enfouit le visage au creux de son cou, en le calant entre son épaule et son menton. L'ombre de barbe sur ses joues lui écorcha la peau et elle se trémoussa.

— Ça pique ? demanda-t-il en rigolant. Mon père m'a toujours dit que je finirais par devoir me raser deux fois par jour, mais je n'avais jamais voulu le croire.

— Hmm…

— Je vais chercher de l'eau. Tu en veux ?

— Avec plaisir, répondit-elle, bien qu'elle n'en eût pas envie.

Elle avait reporté son attention sur le manuscrit et réussi à progresser d'une demi-page dans sa lecture lorsque Russell lança depuis la cuisine :

— Où ranges-tu le miel ?

— Le quoi ? cria-t-elle.

— Le miel. Je fais du thé, je voulais y mettre du lait tiède et du miel. Tu n'en as pas ?

Leigh prit de nouveau une profonde inspiration.

— Dans le placard au-dessus du micro-ondes.

Russell réapparut quelques instants plus tard avec une tasse dans chaque main et un sachet de cookies bio aux pépites de chocolat suspendu entre ses dents.

— Accorde-toi une pause, bébé. On grignote ce petit en-cas de minuit et je te promets qu'après je te fiche la paix.

Minuit ? songea Leigh. *Il est 1 heure et demie du matin, et je dois être debout à 6 heures et demie. Et je ne relève même pas le fait que tout le monde n'a pas la chance d'avoir un corps svelte et musclé ainsi qu'un métabolisme lui permettant de s'empiffrer de biscuits à n'importe quelle heure.*

Quelle ironie, se dit-elle tout en croquant finalement dans un cookie. Quelques années auparavant, elle aurait tout donné pour vivre cette scène – un petit ami éperdu d'adoration, un pique-nique en tête à tête en pleine nuit, un appartement confortable, à son image. À l'époque, ce rêve lui semblait presque irréalisable – du moins, dans un avenir proche ; à présent elle avait tout ça, mais la réalité ne ressemblait en rien au fantasme.

Sitôt restauré, et sans même avoir fini sa tasse de thé, Russell se pelotonna contre un oreiller et sombra rapidement dans un sommeil lourd et paisible. Qui dormait ainsi ? Leigh ne cessait de s'en étonner. Russell prétendait que son enfance s'était déroulée dans un incessant tohu-bohu, qu'il avait dû apprendre à dormir en faisant abstraction des vociférations de ses parents, de ses deux sœurs, d'une nounou installée à domicile et des aboiements de trois beagles bavards. Pourquoi pas ? Leigh persistait toutefois à penser que cette sérénité découlait surtout du fait que Russell était en paix avec sa conscience, qu'il avait une hygiène de vie saine et que, pour dire les choses carrément, sa vie n'était pas vraiment stressante. Qui n'aurait pas dormi du sommeil du juste, avec un emploi du temps et un mode de vie comme les siens ? Russell faisait deux heures de sport quotidiennes en salle (une de muscu et une de cardio), et avait banni de son alimentation la caféine, les sucres, les conservateurs, la farine raffinée et les graisses insaturées. Son boulot consistait à enregistrer une émission hebdomadaire de trente minutes sur un sujet qui le passionnait – le sport – sans qu'il eût à fournir d'effort puisqu'il était un homme, et à lire un topo préparé par toute une armada de rédacteurs et de producteurs. Il avait des relations saines et enrichissantes avec sa famille, ses amis, qui tous l'adoraient et l'admiraient. Simplement pour ce qu'il était. Un tel tableau avait de quoi en écœurer plus d'un – ou, à tout le moins, inspirer une certaine aigreur. Et pour tout dire, c'était précisément un sentiment que Leigh éprouvait de plus en plus souvent.

Mais ce soir-là, elle était surtout démangée par l'envie de fumer une cigarette. Elle avait beau avoir arrêté depuis presque un an, depuis qu'elle avait commencé à sortir avec Russell, pas un jour ne passait sans qu'elle rêve de tirer une bonne bouffée.

Leigh n'était pas sotte, cependant, au point d'ignorer tous les sales inconvénients de son vice adoré. Emphysème. Cancer du poumon. Maladies cardiaques. Tension artérielle. Les photos angoissantes de poumons goudronnés qui s'étalaient dans les magazines. Les campagnes télé de prévention, qui montraient des gens à la voix caverneuse après avoir subi une trachéotomie. Les dents jaunies, les rides, les odeurs de tabac dans les cheveux, la tâche de nicotine indélébile sur la phalange supérieure du majeur. Le harcèlement de sa mère. Les sinistres prédictions de son médecin. Les réflexions condescendantes et exaspérantes de ces inconnus qu'elle croisait sur le trottoir quand elle descendait en griller une, en bas de son bureau. Et Russell ! Monsieur mon-corps-est-un-temple n'aurait jamais, *jamais* fréquenté une fumeuse – il avait été parfaitement clair là-dessus, et ce dès le premier jour. C'était plus d'arguments qu'il n'en fallait pour décourager le fumeur le plus acharné, et après avoir savouré pendant huit ans son paquet de clopes quotidien, Leigh avait finalement abdiqué. Cela lui avait réclamé des efforts surhumains ; il lui avait fallu endurer pendant des semaines interminables la torture du manque, mais elle avait tenu bon. Jusque-là, elle n'avait pas entièrement réussi à se sevrer de la nicotine – certains auraient pu dire qu'elle n'avait réussi qu'à transférer son addiction tenace des cigarettes aux Nicorette – mais cela n'était pas un problème. Les chewing-gums n'allaient pas la tuer dans un futur immédiat, espérait-elle, et même dans le cas contraire, eh bien, s'ils devaient la tuer…

Elle glissa une Nicorette dans sa bouche, puis une seconde pour la bonne mesure, et posa le manuscrit. En général, ce n'était pas trop difficile d'entrer dans un ouvrage annoncé comme un *best-seller* en puissance et que toute la concurrence convoitait, mais la lecture de celui-là était une vraie corvée. Le lectorat américain aurait-il vraiment envie de lire une *énième* fiction historique de huit cents pages au sujet d'un président des États-Unis du siècle dernier ? Tout n'avait-il pas été déjà écrit sur le sujet ? Leigh n'avait qu'un désir : se pelotonner sous la couette avec un bon roman de plage et se laisser absorber par une intrigue qui ne soit pas d'un ennui aussi mortel. Ah ! Que n'aurait-elle pas donné pour que ce soit un lundi soir ! Vidée de toute énergie, Leigh décida qu'elle en resterait là de sa lecture, et posa le MacBook sur ses genoux.

Il n'était pas rare qu'à 2 heures du matin, une de ses amies soit connectée sur *IM*, mais ce soir-là, personne n'était en ligne. Leigh parcourut rapidement ses sites Internet préférés pour prendre connaissance des informations du jour. *Cnn.com* rapportait une agression perpétrée par un alligator, dans le sud de la Floride. Sur *Yahoo*, une vidéo expliquait comment sculpter une pastèque à l'aide d'un couteau de cuisine et un marqueur à l'encre non toxique. Une photo postée sur

Gofugyourself.com[1] épinglait avec humour Tom Cruise, dont la mèche avait sans doute eu maille à partir avec une tondeuse Flowbee. Le site de Neiman Marcus annonçait une amélioration des envois des commandes en ligne pour toute la maroquinerie. Clic, clic, clic. Leigh jeta un œil à la dernière liste des meilleures ventes de *Publisher's Weekly ;* sur un site voué à la recherche sur le cancer du sein, elle coucha son nom sur une pétition en faveur de la gratuité des mammographies. Puis elle vérifia que son salaire avait bien été viré sur son compte. Elle hésita à regarder sur *Web MD*[2] quels étaient les symptômes d'un trouble obsessionnel compulsif, mais résista. Elle était trop fatiguée, lessivée même. Elle alla se démaquiller consciencieusement, en massant son visage, comme il était conseillé, par mouvements circulaires de bas en haut, puis elle échangea son pantalon de survêtement contre un short en pilou. Elle se glissa le plus discrètement qu'elle put sous la couette, en scrutant le visage de Russell, bien résolue à ne pas le réveiller. Il ne bougea pas. Elle éteignit la lampe, se retourna sur le flanc. Russell ne bougeait toujours pas. Mais juste au moment où son esprit commençait à s'apaiser, où ses membres se détendaient entre les draps frais, elle sentit le corps du jeune homme se coller contre le sien. Son corps bien vivant. Russell l'enlaça et écrasa son pelvis contre ses reins.

— Bonsoir, lui chuchota-t-il dans l'oreille, l'haleine parfumée aux cookies.

Leigh resta sans réagir, en priant pour qu'il se rendorme, et en se détestant de le souhaiter.

1. Site humoristique dédié aux faits et gestes des *people*. *(N.d.T.)*
2. Site consacré à la vulgarisation d'informations médicales. *(N.d.T.)*

— Leigh, bébé, tu dors ? Moi, je suis bien réveillé.

Et au cas où ses intentions n'auraient pas été clairement comprises, il donna un nouveau coup contre ses reins.

— Russell, je suis épuisée. Il est déjà très tard et je dois me lever tôt pour la réunion demain. *Quand ai-je commencé à ressembler à ce point à ma mère ?* se demanda-t-elle.

— Je te promets que tu n'auras rien à faire.

Il se rapprocha et l'embrassa dans le cou. Leigh fut parcourue d'un frisson, que Russell interpréta comme un signe de plaisir ; il effleura sa peau hérissée par la chair de poule, ce qu'il prit pour un symptôme prometteur.

Au tout début de leur relation, Leigh pensait qu'il était l'homme qui embrassait le mieux de la terre. Elle se souvenait encore de leur premier baiser – un instant de pure transcendance. Au terme de la soirée de lancement du livre et après leur arrêt dans le bar de nuit, et juste avant qu'ils arrivent devant chez elle, il l'avait attirée contre lui pour le plus doux, le plus incroyable baiser qu'elle avait jamais reçu – une caresse subtile de lèvres et de langue, avec une juste combinaison de pression et de passion. De toute évidence, il avait eu tout le loisir de peaufiner sa technique, puisqu'il était un des hommes les plus connus et les plus sollicités qu'elle avait jamais rencontrés. Pourtant, depuis quelques mois, elle avait l'impression d'embrasser un inconnu – et ça n'avait rien d'un fantasme excitant. Cette bouche qu'elle trouvait autrefois douce et tiède lui semblait de plus en plus souvent froide, humide, d'un contact déplaisant. Elle trouvait que sa langue cherchait la sienne avec trop de voracité ; que ses lèvres étaient comme engourdies, ou trop charnues. Ce soir-là, en les sentant se poser sur sa nuque, Leigh eut l'impression qu'elles avaient la consistance du papier mâché – du papier mâché encore gorgé d'humidité, collant. Poisseux. Froid.

— Russ…, soupira-t-elle en serrant les paupières.

Il lui caressa les cheveux, lui frictionna les épaules, en essayant de la détendre.

— Quoi ? Qu'est-ce qu'il y a, bébé ? C'est donc si atroce ?

Elle ne répondit rien. Elle ne lui dit pas que chaque caresse lui faisait l'effet d'un viol. Autrefois, pourtant, le sexe avec lui n'avait-il pas été fantastique ? À l'époque où Russell était moins disponible, plus assidu aux jeux de séduction, moins collant, moins impatient de se caser avec une fille plus sérieuse que toutes celles, frivoles et inconstantes, qu'il avait fréquentées entre vingt et trente ans. Une époque qui semblait se perdre dans la nuit des temps.

L'offensive la prit au dépourvu. Soudain, avant qu'elle ait pu comprendre ce qui se passait, il lui avait baissé son caleçon jusqu'aux genoux et s'était collé contre elle. Elle voyait ses bras puissamment musclés saillir sous son menton et les sentait appuyer sur sa gorge. Son torse dégageait autant de chaleur qu'une fournaise et les poils sur ses cuisses ressemblaient à du papier de verre. Et pour la toute première fois alors qu'elle se trouvait au lit avec Russell, elle commença à ressentir les symptômes familiers d'une crise de tachycardie.

— Arrête ! souffla-t-elle, avec plus de véhémence qu'elle n'en avait eu l'intention. Je ne peux pas. Pas maintenant.

Russell desserra immédiatement son étreinte. Par chance, l'obscurité l'empêchait de voir son visage.

— Russ, je suis désolée. C'est juste que…

— Ne t'inquiète pas, Leigh. Je comprends, vraiment.

Sa voix ne trahissait aucune irritation, mais semblait distante. Il roula loin d'elle, et en l'espace de quelques minutes, sa respiration se régula et adopta le rythme du sommeil profond.

Leigh finit par s'endormir peu avant 6 heures, au moment où sa voisine, à l'étage au-dessus, équipait ses pieds de leurs multiples accessoires et débutait son tintamarre. Mais ce n'est que quelques heures plus tard, en pleine réunion, tandis que la fatigue lui embrumait l'esprit et rendait son élocution laborieuse, qu'elle se souvint de sa dernière pensée, avant que le sommeil ne la happe. Elle avait repensé à cette soirée au cours de laquelle ses amies s'étaient mises au défi de réformer leur vie. Emmy allait élargir son champ d'expériences en collectionnant les aventures ; Adriana était résolue à s'essayer aux joies de la monogamie. Dix jours avaient passé, et Leigh n'avait toujours pas trouvé comment elle pourrait s'associer à ce projet. Jusqu'à cet instant. Ne serait-ce pas marrant d'annoncer qu'elle allait trouver le culot de mettre un terme à sa relation sentimentale non satisfaisante, même si elle était terrifiée à la perspective de se retrouver seule, et convaincue qu'elle ne rencontrerait jamais personne qui l'aime comme l'aimait Russell ? D'expliquer enfin à ses amies qu'elle attendait toujours de ressentir pour Russell les sentiments qu'elle aurait dû éprouver – selon l'avis général – pour lui ? Ha, ha, ha ! *Ce serait tordant, non ?* avait-elle songé. Elles n'y croiraient pas une seconde.

Adriana s'efforçait de penser à autre chose – le temps qu'il faisait, son prochain voyage, ses parents qui envisageaient de revenir s'installer aux États-Unis –, mais en vain. Son esprit refusait de se fixer ailleurs que sur le sublime contraste qu'offraient les *dreadlocks* de Yani, aussi rêches que de la corde, et la texture laiteuse de sa peau. Chaque fois qu'il étirait ou redressait son superbe torse, Adriana sentait son pouls s'accélérer. Une goutte de transpiration apparut sur le front du jeune homme, glissa le long de sa tempe, puis de son cou. Adriana l'observa à la dérobée, essayant d'en imaginer le goût. Quand Yani vint placer ses mains puissantes sur ses hanches, elle se retint pour ne pas gémir. Elle sentit la caresse rugueuse d'une *dreadlock* sur son épaule ; Yani dégageait une odeur forte, envahissante mais agréable, virile. Il appuya deux doigts au creux de ses reins, pour l'obliger à avancer le pelvis.

— Voilà, comme ça, murmura-t-il. Poussez lentement sur vos mains, puis soulevez le corps à l'oblique. Sentez l'énergie qui circule de vos mains à la terre, de la terre à vos mains. N'oubliez pas de respirer. Bien, tenez la position.

Adriana essayait de faire abstraction du son de sa voix et, quand ce n'était pas possible, de reconfigurer ses phrases pour leur donner une tournure moins loufoque. Autour d'elle, tout le monde se mouvait avec l'aisance d'un corps de ballet, offrant un bel ensemble de membres sinueux et de bustes contractés, donnant l'impression que les mouvements étaient exécutés presque sans effort. Adriana adorait le yoga, et avait des vues sur Yani, mais elle n'avait qu'un minimum de tolérance pour toutes ces inepties sur l'énergie, le karma etc. D'autant que ces discours loufdingues ternissaient un peu la séduction du jeune homme. C'était indéniablement dommage, mais pas insurmontable. Elle souleva son corps comme indiqué pour adopter la posture de la planche, et sentit ses triceps trembloter sous l'effort. Elle tourna la tête pour localiser Yani. Il se trouvait debout au-dessus de Leigh, les pieds de part et d'autre de ses jambes tendues, au niveau de ses genoux, et pressait deux doigts contre son plexus pour pousser ses omoplates vers le sol. Leigh croisa le regard d'Adriana et leva les yeux au ciel.

Comme d'habitude, la fréquentation du cours était exclusivement féminine. En arrivant, Adriana avait balayé la salle d'un regard d'experte et, ayant conclu qu'elle était la fille la mieux foutue et la plus séduisante de toutes celles présentes, avait étendu son tapis et gardé une place pour Leigh. Elle s'était sentie fière de voir que, de cette assemblée de belles filles – qui avaient toutes entre vingt et trente ans, qui toutes pouvaient se targuer d'être à leur poids idéal ou en dessous, et qui étaient toutes pomponnées à mort en dépit du jour (un dimanche matin) et du caractère physique de l'activité –, c'était elle la plus belle. Ce constat ne lui procurait hélas ni surprise ni ravissement (comme quand elle était plus jeune) mais lui insufflait tout de même un petit surcroît de confiance en elle qui l'aidait à passer la journée en douceur. Donc, si Yani n'était pas intéressé – et apparemment, il ne l'était pas – c'est que le problème venait de lui, pas d'elle.

Une théorie dont elle souhaitait avoir confirmation et qu'elle soumit à Leigh pendant le petit déjeuner qui suivit le cours.

— C'est incompréhensible, déclara-t-elle en arrondissant délicatement la bouche autour d'une cuillerée de muesli. Qu'est-ce qui cloche chez lui, selon toi ?

Leigh sirota son café et, d'un sourire, indiqua à la serveuse qu'elle souhaitait être resservie. Le *Diner* à l'angle de la 10e Rue et de University ne proposait pas le meilleur *brunch* du quartier – le service y était toujours revêche, les œufs arrivaient parfois froids et le café n'était la plupart du temps qu'un jus de chaussettes amer – mais il se trouvait à deux pas du centre de yoga, et les filles savaient qu'elles ne risquaient pas d'y croiser de connaissances. Et comme il y avait peu d'endroits, à Manhattan, où l'on pouvait se restaurer en pantalon de yoga, les cheveux tirés en queue de cheval et la peau moite de transpiration, sans provoquer des haussements de sourcils, elles l'avaient adopté.

— Je ne sais pas. Tu n'imagines tout de même pas qu'il est gay ?

— Bien sûr que non, répondit sèchement Adriana.

— Et comme il n'y a aucune chance qu'il ne te trouve pas à son goût…

Adriana lâcha un de ses adorables ricanements.

— S'il te plaît.

— Donc, c'est forcément l'un des problèmes classiques. Problème d'érection, éruption d'herpès, membre monstrueusement riquiqui. Quelle autre explication ?

Adriana s'accorda un temps de réflexion, mais aucune de ces explications ne semblait être la bonne. Yani respirait la sérénité, la bienveillance, il paraissait sûr de lui, à sa façon forte et silencieuse. Aucun homme n'était jamais resté indifférent à ses avances. Et avec Yani, ce n'était pas faute d'avoir essayé ! Cela faisait des années qu'elle ne s'était pas donné un tel mal, et la dernière fois qu'elle avait dû se démener pour séduire un garçon, les réticences de celui-ci tenaient uniquement à son mariage imminent. Parfois, Adriana avait ni plus ni moins l'impression que Yani ne la *voyait* même pas. Plus elle faisait des effets de chevelure, plus elle bombait sa poitrine parfaite, moins il la remarquait.

— Quelle autre explication ? Elle ne vous crève donc pas les yeux ? Il pisse au lit, et il a une peur bleue que ça se sache !

— Oh, salut ! lança Leigh à Emmy qui venait d'apparaître comme par enchantement. On ne savait pas si tu pourrais nous rejoindre. Tiens, donne-moi ton barda, ajouta-t-elle en tendant les bras.

Adriana ne put réprimer un élan d'irritation.

— Tu ne veux pas que je m'asseye à côté de toi, c'est ça ? plaisanta Emmy. Je te promets pourtant de me coller contre toi, tout contre, et peut-être même de frotter mes épaules contre les tiennes. Ça va être drôle.

Leigh soupira, et Adriana, bien qu'agacée de voir l'attention se détourner d'elle, tapota la chaise à côté de la sienne. Elle savait que Leigh avait des « problèmes d'espace vital » et elle essayait de se montrer compréhensive, mais c'était énervant, à la fin, d'être toujours celle qui finissait serrée dans un box, sur une banquette.

— Comment Russell s'accommode-t-il du fait que tu ne supportes aucune promiscuité ?

— Ce n'est pas que je ne supporte aucune promiscuité… J'ai juste besoin d'une zone tampon. Qu'y a-t-il de mal à avoir un peu d'espace pour respirer ?

— D'accord, mais réponds à ma question : comment s'en accommode-t-il ? Il l'accepte ? Ça l'énerve ?

Leigh, une fois de plus, soupira.

— Ça l'énerve. Je culpabilise. Il vient d'une famille nombreuse et exubérante où tout le monde s'embrasse sur la bouche ! Et moi, je suis fille unique, et dotée de parents aussi affectueux que des santons en plâtre. J'y travaille, mais c'est plus fort que moi – la promiscuité, les contacts physiques, ça me fait flipper.

Adriana leva la main pour déclarer forfait.

— D'accord. Tant que tu reconnais qu'il y a un problème…

Leigh hocha la tête.

— J'ai conscience qu'il y a un problème. Ça me tarabuste, ça tourne même à l'obsession, ça me rend malheureuse. Je te jure que j'y travaille.

Emmy se laissa choir sur la banquette à côté d'Adriana ; le vinyle capitonné se souleva un peu en accueillant ces quarante-cinq kilos supplémentaires, puis se remit en place.

— C'était comment le yoga ? Et le yogi ? Toujours pas de signe d'amour ?

— Non, pas encore. Mais il finira par succomber, affirma Adriana.

Leigh hocha la tête.

— Ils finissent toujours par succomber. Du moins en ce qui te concerne.

Emmy frappa des mains sur la table.

— Hé, les filles ! Avons-nous donc la mémoire si courte ? Adriana ne cherche plus d'aventures éphémères. Naturellement, libre à elle de devenir la petite amie de Yani, mais d'après nos nouvelles règles, elle ne peut pas être sa partenaire d'une nuit.

— Ah oui. Les règles… votées à la faveur d'une soirée un peu trop arrosée et qui, du moins à la date d'aujourd'hui, attendent toujours un décret d'application. Donc, Yani reste une proie idéale.

Adriana mit un point d'honneur à souligner sa remarque d'un sourire non pas aguicheur, mais enjôleur et enfantin – celui qui, elle le savait, creusait des fossettes dans ses joues.

Emmy lui souffla un baiser.

— Économise tes fossettes pour ton futur petit ami, ma grande. Elles ne te serviront à rien à cette table. Et par ailleurs, il y a du nouveau.

— Avec Duncan ? demanda Leigh machinalement, oubliant que la rupture était consommée depuis bientôt trois semaines.

— Non, il ne s'agit pas de Duncan – encore que je sois tombée sur sa sœur, qui m'a appris que lui et sa pucelle ont loué une maison dans les Hamptons avec trois autres couples pour juillet et août.

— Mmm, génial. Débourser 20 000 dollars pour se taper des embouteillages interminables et passer le week-end dans une chambre riquiqui sans salle de bains individuelle, et tout ça pour ne pas baiser de tout l'été… ça fait vraiment envie, railla Adriana. Ai-je besoin de vous rappeler notre calvaire de l'été 2003 ?

Adriana frémit à cette seule évocation. L'idée était pourtant venue d'elle : une immense demeure dans les Hamptons, avec piscine et tennis, en colocation avec quarante ou cinquante autres célibataires de leur âge, qui tous et toutes débutaient dans la vie active, ça semblait prometteur, non ? Après des semaines d'une campagne acharnée, Emmy et Leigh avaient fini par se rallier au projet, pour endurer au final un charivari assourdissant et des beuveries méthodiques 24 heures sur 24, si bien qu'elles avaient passé tous les week-ends blotties les unes contre les autres à l'extrémité la plus éloignée de la piscine, sans se quitter d'une semelle, de crainte d'y laisser leur santé mentale.

— Non ! Pitié ! Ne parlons pas de ça. Les souvenirs sont encore trop frais. Même après toutes ces années, ça reste traumatisant.

— Ouais, bon, bref. Que Duncan et sa majorette aillent là-bas si ça leur chante, je m'en contrefiche. J'ai eu un long entretien avec Massey cette semaine. Il est toujours partant pour m'envoyer en mission à l'étranger. Il prévoit d'ouvrir deux nouveaux restaurants rien que pour cette année et il a besoin de gens sur place pour superviser les travaux, l'embauche, tout ça. Je commence lundi prochain.

— Félicitations ! s'exclama Leigh.

Adriana serra la main de son amie et s'efforça d'avoir l'air ravi. Non pas qu'elle fût mécontente pour Emmy – après tout, la pauvre petite avait avalé pas mal de couleuvres ces derniers temps – mais, égoïstement parlant, c'était parfois dur pour elle d'entendre ses amies se réjouir de leurs succès professionnels. Emmy et Leigh, elle le savait, lui enviaient son temps libre et auraient payé cher pour pouvoir, comme elle, profiter un peu plus de la vie, mais cela ne la comblait plus de l'entendre. Naturellement, elle non plus n'enviait pas leur boulot, ni à l'une ni à l'autre. Les effroyables tirades d'Emmy sur l'égocentrisme des chefs et les lubies des clients auraient dissuadé n'importe qui d'embrasser une carrière dans la restauration ; quant à Leigh, elle se tuait au travail, se plaignait en permanence des auteurs capricieux, de la quantité oppressante de lectures, et Adriana se demandait parfois si Leigh n'était pas juste un peu envieuse de ceux qui pouvaient écrire des livres, au lieu de les éditer. Cependant, pour être entièrement franche avec elle-même, elle ne pouvait nier que ses amies puisaient dans leur vie professionnelle une satisfaction que jamais son emploi du temps quotidien – tout exigeant qu'il soit entre séances de soins, déjeuners, cours de gym et mondanités – ne pourrait lui apporter. On ne pouvait cependant pas lui reprocher de n'avoir jamais *essayé* de travailler – elle l'avait fait. Son diplôme en poche, elle s'était inscrite au programme de formation des acheteurs chez Saks, mais en était partie sitôt qu'elle avait compris qu'il lui faudrait faire ses armes au département cosmétiques et accessoires avant d'avoir accès au rayon du prêt-à-porter de luxe. Elle avait ensuite fait un bref passage dans une agence de pub, qui ne lui avait pas déplu, du moins jusqu'à ce que son patron lui demande de sortir *sous la neige* lui chercher un café. Elle avait même travaillé quelques semaines dans une des galeries les plus réputées de Chelsea, avant de mesurer combien elle avait été naïve de croire qu'elle pourrait rencontrer un bon parti hétérosexuel dans le milieu de l'art. Peu après cette dernière expérience, elle avait compris que ça ne rimait pas à grand-chose de travailler quarante heures par semaine et de négliger tant d'autres aspects de la vie, pour glaner ici ou là deux ou trois mille misérables dollars. Donc, tout en sachant par expérience qu'elle n'échangerait pour rien au monde la liberté que lui offrait sa situation contre la corvée de huit heures de travail quotidien, parfois, elle regrettait tout de même de ne posséder aucun talent particulier, hormis celui d'attirer des hommes dans son lit. Et la présente affaire avec Yani faisait office d'exception qui confirmait la règle.

— Donc, je vais voyager une à deux semaines par mois. Ça va me donner l'occasion de toucher un peu à tous les secteurs : prospection, embauche, élaboration des menus. Une fois que le restaurant aura ouvert, je resterai quelques semaines sur place pour m'assurer que tout roule. C'est dément, non ? conclut Emmy avec un immense sourire.

— Qu'est-ce qui est dément ? demanda Adriana, qui n'avait pas écouté un traître mot.

Leigh lui décocha un regard agacé.

— Emmy disait que l'offre de Massey est toujours d'actualité. Et qu'elle va l'accepter.

— Le salaire est moins élevé que je ne l'espérais, mais je vais voyager tellement que je n'aurais presque rien à débourser au quotidien. Et – attention, ouvrez grand les oreilles – ma première destination, c'est… Paris. Pour « me mettre dans le bain ». C'est génial, non ?

Ça va, c'est jamais que Paris, on connaît ça par cœur, songea Adriana, en s'efforçant de ne pas prendre ombrage de l'enthousiasme exubérant d'Emmy. Mais en entendant Leigh, le souffle court, renchérir d'un « *Totalement* génial », il lui fallut rassembler toute sa volonté pour ne pas lever les yeux au ciel. Et son exaspération était telle que quand Emmy, par distraction, but dans sa tasse, Adriana s'abstint au prix d'un effort surhumain de lui planter sa fourchette dans la main. Pourquoi diable était-elle si contrariée ? Était-elle jalouse et mesquine au point de ne pouvoir se réjouir du succès de sa meilleure amie ? Elle se força à sourire et à bredouiller le seul genre de félicitations qu'elle connaissait.

— Tu sais ce que ça signifie, n'est-ce pas, *querida* ? Selon toute apparence, ta première aventure aura lieu avec un Français.

— Oui, j'ai un peu réfléchi à tout ça…

— Tu te dégonfles déjà ? s'enquit Adriana avec un sourire de sainte-nitouche.

Elle prit sa tasse de café entre ses mains et pressa ses lèvres sur le bord.

Emmy s'éclaircit la voix et feignit de lisser son sourcil du bout du majeur.

— Me dégonfler ? Aucun risque. Je m'apprêtais simplement à clarifier quelques règles.

— C'est ton dada du jour, les règles, se moqua Adriana.

— Hé ! Doucement ! Je n'y suis pour rien si tu as perdu la main et si Yani n'en a rien à fiche de toi.

— Du calme, les filles…, soupira Leigh.

Les années avaient beau passer, ces deux-là continuaient à se chamailler et à s'envoyer des vacheries comme des ados. D'une certaine façon, cependant, chacune trouvait ce mode d'échange réconfortant : il leur rappelait combien elles étaient proches et libres de tout se dire, comme des sœurs.

— Qu'est-ce que j'y peux, s'il me tarde de commencer ? Comme vous n'avez pas manqué de le souligner, j'ai beaucoup à rattraper, se défendit Emmy.

Adriana se dit qu'elle devait jouer fair-play.

— D'accord, lança-t-elle en frappant dans ses mains. À quel score penses-tu pour cette année ?

Leigh, qui était prête à tout pour faire oublier qu'elle n'avait pas accepté de procéder à quelque changement que ce soit, s'empressa d'intervenir.

— Je trouve que trois, ce serait un bon score. Qu'en pensez-vous ?

Adriana s'étrangla bruyamment, comme si elle avait avalé son café de travers.

— Trois ? Arrête ! C'est un bon mois, pas une bonne année !

— Pour une fois, je suis d'accord avec toi, approuva Emmy. Avec tous les déplacements que je vais faire, trois, ça ne paraît pas très réaliste.

— Alors quoi ? Tu comptes te faire un mec dans chaque pays que tu visites ? lança Leigh en riant. Genre : « Tiens, voilà mon passeport, voilà la clé de ma chambre, tu montes ? »

— Dans mon idée, c'était plutôt un mec par continent…

— Arrête ! se récrièrent Leigh et Adriana à l'unisson.

— Quoi ? C'est donc si impossible à imaginer ?

— Totalement, affirma Leigh.

— Ridicule, renchérit Adriana.

— Qu'importe. Ma décision est prise. Un mec sur chaque continent visité. Des étrangers, sexy. Moins il y aura d'Américains dans le tableau, mieux ce sera. Et tout ça sans contrepartie. Pas de relation à la clé, pas d'investissement sentimental – du sexe, rien que du sexe.

Adriana siffla.

— *Querida !* Tu me fais rougir !

— Et en ce qui concerne l'Antarctique ? demanda Leigh. Sans vouloir jouer les rabat-joie, comment comptes-tu t'y prendre ?

— J'y ai pensé. L'Antarctique, ça me semble un peu irréaliste. Donc, je me suis dit que j'allais compter l'Alaska à la place.

Emmy tira un papier froissé de sa sacoche et l'aplatit sur la table.

Adriana explosa de rire.

— Ne me dis pas que tu as dessiné une carte !

— Eh bien si, justement.

Leigh leva les yeux au ciel.

— Je rêve.

— J'ai pensé à tout. À l'évidence, pour ce qui est de l'Amérique du Nord, c'est déjà fait, ce qui me laisse six continents. Et techniquement parlant, Mark – le papa d'Otis – est né à Moscou, donc il peut compter pour l'Europe…

— Non, non, ça ne marche pas, intervint Leigh. Un mec par continent, mais *dans l'année.*

La serveuse fronça les sourcils en déposant leur addition sur la table.

— Absolument, déclara Adriana. On veut bien t'accorder l'Amérique – du Nord, uniquement – mais Mark n'entre pas en ligne de compte. Et pourquoi diable veux-tu le compter pour l'Europe ? Tu pars à Paris dans quelques semaines !

Emmy hocha la tête.

— Bien vu. Donc, un de fait, il en reste six.

— Mais si jamais tu rencontres un Japonais en Grèce, ou un Australien en Thaïlande ? demanda Adriana, perplexe. Ils vaudront pour l'Asie et l'Australie, ou bien faut-il que tu couches avec eux sur leur continent d'origine ?

Emmy fronça les sourcils.

— Je ne sais pas… Je n'avais pas pensé à ça.

— Fiche-lui la paix, intervint Leigh. Pour moi, on devrait considérer tant la nationalité que l'endroit. Bon sang, c'est déjà assez étonnant qu'elle se lance là-dedans.

— Ça me va, consentit Adriana. Et pour te prouver notre bonne volonté, je trouve qu'on devrait même t'accorder un joker.

— Ce qui veut dire ?

— Ce qui veut dire que tu dois pouvoir, si tu le souhaites, passer ton tour pour un continent. Sinon, je pense que tu te diriges droit vers l'échec.

— Lequel ? demanda Emmy, l'air légèrement soulagé.

— Et si les Suisses valaient comme joker ? proposa Leigh. C'est un pays neutre. De mon point de vue, si tu couches avec un Suisse, il peut compter pour n'importe où.

La suggestion déclencha une crise d'hilarité, comme on n'en connaît que trop peu après la fac.

Adriana sortit un tube bleu de la poche extérieure de son sac de yoga et entreprit d'étaler un peu de baume transparent sur ses lèvres. Le seul fait de constater que ses amies et presque chaque client du *Diner* semblaient captivés par son petit rituel la rasséréna un peu. Ces derniers temps, elle avait eu du mal à se défaire de la pensée que sa beauté ne serait pas éternelle. Intellectuellement parlant, elle le savait, évidemment – de la même façon qu'un adolescent sait que la mort est inéluctable –, mais elle était incapable d'appréhender la réalité de cet axiome. Sa mère n'avait eu de cesse de lui rappeler que la beauté est de nature éphémère depuis le jour où, à quatorze ans, Adriana avait accepté deux rendez-vous le même soir, avec deux garçons différents. Quand Mme de Souza lui avait demandé lequel elle choisirait de voir, Adriana l'avait dévisagée d'un regard interloqué :

— Pourquoi choisir, maman ? avait-elle protesté. J'ai assez de temps pour voir les deux.

Mme de Souza, qui était une femme encore au faîte de sa beauté, avait souri et pris le menton d'Adriana au creux de sa main fraîche.

— Profites-en tant que tu le peux, *querida*. Il n'en sera pas toujours ainsi.

Naturellement, elle avait raison, mais Adriana n'avait pas calculé que le temps s'écoulerait aussi vite. Il était grand temps qu'elle utilise sa beauté pour une cause plus essentielle que celle d'attirer un courant continu d'amants. Sa promesse de trouver un petit ami constituait un pas dans la bonne direction, mais le projet manquait encore d'envergure. Elle lâcha un soupir théâtral et, d'un grand geste, brandit sa main gauche.

— Vous voyez cette main, les filles ? Dans un an, jour pour jour, un diamant brillera à l'un de ces doigts. Un *énorme* diamant. Je déclare solennellement ce jour que dans un an, je serai fiancée à l'homme parfait.

— Adriana ! s'exclama Emmy d'une voix stridente. Tu cherches juste à l'emporter sur moi !

Leigh avala de travers un morceau de pastèque.

— Fiancée ? Mais à qui ? Tu fréquentes quelqu'un ?

— Non, pas pour l'instant. Mais la détermination d'Emmy à réformer certains aspects de sa vie a été pour moi une source d'inspiration. En plus, il est temps de regarder les choses en face, les filles. Nous n'allons pas rajeunir, et nous pouvons toutes admettre que les hommes de trente à quarante ans riches, beaux et puissants ne courent pas les rues. Et si on n'en alpague pas un tant qu'on le peut, conclut-elle en soulevant de ses mains des seins irréprochablement fermes… autant faire tout de suite une croix dessus.

— Dieu merci, tu as enfin compris ! se moqua Emmy d'un ton amusé. Oui, c'est exactement ce que je vais faire : choisir un homme, parmi les dizaines – non, les centaines ! – de beaux célibataires de trente ans et des poussières que je vais tester, et le faire mien.

Adriana sourit et lui tapota la main avec un brin de condescendance.

— Riche, n'oublie pas ce détail, *querida*. Bon, je ne dis pas que c'est ce que nous devrions *toutes* faire. À l'évidence, toi, il te faut d'abord batifoler un peu, et selon moi, ta future incursion dans l'univers de la débauche est précisément ce que le docteur a prescrit. Mais compte tenu du fait qu'en ce qui me concerne je ne suis pas une novice…

— Si tu entends par là que tu as « fait le tour de la question », je suis d'accord, intervint Leigh.

— Ris si ça t'amuse, riposta Adriana, légèrement irritée de constater que, comme d'habitude, on ne la prenait pas au sérieux. Pour ma part, je ne vois pas ce qu'il y a de comique dans un solitaire de cinq carats ou plus de chez Harry Winston. Ce n'est pas drôle du tout.

— Oui, mais là tout de suite, c'est assez marrant, souligna Emmy tandis que Leigh s'écroulait de rire. Adriana fiancée ? Ça dépasse l'imagination.

— Pas plus que la monogame obsessionnelle qui va s'envoyer en l'air avec chaque étranger qui croisera son chemin, riposta Adriana.

Leigh essuya une larme, délicatement pour ne pas froisser la peau fragile du contour de l'œil, déjà sans doute détériorée par toutes les cigarettes qu'elle avait fumées. Était-ce les endorphines secrétées pendant ce cours de yoga particulièrement exténuant ? Ou bien la perspective, plus ou moins redoutée, de dîner ce soir-là avec les parents de Russell ? Ou encore simplement le désir de participer à l'amusement général ? Toujours est-il que sous le coup d'une impulsion, et sans avoir réellement réfléchi à ce qu'elle allait dire, elle lança :

— En l'honneur de vos actes de bravoure à l'une et à l'autre, je voudrais également me fixer un but. D'ici la fin de l'année, je…

Les mots avaient jailli de sa bouche comme s'ils étaient mus par une volonté propre, et la phrase, qu'elle avait commencée sans savoir comment la terminer, resta en suspens. Elle avait supposé qu'une idée quelconque se présenterait spontanément, mais en fait elle n'avait rien à proposer. Elle trouvait son travail globalement gratifiant, quoique parfois fastidieux ; elle se satisfaisait du nombre d'hommes qu'elle avait connus jusque-là ; elle s'était déjà attaché un petit ami qui correspondait à tous points de vue aux critères énoncés par Adriana – et pas n'importe quel homme, mais un homme célèbre, que la moitié de la population féminine du pays et toutes les femmes de Manhattan rêvaient de fréquenter ; elle avait enfin économisé assez d'argent pour s'acheter son appartement. Sa vie était exactement telle qu'on attendait qu'elle fût. Qu'était-elle supposée y changer ?

— Tu vas tomber enceinte ? hasarda Emmy.

— Tâter de la chirurgie esthétique ?

— Devenir millionnaire ?

— Te lancer dans le triolisme ?

— Devenir alcoolo ? Accro à la drogue ?

— Devenir une inconditionnelle du métro ? lança Adriana avec un sourire facétieux.

Leigh frissonna et protesta avec un grand sourire :

— Seigneur, non. Pas *ça*.

Emmy lui tapota la main.

— On le sait, ma puce. La crasse, le bruit, les retards imprévisibles…

— Et la foule ! ajouta Adriana.

Il lui semblait qu'à la faveur de ces douze années d'amitié, elle avait appris à connaître Leigh mieux qu'elle ne se connaissait elle-même. S'il y avait une chose au monde que Leigh ne supportait pas – moins encore que le désordre, les bruits assourdissants et répétitifs, ou les surprises – c'était bien la foule. Adriana et Emmy avaient remarqué que Leigh, ces derniers temps, avait en permanence les nerfs à fleur de peau et elles en discutaient entre elles à chaque occasion qui se présentait.

Ce fut Emmy qui rompit le silence.

— Prends ça comme le signe positif que rien dans ta vie ne réclame une restructuration de fond en comble. Combien de gens peuvent en dire autant ?

Adriana grignota un reste de toast.

— Sérieusement, *querida*, tu n'as qu'une chose à faire : savourer la perfection de ta vie. Aux changements ! dit-elle en levant sa tasse de café.

Emmy leva son verre de jus de pamplemousse à moitié vide, et se tourna vers Leigh.

— À la perfection qu'il faut savoir reconnaître quand on l'a sous les yeux !

Leigh leva les yeux au ciel et se força à sourire.

— Aux sublimes étrangers et aux diamants de la taille d'un rocher !

Leurs verres se rencontrèrent dans un merveilleux tintement.

— Santé ! entonnèrent-elles à l'unisson. Aux changements !

Si ses collègues ne se décidaient pas à remballer leur insupportable verbiage et à la boucler dans les prochaines sept minutes, Leigh ne serait jamais à 13 heures dans l'Upper West Side, comme elle l'avait prévu. Ces gens n'en avaient donc jamais marre de s'écouter parler ? Ils n'avaient pas *faim* ? À cet instant, son estomac émit un gargouillement fort peu discret, comme pour rappeler à l'assemblée que l'heure du déjeuner avait sonné, mais personne ne sembla le remarquer. La discussion, qui portait sur la parution imminente de *La vie et le règne de Jean-Paul II,* suscitait des échanges enfiévrés, digne d'un débat entre deux candidats à la Maison-Blanche.

— L'été est une période rude pour les biographies religieuses, on le savait dès le départ, souligna avec une certaine appréhension un assistant d'édition, encore peu accoutumé à prendre la parole en réunion.

Quelqu'un de l'équipe commerciale, une femme aux traits doux, qui paraissait bien plus jeune que ses trente et quelques années, et dont Leigh n'arrivait jamais à se souvenir du prénom, s'adressa à la tablée :

— Certes, l'été n'est jamais une période idéale, hormis pour les romans de plage, mais la saison seule n'explique pas des chiffres aussi décevants. Toutes les commandes – celles de Barnes and Noble, de Borders ou des libraires indépendants – sont significativement moindres que prévues. Si nous pouvions générer un peu plus de buzz…

— De *buzz* ? ricana Patrick, le responsable efféminé de la publicité. Comment au juste comptes-tu t'y prendre pour générer un « buzz » autour d'un livre sur le *pape* ? Donne-nous un titre ne serait-ce qu'un peu plus accrocheur, et peut-être qu'on pourra tenter quelque chose. Mais là, même si Britney se le tatouait en intégralité sur les nichons, personne ne parlerait de ce foutu bouquin.

Jason, le seul autre éditeur de la boîte à avoir connu une promotion aussi rapide que Leigh, soupira et consulta sa montre. Leigh croisa son regard et hocha la tête. Elle ne pouvait plus attendre.

— Excusez-moi, interrompit-elle, j'ai un déjeuner que je ne peux pas ajourner. Un déjeuner professionnel, évidemment, s'empressa-t-elle de préciser, ce dont tout le monde se moquait éperdument.

Elle rassembla paisiblement ses documents dans le classeur en cuir marqué à ses initiales qui ne la quittait pas, et s'éclipsa sur la pointe des pieds.

Au moment où elle repassait en coup de vent dans son bureau pour prendre son sac, son téléphone sonna et le numéro de son patron s'afficha sur l'écran. Elle venait de décider de filtrer l'appel quand elle entendit son assistante lancer :

— Henry sur la une. Il dit que c'est urgent.

— Il dit toujours ça, marmonna Leigh, agacée. (Elle prit une profonde inspiration pour calmer le jeu et décrocha.) Henry ! Vous appelez pour vous excuser d'avoir loupé la réunion commerciale ? plaisanta-t-elle. Je veux bien passer l'éponge pour cette fois, mais que ça ne se reproduise plus.

— Ha, ha, ha ! Je n'étais pas dans mon assiette, je vous le promets. J'espère que je ne vous retarde pas, que vous n'avez pas rendez-vous chez la manucure, ou que vous ne projetiez pas de faire un saut chez Barneys ?

Leigh se força à rire. Henry la connaissait si bien que c'en était à donner des frissons. Encore que, pour être exact, il s'agissait d'un brushing et d'un saut chez Barneys. L'un et l'autre étaient plutôt au-dessus de ses moyens en ce moment, mais c'était là le prix – fort – à payer pour son laxisme tant en matière d'hygiène que de prévoyance.

— Bien sûr que non. Que puis-je pour vous ?

— Il y a quelqu'un dans mon bureau que j'aimerais vous présenter. Passez donc un instant.

Nom d'un chien ! Cet homme avait un sixième sens pour deviner quel était le moment le plus inopportun pour lui demander quelque chose. C'était même troublant, et Leigh se demanda, pour la énième fois, s'il avait fait placer des micros dans son bureau.

Elle inspira, lentement, profondément, puis regarda l'heure. Elle avait rendez-vous dans un quart d'heure et le salon se trouvait à dix minutes à pied du bureau.

— J'arrive, répondit-elle avec assez d'enthousiasme pour abattre un séquoia.

Elle traversa le bureau paysager au pas de charge, puis parcourut le dédale de couloirs qui conduisait au bureau d'Henry. Sans doute souhaitait-il lui présenter un auteur potentiel, ou venait-il tout juste de signer un contrat. Henry tenait à montrer que Brook Harris était une grande famille, et il dirigeait ses équipes en conséquence, mettant un point d'honneur à présenter personnellement tous les nouveaux auteurs aux éditeurs. C'était une des qualités qui avaient vivement impressionné Leigh quand elle avait débuté dans la maison – et une des principales raisons pour lesquelles tant d'auteurs qui signaient chez Brook Harris demeuraient fidèles à cette maison durant toute leur carrière – mais aujourd'hui, ça tombait vraiment mal. Pour qu'elle soit intéressée, il aurait au moins fallu qu'il s'agisse de Tom Wolfe.

Tandis qu'elle dépassait les ascenseurs, elle se livra à un rapide calcul : une ou deux minutes pour adresser son speech de bienvenue et de félicitations à la nouvelle recrue, deux ou trois minutes d'un intérêt feint pour le travail en cours de l'auteur, une de plus pour le féliciter, éventuellement, du succès de son précédent ouvrage, et elle aurait une chance de s'en tirer en moins de cinq minutes.

La veille, elle s'était couchée si tard pour finaliser la note de présentation de sa dernière acquisition que, le matin venu, elle n'avait pas entendu le réveil et avait dû foncer, sans prendre de douche, pour arriver à l'heure à la réunion. Ce n'avait été qu'en découvrant sur son bureau une longue et superbe branche d'orchidées mauve pâle, avec une carte disant : « Je t'aime. Vivement ce soir. À notre première année ! » qu'elle s'était souvenue que Russell avait réservé une table chez Daniel pour célébrer le premier anniversaire de leur relation. Classique. Le seul et unique jour de toute sa carrière – peut-être même de toute sa vie – où elle n'entendait pas le réveil et quittait la maison aussi échevelée qu'une vagabonde, était le seul qui importait. Par chance, Gilles avait accepté de la prendre au pied levé pour un brushing (« Je peux te caser à la place d'Adriana, si elle est d'accord », avait-il proposé. « Elle est d'accord ! s'était récriée Leigh. J'en prends l'entière responsabilité ! ») et elle avait prévu, au retour, de faire halte chez Barneys pour acheter un flacon d'eau de toilette ou une cravate, ou une trousse de toilette – n'importe quoi qui se trouverait à proximité des caisses et serait préemballé. Elle n'avait absolument pas le temps de lambiner.

— Entre, entre, il t'attend, lui indiqua la nouvelle et pimpante assistante d'Henry.

Son accent chantant du Sud détonnait quelque peu avec sa coupe courte, hérissée et striée de mèches roses, qui elle-même tranchait avec le conservatisme de la culture d'entreprise – autant de détails sur lesquels, cependant, tout le monde préférait fermer les yeux, puisque la jeune fille était apparemment capable d'écrire sans faire de fautes, et ne semblait pas ouvertement hostile.

Leigh la remercia d'un signe de tête et fonça dans le bureau dont la porte était restée ouverte. « Bonjour ! » chantonna-t-elle à l'intention d'Henry. Le visiteur, d'après ce qu'elle pouvait en juger puisqu'il se trouvait de dos, avait une petite quarantaine d'années. En dépit de la température déjà estivale, il portait, sur sa chemise bleu clair, un blazer en velours côtelé vert olive, orné de pièces aux coudes. Ses cheveux blond cendré – ou plutôt, en y regardant bien, châtain très clair – étaient ébouriffés juste comme il fallait, effleuraient son col et retombaient un peu sur les oreilles. Avant même qu'il se retourne, elle devina, intuitivement, qu'il serait séduisant. Peut-être même sublime. D'où, en partie, sa stupéfaction lorsqu'elle croisa son regard.

La surprise était double. Leigh songea d'abord qu'il était loin d'être aussi beau qu'elle l'avait prédit. Ses yeux n'étaient pas d'un bleu ou d'un vert éclatant comme elle s'y était attendue, mais noisette tirant sur le gris, et son nez, inexplicablement, semblait à la fois aplati et protubérant. Mais il avait une dentition parfaite, régulière, d'un blanc éclatant – des dents littéralement captivantes, dignes d'une pub pour dentifrice. Cependant, ce n'est que quand il lui sourit, et que des rides profondes mais néanmoins très séduisantes se creusèrent autour de sa bouche, qu'elle le reconnut. Cet homme qui la dévisageait avec un sourire décontracté et avenant, n'était autre que Jesse Chapman, le talentueux écrivain qu'on avait comparé à John Updike, Philip Roth et Saul Bellow. À Jay McInerney, à Richard Ford et à Jonathan Franzen. *Désenchantement*, son premier roman, publié à l'âge de vingt-trois ans, avait été – exploit rarissime – un succès à la fois commercial et littéraire, et par la suite, chaque fête où Jesse avait été vu, chaque mannequin avec qui il était sorti, chaque livre qu'il avait publié, n'avait fait qu'accroître sa réputation d'enfant terrible et génial de la littérature. Depuis six ans, après (selon la rumeur) un séjour en clinique de désintoxication et une avalanche de critiques sévères relatives à son dernier roman, il avait disparu de la circulation. Mais personne n'avait jamais cru à une disparition définitive. Et sa présence dans les bureaux de Brook Harris ne pouvait signifier qu'une seule chose.

— Leigh, puis-je vous présenter Jesse Chapman ? Vous connaissez son travail, naturellement. Jesse, voici Leigh Eisner, mon éditrice la plus prometteuse, et ma préférée, si on me forçait à choisir.

Jesse se leva, et quoiqu'il la regardât dans les yeux, Leigh eut l'impression qu'il la toisait. Elle se demanda s'il appréciait les filles sans maquillage et à la queue de cheval filasse. Elle pria pour que ce soit le cas.

— Il dit ça de tout le monde, plaisanta-t-elle gracieusement.

— Oui, je n'en doute pas, répondit Jesse d'une voix douce en enveloppant la main qu'elle lui tendait entre les siennes. C'est pour cela que nous l'aimons tous autant. S'il vous plaît, joignez-vous donc à nous, ajouta-t-il en l'invitant d'un geste à prendre place sur la causeuse à côté de lui.

— Oh… À vrai dire, j'allais…

— Rien ne pourrait lui faire plus plaisir, intervint Henry.

Leigh résista à l'envie de lui décocher un regard assassin, tout en s'installant sur le canapé. *Adieu, brushing*, songea-t-elle. *Adieu, Barneys*. Ce serait un miracle si Russell acceptait encore de lui adresser la parole après le désastre annoncé de la soirée.

Henry s'éclaircit la voix.

— Jesse et moi discutions de son dernier roman. Je lui disais combien nous avons tous trouvé – et j'entends par là toute la corporation – les attaques du *Times* inexcusables. Et franchement embarrassantes pour eux, tant elles sentaient le règlement de comptes. Personne n'a pris cet article au sérieux. C'était un…

Jesse sourit à nouveau avec, cette fois, une lueur amusée dans le regard.

— Et vous, chère mademoiselle, qu'en avez-vous pensé ? s'enquit-il en se tournant vers Leigh. L'aviez-vous jugé mérité ?

Leigh était sidérée. Non content de tenir pour acquis qu'elle avait lu son roman *et* cette critique-là en particulier, il présupposait, en plus, qu'elle se souvenait de l'un et de l'autre ? À son grand agacement, tel était le cas. Six ans plus tôt, ladite critique avait fait la une du supplément « Livres » du dimanche, et elle se souvenait encore de la méchanceté du propos. Que pouvait ressentir un auteur, à se voir étrillé de la sorte ? s'était-elle demandé. Où se trouvait Jesse Chapman, à l'instant où il avait découvert ces dix paragraphes écrits au vitriol ? Avec ou sans cet article, elle aurait lu le roman de toute façon – elle avait étudié ses précédents ouvrages dans un nombre incalculable de cours de littérature à la fac – mais en réaction à la malveillance éhontée de cette critique, elle avait couru acheter le bouquin, et l'avait dévoré dans la semaine.

Leigh avait un défaut : elle parlait souvent sans réfléchir. C'était là une habitude en totale contradiction avec sa personnalité méthodique, mais c'était plus fort qu'elle. Elle était capable d'organiser avec méticulosité un appartement, un emploi du temps, un plan de travail ; cependant, elle était incapable d'assimiler que toute chose n'est pas bonne à dire. Ses amies et Russell prétendaient trouver cette spontanéité charmante, mais en certaines occasions, elle pouvait être carrément mortifiante. Lors de réunions en présence de son patron, par exemple. Est-ce parce qu'il lui semblait lire dans le regard de Jesse une part égale d'intérêt et de détachement qu'elle oublia qu'elle se trouvait justement dans le bureau d'Henry et qu'elle s'adressait à l'un des écrivains les plus doués de son temps ? Toujours est-il qu'elle répondit dans un bel élan :

— Cette critique était mesquine, c'est certain. Elle était vindicative et n'avait rien de professionnel. C'était du boulot de tueur à gages. Cela dit, *Rancune* était le plus faible de vos romans. Il ne méritait pas une telle critique, mais il était loin d'être à la hauteur de *La Défaite de la lune* et naturellement, de *Désenchantement*.

Tandis que Henry inspirait un grand coup et portait machinalement la main à sa bouche, Leigh se sentit flageoler sur ses jambes ; son cœur se mit à battre à tout rompre, ses paumes et ses plantes de pieds devinrent moites.

Le visage de Jesse s'éclaira d'un grand sourire.

— Voilà ce que j'appelle ne pas mâcher ses mots. C'est plutôt rare de nos jours, vous ne trouvez pas ?

Incapable de déterminer si c'était, ou pas, une simple question rhétorique, Leigh contempla ses mains, qu'elle était en train de tordre avec une effroyable férocité.

— Voilà une belle démonstration de savoir-vivre, non ? lança Henry en riant, mais d'une voix creuse et dans laquelle résonnait une indéniable nervosité. Bien, merci d'avoir fait part de votre opinion à M. Chapman, Leigh. Une opinion qui n'engage que *vous*, naturellement, ajouta-t-il avec un sourire contrit à l'intention de Jesse.

Leigh, croyant entendre là une invitation à prendre congé, ne se fit pas prier.

— Je, euh… je suis vraiment… Je ne voulais pas vous offenser, naturellement. J'admire énormément votre travail, c'est juste que…

— Je vous en prie, ne vous excusez pas. C'était un plaisir de faire votre connaissance.

Au prix d'un immense effort, Leigh résista à la tentation de renouveler ses excuses et parvint à se lever, à passer devant Jesse et à sortir du bureau d'Henry sans s'humilier davantage, mais il lui suffit de croiser le regard de l'assistante pour comprendre qu'elle venait de creuser sa propre tombe.

— Ça craignait tant que ça ? demanda-t-elle en s'agrippant au bureau.

— Ouah. C'était culotté.

— Culotté ? Mais je n'avais pas l'intention de me montrer culottée. J'essayais d'être diplomate. Quelle conne ! Comment ai-je pu dire un truc pareil ? Oh mon Dieu, huit ans de travail qui finissent dans la rigole parce que je suis incapable de la boucler ! Ça craignait tant que ça ? redemanda-t-elle.

Il y eut un silence. L'assistante ouvrit la bouche, puis se ravisa.

— Un peu, lâcha-t-elle finalement.

Leigh consulta sa montre : elle n'avait pas la moindre chance d'honorer son rendez-vous avec Gilles *et* d'être rentrée à temps pour s'acquitter des coups de fil qu'elle avait prévu de passer dans l'après-midi à divers agents. Elle regagna son bureau et décrocha le téléphone. Elle appela d'abord Gilles, pour annuler le rendez-vous, puis Barneys. Quand son interlocuteur, un aimable vendeur du rayon hommes qui venait d'accepter de lui faire parvenir un cadeau au bureau, par coursier et avant 18 heures, lui demanda ce qu'elle désirait, Leigh, qui n'avait pas les idées claires et n'avait pas d'idées du tout en ce qui concernait ledit cadeau, proposa au vendeur de choisir n'importe quoi dans les 200 dollars et de débiter sa carte American Express.

Quand le cadeau, dûment emballé dans une boîte, arriva sur le coup des 5 h 30, Leigh était au bord des larmes. Henry, qui d'ordinaire ne pouvait pas laisser passer une heure sans multiplier coups de fil et visites dans son bureau, ne s'était pas manifesté de tout l'après-midi. Elle avait réussi à faire un saut jusqu'à la salle de sport – non pour un cours de gym mais pour prendre une douche rapide – malheureusement, une fois sous le jet délicieusement brûlant, elle s'était aperçue qu'elle avait quitté le bureau sans son sac de sport – et donc sans sa trousse de toilette, ni ses sous-vêtements de rechange et, surtout, sans son sèche-cheveux. Elle avait donc dû se contenter du mini-séchoir du vestiaire, fixé au mur et rattaché à dix misérables centimètres de cordon, et grâce auquel – tour de force qu'elle aurait juré impossible – elle se retrouva plus échevelée qu'avant de passer sous la douche. Tandis qu'elle regagnait à pied son bureau, Russell puis sa mère avaient appelé, mais elle n'avait répondu ni à l'un ni à l'autre.

Un vrai monstre, songea-t-elle en s'examinant dans le miroir des toilettes les plus proches de son bureau. Elle venait à peine de s'acquitter de son dernier coup de fil, auprès d'un des agents qu'elle appréciait le moins et il était presque 19 heures. Ses cheveux maintenant raplapla pendouillaient en mèches molles, frisottantes ; ses yeux étaient cernés de bistre et un bouton d'un rouge agressif était apparu sur son front. Quant à son blazer, il lui était sorti de la tête que Russell, un jour où elle le portait, s'était gentiment moqué de son look « lesbienne chic ». Elle en avait toujours adoré la coupe souple, les grosses chaînes dorées et le fait que ce soit un Chanel – la seule pièce de prêt-à-porter de luxe qu'elle possédait –, sans jamais remarquer, jusqu'à cet instant, qu'il lui faisait une carrure de sportif. « Ne t'inquiète pas », marmonna-t-elle, sans s'apercevoir qu'elle se parlait à voix haute. « Russell est un journaliste sportif. Il bosse pour *ESPN*. Le sport est toute sa vie. Il adore les joueurs de football ! » Sur ce, elle empoigna la boîte superbement emballée grâce aux soins de Barneys, en s'interdisant de penser au fait que son contenu était un parfait mystère, et se hâta de descendre pour héler un taxi.

Russell l'attendait devant le restaurant, l'air détendu, heureux, en forme. Comme s'il rentrait d'un mois passé dans les Caraïbes, à ne rien faire d'autre que vouer un culte à son corps. On devinait sa musculature tonique sous l'étoffe gris foncé de son costume. Sa peau avait l'éclat sain de quelqu'un qui court dix kilomètres chaque jour ; il était douché et rasé de frais. Même ses chaussures – noires, à lacets, achetées lors de leur dernier voyage à Milan – brillaient littéralement de mille feux. Tout, dans sa mise, était parfait, et Leigh en conçut du ressentiment. Qui donc réussissait, après une journée de travail bien remplie, à arborer une chemise et une cravate qui semblaient droit sorties du pressing ? Comment était-ce possible de coordonner toujours aussi parfaitement ses boutons de manchettes avec ses chaussettes, ses chaussures avec sa mallette ?

— Bonsoir, beauté ! Je commençais à m'inquiéter.

Elle lui planta un baiser sur les lèvres et s'écarta aussitôt.

— T'inquiéter ? Mais pourquoi ? Je suis pile à l'heure.

— Oui, mais comme je n'ai pas eu de tes nouvelles de la journée… Tu as bien reçu les orchidées, n'est-ce pas ? Je sais que les mauves sont tes préférées.

— Oui, elles sont magnifiques. Merci beaucoup.

Sa voix résonna étrangement à ses propres oreilles – c'était le ton, haut perché et poli, avec lequel elle s'adressait à son portier ou au teinturier.

Russell posa la main au creux de ses reins et la guida à l'intérieur du restaurant, où ils furent aussitôt accueillis par un homme en smoking qui approchait de la soixantaine et qui semblait connaître Russell. Après quelques échanges à voix basse et plusieurs tapes amicales sur l'épaule, le maître d'hôtel fit signe à une jeune fille en tailleur-pantalon de leur montrer leur table.

— Un fan de football ? s'enquit Leigh, en feignant un intérêt qu'elle était loin d'éprouver.

— Comment ? Ah, le maître d'hôtel ? Ouais, il m'a sans doute reconnu. Sinon, comment expliquer qu'on ait cette table ?

Ce n'est qu'à cet instant que Leigh remarqua qu'ils avaient, de loin, la meilleure table du restaurant. Perchée sous l'une des arches si spectaculaires, elle faisait face à la splendide salle. L'éclairage était si doux et si parfaitement étudié que Leigh se dit qu'il réussirait peut-être à lui donner bonne mine. Après la journée infernale qu'elle venait d'endurer, cette débauche de lourds brocarts et d'épais velours rouge avait quelque chose de réconfortant. Les tables étaient intelligemment espacées pour éviter toute promiscuité, la musique de fond n'était pas envahissante et aucun client ne semblait pendu à son portable. En matière de remède contre l'anxiété, cet endroit était le paradis sur terre – ce qui tombait particulièrement bien, car ce soir-là, Russell n'aurait pas apprécié que Leigh fasse des histoires et demande à changer de table.

Elle se détendit plus encore après un verre de Pinot Grigio et quelques coquilles Saint-Jacques délicatement caramélisées, sans cependant parvenir à se défaire entièrement du stress de sa journée ni à se laisser happer par l'ambiance romantique d'un dîner en tête à tête. Russell se montrait volubile : il songeait à rédiger une note de service à destination de tous les salariés de la chaîne ; pourquoi n'iraient-ils pas passer quelques jours chez son vieux copain de fac, à Martha's Vineyard ? Une des maquilleuses lui avait raconté une bonne blague... Leigh écoutait, en hochant la tête de temps à autre. Ce n'est que lorsque le serveur leur apporta deux flûtes de champagne et un dessert baptisé « Dacquoise à la noix de coco » que Leigh comprit confusément qu'il se passait quelque chose. Là, négligemment posée à côté de l'assiette d'ananas pochés, nichée au creux d'une couronne de fruits rouges, se trouvait une boîte recouverte de velours noir. Sa première réaction – qui la surprit, la déconcerta même un peu – fut un sentiment de soulagement : la forme de l'écrin (allongée et rectangulaire) indiquait – Dieu merci – qu'il ne s'agissait pas d'une bague. Il était acquis qu'un jour, elle aurait sans doute envie d'épouser Russell (tous ceux – amis, parents – qui l'avaient rencontré, avaient immédiatement attiré son attention sur le fait que Russell, par sa gentillesse, sa beauté, sa réussite professionnelle, son charisme et l'adoration évidente qu'il vouait à Leigh, constituait un excellent parti), mais certainement pas *tout de suite.* Ça, c'était hors de question. Quel mal y avait-il à patienter un an de plus, voire deux ? Le mariage, c'était… le *mariage*, et Leigh voulait être sûre à cent pour cent avant de s'engager.

— Qu'est-ce que c'est que ça ? demanda-t-elle avec une excitation sincère. (Sans doute un pendentif à son initiale, ou un bracelet de fantaisie en or.)

— Ouvre et regarde.

Du bout du doigt, Leigh caressa le luxueux capiton en velours, un grand sourire aux lèvres.

— Tu n'aurais pas dû !

— Ouvre !

— Je suis sûre que je vais adorer.

— Leigh, ouvre cette boîte ! Tu risques d'être surprise.

L'intensité de son regard, la crispation de ses doigts sur la flûte de champagne, la firent hésiter. Puis elle souleva le couvercle et, exactement comme il est écrit dans tous les mauvais romans sentimentaux, elle étouffa un hoquet. Là, au centre de l'écrin qui, de par sa taille, aurait pu accueillir un collier, se trouvait une bague. Une bague de fiançailles. Une énorme et magnifique bague de fiançailles.

— Leigh ?

Elle perçut un léger tremblement dans la voix de Russell. D'un geste délicat et délié, il retira l'écrin d'entre ses doigts, sortit la bague, s'empara de sa main gauche et glissa la bague à son annulaire. Même la taille était parfaite.

— Leigh, chérie, je t'ai aimée à l'instant même où je t'ai rencontrée, il y a un an aujourd'hui. Je crois que nous avons su l'un et l'autre dès cet instant qu'il se passait quelque chose d'important – quelque chose qui était destiné à durer toujours. Acceptes-tu de m'épouser ?

Fort heureusement, le premier rendez-vous d'Emmy (avec une société de recrutement spécialisée dans le personnel de restauration) n'aurait lieu que le lendemain, à 14 heures. Elle commençait à ressentir les effets du décalage horaire. En arrivant à l'hôtel ce matin-là, à 10 heures, elle avait passé commande d'un petit déjeuner léger au service d'étage : café, croissant et coupe de fruits rouges (pour la bagatelle, s'était-elle aperçue après une rapide conversion mentale, de 31 dollars, pourboire non compris). Puis elle avait pris un bain moussant, grâce au flacon de dix centilitres à disposition (moyennant l'équivalent de 50 dollars) dans la salle de bains. Après une courte sieste et quelques heures employées à confirmer ses rendez-vous du lendemain, elle avait mangé une salade niçoise et bu un Coca dans le patio du restaurant (une fantaisie à 38 dollars). Ce n'était pas donné, certes, mais carrément raisonnable en comparaison du dîner qu'elle avait mangé deux heures plus tôt, au restaurant de l'hôtel : pour un steak tout bête, des frites et un unique verre de vin rouge (« Le vin de la maison ? Qu'entendez-vous par là ? » lui avait demandé le serveur, en réprimant à peine un ricanement de mépris. « Ah…, avait-il repris après un instant d'intense réflexion. Vous voulez dire *bon marché*, c'est ça ? Je vous apporte ça tout de suite, madame. ») l'addition avait atteint le sommet extravagant de 96 dollars, et le vin ressemblait à s'y méprendre à du Manischewitz[1]. Et il ne l'avait pas même pas appelée mademoiselle !

Jouissant d'une admirable situation sur la très chic rue Saint-Honoré, dans le 1er arrondissement, à un jet de pierre du Ritz et de la boutique Hermès, l'hôtel Costes était légendaire pour sa clientèle *people* et les soirées ultrachic qui se prolongeaient dans ses salons jusque tard dans la nuit. Quand on lui avait demandé si elle avait une préférence en matière d'hôtel, Emmy n'avait pas trouvé le culot de suggérer le Costes. Aussi, quand on lui avait donné le choix entre ce dernier et un autre superbe établissement situé rive gauche, sur les quais, elle avait dû se retenir pour ne pas piailler d'excitation. Existait-il meilleur endroit où commencer son Grand Tour International de la Débauche ?

Elle avait passé une semaine entière à fantasmer sur son séjour au Costes. Une heure après son arrivée, elle était sidérée par la froideur de l'accueil ; deux heures plus tard, elle était intimidée par l'arrogance du personnel ; au bout de trois heures, elle était prête à rendre sa chambre. Le Costes était peut-être l'endroit où il fallait être vu, mais personne ne pouvait avoir envie d'y *séjourner*. De deux choses l'une : soit elle avait vraiment beaucoup vieilli, soit l'établissement, à force de se la jouer, était proprement infréquentable. Les couloirs étaient si chichement éclairés qu'elle

1. Marque américaine de produits casher, spécialisée notamment dans le vin *(N.d.T.)*.

s'était résolue à tâtonner le long des murs pour éviter tout risque de collision ; la musique du bar se réverbérait jusque dans les chambres, tout autant d'ailleurs que les conversations qui se tenaient dans le patio – où des mannequins sirotaient du lait écrémé sous les regards concupiscents d'une foule internationale d'amateurs de l'espèce en question qui, eux, éclusaient du bordeaux ; la ravissante baignoire à griffes de la salle de bains était dépourvue de rideau, si bien que lorsqu'elle avait utilisé le pommeau de douche, Emmy avait inondé le sol. Comme il n'y avait pas la moindre prise électrique dans la salle de bains (sans doute parce que ici, personne ne se déplaçait sans son coiffeur) elle avait été contrainte de se sécher les cheveux devant le bureau, sans miroir. Et jusque-là, le personnel l'avait traitée avec condescendance, mépris, ou insolence. Et en dépit de tout cela, elle ne pouvait se défaire du sentiment – enrageant – qu'elle aurait dû se sentir honorée de pouvoir séjourner en ces lieux.

Elle s'installa donc le plus discrètement possible à une table du hall, pour lire ses mails sur son ordinateur portable tout en dégustant un *espresso* (pour le coup irréprochable, dut-elle admettre à contrecœur). Izzie lui écrivait que Kevin et elle projetaient de passer le 4 juillet à New York et lui demandait si elle serait là. Emmy venait de lui répondre qu'ils pourraient disposer de son studio et qu'elle irait dormir chez Adriana quand son téléphone, un portable international flambant neuf fourni par son employeur, sonna.

— Emmy Solomon, annonça-t-elle, de sa voix la plus professionnelle.

— Emmy ? C'est toi ?

— Leigh ! Comment as-tu eu ce numéro ?

— J'ai appelé ta boîte et j'ai dit que c'était une urgence. J'espère que tu ne m'en veux pas ?

— Leigh, tout va bien ? Il est presque minuit, ici.

— Ouais, tout va bien. Je voulais juste te l'annoncer moi-même avant que la nouvelle ne circule par e-mail : je suis fiancée !

— Fiancée ? Oh, mon Dieu ! Leigh ! Félicitations ! J'étais loin de me douter que c'était dans l'air. C'est une super nouvelle ! Raconte-moi tout.

Emmy remarqua qu'un type vêtu de l'uniforme de l'hôtel la fusillait du regard. Elle lui décocha un regard du même acabit.

— Je euh… je crois que je ne m'y attendais pas moi-même. C'est sorti de nulle part.

— Comment s'y est-il pris ? Raconte !

Leigh s'exécuta : leur soirée était censée être un simple dîner pour célébrer le premier anniversaire de leur rencontre, expliqua-t-elle. Et ce soir-là justement, elle avait tout l'air d'une sorcière, elle n'était pas dans son assiette… Emmy l'écouta énumérer avec force détails tous les plats qu'ils avaient commandés, et lorsque Leigh s'attaqua à la description des desserts, elle l'interrompit plusieurs fois, impatiente d'entendre le récit du clou de la soirée.

— Je me fiche de savoir de quoi tu avais l'air, dis-moi plutôt comment est la bague ! Et laisse-moi te rappeler que ce n'est pas le moment de jouer les modestes.

— Énorme.

— Énorme comment ?

— Vraiment énorme.

— Leigh !

— Presque quatre.

— Quatre quoi ! Carats ? Quatre *carats* ?

— J'ai peur qu'il ne soit trop gros. Comment puis-je porter un truc pareil pour aller travailler ? Je travaille dans l'*édition*, soupira Leigh.

Emmy aurait volontiers hurlé.

— Je ne vais même pas me donner la peine de répondre à *ça*. Tu as dit à Adriana que tu le trouvais… Non, les mots refusent de sortir de ma bouche !

— Oui. Et elle m'a répondu : « Si tu le trouves trop gros, c'est que tu ne le mérites pas. »

— Entièrement d'accord. Bon, maintenant, arrête de faire l'idiote et dis-m'en plus. Vous avez déjà décidé d'une date ? Quand envisages-tu de t'installer chez lui ?

Le silence qui suivit laissa croire à Emmy que la communication avait été suspendue.

— Leigh ? Tu m'entends ?

— Oui, excuse-moi. Nous sommes loin d'avoir réfléchi à une date – je ne sais pas. L'été prochain, je suppose. Ou le suivant.

— Leigh ! Tu as trente ans, et tu n'es pas partie pour rajeunir. Pourquoi poireauter deux ans ? Si j'étais toi, je traînerais ce garçon devant l'autel dans cinq mois. Qu'est-ce que tu attends ?

— Rien. Je n'*attends* rien, riposta Leigh, une pointe d'agacement dans la voix. Je ne vois pas où est l'urgence, voilà tout. Pour l'amour de Dieu ! On vient à peine de se rencontrer.

— Vous sortez ensemble depuis un an, Leigh, et ainsi que tu l'as toi-même souligné un nombre incalculable de fois, il répond à tous les critères que tu attends chez un homme. Et plus encore. Tu serais folle de ne pas régler ça au plus vite. Et tu dois au moins prendre tes marques dans son appartement. Faire valoir tes droits.

— Emmy, tu es ridicule. « Faire valoir mes droits » ? Tu plaisantes ? Tu sais ce que je pense de la cohabitation avant le mariage…

Emmy laissa échapper un petit cri strident puis, se souvenant de l'endroit où elle se trouvait, écrasa une main sur sa bouche.

— Ne me dis pas que tu vas respecter cette règle absurde ? Mon Dieu, Leigh, on croirait entendre une foldingue de bigote !

— Emmy, épargne-moi tes commentaires. Tu sais que ni la religion ni la morale n'entrent en ligne de compte… C'est juste que je préfère qu'il en soit ainsi. Oui, c'est un peu vieux jeu. Et alors ?

— Tu l'as dit à Russell ?

— Il connaît mon point de vue sur le sujet, oui.

— Mais ce qu'il ne sait pas encore, c'est que, même si maintenant vous êtes fiancés et que tu as accepté de l'épouser, tu ne vas pas emménager avec lui, exact ?

— Nous n'en sommes pas encore là. Mais je suis certaine qu'il comprendra parfaitement.

— Bon sang, Leigh ! Tu sais qu'un jour ou l'autre, il faudra que tu vives avec lui, n'est-ce pas ? Même si c'est un garçon qui met la zone dans la salle de bains et qui voudra parfois regarder la télé quand toi tu n'en auras pas envie !

Leigh lâcha un soupir.

— Je sais. En théorie, ça ne me pose pas de problème. Dans la pratique… Je suis habituée à vivre seule. J'*aime* vivre seule. Le bruit, les trucs qui traînent partout et le fait d'être obligée de parler, alors que j'ai juste envie de buller sur le canapé… ça me terrifie.

Légèrement soulagée que Leigh ait au moins admis sa terreur de la cohabitation, Emmy s'adoucit.

— Je sais, ma puce. Ça fiche la trouille à tout le monde. Je sais de quoi je parle : Duncan et moi sommes restés cinq ans ensemble, et nous n'avons jamais officialisé notre cohabitation. Mais tu aimes Russell, et il t'aime, et vous trouverez comment faire en sorte que tout se passe bien. Et si tu veux attendre d'être passée devant M. le maire, ma foi, qui suis-je pour te dire ce que tu dois…

— Emmy, je ne suis pas amoureuse de lui.

Leigh avait parlé d'une voix ferme, et la communication était d'une excellente qualité, mais Emmy n'était pas certaine d'avoir bien entendu.

— Qu'est-ce que tu as dit ? J'entends super mal.

À l'autre bout de la ligne, il y eut un silence, puis Leigh chuchota, d'une voix étranglée :

— Ne m'oblige pas à le répéter.

— Leigh, que veux-tu dire ? Vous semblez si heureux tous les deux ! Je ne t'ai jamais entendu dire un mot de travers à propos de Russell – au contraire, tu ne cesses de répéter qu'il est gentil, doux, attentionné.

— Tout ça ne change rien au fait que, parfois, je m'ennuie à mourir avec lui. C'est comme ça : nous n'avons rien en commun ! Il adore le sport ; j'adore lire. Il veut toujours sortir, rencontrer des gens, peaufiner ses réseaux ; je n'ai qu'une envie, me terrer chez moi. Il ne s'intéresse ni à l'actualité ni à ce qui se passe dans les domaines artistiques – il n'en a que pour le foot, la muscu, la diététique, les stats. Je ne nie pas que c'est un type formidable, Emmy. Je ne suis pas certaine qu'il soit formidable pour moi, c'est tout.

Eh bien… Pour quelqu'un qui se targuait de posséder une certaine intuition, Emmy n'avait rien vu venir. *C'est le trac*, songea-t-elle. *Leigh est tout simplement incapable d'accepter l'idée qu'elle mérite d'épouser un mec génial, et qu'elle l'a trouvé.* Tout le monde sait que les passions dévorantes, les grandes histoires d'amour fou ne durent que le temps d'un feu de paille. Ce qui importe, c'est de trouver le bon partenaire avec lequel faire sa vie, celui qui restera à vos côtés, sera un bon époux, un bon père. Et si Russell n'était pas le partenaire idéal, franchement, Emmy ne voyait pas qui le serait. Elle commençait à expliquer cela à Leigh quand l'employé renfrogné vint l'interrompre, assez grossièrement, d'une tape sur l'épaule.

— Madame ? Ayez l'amabilité d'enlever vos chaussures du fauteuil.

— Qui parle ? demanda Leigh.

— Pardon ? lança Emmy en coulant un regard oblique vers l'intrus.

Si elle s'était d'abord sentie intimidée, là, pour le coup, elle était carrément énervée.

— Je vous ai demandé de bien vouloir enlever vos pieds du fauteuil. *Ici, on ne s'assied pas comme ça.*

Le type ne semblait pas décidé à s'en aller, et il continuait à la dévisager.

— Emmy, que se passe-t-il ? Qui parle ?

Emmy, d'ordinaire mal à l'aise dans toutes les situations de confrontation, sentit une vague de rage déferler en elle.

— *On ne s'assied pas comme ça ici ?* C'est ce que vous venez de me dire ?

Leigh éclata de rire.

— Vas-y, ma fille. Dis-lui ta façon de penser.

En mettant un point d'honneur à parler fort dans le téléphone, Emmy riposta :

— Je suis assise ici, dans ce *couloir*, parce que ma chambre est si sombre qu'il est impossible d'y lire – je dis bien assise, avec une jambe repliée. Et vous voulez savoir quel genre de chaussure j'ose mettre en contact avec votre précieux fauteuil ? Un chausson de danse. Pas une ballerine qui imiterait des chaussons de danse, non : de vrais chaussons de danse, sans semelles. Je suis une *cliente* de cet hôtel, et vous avez le culot de me *gronder* comme si j'étais une *gamine* ? s'emporta-t-elle en fixant l'employé dans les yeux.

Le type secoua la tête, l'air de dire : *Encore une plouc d'Américaine,* et tourna les talons – ou plutôt, pirouetta sur lui-même.

— Je sens que tu vas adorer l'hospitalité française, dit Leigh. Je suppose que tu n'as pas encore pris un Parisien dans tes filets ?

— Ne crois pas pouvoir changer de sujet aussi facilement, ma fille.

— Em, j'apprécie vraiment que tu m'aies écoutée, mais je ne veux plus parler de ça, d'accord ? Je suis certaine que tout finira par s'arranger.

Bien ! Voilà comment il faut réagir ! songea Emmy. Leigh avait juste besoin d'un peu de temps pour mettre de l'ordre dans ses pensées et ses priorités. Comme toujours, elle cherchait trop midi à quatorze heures, mais elle finirait par réaliser qu'elle se prenait la tête pour rien.

— OK. Revenons-en à la bague. Je veux des détails.

— Elle est très belle, dit Leigh d'une voix douce. Très classique. Je ne sais pas comment il a su que j'aimais ce genre de bijou. Nous n'avons jamais fait de shopping ou de lèche-vitrines ensemble ; nous n'en avons même jamais parlé.

— C'est Russell tout craché. Quelle forme a-t-elle ?

— Il y a un gros diamant au centre, avec une taille émeraude, et deux autres plus petits de part et d'autre, sur un anneau de platine très mince.

Emmy siffla.

— Ça a l'air sublime. Tu ne te doutais vraiment de rien ?

Leigh mettant un temps anormalement long à répondre, Emmy crut une fois de plus que la communication avait été coupée, mais soudain, elle entendit son amie respirer très fort.

— Leigh ? Ça va ?

La respiration, à l'autre bout de la ligne, se fit plus saccadée, plus haletante.

— Oui. Mon cœur s'est un peu emballé. Toutes ces émotions, sans doute.

Emmy colla plus fort le téléphone contre son oreille. Elle aurait tant aimé entendre ces gloussements un peu puérils et euphoriques de la fiancée de fraîche date, mais connaissant Leigh, elle savait qu'il n'en serait rien. Son amie n'était pas le genre de fille à rire bêtement et à glousser : elle était drôle, raisonnable, loyale, et… névrosée ; les comportements de gamine, ce n'était pas son truc. Par ailleurs, décrire sa bague de fiançailles la mettait peut-être mal à l'aise : des trois, n'était-ce pas Emmy qui était censée se fiancer la première ?

Elle se souvint de l'excitation avec laquelle, quelques mois plus tôt, elle avait raconté à ses amies que Duncan s'était enquis de la taille de son doigt. Le geste ne brillait pas forcément par son romantisme, avait-elle pensé sur le moment, mais il était, indubitablement, de bon augure. Emmy se sentit rougir au souvenir de sa fébrilité, et décida qu'elle allait arrêter de se sentir désolée pour Leigh.

— Que lui as-tu offert, pour votre anniversaire ? demanda-t-elle avec un surcroît d'enjouement, excessif peut-être.

Un autre long silence. Emmy eut l'impression que Leigh essayait de réguler sa respiration.

— Leigh ?

— Oui, excuse-moi, je euh… Ça va. C'est juste que, euh… je lui ai offert une housse pour ordinateur. (Elle prit une longue inspiration, et toussa.) Orange.

Emmy fit de son mieux pour ne rien trahir de son étonnement.

— Russell s'est enfin acheté un ordi ? Je croyais que ça n'arriverait jamais. Comment as-tu fait pour le convaincre ?

— Il n'a toujours pas d'ordi, soupira Leigh. Oh, Emmy, je suis au-dessous de tout !

— Leigh, qu'est-ce qui ne va pas ? Je suis perdue. Tu projettes de lui offrir un ordinateur portable ? C'est adorable ! Tu ne pouvais pas deviner qu'il allait faire sa demande ce soir-là. Ne t'inquiète pas pour ça. Russell est la dernière personne à être contrarié pour un truc pareil.

Il y eut une autre longue pause, et quand Leigh reprit enfin la parole, Emmy entendit qu'elle pleurait.

— Je lui ai offert une housse d'ordi parce que j'avais la flemme de choisir un cadeau plus personnel, dit-elle, d'une voix lourde de colère et de regrets. J'ai appelé Barneys, j'ai donné le numéro de ma carte de crédit et c'est ça qu'ils ont envoyé. Une housse d'ordinateur ! Pour quelqu'un qui n'en a pas. Et orange, en plus. (Elle eut un reniflement.) Russell déteste les couleurs vives.

— Leigh, arrête de t'accabler. Russell est tellement amoureux de toi qu'il t'a demandé de passer le restant de ta vie avec lui. Ne laisse pas un cadeau idiot gâcher le tableau. Je parie qu'il n'a rien trouvé à y redire, pas vrai ?

— Ça l'a fait rire, mais j'ai bien vu qu'il était blessé.

— C'est un grand garçon. Il peut gérer un petit cafouillage. (Bien que sachant l'une et l'autre que tel n'était pas le cas, les deux amies s'en tinrent à cette conclusion.) Alors, dis-moi, comment la nouvelle a-t-elle été accueillie autour de toi ?

Leigh lui rapporta consciencieusement les réactions de sa mère et d'Adriana, et celle des parents de Russell, en glissant des plaisanteries et des observations amusées chaque fois que cela s'y prêtait. Ce n'est qu'après avoir raccroché, après s'être promis l'une l'autre de se reparler plus longuement le lendemain, qu'Emmy s'autorisa un pincement d'inquiétude. Se pouvait-il vraiment qu'il y ait un problème entre Leigh et Russell ? Que Leigh nourrisse des doutes sérieux ? *Absolument pas*, décida Emmy. *Elle a le trac, c'est tout. Elle est fébrile, elle est encore sous le choc, rien de plus.* Confiante en son analyse, convaincue que tout s'aplanirait automatiquement dès que l'excitation liée à l'événement serait un peu retombée, Emmy reporta son attention sur son ordinateur et rassembla son courage pour commander un autre café au serveur hostile.

— Excusez-moi ! lança une voix masculine par-dessus son épaule droite.

Persuadée d'être dans le collimateur d'un autre employé prêt à la tancer pour Dieu sait quel nouvel impair, elle fit celle qui n'avait pas entendu.

— Excusez-moi, insista-t-on. Pardonnez-moi de vous interrompre.

Emmy leva la tête, affectant *in extremis* un air souverainement agacé, et lâcha un « Oui ? » d'un ton horripilé qu'elle regretta aussitôt. Avec ses cheveux bruns bien fournis, son sourire engageant étincelant de blancheur et ses yeux joliment plissés, le jeune homme était, dans un style BCBG, fort séduisant. Il n'était pas d'une beauté renversante, son *sex-appeal* n'était pas celui d'une star du grand écran, mais son assurance combinée à un physique avantageux conduisit Emmy à penser qu'il n'existait pas une seule fille saine d'esprit sur la planète qui résisterait à son charme.

— Bonjour, murmura-t-elle.

Bingo, songea-t-elle. Voici le premier candidat du Grand Tour International de la Débauche.

Il sourit à nouveau et, du regard, désigna le fauteuil libre à côté du sien. Emmy hocha la tête et l'observa prendre place. Il était plus jeune qu'elle ne l'avait cru de prime abord – peut-être n'avait-il même pas trente ans. Son évaluation éclair – une aptitude qui était devenue presque instinctive à force de la perfectionner au fil des années – ne produisit que des points positifs. Pull en coton bleu marine, classique mais décontracté. Jean bien coupé, par chance exempt de déchirures délibérées, de délavage artificiel, de logos, de rivets, de broderies ou de rabats sur les poches arrière. Mocassins marron, simples mais élégants. Taille dans la moyenne, corps musclé mais sans ostentation, physique soigné mais néanmoins viril. Si elle avait dû émettre une réserve, elle aurait dit que son jean était un poil trop moulant. Mais, bon, quand on décidait de séduire un Européen, les jeans moulants faisaient partie des risques du métier.

Enhardie par le fait qu'il l'ait abordée – et n'oubliant pas que les seuls hommes auxquels elle avait adressé la parole depuis son arrivée en France travaillaient tous au Costes – elle lui sourit.

— Je m'appelle Emmy.

Un grand sourire éclaira son visage et il tendit la main. Pas d'alliance, pas d'ongles rongés ni de vernis transparent – que des signes prometteurs.

— Paul Wyckoff. Je n'ai pas pu m'empêcher d'entendre ce que ce crétin vous a dit…

Bon sang de bonsoir. En dépit du jean cousu à même la peau, des bonnes manières du jeune homme et de son fervent désir qu'il en soit autrement, Emmy ne pouvait nier l'évidence : Paul parlait anglais avec l'accent américain. Un accent qui trahissait même l'Américain de souche. Au mieux, il pouvait être canadien. Mais rien de plus exotique. Quelle guigne !

— … et c'est inconcevable ! Je ne cesserai jamais de m'étonner qu'il y ait autant de gens disposés à payer aussi cher pour se faire maltraiter de la sorte.

— Ah, je ne suis donc pas la seule dans ce cas ?

— Oh que non ! Ils sont positivement odieux avec *tous* leurs clients. C'est d'ailleurs le seul domaine dans lequel ils se montrent constants.

— Merci de me l'apprendre. Ça me soulage un peu. Je commençais à croire qu'ils m'avaient choisie pour tête de Turc.

— Ravi de vous être utile. La première fois que je suis descendu ici, je suis devenu complètement parano. J'ai passé quasiment toute mon enfance dans des hôtels – mes parents n'avaient de cesse de nous traîner aux quatre coins du monde – et après une seule journée ici, j'avais l'impression de n'être qu'un crétin.

Emmy éclata de rire, commençant déjà à oublier que Paul n'était pas un candidat potentiel. Et ce, bien entendu, uniquement à cause des règles du jeu. Car pour le reste… En moins de quatre minutes de conversation sur tout et rien, Emmy avait déduit qu'il ferait un mari idéal. Non ! Elle n'allait pas retomber dans le panneau ! *Le sexe, oui. Les attaches, non.* Elle se répéta plusieurs fois ce mantra tandis que des images se mettaient à danser dans sa tête – la robe de mariée de ses rêves (dessinée par Monique Huilier, longue, sans manches mais pas bustier, avec une ceinture vieux rose soulignant la taille), le menu de noce idéal (salade de tomates délicatement parfumée aux agrumes pour commencer, suivie d'un assortiment de thon *ahi* grillé ou d'un filet de bœuf *matsuzake*).

— Je suis heureuse d'apprendre que je ne suis pas la seule. (Emmy termina son café et lécha consciencieusement la petite cuillère.) Pourquoi vos parents voyageaient-ils autant ?

— C'est là que je devrais dire « enfant de militaire » ou « fils de diplomate », mais en fait, il ne s'agit pas de cela. Disons juste que mes parents ont un rapport schizophrène avec leur lieu de vie et qu'ils sont tous les deux écrivains. Du coup, nous étions toujours par monts et par vaux. En fait, je suis né en Argentine.

En une nanoseconde, Emmy comprit les implications de cette information.

— Cela fait-il de vous un ressortissant argentin ?

Paul éclata de rire.

— Entre autres.

— Que voulez-vous dire par là ?

— Je suis argentin puisque je suis né à Buenos Aires, où mes parents travaillaient l'un et l'autre sur un livre. Nous y avons habité par intermittence pendant quelques années, avant de partir pour Bali. Mon père étant anglais, on m'a automatiquement attribué la nationalité britannique, et ma mère est française, mais leurs lois de citoyenneté ici sont un peu retorses, donc je n'ai jamais réclamé la nationalité française. Ça peut paraître intéressant comme ça, pourtant je vous assure que c'est un bazar colossal.

— C'est juste que quand vous parlez, on vous croit… américain.

— Ouais, je sais. Depuis la maternelle et dans quelque pays où nous résidions, j'ai toujours fréquenté des écoles américaines. Ensuite, je suis allé à l'université à Chicago. Mon père ne s'est jamais remis du fait que je parle comme un Yankee.

Emmy hocha la tête, tout en s'efforçant de traiter cette masse d'informations – ou plutôt, de cataloguer chaque détail en prévision du mail triomphal qu'elle allait expédier dès le lendemain à ses amies.

— Vous êtes partante pour un truc un peu plus costaud ? s'enquit Paul. Vous pourriez en avoir besoin après m'avoir écouté parler aussi longtemps de moi.

— À quoi pensiez-vous ? répondit-elle, en se penchant vers lui et en forçant délibérément sur les battements de cils. *Le sexe, oui. Les attaches, non.*

Il éclata de rire.

— Rien de trop fou. Peut-être troquer le café pour du vin ?

Ils partagèrent une bouteille d'un breuvage charpenté, velouté et si riche en tanins que les lèvres d'Emmy se froncèrent. Un bordeaux, aurait-elle parié, sans pouvoir cependant hasarder un millésime particulier – comme elle en aurait été capable quelques années plus tôt, lorsqu'elle avait passé six mois à parcourir la France, à visiter des vignobles tout en travaillant à l'occasion dans des restaurants. Les vins de bordeaux n'avaient jamais été ses préférés, mais ce soir, elle adorait le goût de celui-ci. Tandis que la conversation se poursuivait sans effort autour d'une seconde bouteille, Emmy ne céda qu'une seule fois à la tentation d'imaginer le cadre de leur lune de miel imminente – une villa au bord de l'océan, à Bora Bora, avec piscine privée et pavillon de repos en plein air, ou alors un safari de luxe, en Afrique, où ils feraient l'amour sous une moustiquaire de tulle blanc avant qu'un chauffeur vienne les chercher à bord d'une imposante Range Rover noire pour leur montrer des lions et des éléphants. L'ambiance était plutôt au badinage, en fait, jusqu'à ce qu'Emmy interroge Paul – d'un ton détaché, selon elle – sur ce qu'il pensait des enfants.

Il redressa la tête avec brusquerie.

— Les enfants ? Que veux-tu dire ?

Le vin embrumait-il son jugement ? Aurait-elle été moins subtile qu'elle se l'imaginait ? Elle avait eu l'intention de lui demander s'il avait des nièces, ou des neveux, et de là, par un enchaînement naturel, de s'informer sur son intention ou non d'avoir lui-même un jour des enfants. Mais peut-être le stratagème était-il plus transparent qu'elle ne l'avait pensé *a priori* ?

— Oh, rien de particulier. C'est adorable, les gamins, tu ne trouves pas ? Apparemment, de nos jours, pas mal de gens n'en veulent pas. Ça me dépasse. Je ne dis pas que j'en veux là tout de suite, naturellement, mais je sais, avec certitude, qu'un jour, j'en voudrai.

Quelque chose, dans cette réflexion, sembla rappeler à Paul un rendez-vous qu'il n'avait pas mentionné jusque-là.

— Oui, j'imagine. Écoute, Emmy, dit-il en fixant sa montre. En fait, j'ai promis à des amis de les retrouver, et je suis sacrément en retard.

— C'est vrai ? À cette heure-ci ?

Il était à peine plus de 1 heure du matin, mais Emmy avait l'impression qu'il était 4 heures. Elle était agréablement ivre, détendue, et déterminée à séduire Paul, en femme libre de son corps, de ses désirs, de son esprit. Peu importe qu'en réalité elle eût surtout envie de poursuivre cette conversation langoureusement étendue sous une couette confortable, tout en échangeant des baisers jusqu'au lever du soleil. Elle appuierait la tête sur son torse et il jouerait avec ses cheveux ; de temps à autre, il lui prendrait le menton au creux de la main pour attirer ses lèvres vers les siennes. Ils riraient aux éclats en faisant assaut de plaisanteries et de jeux de mots idiots, se confieraient des secrets, évoqueraient les endroits du monde qu'ils rêvaient de visiter, en espérant, sans oser encore le dire

– après tout, ce ne serait que leur première nuit – les découvrir un jour ensemble. Le matin, ils se réveilleraient tard, Paul lui dirait combien elle était adorable, avec son air enfariné et ses cheveux en désordre, puis ils commanderaient le petit déjeuner au service d'étage (des croissants croustillants, du jus d'orange fraîchement pressé, du café au lait entier, et une grosse assiette de fruits rouges charnus et juteux) tout en faisant des projets pour…

— Emmy ? Allô ? (Paul posa deux doigts sur sa main.) Tu es toujours avec moi ?

— Excuse-moi. Tu disais ?

— Je te disais que je dois te laisser. J'avais rendez-vous avec des amis vers minuit, mais j'ai été euh… distrait. (Il lui sourit, l'air penaud, et Emmy sentit son cœur louper un battement.) En d'autres circonstances, je t'aurais invitée à m'accompagner – j'aurais même insisté – mais il se trouve que c'est la soirée d'anniversaire de mon ex, et je ne suis pas certain qu'elle serait ravie si j'arrivais… accompagné. Tu vois ce que je veux dire ?

Dans la tête d'Emmy, le projecteur s'enraya d'un coup d'un seul et dans son film, leur image à tous deux en train de dévaliser le minibar, hilares, fut remplacée par celle d'une fin de soirée solitaire, à regarder en boucle *CNN International*, vêtue de son vieux tee-shirt troué.

Elle réussit cependant à sourire.

— Oui, oui, bien sûr ! Je comprends tout à fait. Ce serait bizarre et peu attentionné d'arriver avec une autre fille. En plus, je commence vraiment à ressentir les effets du décalage horaire – ça vient de me tomber dessus comme un mur de briques. Et demain, j'ai un rendez-vous aux aurores, donc je n'aurais pas pu t'accompagner de toute façon. *Arrête de jacasser !*

s'intima-t-elle. *Tu es à deux doigts de lui raconter que tout à l'heure, tu as eu la bonne idée de retoucher ton épilation du maillot et qu'à force d'acharnement, on dirait maintenant que tu as une crise d'herpès. Ou de lui dire que tous ces verres de vin n'ont pas fait bon ménage avec le café, que tu es plutôt barbouillée, et que tout en étant affreusement déçue qu'il te laisse tomber comme une vieille chaussette, tu es tout de même soulagée à l'idée d'être seule pour régler ce petit problème. Donc, ferme-la !*

Quand Paul fit signe au serveur de leur apporter l'addition, Emmy remarqua qu'un remix de Shirley Basset montait des enceintes situées derrière eux et s'aperçut, non sans surprise, que le hall nimbé de pénombre s'était transformé en un repaire feutré d'élégants noctambules.

— Non, c'est pour moi, dit-elle en abattant vigoureusement la main sur leur minuscule guéridon.

— Je suis vraiment navré de me sauver comme ça, mais ce sont mes plus vieux amis et ça fait des lustres…

— Bien sûr ! Ne t'inquiéte pas.

Elle avait déjà accepté l'idée de remonter seule dans sa chambre. Quant à celle de se précipiter au lit avec Paul au motif d'une promesse faite à ses amies, elle lui semblait ridicule. De qui se moquaient-elles ? Ce n'était tout simplement pas dans sa nature. Ce genre de comportement, c'était parfait pour les autres – fantastiques, même, pour les filles comme Adriana – mais Emmy n'était pas faite de ce bois-là. Elle voulait rencontrer quelqu'un, le rencontrer dans tous les sens du terme, et le sexe devait s'inscrire dans un processus naturel, et non pas être un acte impulsif. De plus, elle était là pour une semaine. Peut-être pourraient-ils dîner ensemble le lendemain… Ah zut ! Le lendemain soir, elle avait déjà des rendez-vous. Qu'à cela ne tienne, ils n'auraient qu'à se rejoindre plus tard, pour boire un verre. Se retrouver à l'hôtel, peut-être, c'était le plus pratique, avant d'aller déambuler dans de charmantes rues pavées, puis de se réfugier dans un bistrot pittoresque, pour grignoter des frites. À ce stade-là, ils auraient passé des heures ensemble, peut-être même échangé un baiser sous un de ces réverbères en fer forgé si romantiques… un baiser chaste, naturellement, un simple effleurement de lèvres, aussi doux qu'un murmure et dépourvu de toute urgence de passer à la vitesse supérieure. Oui, ce serait parfait.

Paul l'accompagna au pied du minuscule ascenseur niché dans un coin du hall plus sombre qu'une mine, et s'écarta pour en laisser sortir un couple excessivement séduisant.

— C'était un plaisir de te rencontrer, Em. Emmy. Comment t'appelle-t-on ?

— L'un ou l'autre. Mais mes plus proches amis m'appellent Em. Donc, j'aime bien, expliqua-t-elle avec son sourire le plus enjôleur.

— Bien, euh… je pars tôt demain matin, donc j'imagine qu'il nous faut nous dire au revoir.

— Ah bon ? C'est vrai ? Où habites-tu ? demanda-t-elle en s'apercevant qu'elle ignorait ce détail.

— Je ne rentre pas à la maison, malheureusement. Je dois passer deux jours à Genève, et ensuite aller peut-être à Zurich. Ça dépendra.

— Tu as l'air d'un homme très occupé.

— Oui, le planning des déplacements peut être rudement chargé. Mais, bon… C'était vraiment super de te rencontrer. (Il marqua une pause et lui fit un grand sourire.) Je me répète, n'est-ce pas ?

Emmy se dit que la boule qui lui obstruait la gorge était une combinaison de syndrome prémenstruel, de décalage horaire et d'un abus de vin, et n'avait absolument rien à voir avec Paul. Néanmoins, comme elle redoutait d'éclater en larmes si elle tentait de parler, elle se contenta de hocher la tête.

— Repose-toi, d'accord ? Et promets-moi de ne plus te laisser enquiquiner par les employés du Costes.

Elle hocha de nouveau la tête.

Du bout du doigt, il lui leva le menton et l'obligea à le regarder. L'espace d'une seconde, Emmy eut la certitude qu'il allait l'embrasser. Au lieu de quoi, il la regarda droit dans les yeux, en souriant, puis déposa un baiser sur sa joue.

— Bonne nuit, Emmy. Prends soin de toi.

— Bonne nuit, Paul. Toi aussi.

Il tourna les talons et avant que les portes de l'ascenseur se referment, il avait déjà disparu.

— Gros tas ! Gros tas ! Gros tas ! croassait le maudit volatile.

Tel un nouveau-né, il l'avait réveillée à 6 heures moins le quart du matin – un samedi ! – et avait refusé de se rendormir. Adriana avait pourtant tout essayé : lui fredonner une berceuse, le nourrir, le bercer, jouer avec lui ; pour finir, elle l'avait bouclé dans la salle de bains des invités, dans le noir. Mais cette maudite bestiole ailée s'entêtait dans son déluge verbal.

— La grosse ! La grosse ! piaillait-il à présent en dodelinant de la tête comme ces figurines à tête de chien posées sur le tableau de bord d'une voiture.

— Bon, écoute-moi bien, petit connard, siffla Adriana, lèvres presque collées aux barreaux de la cage métallique. J'ai des tas de défauts – dont je ne suis pas forcément fière – mais *grosse*, ça n'en fait pas partie. Pigé ?

L'oiseau pencha la tête de côté, comme s'il soupesait la question. Adriana crut même le voir opiner du chef, et elle retourna se coucher, satisfaite. Elle n'avait même pas franchi le seuil que l'oiseau croassa encore une fois – mais avec moins de véhémence cette fois, elle l'aurait juré – « La grosse ».

— Espèce de salaud ! hurla-t-elle en se retenant de ne pas balancer et la cage et son locataire par la fenêtre du vingt-sixième étage. (L'oiseau lui décocha un regard interloqué.) Oh, mon Dieu ! marmonna-t-elle. Je parle à un perroquet.

Adriana avait toujours trouvé exagérés les emportements d'Emmy à l'égard de cet oiseau ; jusqu'à cet instant où, fragilisée par le manque de sommeil, minée dans son estime de soi, elle comprit que cohabiter à plein-temps avec Otis pouvait avoir des effets dévastateurs sur les nerfs.

Elle fouilla dans le placard à linge, en quête d'un grand drap de bain, mais se contenta de la première chose qui lui tomba sous la main – un luxueux drap-housse en coton égyptien qu'elle s'empressa de draper autour de la cage, en veillant à bien rentrer les rabats élastiques sous son socle. Un instant, elle redouta que l'animal ne suffoque par manque d'air, mais elle décida qu'elle pourrait vivre avec cette éventuelle conséquence, descendit les stores et éteignit la lumière. Miracle : l'oiseau ne protesta pas. De retour sous les couvertures, son masque au concombre à nouveau bien en place sur les yeux, Adriana exhala un soupir de soulagement. Merci, mon Dieu !

Elle était en train de se laisser gagner par le sommeil quand le téléphone sonna, et malgré sa fatigue, elle décrocha.

— Adi ? Tu dors encore ? tonna la voix de Gilles – une voix étonnamment grave pour quelqu'un d'aussi menu.

— Nous avons rendez-vous à 1 heure. Il est à peine 10 heures. Pourquoi m'appelles-tu ?

— J'en connais une qui n'est pas du matin ! chantonna-t-il, l'air ravi.

— Gilles…

— Désolé. Écoute, je vais être obligé d'annuler notre déjeuner. Je sais, je suis un ami indigne de ce nom, mais j'ai eu une proposition plus alléchante.

— Une proposition plus alléchante ? D'abord, cet oiseau qui me traite de grosse, et maintenant toi qui m'annonces qu'il a mieux à faire ?

— L'oiseau ? *Quel oiseau ?*

— Laisse tomber. Bon, éclaire ma lanterne : en quoi consiste une proposition plus alléchante que des salades, des *Bloody Mary* et une manucure ?

— Eh bien, voyons… Disons qu'il s'agit juste d'une opportunité qui ne se présente qu'une fois dans la vie. Tu es prête ?

— Je suis prête, répondit Adriana en affectant, au prix d'un effort surhumain, un total désintérêt.

— L'agence a appelé pour dire que Ricardo étant coincé sur un *shooting* à Ibiza, il ne pourrait pas assurer le *booking* d'aujourd'hui.

— Mmm…

Adriana se souvenait vaguement que Gilles et Ricardo étaient de sérieux rivaux – une rivalité qui, inclinait-elle d'ailleurs à penser, venait plus de Gilles que de Ricardo, lequel, au grand dam du premier, semblait parfaitement heureux d'honorer presque tous les contrats les plus prestigieux de leur agence. C'était lui qui coiffait les plus grands noms de Hollywood, et quand venait la saison des cérémonies de récompenses, son agenda était archiplein. Les deux hommes s'étaient connus sur les bancs de l'école de coiffure, ils avaient fait leurs armes ensemble, au bac, dans tous les salons de Madison Avenue, et par la suite, bien qu'ils aient été promus coiffeurs en titre exactement au même moment, Ricardo s'était débrouillé pour devenir une superstar.

— Devine quel est le *booking* d'aujourd'hui ! lança Gilles d'une voix surexcitée.

— Voyons… de quoi peut-il s'agir ? Une séance de photos ! s'exclama Adriana avec un enthousiasme ostensiblement feint.

Gilles ne releva pas.

— Bah, laisse tomber. Je suis sûr que tu te fiches pas mal de savoir quel effet ça fait de coiffer Angelina sur le plateau de *The City Dweller*, film dans lequel elle est, paraît-il, plus sexy que jamais. C'est marrant, j'allais t'inviter à m'accompagner, pour te présenter tout le monde, mais je suis certain que ça n'a jamais été ta tasse de thé…

— Angelina ? La star la plus sexy de tous les temps ?

— La seule et l'unique.

Adriana dit dans un souffle :

— Tu crois que Brad sera là ?

— Qui sait ? Tout est possible. J'ai entendu dire qu'il y avait de grandes chances pour qu'elle vienne avec Maddox.

Maddox. Voilà une information qui méritait réflexion. Adriana avait beau détester les enfants – et tout particulièrement les braillards et les morveux – elle était tombée raide dingue de toute la couvée « Bradangelina ». Certes, les braillements et la morve ne s'entendaient ni ne se voyaient sur les pages de *US Weekly*, mais Adriana était certaine que ces enfants-là étaient différents – calmes, dignes, peut-être même sophistiqués. Et indiscutablement, ils avaient du style. Elle aurait adoré voir en chair et en os cet élégant petit Cambodgien adopté. Adriana se redressa d'un coup, s'assit dans le lit et entreprit de fouiller d'un regard frénétique son placard resté grand ouvert. Comment s'habillait-on pour assister à un tournage ?

— Un peu, que je t'accompagne ! lâcha-t-elle d'une voix suraiguë et en renonçant d'un coup à ses postures distantes. Où et à quelle heure ?

Gilles eut la bonté de ne pas éclater de rire.

— Je me disais bien que ça t'intéresserait, répondit-il avec une froideur délibérée. Retrouve-moi à l'angle de Prince et Mercer, dans une heure. Comme je ne sais pas précisément où sera stationnée la caravane des coiffeurs et des maquilleurs, envoie-moi un texto quand tu arrives. Je viendrai te chercher.

Adriana raccrocha et fonça sous la douche. Répugnant à donner l'impression qu'elle avait fait des efforts autres que superficiels, elle appliqua un peu de talc parfumé au citron sur ses racines, mais fit l'impasse sur le shampooing et laissa ses cheveux retomber en une cascade de boucles sexy par-dessus ses épaules. Elle utilisa une crème hydratante teintée au lieu de son habituel embellisseur de teint, et se contenta d'étaler un peu de brillant à lèvres sur ses pommettes et sur les lèvres. Quelques grains de poudre blanche irisée au coin des yeux – un artifice qu'elle tenait de sa mère, du temps où elle était mannequin ; une seule couche de mascara brun. Le miroir grossissant lui confirma que son maquillage était indétectable, mais qu'il magnifiait l'éclat et la fraîcheur de son visage.

Décider d'une tenue réclama un peu plus de temps. Elle écarta deux robes dos-nu, une tunique ceinturée et un pantalon blanc moulant avant de trouver la combinaison gagnante : un jean *skinny* idéalement patiné qui lui remontait avantageusement les fesses et les mettait en valeur, deux débardeurs à dos nageur ultra-fins superposés et une paire de mocassins à boucles Chloé. Sa peau, dorée douze mois sur douze tant grâce à ses gènes qu'aux mois passés sur les plages de Rio, semblait littéralement jaillir du coton blanc des débardeurs. Elle ajouta une collection désassortie de bracelets en or à un poignet et pour compléter son look, choisit une paire de petites boucles en or, discrètes, en forme de nœud. Quarante-cinq minutes après la fin de sa conversation avec Gilles, elle se dirigea vers la porte de l'appartement et passa sur la pointe des pieds devant celle de la salle de bains où dormait l'insupportable locataire, qu'elle ne voulait réveiller pour rien au monde.

— Arghwahhhhhhh…

Elle entendit un battement d'ailes, puis un autre râle – au message inaudible mais d'une tonalité curieusement lugubre – suivi d'une série de battements d'ailes frénétiques. *Putain !* songea-t-elle en ouvrant la porte de la salle de bains. *Mais il est en train de crever !*

— Tu ne peux pas mourir là, tout de suite, intima-t-elle au drap qui recouvrait la cage. Aie au moins la courtoisie d'attendre que j'aie rencontré Maddox. Et même mieux : attends le retour d'Emmy. Comment veux-tu que je sache comment on se débarrasse d'un cadavre de perroquet ?

Silence. Suivi d'un cri, positivement déchirant. Jamais Adriana n'avait entendu de cri pareil, et la douleur qu'il exprimait la fit littéralement frissonner de terreur.

Elle s'élança pour arracher le drap, prête à tout pour apaiser l'animal en souffrance.

— Otis, que se passe-t-il ? roucoula-t-elle en approchant son visage des barreaux. Tu es malade ?

Ce n'est que lorsque Otis inclina la tête de côté – signe éloquent d'une santé florissante – qu'Adriana comprit qu'elle s'était fait avoir. Elle avait quitté la salle de bains et traversé la moitié du hall d'entrée quand elle entendit Otis claironner à tue-tête « Gros tas ! », trois fois de suite, en ponctuant chaque insulte d'un croassement.

— Crève donc, misérable volaille ! Je te souhaite une mort lente et affreusement douloureuse et j'irai danser sur ta tombe !

Toute cette situation la mettait en rage. Le seul fait qu'Emmy culpabilise à l'idée de vendre ou d'assassiner ce foutu volatile ne signifiait pas que d'autres étaient obligés d'endurer ses insultes. Mais qu'était-on supposé répondre à sa meilleure amie, quand elle appelait, la veille de son départ, paniquée parce que son véto n'accueillait plus d'oiseaux en pension ? Toute personne dotée d'un minimum de raison aurait fait exactement la même réponse qu'Adriana – à savoir que si elle ne pouvait pas se vêtir de la bête, s'en nourrir, ou l'arborer comme accessoire, elle ne voulait pas en entendre parler – mais face à la panique d'Emmy, elle s'était laissé amadouer. D'autant qu'Otis, lui avait-elle juré, n'exigeait que très peu d'entretien ; exception faite de quelques explosions d'humeur, Adriana ne remarquerait même pas sa présence. Ouais, c'est ça… Pourquoi, dans ce cas, se retrouvait-elle, dans l'ascenseur, à se demander si ses hanches n'avaient pas un peu forci ? Ou s'il ne serait pas plus avisé de parcourir à pied les vingt blocs qui la séparaient de SoHo plutôt que de prendre un taxi, car cela *crevait les yeux* qu'un peu de sport ne lui ferait pas de mal ? Maudite buse.

Lorsqu'elle arriva à destination, entre l'épuisement physique et l'excitation, son rythme cardiaque s'était considérablement élevé et elle se sentait un peu moite. Par chance, cette moiteur déposait sur sa peau un voile brillant qui intensifiait sa beauté. Plus d'un homme, en la croisant, s'imaginèrent qu'elle venait de tomber du lit de son amant ; et les autres se demandèrent ce que cela ferait d'être l'heureux élu.

Gilles la rejoignit sitôt qu'il reçut son message. Remarquant qu'un groupe d'assistants, stationnés devant une caravane, les observait, il empoigna Adriana par les hanches, colla son bassin contre le sien et l'embrassa à pleine bouche.

— Tu es sublime ! Tu me ferais presque regretter de ne pas être hétéro.

— Oui, *querido*, moi aussi. Je t'épouserais dans la seconde. En fait, si je ne me suis pas trouvé de mari d'ici un an, accepterais-tu de m'épouser ?

— J'avoue que c'est tentant. M'engager auprès d'une seule personne pour le restant de mes jours, et d'une femme qui plus est ? Autant me castrer direct.

— Non, attends, je crois que je viens de mettre le doigt sur un truc. On aurait une relation de couple entièrement libre, c'est évident – tu pourrais coucher avec qui tu veux – mais on pourrait assister ensemble aux soirées, aux réunions de famille tout en menant notre vie chacun de notre côté. Je trouve que c'est une idée géniale.

— Oui, ma belle, mais puis-je te demander ce que j'y gagne ? Tu oublies que je fais déjà tout ça sans être marié…

— Qu'est-ce que tu y gagnes ? Mmm… (Adriana posa l'index contre ses lèvres et fit semblant de réfléchir.) Voyons voir… Un accès sans restriction à mes rentes illimitées, par exemple ? Ça t'irait ?

Gilles mit aussitôt un genou en terre et porta la main d'Adriana à ses lèvres.

— Adriana de Souza, accepterais-tu de m'épouser ?

Elle éclata de rire et l'aida à se relever.

— Un an, *querido*. Je me donne un an pour me trouver un mari fonctionnel – par là, j'entends un mari qui accepte de coucher avec moi – et si j'échoue, toi et moi, c'est une affaire qui roule. Ça te va ?

— Je bande déjà, je te le jure. Redis-le encore une fois : *rente*.

Gilles attendit qu'ils aient parcouru la moitié de Prince Street avant de lui annoncer qu'il ne serait pas possible de lui présenter Angelina aujourd'hui.

— Dis-moi que c'est une blague ! Pour l'amour de Dieu ! Tu m'as fait lever, doucher, habiller à *10 heures du matin* ! Est-ce qu'au moins Maddox sera là avec sa nounou ?

— Non, désolé, mon cœur. Mais je coiffe Paul Rudd dans vingt minutes, et tu es cordialement invitée à venir t'asseoir dans un coin de la caravane.

Adriana renifla.

— Il est pas mal, je suppose…

— Et, si tu es sage, tu seras même autorisée à assister en fin d'après-midi au tour…

— C'est gentil, mais non merci. Ce soir, je sors avec ce type qui bosse dans la finance.

— Oh, un *financier*. Pigé. Tu vas t'éclater… Mais au cas où, sache qu'il s'agit du tournage d'une pub avec Tyra… une pub de lingerie… et qu'il est question que Naomi la rejoigne…

— La ferme.

— Je suis sérieux.

— À quelle heure ?

— 19 heures, aux studios Sky. Il y aura probablement un pot ensuite.

Adriana expira lentement et regarda Gilles.
— D'accord. Je viens.
— Marché conclu.
Il ouvrit la porte d'une caravane et s'effaça pour laisser monter Adriana. Une adolescente qu'elle ne reconnaissait pas était assise avec résignation dans l'un des quatre fauteuils, dos au miroir éclairé, tandis qu'une styliste grassouillette armée d'une brosse ronde bataillait pour dompter ses épaisses boucles. À en juger par la débauche de brosses Mason Pearson, de séchoirs à ions et de toute la gamme des produits Kerastase disponibles sur le marché américain éparpillés çà et là, les trois autres postes venaient à peine d'être libérés.
— Gilles, ils ont avancé l'horaire d'une demi-heure parce que Tobias doit partir de bonne heure, lança la styliste par-dessus le vrombissement de son séchoir à cheveux. J'ai tout en main, ici, alors pourquoi n'irais-tu pas sur le plateau pour les retouches ?
— C'est parti ! chantonna Gilles.
Il hissa sur une épaule un énorme cabas en cuir débordant de tout un attirail et indiqua la sortie à Adriana.
Le tournage battait son plein quand ils arrivèrent au loft où il avait lieu. Trois assistants scrutèrent leurs badges d'accès avant de les laisser passer.
— C'est plus dur de pénétrer ici que Chez Cruise, chuchota Adriana quand ils eurent enfin réussi à franchir le barrage.
Gilles lui sourit mais resta concentré sur ses pieds pour éviter de se les prendre dans les enchevêtrements de câbles et de rallonges.
— Juste avant que tu arrives, je les ai vus expliquer au facteur qu'il n'était pas autorisé à distribuer le courrier avant la fin du tournage.

L'immense loft, typique de l'architecture de SoHo, avait des plafonds de presque cinq mètres, des murs de briques apparentes et abritait un impressionnant ramassis de sculptures contemporaines. L'équipe avait installé un lit *king-size* à colonnes et cadre métalliques dans le salon – immense boîte réduite à ses arêtes – en face de la cheminée. Entre le lit, les tables de nuit assorties et la couette chocolat et vert acide, le décor semblait tout droit sorti d'un catalogue de mobilier design pour bobos en mal de personnalité. L'intérêt résidait tout entier dans le spectacle qu'offrait l'actrice étendue sur le lit, quasiment nue.

— Silence sur le plateau ! tonna une voix grave et masculine, qui descendit du plafond tel un *deus ex machina*.

Gilles se figea, leva une main et de l'autre, empoigna le poignet d'Adriana pour la forcer à s'immobiliser.

— On tourne ! déclara un homme, et aussitôt plusieurs voix lancèrent en chœur, des quatre coins de la pièce :

— On tourne !

— On tourne !

— Tournage !

— Et… Action !

Adriana se retourna. L'homme qui venait de prononcer ces mots était assis légèrement à l'écart. La tête ceinte d'un volumineux casque audio, il était penché vers l'écran central, qu'il scrutait avec une concentration féroce. À ses côtés, une jeune fille prenait diligemment des notes sur un bloc à pince. Cet homme, supposa Adriana, devait être le réalisateur, le dieu des lieux en personne ; elle s'écarta de quelques pas vers la gauche, et constata avec plaisir que son intuition était juste en découvrant le nom écrit en lettres capitales au dos de son fauteuil : « TOBIAS BARON ». Ce qui la désarçonna, en revanche, c'est qu'il fût si jeune. Au vu de sa filmographie, elle se serait attendue à voir un bonhomme de cinquante, voire soixante ans. Or il semblait en avoir à peine quarante.

Gilles et elle observèrent sagement la vingt-deuxième prise d'une scène où l'actrice, étendue sur le lit, vêtue d'une chemise d'homme entièrement déboutonnée et d'une culotte en coton blanc qui se débrouillait pour être dix fois plus sexy qu'un string, lisait un roman et tournait les pages en se caressant distraitement le ventre. Adriana réalisa soudain que cette fille était la doublure d'Angelina.

— Coupez ! gueula Tobias.

Aussitôt, Gilles se précipita vers l'actrice et entreprit de faire bouffer ses cheveux avec les doigts. Sans paraître remarquer l'attitude de la fille, dressée sur ses coudes, la tête rejetée en arrière, comme en proie à une extase.

Quelques minutes plus tard, il y eut une autre salve de « On tourne ! » et un autre « Action ! ». Sauf que cette fois, à l'instant précis où l'acteur au physique buriné qui venait d'apparaître dans le champ se penchait lentement au-dessus de la fille, on entendit le bruit strident d'une sonnerie de portable. Le portable d'Adriana. Quelque quarante têtes pivotèrent aussitôt vers elle. Nullement démontée par ces regards scrutateurs, Adriana farfouilla dans son sac, en sortit le téléphone et l'éteignit – non sans avoir vérifié au préalable l'identité de celui ou celle qui cherchait à la joindre.

— Et coupez ! hurla le réalisateur, avec un agacement ostensible. C'est quoi ce travail d'amateur ? Éteignez-moi ces foutus portables ! Bon, on reprend depuis l'entrée de Fernando. Tout le monde en place et… action !

Cette fois, les acteurs allèrent jusqu'au bout de ce que le réalisateur attendait d'eux, après quoi ce dernier décréta une pause. Gilles serrait si fort la main d'Adriana qu'elle sentait ses ongles s'enfoncer dans sa paume. Elle savait qu'il allait se déchaîner et lui hurler dessus – ce garçon avait toujours adoré les cris et les scènes – mais avant qu'il ait eu le temps de la traîner dehors pour lui passer un savon, Tobias Baron les intercepta. Le casque pendu autour du cou, les sourcils froncés, il secouait la tête d'un air rageur tandis que le reste de l'équipe reculait en cercle autour lui, assez loin pour éviter un contact direct avec la foudre, mais pas trop, histoire de ne rien rater du spectacle.

— Qui êtes-vous ? demanda Tobias d'un ton impérieux, le regard braqué sur Adriana.

Gilles se mit à parler à tort et à travers :

— Je suis absolument navré, monsieur Baron, je peux vous assurer qu'un tel incident ne se repr…

Tobias lui intima de se taire d'un mouvement de main exaspéré, sans lâcher Adriana des yeux.

— Qui êtes-vous ? répéta-t-il.

Comme il la fixait, elle le fixa. Ils se jaugèrent ainsi, dans une joute muette, pendant presque trente secondes. Adriana admira son calme inébranlable ; lorsqu'elle se murait dans ce silence hautain, la plupart des hommes perdaient les pédales. Elle apprécia aussi son physique imposant. Il était plus grand que la moyenne et devait mesurer pas loin d'un mètre quatre-vingts, mais son tee-shirt près du corps mettait en valeur un torse qui lui donnait l'air plus impressionnant qu'il n'était en réalité. Et pour ce qu'elle pouvait en juger, son bronzage et ses épais cheveux bruns n'avaient rien d'artificiel. Elle se trouvait assez près de lui pour sentir son odeur, et celle-ci aussi lui plaisait : un agréable mélange de produit assouplissant et d'une eau de toilette masculine, subtile.

En s'appliquant à ne montrer aucun remords, elle le regarda droit dans les yeux et dit :

— Je m'appelle Adriana de Souza.

— Ah. *Tout s'explique.*

— Je vous demande pardon ? fit-elle, interloquée.

Soudain, elle crut comprendre : cet homme connaissait peut-être sa mère, et du coup, ne s'étonnait nullement de son comportement de diva. Ce ne serait pas la première fois que quelqu'un, dans le monde du septième art, faisait le lien entre le nom célèbre que portait Adriana et son look sublime.

— Cela explique pourquoi une jeune fille de votre âge a choisi un morceau de João Gilberto pour la sonnerie de son téléphone. Vous êtes de Rio ?

— Non, de São Paulo, ronronna Adriana. Vous n'avez pas l'air très brésilien.

— Qu'est-ce qui vous fait dire ça ? Mon nom, ou mon nez ? (Il sourit enfin.) Nul besoin d'être brésilien pour adorer la bossa nova.

— Excusez-moi, votre nom a dû m'échapper… Vous êtes ? dit-elle en écarquillant les yeux.

Sa longue expérience lui avait appris que lorsqu'on prenait de haut les hommes très sûrs d'eux, ils vous étaient acquis à jamais.

Le sourire du réalisateur connut une éclipse, avant de renaître, plus éclatant que jamais, comme pour dire : *Hé, hé, une adversaire à ma mesure. Voilà qui me plaît bien.*

Il ne lui demanda pas son numéro de téléphone, mais Adriana était certaine, absolument certaine, qu'elle ne tarderait pas à avoir des nouvelles de Tobias Baron.

— Tu es bien silencieuse… observa Russell tout en avançant au pas, pare-chocs contre pare-chocs, sur la quatre-voies. Ils avaient sans conteste gagné le gros lot en matière d'embouteillages en quittant la ville à l'heure de pointe, un vendredi soir, en été.

Leigh soupira. Plus que trois jours à tenir avant son cher lundi de réclusion volontaire.

— C'est juste que j'appréhende un peu, comme d'habitude.

— Ils ne sont vraiment pas si terribles que ça, mon cœur. D'ailleurs, je ne comprends pas très bien pourquoi ils t'exaspèrent autant.

— Eh bien, sans doute parce que tu ne les as rencontrés que cinq fois en tout et pour tout dans ta vie, et que s'il y a un domaine où ils excellent, c'est bien celui de faire une bonne première impression. Ils n'attaquent leur travail de sape que lorsque tu commences vraiment à les connaître et à leur faire confiance. Et là… attention !

Agacée d'entendre Russell prendre la défense de ses parents, Leigh fit défiler les titres sur le iPod tout en poussant le volume dans la foulée. *Waiting on the World to Change*, le morceau de John Mayer, commença à résonner dans l'habitacle de la Range Rover flambant neuve de Russell.

Leigh détestait cette voiture. Quand il lui avait demandé, quelques mois plus tôt, quels modèles lui plaisaient, elle s'était contentée de hausser les épaules.

— Le bon côté d'habiter à New York, c'est qu'on n'a pas besoin de voiture. Pourquoi s'embêter avec ça ?

— Parce que, ma chérie, j'aimerais que nous puissions nous organiser des petits week-ends romantiques. Une voiture nous offrirait une liberté merveilleuse. Et en plus, *ESPN* me payera un parking en ville. Donc, tu as une préférence ?

— Pas vraiment.

— Leigh, s'il te plaît ! On va s'en servir tous les deux ! Tu n'as pas d'avis sur la question ?

— Non… j'aime bien les bleues, je crois.

Elle savait qu'elle y mettait de la mauvaise volonté, mais franchement, elle s'en fichait – royalement. Russell allait s'exciter sur le choix d'une voiture sans tenir compte de ses préférences de toute façon, alors elle ne tenait pas à s'impliquer dans le processus.

— Tu aimes bien *les bleues* ? répéta-t-il. Ce que tu peux être garce parfois…

Soulagée qu'il se soit enfin rebiffé – ce qui arrivait trop peu souvent – elle s'était un peu amadouée.

— Henry a une Prius et il l'adore – il dit qu'elle consomme trois fois rien. Et quelqu'un m'a dit que l'Espace hybride était pas mal non plus – pour un monospace, il n'a pas trop l'air d'un tank.

— Une *hybride* ?

— Je ne sais pas. Ce n'est pas une obligation. J'aime bien aussi cette Nissan profilée… Comment elle s'appelle ? Mural ?

— Murano. Tu es sérieuse ?

— En fait, c'est le cadet de mes soucis, mais tu insistes. Achète celle qui te plaira.

Au cours du long soliloque qui avait suivi, Russell avait vanté les innombrables mérites de la Range Rover – qualité des aménagements intérieurs, solidité de la carrosserie, puissance du moteur, caractère exclusif de la marque, élégance du véhicule, robustesse du moteur pour affronter les intempéries – en omettant de mentionner sa consommation de carburant et les difficultés qu'il y avait à trouver un garagiste agréé en cas de panne, détail que Leigh s'était retenue de lui faire remarquer. Il était lancé, et discourait de son débit monotone, retrouvant instinctivement la voix de baryton vive mais mesurée, le regard posé et la posture impeccable qu'il adoptait à l'antenne. Et c'était précisément ce qui le rendait si charismatique et séduisant devant une caméra qui pouvait le rendre si agaçant lorsqu'ils étaient seuls. Leigh savait que des tombereaux d'admiratrices lui écrivaient sur son site Web, photos enjôleuses à l'appui. Que diraient ces filles, si elles avaient l'opportunité de voir le vrai Russell : certes toujours aussi beau, mais aussi un peu arrogant, et plus qu'un peu ennuyeux ?

Il terminait de lui raconter l'histoire d'un joueur de basket professionnel qui avait choisi de s'engager dans l'armée quand ils arrivèrent à destination. Les parents de Leigh avaient quitté Manhattan bien à contrecœur pour s'installer à Greenwich dans les années 80, quand la grand-mère de Leigh était décédée, en léguant la maison familiale à son fils unique. À l'époque, son père n'était encore qu'un éditeur débutant dans le métier et sa mère venait à peine de terminer la fac de droit. L'opportunité de faire l'économie d'un loyer ou d'un remboursement de prêt immobilier était trop belle pour la laisser passer, même si cela impliquait, malheureusement, un exil loin de Manhattan. Leigh avait grandi dans cette belle maison ancienne, elle avait joué à « chat » dans les bosquets environnants, donné des fêtes d'anniversaire autour de la piscine et perdu sa virginité dans le sous-sol avec un garçon dont elle se rappelait le nom mais dont le visage s'était effacé avec le temps ; et pourtant, depuis bien des années, elle se sentait comme une étrangère dans cette vaste demeure.

Elle tapa le code d'ouverture du garage sur le clavier jouxtant la porte (1-2-3-4, évidemment) et fit signe à Russell de la suivre. Quelque part, elle était déçue que sa mère ne se soit pas précipitée pour lui saisir fiévreusement la main, contempler, la larme à l'œil, la bague de fiançailles et embrasser sa fille unique et son futur gendre, mais elle était assez honnête avec elle-même pour reconnaître qu'une telle scène l'aurait plus agacée et gênée qu'autre chose. Mme Eisner n'avait rien d'une femme exubérante et n'avait pas non plus la larme facile ; en ce sens, mère et fille se ressemblaient.

— Maman ? Papa ? On est là ! claironna-t-elle.

Elle traversa l'élégant hall d'entrée – qui ne rappelait en rien la pièce dans laquelle, enfant, elle retirait ses chaussures crottées – et entraîna Russell jusque dans la cuisine.

— Où sont-ils passés ?

— J'arrive ! lança sa mère (avant d'émerger un instant plus tard du living-room, vêtue avec une élégance décontractée d'une de ses innombrables chemises Ralph Lauren, d'un corsaire en toile et d'une paire de Tod's). Leigh ! Russell ! Félicitations. Ah, je suis tellement heureuse pour vous ! (Elle enlaça sa fille et se hissa sur la pointe des pieds pour embrasser Russell.) Venez vite vous asseoir, que je puisse vous contempler. J'ai du mal à croire que j'ai dû patienter douze jours avant de vous voir !

Premier commentaire passif-agressif, songea Leigh. *C'est parti...*

— Je suis navré de n'avoir pas attendu votre retour de voyage, mais je tenais absolument à faire ma demande le jour de l'anniversaire de notre rencontre, s'empressa d'expliquer Russell.

Les parents de Leigh n'étaient rentrés que la veille au soir de leur pèlerinage annuel de trois semaines en Europe, et ils avaient insisté pour inviter les heureux fiancés à fêter cet événement autour d'un dîner.

Mme Eisner balaya les excuses d'un geste.

— Je vous en prie, nous comprenons parfaitement. Et puis, personne n'a plus vraiment besoin de ses parents pour ce genre de chose, n'est-ce pas ?

Et de deux. En un temps record.

Russell se racla la gorge, si manifestement mal à l'aise que Leigh, dans un élan fugace de sympathie, décida de voler à son secours.

— Maman ? Et si tu nous offrais un verre de vin ? Il y a une bouteille au frais ?

Mme Eisner désigna le bar en acajou qui occupait un coin de la pièce.

— Oui, il doit y avoir une ou deux bouteilles de chardonnay au frais. Ton père l'aime bien mais moi, je le trouve un peu sec. Si vous préférez du rouge, allez en chercher à la cave.

— Oui, du rouge, ce serait mieux, dit Leigh, principalement pour faire plaisir à Russell.

Elle savait qu'il détestait le vin blanc – et surtout le chardonnay – mais qu'il n'aurait jamais osé faire état de ses préférences devant ses futurs beaux-parents.

— Vous n'avez passé que deux minutes ensemble, intervint Russell avec le sourire de celui qui vient de remporter un *Emmy Award* (qu'il avait d'ailleurs reçu, l'année précédente, en récompense de la « meilleure émission studio hebdomadaire »). Je m'occupe du vin.

Mme Eisner attrapa la main de sa fille et l'attira sous la lampe de la table.

— Eh bien, dis-moi, il ne s'est pas moqué de toi, n'est-ce pas ? Quelle chance tu as ! Russell fera un merveilleux mari. Tu dois être tellement heureuse !

Ne sachant trop comment interpréter ces commentaires, Leigh ne répondit pas tout de suite. Quels étaient les sous-entendus ? Que Leigh avait passé sa vie à attendre cet instant ? Que cette bague symbolisait une prouesse plus belle que ne le seraient jamais de brillantes études à Cornell, un grade de major de promo, ou le statut d'éditrice vedette chez Brook Harris ? Elle aimait Russell, vraiment, mais qu'il incarne, aux yeux de sa propre mère, sa plus grande réussite à ce jour, c'était un peu dur à avaler.

— Oui, tout cela est très excitant, répondit-elle avec un sourire.

Sa mère soupira.

— J'espère bien ! C'est si agréable de te voir contente, pour une fois. Tu as travaillé dur, et longtemps… Franchement, il était grand temps.

— Maman, tu es consciente que… *tu te débrouilles pour sous-entendre que,* un, *je suis toujours négative et que,* deux, *je suis déjà si vieille que tu redoutais que je ne me trouve jamais un mari,* s'apprêtait-elle à dire, quand Russell réapparut, M. Eisner sur les talons.

— Leigh, ma petite Leigh, dit celui-ci, d'une voix si posée, si ténue qu'elle ressemblait à un murmure. Leigh, Leigh, Leigh.

Ses cheveux étaient désormais uniformément gris, cependant, comme souvent chez les hommes, au lieu de le vieillir, cela lui conférait un surcroît de distinction. À l'instar, d'ailleurs, des rides profondes qui creusaient son front, encadraient sa bouche et ses yeux et évoquaient bien plus un sceau de sagesse et d'expérience qu'un problème à résoudre d'urgence chez un chirurgien esthétique. Même son pull – un gilet bleu marine orné de gros boutons en corne et de pièces en cuir aux coudes, qui avait traversé trois décennies – semblait, d'une certaine façon, plus élégant que les pulls que portaient la plupart des hommes aujourd'hui.

Il la contemplait depuis le seuil, près du piano, de ce regard qui lui donnait invariablement l'impression de subir une inspection, comme s'il jaugeait sa nouvelle coupe de cheveux ou sa tenue, pour décider si elles étaient, ou pas, à son goût. Du temps où Leigh était enfant et adolescente, sa mère édictait les règles les plus immédiates concernant l'éducation de leur fille – c'était elle qui décidait si l'*eye-liner* était, ou non, permis, quelle était la tenue appropriée pour un cours de danse, l'heure acceptable du couvre-feu les soirs où il y avait école le lendemain – mais seul son père, d'un simple regard ou commentaire désinvolte, pouvait lui donner le sentiment d'être brillante ou idiote, superbe ou monstrueusement laide, bénie des dieux ou misérable. Bien entendu, en dépit des apparences, ces commentaires étaient toujours tout sauf désinvoltes. Chaque mot que prononçait M. Eisner était soigneusement sélectionné, pesé et choisi, et malheur à celui ou celle qui échouait à s'exprimer avec autant d'exactitude. Et si Leigh ne se souvenait pas d'avoir jamais entendu son père élever la voix, elle n'avait rien oublié, en revanche, des innombrables fois où il avait disséqué ses arguments et ses opinions avec une logique impitoyable qui, à ce jour encore, l'intimidait.

— Il est éditeur, arguait sa mère pour la rasséréner. Les mots sont toute sa vie. Il en use avec méticulosité. Il les aime, il aime manier le langage. Ce n'est pas une critique personnelle, ma chérie.

Leigh opinait, disait qu'elle comprenait, et redoublait d'efforts d'attention pour s'exprimer, tout en essayant de suivre le conseil de sa mère.

— Bonjour papa, dit-elle presque timidement.

Bien qu'il eût pris sa retraite six ans plus tôt, Charles Eisner resterait jusqu'à son dernier souffle un imposant directeur éditorial. Douze ans durant, il avait dirigé avec poigne les éditions Paramour – « Une maison où on ne passait pas son temps à faire des ronds de jambe à des auteurs qui ne savent pas tenir un stylo, comme c'est la mode aujour-d'hui », disait-il – mais chez lui, il s'était toujours efforcé de faire montre, dans la mesure du possible, de distance et de détachement. Après quelques années de métier, la rentrée de l'automne, les programmes de parution, les assistants d'édition, les pressions des actionnaires, les auteurs – tout devenait parfaitement prévisible. À la différence des enfants – ce que, selon Leigh, M. Eisner avait toujours eu du mal à supporter. À ce jour encore, en présence de son père, elle veillait à se montrer posée, réfléchie, et prenait tout particulièrement garde à ne jamais avancer d'opinion à la légère.

— J'ai déjà félicité mon futur gendre, dit-il en s'avançant vers elle. Viens par là, ma chérie. Permets-moi ce plaisir.

Après une brève étreinte et un baiser sur le front, qui n'étaient, ni l'une ni l'autre spécialement chaleureux ou affectueux, M. Eisner invita tout le monde à passer dans la salle à manger et commença à distribuer des ordres avec bonhomie.

— Russell, auriez-vous la gentillesse de décanter le vin ? Servez-vous des gobelets qui se trouvent dans le bar, si vous voulez bien. Carol, il faut assaisonner la salade. La vinaigrette est prête, je voulais éviter que les feuilles ne soient trop molles au moment de passer à table. Leigh, chérie, tu peux s'asseoir et te détendre. Après tout, tu es la reine de la soirée.

Leigh eut beau se dire que c'était de la paranoïa d'entendre dans ces mots autre chose qu'un compliment, elle ne put se défendre de se sentir légèrement attaquée.

— D'accord, dit-elle. J'accepte le rôle.

Ses parents évoquèrent leur voyage tout en dégustant la salade de roquette au fromage de chèvre puis, avec l'arrivée du filet de bœuf accompagné d'asperges et de pommes de terre au romarin, la conversation bascula sur les fiançailles. Russell amusa la tablée en racontant ses pérégrinations chez les joailliers, le choix de la bague, les préparatifs de sa demande ; M. et Mme Eisner sourirent et rirent bien plus qu'à l'accoutumée, et le dîner se déroula dans une ambiance assez affable, presque agréable, même, jusqu'à ce que, au dessert, le portable de Leigh se mette à sonner.

Elle plongea aussitôt la main dans son sac, sous la table.

— Leigh ! protesta sa mère d'une voix pincée. Nous sommes *à table*.

— Oui, maman, je sais, mais c'est Henry. Excusez-moi un instant, répondit-elle en se levant.

Elle se dirigea vers le salon puis, songeant que tout le monde allait entendre la conversation, jugea préférable de sortir sur le perron. Juste avant de refermer la porte derrière elle, elle entendit son père dire :

— Aucun des éditeurs avec lesquels j'ai travaillé n'appellerait un de ses employés un vendredi soir à moins qu'il n'y ait un gros, un très gros problème.

— Allô ? fit-elle, persuadée que son père avait raison et que Henry l'appelait pour la virer.

Dix jours s'étaient écoulés depuis « l'incident » et son impair en présence de Jesse Chapman, et bien que Leigh se fût confondue en excuses à maintes reprises, Henry était demeuré distant à son égard.

— Leigh ? Henry. Désolé de vous déranger à pareille heure, mais ça ne pouvait attendre.

Nous y voilà, songea-t-elle en rassemblant ses forces pour affronter ce qui allait suivre. Se faire virer de la maison qui était sur le point de faire de vous l'éditrice senior la plus jeune de l'histoire de la profession, c'était déjà dur, mais devoir l'annoncer dans la foulée à son père, c'était insoutenable.

— Pas de problème. Je suis chez mes parents et nous avons fini de dîner. Tout va bien ?

Henry soupira. *Merde !* La situation était donc peut-être bien pire qu'elle ne l'imaginait.

— Vous êtes avec Charles ? reprit Henry. Formidable. Il va adorer…

Leigh prit une profonde inspiration et se força à parler.

— Oui ? lâcha-t-elle d'une voix étranglée.

— Vous êtes assise ? Parce que vous allez tomber des nues. Moi-même, je n'en reviens toujours pas.

— Henry, s'il vous plaît, le pressa-t-elle.

— Je viens à l'instant de parler avec Jesse Chapman…

Leigh desserra enfin ses poings. *Oh mon Dieu, merci ! Il appelle juste pour me dire que Jesse a enfin choisi son nouvel éditeur.*

— … et il a décidé qu'il voulait publier son prochain roman chez nous.

— Henry ! C'est merveilleux ! Je ne pourrais pas être plus heureuse. Et bien sûr, vous savez que je vais m'excuser de vive voix quand…

— Attendez, ce n'est pas tout, Leigh. Il souhaite le publier chez nous, à une condition : que ce soit *vous* qui l'éditiez.

À la seconde où Leigh s'apprêtait à répondre, « C'est une blague », Henry ajouta :

— Et ce n'est pas une blague.

Leigh tenta de déglutir ; il lui semblait avoir du coton dans la bouche. La combinaison de terreur, d'excitation et de soulagement était trop à supporter.

— Henry, s'il vous plaît.

— Quoi, s'il vous plaît ? Vous m'écoutez ? Vous avez entendu ce que j'ai dit ? L'auteur qui a été numéro un des meilleures ventes du *New York Times*, qui a remporté le Pulitzer, qui a vendu cinq millions d'exemplaires dans le monde, et qui, jusqu'à ce jour, s'était évanoui dans la nature, a demandé – non, pardonnez-moi, *exigé* – que vous, Leigh Eisner, l'éditiez.

— Non.

— Leigh, faites un effort ! Je ne sais pas comment le dire autrement. C'est vous qu'il veut, et rien que vous. Il a dit que depuis son succès, plus personne n'est franc avec lui. Que tout le monde le dorlote, le choie et l'assure qu'il est génial, mais que personne – ni son éditeur, ni son agent – n'ose plus lui donner un avis sincère sur son travail. Apparemment, il a adoré votre franc-parler. « Cette fille ne tolère aucune foutaise, tout comme moi, et je veux travailler avec elle. » Je crois que ce sont ses paroles exactes.

— Je ne tolère aucune foutaise ? Henry, tout mon travail consiste à dire aux auteurs ce qu'ils veulent entendre. Bon sang, je passe ma vie à dire aux autres ce qu'ils veulent entendre. Parfois, ma langue fourche, mais…

— *Votre langue fourche ?*

— Bon, d'accord, c'est un euphémisme. Tout le monde sait que de temps à autre, je parle sans réfléchir. Mais je ne crois pas pouvoir me montrer franche sur demande. Ça sort juste au moment où je m'y attends le moins…

— Ça, je le sais, croyez-moi. Mais notre ami Jesse, lui, l'ignore. Et je vais bien me garder de le lui dire. (Il marqua une pause.) Leigh, je dois vous avouer que je suis tout aussi ébahi que vous, sinon plus, mais écoutez-moi très attentivement : vous avez toutes les capacités requises. Je n'aurais jamais accepté si je n'étais pas certain que vous pouvez maîtriser la situation. Et plus important même – la dominer. Et je n'ai sans doute pas besoin de vous dire combien ce sera un pas important dans votre carrière. Prenez un peu de temps pour réfléchir à tout ça, ce week-end, et lundi, dès que vous arrivez, passez me voir dans mon bureau, d'accord ? Je suis derrière vous, sur ce coup-là, Leigh. Ça va être une aventure formidable.

Ses parents et Russell discutaient du bien-fondé d'une réception de fiançailles quand Leigh regagna la table et annonça, d'une voix égale, qu'elle allait superviser la publication du nouveau roman de Jesse Chapman.

— Ah, il en sort un nouveau ? releva distraitement sa mère en se resservant du café. C'est une bonne nouvelle. Il n'a rien publié depuis un bout de temps, non ?

Russell, lui, possédait quelques éléments pour mieux apprécier la nouvelle, mais guère plus. Il lui prodiguait des encouragements, naturellement, et semblait toujours fier d'évoquer son travail devant ses amis et collègues, et il n'ignorait pas que Leigh avait très certainement offensé Jesse Chapman lors de cette fameuse rencontre dans le bureau d'Henry, mais les écrivains de cette trempe n'arrivaient pas en tête de liste de ses lectures préférées.

Cela dit, Leigh s'en fichait un peu, car la seule personne en mesure de comprendre pleinement ce qui se passait avait reçu le message cinq sur cinq : à voir la tête de son père, on aurait dit que quelqu'un avait confondu ses tripes avec un punching-ball.

— Jesse Chapman ? Le fameux Jesse Chapman ?

Ne sachant trop si elle serait capable de refréner sa jubilation si elle ouvrait la bouche, Leigh se contenta de hocher la tête.

Son père se reprit rapidement et leva son verre pour porter un toast, mais Leigh lut dans son regard le doute et l'incrédulité, et la certitude qu'il y avait forcément une méprise quelque part, tant il était impossible que sa fille, avec son peu d'expérience, édite un écrivain bien plus important que ceux que lui-même, dans son illustre carrière, avait dirigés. Leigh éprouva presque – presque – un élan de sympathie en voyant pour la première fois de sa vie son père, le grand orfèvre du langage, le gourou révéré, le juge et le jury, réduit au silence.

Une fois qu'ils sont là, ils sont vrais

Tandis que le reste de l'Amérique, en ce long week-end férié, s'esbaudissait devant les feux d'artifice et attisait des barbecues au bord d'une piscine, Emmy s'effondra sur le trottoir de l'aéroport de Curaçao, en essayant de comprendre à quel moment, précisément, ces vacances avaient pris le chemin d'une telle débandade. Elle n'avait même pas senti qu'on lui dérobait ses lunettes de soleil, calées pourtant en serre-tête. Hagarde, elle contemplait à présent les voleurs – deux ados boutonneux aux cheveux longs, à bord d'une camionnette – qui avaient garé leur tas de ferraille quelques mètres plus loin et qui, par les fenêtres ouvertes, les hélaient avec délectation dans une langue impénétrable, à grand renfort de gesticulations. Emmy, encore incrédule, porta la main à sa tête pour vérifier que les lunettes étaient bel et bien envolées.

— Qu'est-ce qu'ils veulent, ces morveux ? demanda Adriana, l'air interloqué. Ils essaient de nous vendre ces lunettes ?

Emmy ne trouva pas la force de répondre. Elle avait la langue cotonneuse, comme ankylosée. Ça semblait pourtant simple d'expliquer que cette paire de lunettes de soleil qu'ils brandissaient était la sienne, mais en dépit de ses efforts, aucun son ne sortit de sa bouche.

Apparemment, Leigh ne comprenait plus grand-chose, elle non plus.

— Dis-leur que nous n'avons pas besoin de lunettes, que tu viens d'en acheter une paire, bafouilla-t-elle d'une voix pâteuse.

— Mais j'ai *justement* besoin d'une paire de lunettes ! grommela Emmy en agitant frénétiquement la main en direction des deux gamins qui venaient de démarrer. À l'aide ! À l'aide !

La scène était digne de *Titanic*, quand Rose, frigorifiée et presque inconsciente sur son radeau, dérive sur l'océan. Sauf que dans le cas présent, les trois filles n'étaient ni frigorifiées, ni vraiment à flot.

— Bon, les filles, faut se ressaisir. C'est les vacances – on est là pour faire la fête, pas pour assister à un enterrement, déclara Adriana, sans articuler correctement un seul mot.

Emmy se retint de lui rétorquer que ces « vacances » étaient moins festives, et de loin, que la dernière veillée funèbre à laquelle elle avait assisté, que même la nourriture était loin d'être aussi bonne. Après tout, elles étaient là pour célébrer les fiançailles de Leigh, et elle préférait être damnée plutôt que de jouer le trouble-fête. Qu'importe si ce long week-end s'était transformé en gigantesque cauchemar avant même d'avoir commencé. Une meilleure amie ne se fiance qu'une fois dans sa vie (du moins fallait-il l'espérer… mais s'agissant de Leigh, elle ne se faisait guère de souci) et Emmy ferait son maximum pour que Leigh s'amuse, dût-elle pour cela y laisser la santé. Ce qui, en l'occurrence, risquait d'être le cas.

Elle avait réussi jusque-là à ne pas trop s'appesantir sur l'ironie de la situation, mais se retrouver affalée, ivre et à moitié droguée sur un trottoir d'aéroport, quelque part dans les Caraïbes, après s'être fait voler ses lunettes de soleil par deux petits merdeux, donnait forcément matière à réflexion. Après tout, si elle était là, c'est parce que son ex-petit ami avait organisé ce voyage pour célébrer le cinquième anniversaire de leur rencontre, et qu'après l'avoir plaquée pour une majorette-pucelle-prof de gym, il lui avait offert les billets, sans doute à titre de lot de consolation. Si Emmy avait écouté ce que lui dictaient ses tripes, elle lui aurait répondu avec dignité d'aller se faire foutre, une bonne fois pour toutes, mais comme il s'agissait de vacances tous frais payés, à un moment où elle était stressée par son nouveau boulot… elle s'était dit que ce serait bête de ne pas saisir l'occasion, ne serait-ce que pour laisser sous-entendre à Duncan qu'elle irait en compagnie de son remplaçant.

— Franchement, Em, vas-y. Tout est organisé et payé. Ça te fera du bien, avait-il insisté, quand il était passé récupérer ses DVD, la semaine qui avait suivi son retour de Paris.

D'un point de vue professionnel, le séjour avait été fructueux, mais Emmy restait piquée au vif par la rebuffade flagrante de Paul – et mortifiée par sa propre responsabilité, tout aussi flagrante, dans ce rejet. Retrouver Duncan incroyablement en forme et plus heureux que jamais n'avait rien arrangé. Le connard.

— Ah bon ? Toi et ta majorette n'êtes pas prêts pour un petit week-end en tête à tête ? Ou bien s'interdit-elle aussi les week-ends en amoureux avant le mariage ?

Duncan avait soupiré, suggérant par là qu'il n'en attendait pas moins de sa part, puis il lui avait tendu la pochette préparée par l'agence de voyage.

— Vas-y, Em, avait-il répété en lui plantant un baiser sur la joue. Un peu de soleil te fera du bien. Je n'aimerais pas que ça parte à la poubelle.

— Merci, Duncan, nous irons, avait-elle répondu avec une note d'emphase sur le « nous », évidemment.

Il n'avait même pas cillé. Le salaud.

Emmy lui en voulait de son insistance, mais elle s'en voulait plus encore d'avoir accepté. Elle aurait fort bien pu passer toute l'histoire à la trappe, sauf que voilà : elle avait demandé à ses amies ce qu'elles pensaient d'un voyage en solo aux Antilles néerlandaises.

— En solo ? Mais pourquoi *en solo* ? Alors que tu as tes deux meilleures amies, là, en face de toi, et que l'une d'elles vient tout juste de se fiancer. Je trouve que ce serait carrément *offensant* de ne pas nous inviter, avait reniflé Adriana.

Comme il fallait s'y attendre, Leigh s'était montrée un peu plus circonspecte.

— Oh, s'il te plaît, on ne va pas en faire tout un plat. Sans compter qu'en ce moment c'est un peu la folie. J'édite mon premier grand écrivain. Et je ne suis pas certaine que Russell apprécie que je le plante le week-end du 4 juillet.

Emmy avait opiné.

— Tu vois ? Leigh est débordée, et je suis sûre que tu as euh… des tas de projets sous le coude.

Ni Emmy ni Leigh ne savaient vraiment ce qu'Adriana fabriquait de ses journées, mais par un accord tacite, personne ne lui posait jamais de question à ce propos.

— En plus, c'est un voyage pour deux.

En dépit de toutes ses bonnes résolutions post-rupture, Emmy n'avait pas le moins du monde envie de passer la semaine à écumer les night-clubs locaux, à draguer ou danser sur les tables. L'épisode de son fiasco parisien avait porté un sacré coup à son ego, et la dernière chose dont elle avait envie, c'était qu'Adriana la pousse nuit et jour à courir après des mecs.

— Deux, trois – quelle différence ? Un petit coup de fil, et tout sera arrangé. Et Leigh, chérie, je me fiche pas mal que tu sois débordée de travail. Quant à Russell, il lui faudra comprendre que tes amies se réjouissent de vos fiançailles et veulent les fêter, avait argumenté Adriana avec un immense sourire. Bien, c'est réglé. Quand partons-nous ?

Même si les détails se perdaient à présent dans les brumes de son esprit, Emmy se souvenait que tout était parti à vau-l'eau sitôt qu'elles avaient décollé de New York. Leur vol à destination de Miami avait quitté La Guardia à 6 heures du matin et, au mépris de tout sens commun, Adriana s'était débrouillée, avec force persuasion, pour les convaincre de boire des *Bloody Mary* à bord. À 8 h 45 du matin. Expérience qui, Emmy détestait le reconnaître, n'avait rien eu de désagréable. Le second et le troisième verre étaient même passés assez facilement, et lorsqu'elles avaient atterri à l'aéroport de Curaçao, l'épisode de la correspondance à Miami n'était déjà plus qu'un souvenir nébuleux. La seule preuve indiscutable qu'il avait bien eu lieu, c'était cette paire de lunettes de soleil Gucci à 200 dollars qu'Adriana avait poussé Emmy à acheter au *duty free* – et qui venait de s'évaporer dans la nature. Emmy déplorait aussi la disparition de sa valise, égarée Dieu sait où, mais ces petites pilules qu'Adriana avait insisté pour leur faire gober produisaient leur effet magique : valise, lunettes de soleil, *qu'importe*. Emmy n'aurait pas pu s'en fiche davantage.

Elles s'étaient donc affalées contre les valises de Leigh et d'Adriana – qui par miracle étaient arrivées à bon port, intactes de surcroît – assommées par un soleil de plomb.

— Nous sommes où, déjà ? demanda Leigh en rajustant bien inutilement le bandana noué autour de sa tête. J'ai encore oublié.

Adriana leva les yeux.

— En Jamaïque ?

Elles gloussèrent, bien certaines que ce n'était pas le cas, mais incapables l'une comme l'autre de se souvenir quelle était la bonne réponse.

Emmy sortit les documents de voyage de son sac de cabine et commença à lire.

— Aruba. Bonaire. Curaçao. Antilles néerlandaises. Cent cinquante kilomètres des côtes vénézuéliennes. Population…

— Stop ! se récria Adriana en levant la main. Trop chiant.

— Ça y est ! Tout me revient, reprit Emmy d'une voix pâteuse. On est à Curaçao. La correspondance à Miami a eu du retard, et on a loupé le ferry pour Bonaire. On est coincées ici.

— Arrêtez d'être aussi négatives, les filles ! chantonna Adriana. On va prendre des supercouleurs. On va rencontrer des Hollandais sexy. (Elle réfléchit un instant.) Ils sont sexy, les Hollandais ?

— Des Hollandais ? Je ne savais pas qu'il y avait des Hollandais en Jamaïque ! piailla Leigh.

Cette exubérance lui ressemblait si peu qu'Adriana éclata de rire et lui tapa dans la main.

Emmy sentait un début de migraine battre dans ses tempes et il lui semblait qu'un incendie s'était déclaré sur sa peau.

— Ressaisissez-vous, les filles. Il faut qu'on se tire d'ici.

Les problèmes sérieux avaient commencé quand elles avaient débarqué à Curaçao, un peu dans les vapes mais néanmoins conscientes, et qu'Emmy avait poliment demandé trois tickets au guichet du ferry.

— Non, annulé, lui avait répondu avec une joie évidente une Black bien en chair ensachée dans une robe informe et perchée sur des talons hauts.

— Annulé ? Comment ça, *annulé* ? avait dit Emmy en s'efforçant de prendre un air mécontent.

Malheureusement, le fait que son menton arrive à peine au niveau du guichet avait gâché l'effet escompté.

La femme avait souri. Sans aménité.

— Fini. Plus de ferry.

Une autre heure s'était écoulée avant qu'elles réunissent assez d'informations pour en déduire qu'à un moment donné, il y avait bel et bien eu un ferry, mais qu'il n'y en avait plus, et que la seule façon d'effectuer à présent la traversée de trente miles consistait à emprunter une des deux compagnies aériennes locales, baptisées, avec un sang-froid perturbant, Bonaire Express et Divi Divi Air.

— Plutôt mourir que de voler avec une compagnie baptisée Divi Divi Air, avait tranché Adriana, plantée devant les comptoirs desdites compagnies – de simples tables d'appoint à roulettes, disposées côte à côte, et où officiait un unique employé.

— On pourrait bien en mourir de toute façon, observa Leigh en prenant sur un des comptoirs la photocopie d'un horaire manuscrit. Tiens, voilà qui devrait te rasséréner. Ils disent que leurs six-places ont été modernisés et sont *très* fiables.

— Modernisés ? Six-places ? *Fiables* ? Ces gens n'ont pas été foutus de trouver un adjectif plus convaincant alors qu'on remet notre vie entre leurs mains ?

Emmy était à deux doigts de déclarer forfait sur toute la ligne et de reprendre le premier vol à destination de New York.

Mais Leigh n'avait pas terminé.

— Eh, attendez, regardez ! Il y a une photo.

Agrafée au dos de l'horaire se trouvait la photo d'un appareil. La qualité de l'impression était surprenante. Et l'avion était lui, étonnamment bariolé. Presque fluorescent, même. Leigh tendit la feuille à Adriana, qui secoua la main avec une moue dégoûtée et alluma une cigarette. Elle aspira longuement la fumée et la tendit à Leigh, qui machinalement l'accepta, avant de se souvenir qu'elle ne fumait plus.

Adriana recracha un panache de fumée.

— Ne me montre pas ça. S'il te plaît. Il n'existe aucune excuse concevable, imaginable, acceptable pour qu'un avion ressemble à une robe Pucci ! (Elle jeta un dernier coup d'œil à la photo, tira sur sa cigarette et gémit, tout cela simultanément.) Et en plus, c'est un avion à hélice. Pas question que je monte dans un avion à hélice. *Je ne peux pas.*

— Tu n'auras pas le choix ! chantonna Leigh. En revanche, on va te laisser le choix de la compagnie. Divi-Pucci a un vol à 18 heures, et Bonaire Express – l'appareil qui ressemble à une peinture de Jackson Pollock – à 18 h 30. Lequel tu préfères ?

Adriana se contenta de pleurnicher, et tandis qu'Emmy et Leigh levaient les yeux au ciel, elle fouilla dans son portefeuille et tendit à Leigh son American Express platinium.

— Réserve sur celui avec lequel on a de plus grandes chances de survie. Je vais nous chercher à boire.

Après avoir acheté trois billets au moyen d'un méli-mélo d'euros, de dollars et de *Traveller's Cheques* puisqu'ils n'acceptaient pas les cartes de crédit, Emmy et Leigh cherchèrent un endroit où se poser en attendant l'heure d'embarquer. L'aéroport avait investi le minimum dans ses aménagements, et les sièges ne faisaient pas exception à cette politique de pingrerie. Le terminal était un bâtiment ouvert aux quatre vents, poussiéreux et qui, aussi invraisemblable que cela paraisse, n'offrait pas un seul centimètre carré d'ombre. Trop épuisées pour chercher ailleurs, les filles regagnèrent le bout de trottoir qu'elles avaient quitté un peu plus tôt, et elles venaient juste de s'affaler contre les valises quand Adriana réapparut, un sac en plastique à la main, l'air triomphant. Sitôt qu'elle se laissa tomber à côté d'elles, Emmy lui arracha le sac des mains.

— Jamais je n'ai été aussi déshydratée de ma vie. Dis-moi que tu as acheté plusieurs bouteilles d'eau. (À l'intérieur se trouvait une seule bouteille, et qui renfermait un liquide bleu électrique.) Du soda ? s'étonna-t-elle. Il n'y avait pas d'eau ?

— Pas du soda, *querida*. Du curaçao bleu. Miam… Tu ne trouves pas que ça a l'air délicieux ? Adriana retira ses ballerines à brides, exhiba ses ongles vernis d'un rose délicat, puis découvrit son ventre et coinça le bas de son débardeur sous l'élastique du soutien-gorge. Emmy avait beau avoir vu ce ventre plat et cette taille exempte de poignées d'amour des milliers de fois, elle ne put s'empêcher de les fixer. Adriana, poliment, feignit de ne rien remarquer et d'un mouvement de tête, désigna la bouteille.

— Spécialité locale. Et on ferait bien d'attaquer tout de suite si on veut être H.S. pour le décollage.

Leigh prit la bouteille des mains d'Emmy et commença à lire l'étiquette.

— Ils disent que c'est une liqueur sucrée à base d'écorces d'oranges amères et que ça sert à ajouter de la couleur dans les cocktails.

— Ouais, et alors ? fit Adriana en massant une grosse goutte d'huile Hawaiian Tropic sur ses épaules déjà dorées.

— *Et alors* ? Et alors, c'est juste du colorant alimentaire mélangé à de l'alcool. On ne peut pas boire ça.

— Ah bon ? Moi, je peux.

Elle dévissa le bouchon et but une longue rasade.

Emmy soupira.

— Il n'y a pas d'eau ? Je tuerais père et mère pour boire de l'eau.

— Évidemment qu'il n'y a pas d'eau ! J'ai exploré ce foutu aéroport de fond en comble. La seule boutique, minuscule, a accroché une pancarte – inamovible, dirait-on – qui indique juste « Non ». J'ai aperçu un truc qui avait l'air d'un bar mais qui pouvait tout aussi bien être le comptoir des douanes, et une aire qui était indiquée comme « restaurant », mais qui ressemblait à Bagdad. Mais j'ai tout de même dégoté ce petit comptoir roulant, près du portail de Divi-Divi, où un charmant monsieur m'a indiqué que toutes ses marchandises étaient en *duty free*. Il avait une dizaine de cartouches de clopes d'une marque inconnue au bataillon, quelques barres de Toblerone en bouillie, et deux bouteilles d'alcool – une de Jim Beam et celle-là. Que j'ai choisie. Allez, Emmy ! se récria-t-elle en lui tendant la bouteille. Détends-toi. On est en vacances !

Emmy prit la bouteille, la regarda fixement, et but une gorgée. Ça avait un goût d'édulcorant, le coup de fouet en plus. Elle prit une seconde gorgée.

Adriana sourit, aussi fière qu'une mère qui admire son chérubin à un spectacle de fin d'année.

— Voilà comment il faut réagir ! Leigh, ma puce, goûte-moi ça. Voilà, c'est bien. Et maintenant, j'ai un petit cadeau pour vous.

Leigh se força à avaler et frissonna.

— Je connais ce regard. S'il te plaît, ne me dis pas que tu as passé un truc illégal. Si *ça*, dit-elle en ouvrant largement les mains, c'est l'aéroport international, tu imagines à quoi ressemble la prison ?

Sans se démonter, Adriana tira de la poche de son jean une petite boîte rouge et blanc en forme de gélule. Elle dévissa le capuchon et fit tomber trois pilules au creux de sa main. L'une disparut directement dans sa bouche, et elle tendit les deux autres à ses amies.

— *Mother's Little Helper* ! chanta-t-elle.

— Du Valium ? Mais depuis quand prends-tu du Valium ?

— Depuis quand ? Depuis que nous avons décidé de monter dans un avion qui semble avoir été construit dans les ateliers de Disneyland.

Pour sa part, Emmy n'avait pas besoin d'autres arguments pour se laisser convaincre. Elle avala la petite pilule orangée et la fit descendre avec une gorgée de curaçao bleu. Elle observa Leigh en faire autant et ensuite, eh bien… tous les angles s'arrondirent à nouveau.

Une heure passa. Puis une autre. Emmy fut la première à rouvrir les yeux. Ses chevilles étaient constellées de taches rose saumon, et six canettes de bière, vides, gisaient par terre à côté d'elle. Elle avait vaguement le souvenir d'avoir été accostée par un homme qui transportait une glacière en bandoulière autour du cou. Lui non plus ne vendait pas d'eau, mais il proposait de la bière baptisée Amstel Bright. Elles auraient dû se méfier, même si, sur le moment, l'idée leur avait paru plutôt bonne. La combinaison curaçao bleu-Valium-bière, par une température avoisinant les quarante degrés, sans une goutte d'eau pour se désaltérer par ailleurs, s'était, de fait, avérée une manœuvre hasardeuse et Emmy s'efforça de ne pas imaginer à quel point ce voyage aurait été différent, si elle l'avait fait en compagnie de Duncan, et non avec sa frappadingue d'amie brésilienne.

— Adriana, réveille-toi. Leigh ? Je crois que c'est l'heure d'embarquer.

Leigh n'ouvrit qu'un œil, sans bouger un seul muscle, qu'elle braqua sur Emmy avec une précision surprenante.

— Où sommes-nous ?

— Allez ! Faut se bouger ! La seule chose qui serait pire que de monter dans cet avion, ce serait de dormir ici ce soir.

L'argument sembla motiver la troupe, qui se débrouilla pour clopiner dans la bonne direction.

— Ouah, superniveau de sécurité, marmonna Leigh en zigzagant vers le tableau noir qui indiquait « Divi-Divi 18 heures ». J'adore les aéroports où on ne t'emmerde pas avec des rayons X et des détecteurs de métaux.

Elles prirent place sans trop se faire remarquer à bord du coucou, mais, à un moment donné, le pilote leur décocha un regard bizarre en voyant Adriana vider cul sec le fond de curaçao bleu et s'effondrer la seconde d'après contre le hublot. Le vol n'était même pas particulièrement terrifiant, ce qui n'empêcha pas Emmy d'applaudir avec ses amies quand les roues touchèrent le tarmac. Naturellement, la voiture avec chauffeur qu'elles avaient commandée n'était nulle part en vue à l'aéroport de Bonaire Flamingo et le *vanity-case* d'Adriana s'était volatilisé pendant les vingt minutes de vol, mais tout le monde semblait s'en fiche royalement.

— Ça t'incite vraiment à voyager léger, de paumer un bagage à chaque correspondance, observa mollement Adriana en haussant les épaules.

Lorsque le taxi les déposa devant l'hôtel, elles n'avaient pas dormi depuis près de vingt-quatre heures, elles s'étaient enivrées, elles avaient dessoûlé, perdu deux bagages et volé avec une compagnie aérienne dont le nom évoquait une comptine, au départ d'un aéroport qui n'aurait pas passé avec succès la plus laxiste des inspections de la *Federal Aviation Administration*. Fort heureusement, l'hôtel était en tout point aussi élégant et paisible que la brochure transmise par Duncan l'annonçait, et Emmy crut qu'elle allait sauter au cou du réceptionniste quand il leur attribua gracieusement une suite en échange de leur chambre ordinaire. Leigh s'était déjà effondrée, tout habillée, sur le lit une place de la plus petite des deux pièces, et Adriana semblait sur le point d'en faire autant, mais Emmy elle, était déterminée à se doucher avant de sombrer dans l'inconscience.

— Adi, je peux t'emprunter un truc pour dormir ? demanda-t-elle à tue-tête depuis la salle de bains.

Elle avait vidé la totalité du mini-flacon de gel douche dans la baignoire en marbre démesurément vaste et barbotait dans une mousse luxuriante qui répandait son parfum d'eucalyptus dans toute la pièce.

— Choisis ce que tu veux – sauf le teddy en soie mauve et le peignoir assorti. C'est mon porte-bonheur.

— Tu n'as pas faim ?

— Une faim de loup. Service d'étage ?

Emmy regagna la chambre, enveloppée dans le peignoir de l'hôtel et chaussée des mules en éponge, et commença à fouiller dans la valise d'Adriana. Elle en sortit un porte-jarretelles et des bas résille noirs.

— Tu n'as pas un caleçon tout simple ? s'enquit-elle en brandissant cet attirail.

— Emmy, *querida*, au cas où ça t'aurait échappé, les caleçons, c'est pour les garçons. (Au prix d'un gros effort, elle s'assit sur le lit et plongea une main dans sa valise.) Tiens, mets ça.

Emmy attrapa au vol un pantalon de danseuse en soie lavande et un haut riquiqui assorti.

— Franchement ? C'est ça que tu mets quand tu es seule chez toi et que tu veux être confortable ?

Adriana lâcha son délicat reniflement.

— Non, pas vraiment. On dirait un truc que j'ai chipé à ma grand-mère. D'ailleurs, je crois bien que c'est elle qui me l'a offert. En général, je mets… ça, ajouta-t-elle en enfilant une combinaison rose tyrien par-dessus la tête.

Le tissu soyeux ondoyait sur son corps comme un liquide.

Emmy soupira.

— Je sais que je ne devrais pas te haïr d'avoir un corps de rêve, mais c'est plus fort que moi.

— Mais, ma chérie, tu peux avoir les mêmes ! se récria Adriana les mains en coupe sous ses seins. (Au passage, la nuisette remonta jusqu'au-dessus de ses hanches, révélant une épilation brésilienne complète.) Pour 10 000 dollars et quelques heures entre les mains de magicien du Dr Kramer. (Elle baissa les yeux et pressa ses seins l'un contre l'autre.) Je suis super contente de les avoir fait refaire quand ils ont légalisé la silicone. Ils font beaucoup plus naturel, tu ne trouves pas ?

À la seconde où elle les avait découverts, au retour des vacances de Noël, en seconde année de fac, Emmy était tombée béate d'admiration devant les implants flambant neufs d'Adriana. Certes, leur perfection s'était quelque peu ternie à ses yeux quand, quatre mois plus tard, l'un d'eux avait commencé à suinter et qu'Emmy avait dû accompagner en catastrophe Adriana aux urgences, puis attendre toute la nuit avec elle qu'un chirurgien esthétique vienne reconstruire son sein gauche plutôt mal en point. Mais maintenant ? Troquer les prothèses de solution saline pour la silicone s'était révélé une bonne décision – même si elle avait dû, ensuite, jouer les gardes-malades quatre jours et quatre nuits durant. Les nouveaux seins d'Adriana étaient parfaits – pleins, tout en courbes, magnifiques, l'air plus vrai que vrai… bon, un petit peu trop, à la rigueur, mais comme répétait volontiers Adriana en rigolant, « Une fois qu'ils sont là, ils sont vrais. » Vrais, faux – quelle importance, quand ils étaient à ce point parfaits ?

Emmy s'était demandé mille fois, dix mille fois, comment ce serait de posséder une telle paire de seins – ou, plus simplement, d'avoir des seins tout court. Dans l'ensemble, elle n'avait jamais été complexée par sa silhouette menue, et elle l'était d'autant moins qu'en vieillissant elle se rendait compte combien rares étaient les femmes qui restaient minces sans aucun effort. Et pourtant, tout en sachant que beaucoup auraient tout donné pour avoir son métabolisme, ses cuisses filiformes, son ravissant petit derrière et ses bras fermes, Emmy mourait d'envie de savoir quel effet ça faisait de posséder un corps féminin, voluptueux, doté de ces rondeurs et de ces courbes qui plaisaient tant aux hommes. Quand elle voyait une poitrine comme celle d'Adriana, Emmy imaginait aussitôt des tiroirs débordant de soutiens-gorge sexy, en dentelle ; de robes dos-nus avantageusement remplies ; de hauts de maillots sans coussinets. Emmy rêvait parfois d'un corps qu'il lui serait impossible d'habiller au rayon enfant, mais elle rêvait surtout de ne plus jamais entendre l'expression « œufs au plat », de pouvoir porter des robes bustiers sans les rembourrer au préalable et de voir un jour un homme lui adresser la parole en fixant non pas ses yeux mais son décolleté.

Naturellement, elle n'avait jamais eu le cran de passer à l'acte. Et ce soir-là encore, en contemplant les seins d'Adriana, elle se dit qu'elle était bien trop douillette pour trouver un jour le courage de le faire. Elle savait également que la séduction qu'elle exerçait sur les hommes provenait de sa délicatesse, de la grâce naturelle que lui conférait un corps aussi menu, de cette fragilité physique qui, par contraste, leur donnait une conscience de leur force et de leur virilité, et non d'appas érotiques tels qu'une belle paire de seins généreux.

Elle lâcha un soupir, arracha la serviette de toilette de sa tête et la jeta par terre.

— Tout bien réfléchi, et si on sautait le dîner ? Je suis morte de fatigue.

Adriana posa la main sur son cœur.

— Comme si tu avais besoin de le demander. Régime ce soir, ventre plat demain.

— Bien vu. Bonne nuit, Adi.

— Bonne nuit, Em. Je te souhaite des rêves peuplés de sublimes étrangers. Ne crois pas que nous avons oublié ta…

Elle ne termina pas sa phrase : elle avait déjà sombré.

Adriana sentit que Leigh l'observait. Elle venait d'allumer une cigarette et aspirait langoureusement la fumée. Elle reconnaissait volontiers que c'était cruel de fumer devant quelqu'un qui souffrait à ce point de s'en priver, mais au diable ! C'étaient les vacances, elles paressaient agréablement autour de la piscine – qu'est-ce qui empêchait Leigh de se faire plaisir, puis d'arrêter à nouveau une fois de retour à New York ? Après tout, Adriana, elle, passait son temps à arrêter, puis reprendre, puis arrêter…

— Tu en veux une ? demanda-t-elle avec un sourire diabolique, en tendant son paquet vers Leigh.

Depuis sa chaise longue, celle-ci lui décocha un regard crispé, puis se pencha et colla son visage dans la volute de fumée.

— Laisse-moi juste la sentir. (Elle exhala un gémissement, d'une voix rauque.) Mon Dieu que c'est bon. Si jamais j'apprenais qu'il ne me reste qu'un an, ou cinq, ou dix à vivre, je te jure que la première chose que je ferais, c'est acheter un paquet de clopes.

Emmy secoua la tête et quelques mèches châtaines s'échappèrent de sa queue de cheval. Elle les écarta, puis rajusta son maillot de bain – un deux-pièces bien emboîtant qui ressemblait plus à une tenue de gym qu'à un bikini de plage.

— Vous êtes dégoûtantes, avec vos clopes. Personne ne vous a dit que c'était une sale habitude ? C'est vraiment dégueulasse.

— Bonjour, rayon de soleil ! chantonna Leigh. Tu respires la joie de vivre ce matin, on dirait ? (Elle vida ce qu'il restait de jus d'orange dans son verre et hissa son cabas en paille sur la chaise longue.) Mon Dieu, je suis impatiente de bronzer. On est déjà en juillet et je n'ai pas encore pris un seul bain de soleil, vous vous rendez compte ?

Adriana la toisa avec une insistance narquoise.

— Ah bon ? Personne ne s'en serait douté. Ce teint bleu translucide te va à la perfection.

— Rira bien qui rira la dernière ! riposta Leigh d'un ton joyeux, l'air sincèrement heureux pour la première fois depuis des mois. On verra qui rira le plus dans vingt ans, quand vous irez vous faire retirer des mélanomes cancéreux du visage et que vous aurez toutes les deux besoin de doses massives de Botox pour combler vos rides. Il me tarde !

Adriana et Emmy la regardèrent extraire deux flacons de crème solaire et un tube d'écran total de son cabas. Elle commença par étaler une épaisse crème *SPF 50* sur chaque centimètre carré de peau exposée au soleil, des épaules aux orteils, sans oublier toutes les zones situées autour et sous les élastiques de son maillot. Cette laborieuse tâche achevée, elle s'aspergea d'un aérosol, *SPF 50* également, pour « garantir qu'elle n'avait oublié aucun secteur », expliqua-t-elle à son public fasciné. Une fois le corps dûment enduit et vaporisé, elle s'attaqua à la protection de son visage, en massant des noisettes d'un écran total spécial visage (un produit importé, français, très convoité) sur les joues, le menton, le front, les lobes d'oreilles, les paupières et la nuque. Elle rassembla ses cheveux en un chignon souple, le couvrit d'un chapeau de paille qui avait la circonférence d'un parasol et enfila une paire de lunettes noires qui lui mangeaient un tiers du visage.

— Mmm, soupira-t-elle en étirant les bras par-dessus la tête, délicatement, pour ne pas déranger le chapeau. C'est merveilleux.

Adriana regarda Emmy et leva les yeux au ciel. Les deux échangèrent un sourire. Leigh était spéciale – ça, c'était indéniable – mais son petit rituel était si caractéristique de sa personnalité que, quelque part, il en devenait réconfortant.

— Bon, les filles, assez de bavardage en l'air. Nous avons un ordre du jour, annonça Adriana.

Elle savait que Leigh n'avait pas envie de s'étendre sur ses fiançailles – elle le leur avait fait clairement comprendre, sur la plage, par ses réponses monosyllabiques aux questions sur son prochain mariage et en discourant avec une volubilité anxieuse de ce nouvel auteur, de cet immense écrivain qu'on lui avait confié le soin de diriger (exactement le genre de bavardage nerveux que ses amies n'écoutaient plus que d'une oreille distraite, après toutes ces années passées à l'entendre dire : « Je me suis complètement plantée à l'examen », « Je n'arriverai jamais à rendre les corrections de ce manuscrit à temps » pour la voir, au final, obtenir ses UV avec mention « très bien » et enchaîner promotion sur promotion professionnelle). Du coup, Adriana avait décidé de lui fiche la paix sur le sujet. Pour l'instant.

— Je ne sais pas ce que tu en penses, Leigh, mais moi, j'aimerais qu'Emmy nous donne plus de détails sur son séjour à Paris, commença-t-elle en posant un regard appuyé sur l'intéressée. Paris ! La ville de l'amour ! J'espère bien que tu as plein de trucs à nous raconter…

Emmy grogna, interrompit sa lecture de *London is the best city in America* et posa le bouquin ouvert à l'envers sur sa poitrine.

— Combien de fois vais-je devoir te le répéter ? Il n'y a rien à raconter.

— Mensonges ! Rien que des mensonges ! se récria Leigh. Tu as évoqué un certain Paul. Un Français, peut-être ? Pourrais-tu développer ?

— Pourquoi vous acharnez-vous à me faire revivre ça ? demanda Emmy avec un regard implorant. Je ne comprends pas. C'est du sadisme. Je vous ai raconté toute l'histoire : Paul est cet Anglo-Argentin, cet élégant globe-trotter, ce garçon excessivement charmant et séduisant, qui a préféré aller à l'anniversaire de son ex plutôt que de coucher avec votre servante.

— Je suis sûre qu'il y a une autre explication. Peut-être qu'il est…

— Leigh, arrête ! s'écria Adriana, pour couper court à ce qui s'annonçait comme une longue série d'explications polies et fallacieuses. Une seule explication s'impose – en supposant, comme nous le faisons ici, que Paul est bien hétéro, et qu'il est bien un homme.

Emmy, sois honnête. Voulais-tu vraiment coucher avec lui ? Est-ce que tu lui as fait des avances ? Est-ce que tu avais une envie *folle* de son corps ?

Emmy éclata de rire, mal à l'aise.

— Ouah ! Je ne sais pas quoi répondre à ça. Oui, j'imagine. Ouais, ouais, j'en suis sûre… Je me suis quasiment jetée sur lui quelques heures à peine après avoir fait sa connaissance.

— Par « quasiment jetée sur lui », tu veux dire que tu lui as fait comprendre – ou essayé de lui faire comprendre – *nerveusement et avec subtilité* que tu caressais l'idée de boire un autre verre. Je me trompe ?

— Bon, peut-être…, renifla Emmy qui était bien résolue à ne pas avouer la vraie raison de la retraite précipitée de Paul.

Elle savait que si elle admettait lui avoir demandé s'il envisageait d'avoir un jour des enfants – question que pour sa part elle jugeait parfaitement raisonnable et sensée – ses amies ne la lâcheraient jamais.

— Donc, insista Adriana, tu ne t'es pas présentée à lui comme une fêtarde insouciante, impénitente, toujours partante pour prendre du bon temps ?

— Oh, je ne sais pas ! Sans doute pas, d'accord ? Et pourquoi, selon toi ? *Parce que je ne suis pas une fêtarde insouciante, impénitente, toujours partante pour prendre du bon temps.* Je suis une nana lambda, qui aime bien s'envoyer en l'air, mais qui préfère *rencontrer* quelqu'un qui lui plaît bien, plutôt qu'avoir une histoire aussi brève que sordide avec un parfait inconnu.

Adriana eut un sourire triomphant.

— Et ça, ma petite, c'est justement ton problème.

— Ça n'a rien d'un problème, intervint Leigh sans ouvrir les yeux. Emmy est comme ça, c'est tout. Tout le monde n'est pas taillé pour les coucheries d'une nuit qui ne veulent rien dire.

La réflexion arracha à Adriana un long soupir de frustration.

— Tout d'abord, les filles, les « coucheries d'une nuit », c'est bon pour les pauvres ploucs qui se rencontrent dans les casinos d'Atlantic City ou dans les motels, dans quelque trou paumé du Midwest. Et « s'envoyer en l'air », c'est ce que font les étudiantes besogneuses qui se torchent et se lâchent une fois les partiels passés. Nous, nous avons des *aventures*. Des *aventures* romanesques, sexy, fougueuses. Compris ? Secundo, je crois que nous sommes en train de perdre de vue un point important : ce n'est pas *moi* qui ai décidé qu'Emmy devrait avoir des *aventures* dans chaque ville où elle allait séjourner. Elle a trouvé l'idée toute seule, comme une grande. Bien évidemment, si tu penses maintenant que c'est un projet trop ambitieux pour toi…

Le serveur, un petit blond en chemise et short de toile, à la beauté espiègle, vint leur demander s'il pouvait leur apporter quelque chose. Elles commandèrent des margaritas, et reprirent aussitôt leur conversation à l'endroit où elles l'avaient interrompue.

— Non, tu as raison, concéda Emmy. La décision venait de moi, et je vais m'y tenir. Ça me fera du bien, pas vrai ? Ça me détournera de mon obsession du mariage. Ça me rendra plus cool. Simplement, ce qui a l'air génial en théorie… quand tu te retrouves, à deux heures du mat, dans un hôtel où tu mets les pieds pour la première fois, en train de dévisager ce type que tu connais depuis trois minutes et demie et que tu commences à penser qu'il va te voir à poil alors que tu ne sais même pas son nom de famille… Je ne sais pas, c'est juste… plus pareil.

— Oui, mais si tu prends les choses comme elles viennent, sans te poser trois mille questions, ça peut être une vraie libération, trancha Adriana.

— Ou un total désastre, nuança Leigh.

— Toujours optimiste, toi, hein ?

— Écoute, j'ai entendu comme toi qu'Emmy veut se tenir à ce projet, et je comprends parfaitement pourquoi. Si je n'avais connu que trois garçons dans ma vie, et que je sois sortie longtemps avec chacun d'eux, je voudrais moi aussi goûter à d'autres fruits. Mais il est important qu'elle sache que les coucheries d'une nuit – pardon, les *aventures* – ne sont pas toujours glamour.

— Parle pour toi. J'ai toujours été plutôt satisfaite des miennes, lui rétorqua Adriana avec un sourire.

Et c'était vrai, dans la majeure partie des cas. Elle avait eu plus d'amants qu'elle ne pourrait jamais en compter, mais tous lui avaient laissé un bon souvenir, sans exception.

Leigh bondit.

— Ah bon ? Alors j'imagine que tu as oublié ce surfeur – comment il s'appelait ? Pasha ? celui qui après vos ébats, t'a tapé dans la main comme si t'étais un rappeur des ghettos, et qui, quand tu lui as demandé s'il voulait un autre verre de vin de blanc, t'a répondu : « Dans une minute, mon pote, laisse-moi décompresser » ? Ou encore ce fétichiste qui voulait te lubrifier le pied et s'en caresser le corps ? Et qui pourrait oublier celui que tu as rencontré au mariage d'Izzie et qui a pris un appel de *sa mère* pendant que tu étais *dans une position intéressante* ? Dois-je poursuivre ?

Adriana se força à produire son sourire le plus triomphal et leva la main.

— Ça ira. Je crois qu'on a capté l'idée générale. Cependant, ma très chère, tu te fourvoies un peu.

Quelques pommes véreuses ne doivent pas te dissuader de visiter le verger. Oui, il y a eu deux ou trois malheureuses exceptions. Mais pourquoi n'évoques-tu pas aussi le baron autrichien qui trouvait – à très juste titre – qu'en guise de préliminaires, rien ne valait une mise en bouche chez Cartier ? Ou la fois où, au Costa Rica, le surfeur et moi – l'autre surfeur – avons fait l'amour sur la plage au lever du soleil ? Ou encore cet architecte qui avait une incroyable terrasse sur son toit dominant l'Hudson…

— Je dis juste que c'est à double tranchant, la coupa Leigh en regardant Emmy droit dans les yeux.

— Mais quel rabat-joie tu fais ! protesta Adriana d'une voix suraiguë. Je vais me baigner.

Elle s'efforçait de rester cool, mais cette conversation commençait à lui taper sur les nerfs. Où Leigh puisait-elle tant d'amertume ? Elle avait un avenir prometteur chez l'un des éditeurs les plus prestigieux de la ville, un fiancé célèbre que bien des filles lui enviaient, qui l'adorait et n'avait d'yeux que pour elle, et un look soigné et sophistiqué, qui était juste assez sexy pour plaire aux hommes, et pas assez pour lui attirer la haine des femmes. Pourquoi diable était-elle si malheureuse ?

— T'inquiète, Adi. Je sais que tu es une traînée en puissance, dit Emmy en rigolant. Oups ! Pardon – *tu étais*. Car j'espère qu'après m'avoir sonné les cloches avec autant de vigueur, tu n'as pas oublié ta part du contrat ?

— Bien sûr que non. En fait, je crois même que j'ai rencontré mon futur mari.

— Hmm, marmonna Leigh, nullement impressionnée, en prenant la margarita glacée que le serveur lui présentait sur un plateau.

Elle appuya un instant le verre contre son front, avant d'en lécher la couronne de sel.

— Ah bon ? fit Emmy, d'un ton qu'Adriana jugea un rien condescendant.

— Oui, absolument, répliqua-t-elle sèchement. Et bien que vous ne sembliez ni l'une ni l'autre le moins du monde intéressées, je tiens à préciser qu'il s'agit de Tobias Baron.

Ah, tout de même ! songea-t-elle en voyant deux têtes pivoter aussitôt vers elle, et deux paires d'yeux la contempler avec ébahissement.

— Le réalisateur ? demanda Leigh.

Voilà qui était bien mieux. Adriana hocha la tête.

« Oui, le seul et l'unique. Et en fait, ses amis l'appellent Toby.

Leigh, totalement incrédule, la fixa avec des yeux ronds.

— Tu plaisantes ! Vas-y, raconte ! On veut tout…

— Bien sûr ! s'exclama Adriana avec un sourire. Mais d'abord, je vais nager un peu.

Elle se leva de sa chaise longue avec une grâce de chat qui s'étire après un petit somme et partit en direction de la piscine. *Ça leur apprendra à ne pas me prendre au sérieux,* songea-t-elle en testant de l'orteil la température de l'eau. Puis elle plongea, son corps aérodynamique fendant la surface sans un bruit ni une éclaboussure, et se lança dans un crawl puissant mais néanmoins gracieux. Quoique n'étant pas une grande fan des baignades dans l'Océan (le sel desséchait les cheveux et on y côtoyait toutes sortes de déplaisantes créatures aquatiques) Adriana nageait comme un poisson. Sa mère, terrifiée à l'idée que sa petite fille pût tomber dans la piscine de leur propriété, avait tenu à ce qu'Adriana apprenne à nager avant même de savoir marcher et avait, à cette fin, employé les grands moyens : elle avait plongé Adriana, âgée de neuf mois, dans un mètre cinquante d'eau et, sans tenir compte des contorsions de la petite fille, lui avait retiré ses brassards, puis l'avait regardée disparaître sous l'eau. Lorsqu'elle avait découvert cette histoire à l'adolescence, Adriana s'était récriée, horrifiée :

— Tu m'as regardée *couler* ?

— Arrête ! avait protesté sa mère. Ça n'avait rien d'aussi dramatique – tu n'es restée que deux secondes sous l'eau. Ensuite, tu as compris comment faire, et tu as commencé à battre des bras en gardant ta petite tête dressée. Je ne pense pas qu'un peu d'eau dans le nez ait été un grand traumatisme, n'est-ce pas ?

La méthode n'était pas de celle que prônaient les pédopsychiatres cathodiques, mais elle n'en avait pas moins été efficace.

Elle exécuta dix longueurs de bassin, et accepta avec reconnaissance le drap de bain roulé que lui tendit un employé plaisamment musclé. Après l'avoir récompensé d'un large sourire, elle rejoignit ses amies. Emmy corna aussitôt la page de son roman et le posa de côté.

— Adriana de Souza, comment peux-tu nous avoir caché ça. Nous sommes à Aruba depuis…

— Bonaire ! se récrièrent en chœur Leigh et Adriana.

Emmy agita les bras pour réclamer le silence.

— Peu importe. Cela fait deux jours entiers que nous sommes à *Bonaire*, et tu ne le mentionnes que maintenant ? Quelle amie se comporte ainsi ?

— Ce n'est rien de sérieux pour l'instant, répondit Adriana en se délectant de l'expression de ses amies. (Elle adorait faire de la rétention d'informations jusqu'au moment où elle était certaine de produire son maximum d'effet.) Mais je pense qu'il a du potentiel.

— Du potentiel ? D'après les magazines, c'est George Clooney, les neurones en plus. Beau, talentueux, hétéro, célibataire…

— Divorcé, précisa Emmy.

Leigh balaya le détail d'un geste.

— Une erreur de jeunesse qui n'a duré que trois ans et n'a pas donné d'enfant. En matière de divorcé, il coche à peine la case.

Adriana siffla.

— Eh bien, dites-moi… il semblerait que vous soyez drôlement bien informées. Cela signifie-t-il que vous approuvez mon choix ?

Les deux hochèrent vigoureusement la tête.

— Bon, dis-nous tout de lui, reprit Emmy, le souffle court, sans doute soulagée de n'être plus sous le feu des projecteurs.

Adriana décolla légèrement son buste dégoulinant du dossier pour redresser le coussin dans son dos, mais ce simple mouvement suffit à arracher un gémissement audible à un homme étendu non loin d'elles, au soleil.

— Voyons… apparemment, je n'ai pas besoin de vous raconter sa vie – vous la connaissez déjà ! Que dire… ? C'est vraiment un chou. Je l'ai rencontré il y a quinze jours sur le tournage de *The City Dweller*.

Leigh se retourna sur le ventre et défit l'attache de son soutien-gorge.

— Qu'y faisais-tu ?

— J'étais avec Gilles. J'étais censée rencontrer Angelina et Maddox, au lieu de quoi, j'ai rencontré Toby.

Adriana entreprit de rapporter mot pour mot sa conversation avec ce dernier, en ajoutant peut-être quelques phrases de son cru de-ci de-là pour rendre son récit plus vivant, mais sans en omettre une seule. Quand elle eut terminé, elle pinça délicatement les lèvres autour de la paille et aspira une longue gorgée de margarita. Elle n'en aurait pas mis sa main à couper, mais il lui semblait bien que la petite bande de beaux mecs, de l'autre côté de la piscine, l'observait.

— Tu crois qu'il va te rappeler ? demanda Emmy avec une inquiétude qui semblait sincère.

Légèrement agacée que son amie puisse non seulement envisager le cas contraire, mais en plus exprimer ses doutes à voix haute, Adriana répliqua d'un ton cassant :

— Évidemment qu'il va rappeler. Pourquoi ne le ferait-il pas ?

— Ouuuh, fit Leigh. On dirait que quelqu'un est un peu susceptible...

— Quoi ? Tu fais allusion à Yani ? J'ai tellement dépassé ça, lâcha Adriana en étendant les jambes et les pointes de pieds.

— Ah bon ? Il s'est finalement passé un truc avec Yani ? demanda Emmy avec empressement. Pourquoi je suis toujours la dernière au courant ?

Adriana soupira.

— Je ne sais pas pourquoi on ressasse encore ce truc. Je lui ai laissé mon numéro de téléphone après le cours, la semaine dernière, en lui disant de m'appeler.

— Et ?

— Et il me l'a rendu.

Adriana avait beau feindre de trouver cette histoire suprêmement ennuyeuse, ses amies la connaissaient trop bien : ce fiasco l'avait hantée toute la semaine, avait même fortifié sa certitude qu'il était temps pour elle de *se caser*. La rebuffade de Yani – qui, elle en était certaine, ne se serait jamais produite quelques années auparavant – avait eu le mérite de lui faire comprendre, sans ambages, que sa fenêtre de tir était près de se refermer.

— Il t'a donné une explication ?

— Non, il a juste dit qu'il était désolé, mais qu'il ne pourrait pas faire bon usage du numéro.

— Je suis sûre que c'est simplement parce que… commença Leigh.

— S'il te plaît, la coupa Adriana avec un sourire forcé, en balayant l'objection d'un geste désinvolte. Je n'étais pas non plus *archi-intéressée*. Entre Yani le prof de yoga et le plus adulé des réalisateurs hollywoodiens, il n'y a pas photo, non ?

— Salut, dit Emmy en se redressant sur sa chaise et en adressant un grand sourire à l'épaule droite d'Adriana.

— Quoi ? fit celle-ci, déroutée.

Elle se retourna, et découvrit, debout derrière elle, un homme. Un homme plutôt séduisant. Carrément sexy, même, avec ce caleçon de bain aux motifs hawaïens qui descendait bas sur ses hanches, et ce torse étonnamment musclé. Adriana remarqua aussi ses mains puissantes lorsqu'il repoussa en arrière les mèches blondies par le soleil qui lui barraient le visage. *Il aurait besoin d'un bon rasage*, nota-t-elle aussi, et il était un poil trop petit à son goût, mais dans l'ensemble, il était plutôt appétissant. Et il souriait. À *Emmy*.

— Salut. J'espère que je ne vous dérange pas…

Un Australien ! Ses préférés entre tous. Le tout premier garçon qu'elle avait embrassé était australien. Il avait onze ans, et il passait l'été à São Paulo, chez ses voisins. Depuis, elle avait connu suffisamment de ses compatriotes pour se considérer comme une citoyenne honoraire de ce continent.

— Bien sûr que non, ronronna-t-elle, en rejetant machinalement les épaules en arrière et en bombant la poitrine.

— Je euh… avec mes copains, là-bas – il désigna la table de l'autre côté de la piscine, où trois autres types s'efforçaient en vain de regarder ailleurs – on se demandait si vous voudriez vous joindre à nous pour dîner, ce soir ?

Adriana le dévisageait, incrédule. Non, non, elle ne se trompait pas : il s'adressait bien à Emmy. Incroyable ! Se pouvait-il vraiment que ce délicieux cadeau tombé du ciel préférât Emmy à elle ?

— On est ici pour enterrer la vie de garçon d'un de nos potes, ça fait déjà trois jours qu'on est là, et on en a un peu marre de discuter entre nous. Je euh… ce serait super si vous vouliez nous accompagner ce soir. Ce sera une soirée cool, promis – on a trouvé un petit spot sympa sur la plage, qui sert de bons cocktails et passe du bon son. On vous invite. Qu'en dites-vous ?

À ce stade-là, même Emmy avait compris que l'Australien s'adressait à elle, et Adriana, quoique déstabilisée par cette situation pour le moins inédite, fut impressionnée de voir avec quelle rapidité son amie reprenait ses esprits.

— C'est tellement gentil à vous ! dit-elle en imitant de son mieux les belles du Sud. Avec grand plaisir.

L'Australien, l'air ravi, fila au bar demander un stylo. Sitôt qu'il eut tourné les talons, Adriana décida de jouer les grands seigneurs.

Elle essaya de museler sa panique croissante à l'idée que les hommes puissent ne plus la trouver séduisante, elle ravala toutes les critiques que lui inspirait l'Australien – qui était, après plus ample observation, un peu court sur pattes… sans parler de cette barbe de deux jours… il avait franchement passé la cote d'alerte pour ce genre de relâchement – et se concentra pour arborer le plus éclatant des sourires. Elle se pencha vers ses amies et chuchota sur le ton de la conspiration :

— Emmy, ma chérie, tu lui as tourné la tête. Paris n'était qu'une petite promenade pour te mettre en jambes. Le moment est venu de passer aux choses sérieuses. À toi de jouer…

Et tandis qu'Emmy rougissait et que Leigh approuvait d'un clin d'œil, elle lutta pour retenir ses larmes.

Leigh fouilla dans son sac, sans trop savoir ce qu'elle cherchait, sans rien chercher de précis, à vrai dire, simplement pour s'occuper jusqu'à l'arrivée de Jesse. Elle ne pouvait pas se contenter de rester là, assise, le regard perdu dans le vide, et elle ne voulait pas non plus jouer à la fille courbée sur elle-même qui pianote frénétiquement sur son BlackBerry. Il y avait bien ces cent premiers feuillets d'un manuscrit que son assistante lui avait tendu au moment où elle quittait le bureau, mais non – sortir un manuscrit chez *Michael's* à l'heure du déjeuner, c'était comme lire un scénario au *Coffee Bean* à Beverly Hills. Le truc à ne pas faire. La seule chose dont elle aurait vraiment eu envie, ç'aurait été de poser sur ses oreilles son casque anti-bruit adoré, afin de ne plus entendre la voix aiguë et grinçante du type qui, derrière elle, hurlait dans son téléphone. Si elle avait été seule, ou avec des amies, elle aurait tout simplement demandé à changer de table, mais Jesse allait arriver d'une seconde à l'autre, et elle ne voulait pas qu'il la surprenne en train de faire des histoires. L'anxiété générée par la perspective de ce déjeuner, combinée à la java des sabots de bois à l'étage au-dessus qui s'était prolongée jusque tard dans la nuit, s'était soldée par un manque à gagner de sommeil. Oui, Leigh n'avait qu'une envie : coller discrètement un écouteur sur son oreille – juste un ! – et laisser son iPod (qui ne contenait que de la musique classique ou de relaxation) apaiser ses nerfs à vif. Elle était en train de démêler le cordon du casque quand le chef de rang se matérialisa à sa table. Jesse sur les talons.

— Quel plaisir de vous revoir, dit-elle d'un ton affable, en lui tendant la main, mais en s'abstenant délibérément de se lever.

Il se pencha vers elle et l'embrassa sur la joue. On sentait que c'était de sa part un geste machinal, et totalement impersonnel, mais Leigh fut parcourue d'un petit frisson. *Les nerfs*, songea-t-elle.

Jesse resta un instant debout à côté de la chaise qu'on avait tirée à son intention, et balaya la salle du regard.

— Leigh, très chère, sans vouloir vous embêter, verriez-vous un inconvénient à ce qu'on change de table ?

Il dévisageait les deux hommes en costume assis derrière elle, dont l'un était toujours pendu au téléphone, et déclara, sans la moindre discrétion :

— Je ne supporte pas ces malappris qui hurlent dans leur téléphone au restaurant.

La remarque passa inaperçue auprès de celui à qui elle était destinée, mais Leigh bondit sur ses pieds et se précipita quasiment dans les bras de Jesse.

— Je ne supporte pas ce type non plus, lâcha-t-elle en rassemblant précipitamment ses affaires tandis que Jesse essayait déjà d'alpaguer le chef de rang.

Ce n'est que lorsqu'ils furent installés à nouveau, cette fois à une table idéalement située dans un angle de la salle, qu'elle s'autorisa à regarder Jesse à la dérobée.

Il portait un jean et un blazer – le même, peut-être, que celui qu'il avait le jour de leur première entrevue, dans le bureau d'Henry – et ses cheveux étaient ébouriffés. Tout en dégageant une impression de propreté méticuleuse, il était légèrement négligé, comme s'il n'avait cure de son apparence. Leigh ne fut que plus consciente du temps qu'elle-même avait mis à se préparer ce matin-là.

Cela faisait longtemps qu'elle n'avait pas consacré autant de soin à sa toilette du matin. Ces derniers temps, elle avait été tellement débordée, et privée de sommeil, que l'heure qu'elle s'obligeait d'ordinaire à consacrer aux soins de beauté s'était vue réduite au strict minimum : shampooing express ; un coup de séchoir à cheveux, juste assez long pour uniquement enlever le gros de l'humidité ; une touche de mascara et de rouge à lèvres, appliquée en chemin. Mais ce matin, ç'avait été différent. Elle avait sauté du lit sans appuyer sur la touche d'arrêt momentané du réveil, en veillant à ne pas réveiller Russell, et à partir de là, elle avait branché le pilote automatique et s'était lancée dans des préparatifs élaborés.

Comment s'habillerait-elle pour son premier rendez-vous officiel avec Jesse ? La question avait donné lieu à des tergiversations sans fin. Tout, chez cet homme, était informel, certes, mais Leigh voulait donner l'impression de se comporter en professionnelle. Son père n'avait jamais manqué de lui rappeler que les hommes avec lesquels elle serait appelée à travailler verraient toujours en elle la femme avant de voir l'éditeur, et que si elle voulait avoir une chance de gagner leur respect, elle devait éviter de mettre l'accent sur sa féminité. Ou du moins, ne pas en jouer. Leigh avait toujours scrupuleusement suivi ce précepte, mais ce jour-là – le jour où il aurait dû compter le plus ! –

l'idée d'enfiler son éternel tailleur-pantalon noir (ou le gris, ou le bleu marine) lui avait paru insupportable. De la même façon, les culottes en coton auxquelles elle était abonnée ne lui semblaient pas suffisantes ; elle avait choisi un string rose pimpant et un soutien-gorge assorti, qui ne soutenait pas grand-chose et cachait encore moins. *Pourquoi pas ?* avait-elle songé. C'était plus mignon que sexy, et quel mal y avait-il à bousculer un peu la routine ? Par-dessus, elle avait enfilé sa robe portefeuille préférée de Diane de Furstenberg, un modèle au genou, avec des manches trois-quarts, un décolleté profond, dans un jersey à motifs géométriques jaune, blanc et noir. Elle avait séché soigneusement ses cheveux, s'était maquillée et puis avait mis une paire de sandales à brides, optant pour des talons de dix centimètres plutôt que pour ses éternels – et confortables – talons bobines. Quand elle était allée embrasser Russell sur le front pour lui dire au revoir, il avait laissé échapper un sifflement d'admiration ensommeillé, mais, une fois dans le métro, elle s'était demandé si elle n'était pas un peu trop habillée. Et en arrivant au restaurant, elle était convaincue qu'elle ressemblait plus à une *escort girl* de luxe qu'à une éditrice stylée et néanmoins sérieuse.

À son crédit, ou par indifférence – Leigh ne savait dans quel sens trancher – Jesse garda les yeux rivés sur son visage et lança, tout en prenant place sur la chaise en face d'elle :

— Mais où est passée mon éditrice fagotée en dépit du bon sens ? J'espère que vous ne vous êtes pas donné tout ce mal pour moi ?

Aussitôt Leigh regretta le choix de sa tenue. Elle s'était préparée à subir les remarques sexistes de Jesse – Henry l'avait mise en garde à ce sujet – et, à en juger par leur première rencontre et son statut de rock star au sein du monde des lettres, elle avait supposé qu'il ferait assaut d'arrogance et de pédantisme, mais cette insulte frontale la prit de court. C'était un comportement inacceptable, et si elle ne mettait pas les choses au clair dès à présent, ce serait toute leur relation de travail qui, dans l'avenir, en pâtirait. Jesse était peut-être un écrivain célèbre, mais à compter de dorénavant, il était *son* auteur, et elle entendait faire en sorte que ce point soit bien clair pour lui.

Elle prit le parti d'éclater de rire.

— Pour vous ? Jesse, c'est gentil à vous de l'avoir remarqué, mais en fait, c'est plutôt en prévision d'un cocktail auquel je dois assister ce soir. (Elle marqua une pause, et espéra qu'elle avait montré plus de confiance qu'elle n'en éprouvait.) Dois-je en conclure qu'en ce qui vous concerne, vous vous êtes donné tout ce mal pour moi ?

Il porta aussitôt la main à ses cheveux pour les dégager du visage.

— Je ne ressemble à rien, hein ? lâcha-t-il, légèrement penaud. J'ai loupé le premier train, ça m'a chamboulé tout mon emploi du temps. C'était un cauchemar.

— Le train ? Je pensais que vous habitiez en ville…

— Oui, mais j'ai du mal à me concentrer ici, alors j'écris dans les Hamptons.

— Oh, c'est…

Il l'interrompit d'un éclat de rire contrit.

— Ouais, c'est renversant d'originalité, je sais. J'ai acheté cette baraque en novembre dernier, juste au moment où il commençait à faire froid. J'avais toujours été, comme il se doit, un détracteur des Hamptons – vous ne serez pas surprise de l'entendre – mais cet endroit était différent : désolé, isolé, l'endroit idéal pour s'enfermer avec un ordinateur et rien d'autre. Je n'ai pas croisé âme qui vive pendant des jours et des jours et tout d'un coup, au mois de mai, le soleil s'est montré trois minutes, et j'ai vu débarquer tout l'Upper East Side en masse.

— Pourquoi être resté ? Les Hamptons en juillet, c'est l'enfer.

— Preuve flagrante de fainéantise.

— Arrêtez ! Je n'en crois pas un mot.

— Si, si, je vous assure. Maintenant que je suis installé, je n'arrive pas à me résoudre à partir. D'autant qu'en ville, mes voisins du dessus font des travaux dans leur appart, et le bruit est intolérable.

— Mmm…, fit Leigh en prenant le menu que lui tendait le serveur.

Jesse secoua la tête, se reculant dans sa chaise et lâcha un soupir.

— Bon sang, je me fatigue moi-même. Combien d'heures par jour êtes-vous obligée de supporter des petits cons nombrilistes de mon espèce ?

Leigh éclata de rire malgré elle.

— Disons que ça fait partie du profil du poste.

— À ce propos, je suis certain que vous êtes curieuse de ce…

— Jesse, l'interrompit-elle doucement, nous aurons tout le temps pour travailler, alors je me disais que ce serait sympathique si aujourd'hui nous faisions juste connaissance et reportions les discussions éditoriales à notre prochaine entrevue.

Il la dévisagea.

— Vous êtes sérieuse ?

— Oui, plutôt. Si cela vous convient, naturellement.

Il inclina la tête de côté, tout en continuant à l'examiner.

— Vous êtes un sacré numéro, hein ? Un éditeur qui ne veut pas parler de mon livre. Bien, bien, bien. De quoi souhaitez-vous discuter, mademoiselle Eisner ?

Leigh était contente d'elle. Son séjour à Curaçao avec les filles n'avait guère ressemblé à une célébration de fiançailles, mais il lui avait laissé beaucoup de temps pour réfléchir à la stratégie qu'elle allait adopter avec Jesse. Pour espérer s'acquitter avec succès de sa mission, elle savait qu'elle devrait donner le ton de leur relation dès le départ, et avec fermeté. Dicter la périodicité et le contenu de leurs conversations. Elle ne s'en sortirait pas autrement. Jesse était arrivé à ce rendez-vous en présupposant que sa nouvelle éditrice salivait d'impatience à l'idée de tout savoir sur son nouvel *opus*, donc, elle avait choisi de feindre l'indifférence.

Les entrées terminées (une bavette de bœuf en salade pour lui, des filets de loup rôti aux aromates pour elle) ils avaient parlé de tout *sauf* d'écriture. Leigh apprit que Jesse avait grandi à Seattle, mais qu'à vingt ans, trouvant cette ville déprimante, il était parti en Asie du Sud-Est, où il s'était baladé pendant dix ans en exerçant toutes sortes de petits boulots, avant de trouver cette vie tout aussi déprimante. Il lui dit qu'il était tombé des nues lorsque *Désenchantement* s'était retrouvé sur la liste des meilleures ventes ; il lui raconta à quel point ç'avait été une expérience surréaliste de gagner des millions avec ce qu'il pensait n'être qu'un petit récit de voyage anodin ; il lui confia combien New York était une ville dingue pour un jeune mec fêtard, célèbre et soudain très, très riche. En à peine plus d'une heure, Leigh eut l'impression qu'ils commençaient à tisser un lien dont ni lui ni elle n'étaient coutumiers – un lien qui n'avait naturellement rien de romantique, mais qui n'en était pas moins, quelque part, intime. À un moment donné, en passant, sans transition aucune, il mentionna sa femme.

— Vous avez *une femme* ?

Il hocha la tête.

— Une épouse ?

— Oui, c'est le terme généralement consacré. Ça vous étonne ?

— Non, non. Enfin, si. Je veux dire… je ne suis pas étonnée que vous soyez marié, c'est juste que… Je ne l'avais jamais lu nulle part.

Jesse sourit, et Leigh songea que lorsqu'il souriait, il était beaucoup plus beau. Il paraissait plus jeune, et quelque part, moins abîmé. Il coula un regard en direction de sa main gauche, et haussa les sourcils.

— Je vois que vous-même vous apprêtez à rejoindre le rang des *épouses*.

Sans trop savoir pourquoi, Leigh se sentit troublée. Troublée et plutôt mal à l'aise.

— Dessert ? s'enquit-elle en ouvrant le menu et en feignant de l'examiner.

Jesse commanda deux cafés, pour elle et lui. Sans lui demander son avis. Ce que Leigh trouva aussi irritant qu'attendrissant. Si on lui en avait laissé le choix, elle aurait préféré une infusion de menthe, mais c'était une attention curieusement gentille que de décider pour elle.

— Alors, dites-moi, mademoiselle Eisner. Quel est le plus grand livre que vous ayez édité à ce jour ? Hormis le mien, cela va de soi.

— Je me permets de vous rappeler, cher monsieur, qu'il nous reste encore à voir si le vôtre est un grand livre. Nous sommes tous très curieux.

— Tout comme je le suis de la femme qui va l'éditer.

— Qu'aimeriez-vous savoir, au juste ?

— Quels sont les autres auteurs dont vous vous occupez ? Quels sont vos préférés ? Lesquels, de leurs ouvrages, vous ont plu ?

Leigh se troubla de nouveau.

— Je pense que vous connaissez la réponse à vos questions.

— Ce qui signifie ?

Leigh s'accorda un instant de réflexion pour envisager les ramifications d'une réponse entièrement sincère. Non pas qu'elle se sentait tenue par devoir moral de dire la vérité, rien que la vérité ; cela semblait juste idiot, à ce stade, de continuer à jouer la comédie. Elle le regarda posément dans les yeux et dit :

— J'entends par là que je ne doute pas que vous ayez fait votre enquête. Vous savez pertinemment que, parmi les auteurs dont je me suis occupée à ce jour, vous êtes celui dont les livres se sont les plus vendus – et de loin – et vous savez également que mon patron, mes collègues et probablement tout le milieu de l'édition pensent que je n'ai pas assez d'expérience pour diriger votre travail.

Jesse avala son espresso cul sec.

— Et *vous*, chère Leigh, qu'en pensez-vous ? demanda-t-il, une ébauche de sourire au coin des lèvres.

— Je pense que vous êtes écœuré par toutes les sottises qui ont accompagné la sortie de votre dernier roman. Je ne sais pas pourquoi vous avez disparu de la circulation ces six dernières années, mais je soupçonne que cette retraite n'était pas due qu'au fait d'avoir un peu trop fait la fête… ou quelles que soient les autres raisons avancées par les journalistes qui vous ont harcelé. Je pense que vous cherchez un nouveau départ, et un éditeur qui n'a rien à perdre. Quelqu'un de jeune, d'enthousiaste, qui sera partant pour prendre quelques risques. (Elle se tut un instant.) Comment m'en suis-je tirée ?

— Très bien.

— Merci.

Elle se sentait nerveuse, à cran même, mais dans le bon sens, comme shootée à l'adrénaline.

— Et au risque de passer pour un connard condescendant, reprit-il, je suis certain d'avoir pris la bonne décision.

— Vous avez pris la bonne décision.

— Je sais. (Jesse indiqua au serveur de leur apporter l'addition, et lorsqu'elle arriva, il la tendit aussitôt à Leigh.) C'est Brook Harris qui régale, je présume ?

— Naturellement, dit-elle en éclatant de rire.

Elle glissa son American Express professionnelle flambant neuve dans le petit classeur et se carra contre son dossier.

— Dites-moi, Jesse, ajouta-t-elle en sortant son agenda en cuir rouge, quand nous revoyons-nous ? Je suis libre pour déjeuner mardi et vendredi de la semaine prochaine, mais ce serait sans doute mieux mardi. Naturellement, si vous préférez venir à mon bureau, vous…

— La semaine prochaine, ça ne va pas être possible.

— Ah. Eh bien, disons la semaine d'après. Comment…

— Non, ce n'est pas bon non plus.

Leigh se hérissa. Pour qui se prenait-il ? Henry venait de claquer trois millions de dollars pour acheter ce qui n'était encorc qu'un nom et une promesse d'ouvrage, et Jesse ne trouvait pas là un motif de priorité ?

— Vous ne m'avez pas laissée terminer, reprit-elle d'une voix égale.

— Excusez-moi, répondit-il, sans rien tenter pour dissimuler son sourire. Simplement, je n'ai pas prévu de revenir en ville dans les prochaines semaines. La débâcle de ce matin m'a vacciné. En conséquence de quoi, soit vous attendez que je revienne, soit, si vous en avez l'envie, je serai ravi de vous accueillir dans les Hamptons.

— Bon. En ce cas, je vais devoir consulter mon planning, répondit-elle avec froideur.

— Il va vous dire de venir.

— Pardon ?

— Henry. Il vous dira de venir dans les Hamptons. Soyez sans crainte, Leigh, ce n'est pas si loin, et je m'occuperai bien de vous, promis. Il y a même un Starbucks.

Le serveur réapparut avec sa carte et sa facture. Elle rangea soigneusement l'une et l'autre à leur place dans son portefeuille et rassembla ses affaires.

— Je ne vous ai pas froissée, n'est-ce pas ?

Leigh eut la très forte impression qu'il n'aurait pas pu s'en fiche davantage.

— Bien sûr que non. Je suis juste en retard pour un autre rendez-vous. Je vous rappelle en fin de journée, ou demain, pour décider de notre prochaine date.

Avec un grand sourire, il s'écarta pour la laisser sortir la première.

— Ça me va. Leigh ? Essayez de ne pas paniquer, d'accord ? Nous allons faire du bon boulot, ensemble.

Dehors, il s'était mis à pleuvoir. Tandis que Leigh fouillait dans sa gigantesque besace pour trouver son parapluie, Jesse s'élança en direction de la 6e Avenue.

— À plus ! lança-t-il sans se retourner.

Leigh bouillait de rage. Ce type était bel et bien un petit con vaniteux et pompeux. Il ne lui avait même pas demandé si elle avait besoin d'un taxi, ni proposé de la raccompagner à son bureau, ni remerciée pour le déjeuner ! Comment allait-elle s'y prendre pour dorloter comme il se devait un tel auteur, un homme avec un ego de la taille d'un mammouth ? Elle pouvait essayer la voie diplomatique, la tactique de la main de fer dans un gant de velours, mais l'approche « yeux écarquillés et béats d'admiration devant l'intelligence et le génie de Monsieur Best-Seller », ce n'était pas sa spécialité. Ni maintenant ni jamais, et certainement pas pour quelqu'un d'aussi imbu de lui-même que Jesse Chapman. Bon sang ! Adriana, sans avoir jamais édité – ni même peut-être lu – un seul bouquin de sa vie, aurait sans doute mieux su s'y prendre avec lui ! Cette pensée la hanta tout le temps qu'il lui fallut pour parcourir les huit blocs qui la séparaient du bureau – une promenade rendue plus pénible encore par ses sandales à talons de dix centimètres détrempées. Arrivée à destination, elle était à deux doigts de tout envoyer balader… un fait qu'elle ne cacha pas à Henry.

— Eisner, par ici, lança-t-il lorsqu'elle passa devant sa porte.

En sortant de l'ascenseur et pour se rendre dans son bureau, Leigh n'avait d'autre choix que de passer devant celui de son patron – une disposition délibérée de la part d'Henry qui la rendait folle.

Leigh aurait apprécié de disposer de quelques minutes pour se composer une contenance et, pour tout dire, mettre peut-être une sourdine à sa tenue vestimentaire en enfilant un cardigan, ou une paire de mules plates, mais elle savait qu'Henry avait certainement annulé tous ses rendez-vous de l'après-midi en prévision de son retour.

— Bonjour ! lança-t-elle d'un ton pimpant en s'asseyant avec le plus de modestie possible sur le petit canapé.

Henry la regarda de la tête aux pieds, mais fort heureusement, s'abstint de commentaires.

— Alors ?

— Ce qui est certain, c'est qu'il va nous donner du fil à retordre, lâcha-t-elle avant de réaliser combien sa remarque était sotte.

— Du fil à retordre ?

— Il est un peu arrogant – comme vous me l'aviez dit – mais je suis sûre qu'on va s'en sortir. Quand j'ai essayé de programmer notre prochain rendez-vous, il a refusé tout net de revenir à Manhattan.

— Mais… il habite dans West Village, non ?

— Oui, mais il prétend qu'il n'arrive pas à se concentrer chez lui, donc il a acheté une maison dans les Hamptons. Et il a présupposé que j'allais me rendre… *là-bas*, acheva Leigh avec un petit rire peu convaincu.

— Évidemment que vous allez vous y rendre ! aboya Henry.

— Ah bon ? fit Leigh, plus prise de court par le ton de son patron que par la nouvelle.

— Oui, et si besoin est, je vais dispatcher vos autres projets. À compter de ce jour et jusqu'à la date de publication, vous allez faire de Jesse Chapman votre seule et unique priorité. Et si cela signifie aller à un rendez-vous au zoo du Bronx parce que les bébés lionceaux l'inspirent, eh bien, vous irez au zoo. Tant que le manuscrit est rendu en temps et en heure et qu'il est publiable, je me fiche pas mal que vous partiez passer les six prochains mois en Tanzanie. Je veux que ce bouquin sorte, un point c'est tout.

— Je comprends, Henry. Vraiment. Vous pouvez compter sur moi. Et il ne sera pas nécessaire d'écarter mes auteurs, répondit Leigh en songeant au mémorialiste qui souffrait de fatigue chronique, au romancier dont le bouquin cherchait désespérément des recommandations à des fins publicitaires, et à l'artiste comique reconverti en écrivain qui l'appelait au minimum trois fois par semaine pour lui faire part de ses nouvelles vannes.

Par chance, le téléphone d'Henry sonna et l'instant d'après, son assistante annonça qu'il s'agissait de sa femme.

— Réfléchissez à ce que je vous ai dit, Leigh, conclut-il en posant la main sur le combiné.

Elle hocha la tête et s'éclipsa en prenant à peine garde à ses talons douloureux qui l'élançaient de plus en plus. À l'instant où elle se laissa choir dans son fauteuil, sa propre assistante se précipita vers elle, avec une pleine poignée de messages et de mémos.

— Ce contrat-là doit être signé tout de suite pour que je puisse l'envoyer par Fed Ex avant la fermeture des bureaux, et Pablo, à la maquette, dit qu'il a besoin de toutes les infos pour la couv du mémoire Mathison aussi vite que possible. Ah, et…

— Annette, on peut voir ça dans une minute ? J'ai un coup de fil à passer. Tu peux fermer la porte en sortant ? Ce ne sera pas long.

Leigh s'efforçait de garder une voix posée et égale, mais elle avait envie de hurler.

Annette, grâce lui soit rendue, se contenta de hocher la tête et fit ce qui lui était demandé. N'étant pas certaine de retrouver la force de passer ce coup de fil si elle ne le faisait pas dans la seconde, Leigh décrocha son téléphone et composa le numéro.

— Vous êtes une rapide, observa Jesse en décrochant. (Il y avait comme une pointe de raillerie dans sa voix.) Que puis-je pour vous, mademoiselle Eisner ?

— J'ai consulté mon planning et je vais venir vous voir dans les Hamptons.

Il montra assez d'éducation en ne jubilant pas ouvertement, mais Leigh *sentit* qu'il avait un sourire jusqu'aux oreilles.

— J'apprécie énormément, Leigh. Je dois m'absenter les quinze prochains jours, pour faire des recherches. Est-ce que le second week-end d'août vous conviendrait ?

Leigh ne prit même pas la peine de consulter son agenda ou la fenêtre du calendrier qui restait ouverte en permanence sur l'écran de son ordinateur. À quoi bon ? Henry avait été clair : les désirs de Jesse étaient des ordres.

Elle inspira un grand coup et se mordit le pouce, assez fort pour y laisser l'empreinte de ses dents.

— Très bien, répondit-elle.

Maman boit parce que je pleure

Izzie entra la première dans l'ascenseur et appuya sur le bouton du onzième étage.

— Donc, si j'ai bien suivi, un sublime Australien t'a emmenée faire une balade au clair de lune sur la plage, après des heures passées à boire et à danser et – en dépit de ta promesse solennelle (pardonne mon langage) de baiser tout mec que tu rencontrerais en possession d'un passeport étranger – tu n'as *pas* couché avec lui.

— C'est ça.

— Oh, Emmy…

— Je ne pouvais pas, d'accord ? Je ne pouvais pas ! Et pourtant, on se roulait dans le sable, on se pelotait comme des fous, et il embrassait merveilleusement bien. À un moment donné, il a enlevé sa chemise et – oh mon Dieu…

Emmy lâcha un gémissement et ferma les yeux.

— Et… ? Jusque-là, je n'ai rien entendu de négatif.

— Et à la seconde où il s'est attaqué aux boutons de mon jean, j'ai paniqué. Je ne sais pas pourquoi, mais c'est comme ça. C'était tellement… *surréaliste*, de voir ce type au-dessus de moi, sur le point d'*entrer* en moi, alors que je ne connaissais même pas son nom de famille. Non, je ne pouvais pas.

Izzie déverrouilla la porte de son appartement et Emmy la suivit dans le petit hall d'entrée dallé de marbre.

— J'ai bien entendu ? Tu viens de dire qu'il était sur le point « d'entrer en toi » ? C'est bien l'expression que tu as employée ?

— Izzie, lança Emmy d'un ton lourd d'avertissement. On peut se concentrer deux minutes sur le *vrai* sujet ? Je voulais le faire, vraiment. Il me plaisait terriblement. Il était super adorable, pas menaçant et *australien*, et ç'aurait été l'aventure de vacances idéale. Mais au moment de passer aux choses sérieuses, je lui ai demandé d'arrêter.

Kevin, qui était assis au bureau de l'autre côté du salon, leva la tête et sourit.

— Cette conversation m'a l'air bien plus intéressante que ce mail d'une patiente, dans lequel elle me décrit la consistance de ses pertes. (Il referma l'ordinateur portable et vint à la rencontre des deux filles pour embrasser Emmy et envelopper Izzie dans une chaleureuse étreinte.) Tu m'as manqué, bébé, lui chuchota-t-il tendrement au creux de l'oreille.

Izzie colla ses lèvres contre les siennes et lui caressa le visage du dos de la main.

— Mmm, toi aussi. Comment s'est passée ta garde ?

— Hum, hum, fit Emmy. Je répugne à interrompre ces douces retrouvailles, mais vu que vous êtes mariés, et que moi je n'ai personne à qui me confier, si nous pouvions rester concentrés un instant sur le sujet qui m'occupe…

Kevin éclata de rire et tapota affectueusement le derrière de son épouse.

— C'est de bonne guerre. Emmy, je porterai tes affaires dans la chambre d'amis, et en attendant je nous sers à boire. Installez-vous sur la terrasse, j'arrive.

Il se dirigea vers la cuisine, et Izzie le suivit d'un regard un brin mélancolique.

— Il est incroyable. Ça me rend carrément malade de voir ça, observa Emmy.

— Je sais, soupira Izzie en réprimant à peine un sourire. C'est une vraie crème. Ce serait sans doute insupportable si je ne l'aimais pas tant. Viens, allons sur la terrasse.

Si on lui avait laissé le choix, Emmy aurait préféré s'installer ailleurs que sur des chaises en fer forgé, sous le soleil ardent du sud de la Floride, dans une atmosphère saturée d'humidité. Sur la moquette par exemple, pile devant la sortie d'air conditionné.

— On n'arrête donc *jamais* de transpirer, dans ce patelin ?

Izzie, qui ne semblait pas incommodée par la touffeur, haussa les épaules.

— On s'y habitue, au bout d'un moment. Mais je dois dire qu'en général les touristes évitent Miami au mois d'août. (Elle lança un clin d'œil à Emmy et offrit son visage au soleil.) Donc, reprit-elle, nous en étions au moment où il était sur le point d'*entrer* en toi…

À cet instant, la porte-fenêtre coulissa et Kevin, un plateau dans les mains, secoua la tête d'un air consterné.

— On dirait que cette conversation me poursuit ! Sérieusement, Emmy, tu ne pourrais pas faire court ?

En voyant Izzie se lever d'un bond pour aider son mari, Emmy se demanda où sa sœur puisait autant d'énergie. Pour sa part, la chaleur tenace et l'humidité lui donnaient la sensation que tout son corps se liquéfiait.

— Il n'y a pas grand-chose de plus à dire, reprit-elle en piochant quelques grains de raisin sur le plateau.

Elle sortit une bouteille d'eau du petit seau à glace et ajouta :

— On est au régime sans alcool ? Je croyais qu'aucun de vous n'était de garde ce soir ?

Izzie et Kevin échangèrent brièvement un regard.

— Si, si, on va ouvrir une bouteille dans une minute. Mais d'abord… (Kevin tendit à Izzie une besace en toile) On a quelque chose pour toi.

— Pour moi ? demanda Emmy, déroutée. C'est moi qui aurais dû vous apporter quelque chose. C'est moi, l'invitée.

Izzie sortit du sac une petite boîte, emballée dans un papier jaune et ornée de rubans aux couleurs de l'arc-en-ciel.

— Pour toi, dit-elle en la tendant à Emmy.

— C'est vraiment très gentil de votre part, mais je vous préviens que si c'est un chèque-cadeau pour *Match.com*, un carnet de rendez-vous, ou une brochure d'infos sur la congélation d'ovules, ça va barder.

Izzie aurait dû savoir qu'elle plaisantait. Alors pourquoi ce sourire qui s'effaçait un peu ?

— Ouvre-le, la pressa-t-elle.

Emmy, qui n'avait jamais su ouvrir un cadeau avec délicatesse – à quoi bon conserver du papier et des rubans qui avaient déjà servi ? – déchira l'emballage avec délectation. Et ne fut pas surprise outre mesure de trouver, niché dans le papier de soie jaune, un tee-shirt blanc soigneusement plié. Entre Izzie et elle, c'était comme un rituel : depuis qu'elles étaient en âge de gagner leur argent de poche et assez responsables pour poster régulièrement des colis, elles s'envoyaient des tee-shirts ornés de slogans cocasses, odieux, intelligents ou juste bébêtes. Ainsi, pas plus tard que la semaine précédente, Emmy avait fait parvenir à Izzie un marcel qui annonçait « FAIS-MOI CONFIANCE, JE SUIS TOUBIB », auquel sa sœur avait répondu par un mini-tee-shirt, destiné à l'origine à l'un de ces microchiens de la taille d'un jouet, mais adressé à Otis, sur lequel on lisait « CARESSEZ-MOI – JE NE MORS QUE LES MOCHES ».

Emmy déplia le tee-shirt à bout de bras.

— « LA MEILLEURE TATIE DU MONDE » lut-elle à voix haute. Je ne comprends pas. Qu'est-ce que ça a de drô… (Le regard qu'elle surprit entre sa sœur et Kevin l'arrêta net dans son élan.) Oh, mon Dieu !

Un immense sourire éclaira le visage d'Izzie et elle hocha la tête. Kevin étendit le bras par-dessus la table pour lui prendre la main.

— Oh, mon Dieu…, murmura de nouveau Emmy.

— On attend un bébé ! s'écria Izzie en se levant d'un bond pour se jeter dans les bras de sa sœur, renversant au passage les deux bouteilles d'eau.

— Oh, mon Dieu !

— Em, franchement, tu ne trouves rien d'autre à dire ? s'impatienta Kevin tout en regardant Izzie d'un air soucieux.

Emmy avait conscience de serrer sa sœur dans ses bras et se rendait compte aussi qu'elle était incapable de formuler une phrase un tant soit peu articulée parce que son esprit était parti ailleurs, comme chaque fois qu'on lui annonçait une grossesse. Des images se bousculaient dans sa tête, celles du jour, un an plus tôt, où, pour la première fois de sa vie, elle avait assisté à une naissance. Izzie lui avait fait enfiler la tenue réglementaire du personnel hospitalier, lui avait dit de faire semblant d'être une étudiante en médecine, et l'avait introduite dans la salle de travail pour assister à un accouchement par voie basse, banal et sans complications. Ni les films éducatifs qu'Emmy avait pu voir à l'école, ni les anecdotes *gore* qu'elle avait entendues raconter par ses copines ou par Izzie ne l'avaient préparée à la scène dont elle avait été témoin ce jour-là, et dont les images, en cet instant précis, lui revenaient de plein fouet en mémoire. Sauf que dans ces images, ce n'était plus une inconnue qui était allongée sur la table de travail, mais sa sœur, des entrailles de qui émergeait cette minuscule tête chauve…

À cette image, soudain, d'autres se succédèrent : celles des innombrables boutiques de layette, dont certaines en ligne, qu'Emmy explorait depuis des années, en gazouillant d'extase devant les chaussons duveteux, les bavoirs brodés. Désormais, elle pourrait craquer et acheter ces articles, mais choisir entre tel ou tel autre allait être un vrai calvaire. Évidemment, un de ces Babygros orné de slogans comme « PERSONNE NE METTRA BÉBÉ AU COIN » et « MAMAN BOIT PARCE QUE JE PLEURE » s'imposait, tout comme ces ravissants petits pulls en cashmere, et ces mini-Uggs en peau retournée. Et une poussette Bugaboo, bien sûr – celle à l'écossais vert acide, en édition limitée. Sans oublier ces minuscules chaussettes dont le motif imitait les chaussures à brides et un mini-peignoir en éponge, indispensables. Elle n'achèterait rien de trop utilitaire, ou trop précieux – elle laisserait aux autres le soin d'offrir les oreillers délicatement brodés, le chauffe-biberon, ou encore les cuillères en argent gravées de chez Tiffany – mais elle veillerait à ce que le bébé d'Izzie n'ait rien à envier à ceux de Manhattan. Si elle ne s'en chargeait pas, qui le ferait ? Certainement pas ses futurs parents, qui seraient trop occupés à mettre au monde les bébés des autres pour prendre le temps de fureter et dénicher les dernières nouveautés les plus *cool* pour le leur. Non, elle n'avait pas le choix. Et elle se montrerait à la hauteur du titre imprimé sur le tee-shirt, elle serait la meilleure des taties qui ait jamais existé. Et qui sait ? Peut-être cela serait-il un entraînement utile, pour le jour où elle aurait son propre bébé ? Ses enfants et ceux d'Izzie échangeraient leurs vêtements et leurs jouets, comme l'avaient fait leurs mères toute leur vie ; ils seraient plus frères et sœurs que cousins ! En fait, tout bien pensé, Izzie pourrait programmer son second avec son premier à elle, comme ça, elles seraient enceintes en même temps. Elles iraient ensemble au cours de yoga prénatal et Izzie lui expliquerait chaque étape de la grossesse de cette voix posée et professionnelle avec laquelle elle s'adressait à ses patientes, et quand viendrait enfin le grand jour, elles accoucheraient à quelques semaines à peine d'intervalle, afin que chacune puisse être là pour assister l'autre. Oui, c'était vraiment le plan parfait, surtout si on prenait en compte que…

— Em, ça va ? Dis quelque chose ! s'écria Izzie en s'écartant.

— Oh, Izzie ! Je suis tellement heureuse pour vous ! (Elle la serra une fois encore dans ses bras, avant de se précipiter dans ceux de Kevin.) Excusez-moi. Je suis sous le choc.

— Oui, c'est fou, n'est-ce pas ? renchérit Izzie. On a du mal à s'y habituer nous aussi. Je pensais que ça ne nous ferait pas grand-chose, compte tenu que les grossesses et les bébés, c'est notre quotidien, mais tu sais comment c'est – complètement différent quand ça t'arrive à *toi*.

Eh bien, techniquement parlant, non, justement, elle *ne savait pas*. Et si les choses continuaient sur cette lancée, il se pourrait qu'elle ne sache jamais. Mais elle savait en revanche qu'Izzie n'avait mis aucune malveillance dans cette remarque.

— Tu en es à quel mois ?

Izzie prit ses mains dans les siennes.

— Ne m'en veux pas, Em…

— Quoi ? Ne me dis pas que tu accouches le mois prochain ? Serais-tu un de ces monstres à quelques jours du terme et qui semblent juste s'être un peu lâchés sur les beignets à la crème ? Maintenant que j'y pense, j'avais remarqué que tu avais le visage un peu bouffi.

— Treize semaines. J'accouche en février.

Emmy se concentra pour se livrer à un petit calcul mental : quatre semaines dans un mois, treize divisé par quatre…

— Trois mois et une semaine ! Katie Holmes et Jennifer Garner ont annoncé *publiquement* leur grossesse au bout de deux mois, et ma propre *sœur* attend de commencer son second trimestre pour m'en parler !

— Em, ç'a été dur pour nous de ne rien te dire avant, mais on voulait attendre de te voir. Être réunis, te l'annoncer en face, avec ce petit tee-shirt…

Izzie semblait accablée d'inquiétude, et en voyant des larmes poindre dans ses yeux, Emmy elle-même eut envie de pleurer.

— Izzie, ne pleure pas ! Je plaisantais, promis. J'adore la façon dont vous me l'avez annoncé. Ce n'aurait pas été pareil au téléphone, s'empressa-t-elle de la rassurer en voyant des larmes dévaler sur les joues de sa sœur.

Après un très bref moment d'hésitation par égard pour Kevin (mais après tout, n'était-il pas quasiment comme un frère pour elle ?) Emmy retira son débardeur, enfila son nouveau tee-shirt et se tourna face à Izzie.

— Regarde ! (Elle remarqua que Kevin avait poliment détourné la tête.) Je l'adore ! Et je suis aux anges d'apprendre que vous allez avoir un bébé. Et j'adore, j'adore, j'adore la façon dont vous me l'avez annoncé. Je t'aime tellement, Izzie ! Viens, serre-moi encore dans tes bras !

— Excuse-moi, renifla Izzie en essuyant une larme sur sa joue. C'est les hormones. Je suis complètement chamboulée, en ce moment.

— Je confirme, dit Kevin en hochant la tête.

— Ne te fais pas de souci. Fêtons ça ! Je vous invite dans le meilleur *diner* de Miami. C'est lequel ? Joe's Stone Crab ?

Kevin se leva.

— Je suis toujours partant pour manger des tourteaux, mais je vais vous laisser un moment entre vous. Réveillez-moi quand vous êtes prêtes à partir, et pas une seconde avant, s'il vous plaît. (Il déposa un baiser sur la joue de sa femme et serra l'épaule d'Emmy.) Je suis heureux que tu sois là, Emmy. Et tellement heureux qu'on ait enfin pu te le dire. Izzie s'est torturée à ce sujet…

Pendant que Kevin se reposait, les deux filles passèrent presque deux heures pelotonnées l'une contre l'autre, à disséquer par le menu chaque aspect de cette nouvelle situation. Oui, ils connaîtraient le sexe de leur enfant, qu'ils le veuillent ou non, parce que inévitablement, ils auraient envie de voir les clichés de l'échographie et qu'ils savaient l'un et l'autre les lire. Non, ils n'avaient pas encore parlé des prénoms, mais Izzie *adorait* Ezra, pour un garçon, ou Riley, pour une fille. Elles s'accordèrent sur le fait que c'était supermignon de donner à une fille un prénom de garçon, et que leur mère serait dépitée si le bébé ne portait pas aussi le prénom de sa grand-mère ou de son grand-père. Emmy lui demanda de lui décrire à quel stade de son développement se trouvait le bébé mais peu après, Izzie s'écroula de fatigue au beau milieu d'une phrase.

Emmy alla chercher un plaid dans le placard de l'entrée et couvrit sa sœur. La pauvre petite devait être épuisée, entre sa grossesse, les gardes de trente-six heures et les émotions qu'avait fait naître l'annonce de la grande nouvelle à sa sœur. Emmy se pelotonna contre Izzie et ferma les yeux. Elle avait du mal à tenir la bride à ses pensées. Oui, évidemment qu'elle était folle de joie à l'idée qu'Izzie attende un bébé. La petite Isabelle, qui avait sucé son pouce jusqu'à onze ans, qui avait une peur bleue des araignées, qui mettait tout le monde au supplice quand elle chantait sous la douche de sa voix de casserole, allait être *maman.* La petite fille qui n'avait de cesse d'imiter Emmy, qui la suppliait de l'inclure dans ses jeux, allait bientôt donner le jour à son propre enfant. C'était tellement bizarre ! Sa petite sœur, sa sœur cadette, allait avoir un bébé alors qu'elle-même n'avait même pas un petit ami à qui envoyer des e-mails… *STOP !* s'intima-t-elle, horrifiée par ce train de pensées qui semblait échapper de plus en plus à tout contrôle. Quand on voulait épauler sa sœur, et être la meilleure tante du monde, ces pensées égoïstes étaient inadmissibles, et il était hors de question qu'elles pénètrent dans sa tête – point barre.

Kevin les secoua doucement.

— Vous n'étiez pas censées *me* réveiller ? demanda-t-il en allumant une lampe.

Izzie se cacha le visage sous la couverture et poussa un gémissement.

— Quelle heure est-il ?

— Presque 11 heures, et je ne sais pas vous, mais en ce qui me concerne, il est hors de question que je me motive pour sortir dîner à cette heure-ci. (Il se pencha et déposa un baiser sur le front d'Izzie.) Ma puce ? Tu ne veux pas venir au lit ?

— Aarrgh…, grogna Izzie, incapable d'articuler un mot.

— Moi pareil, marmonna Emmy.

Elle passait soixante-cinq heures par semaine dans les restaurants et accueillait toujours avec plaisir la perspective de s'offrir une soirée peinarde à la maison. Aller au restaurant – n'importe lequel – en tant que cliente, n'était jamais pour elle un moment de détente : elle ne pouvait s'empêcher de calculer le ratio personnel-clients, d'observer l'efficacité du barman, de se demander sur quoi la direction n'allait pas tarder à faire des économies d'échelle. C'était bien plus simple de rester à la maison et de chercher un truc à grignoter dans le frigo… Et soudain, elle lâcha :

— Oh mon Dieu ! Tu vas avoir un bébé !

Izzie éclata de rire et lui assena un petit coup dans les côtes.

— Oui, pour ça, on ne plaisantait pas. Quoi ? Tu espérais que ce n'était qu'un mauvais rêve ?

— Il m'a suffi d'un coup d'œil à tes joues de tamia[1] pour que tout me revienne, lui répliqua Emmy avec un grand sourire.

— Garce.

— Peste.

Kevin leva les mains en signe de reddition.

— Je ne me mêle pas de ça. Izzie, tu éteins tout quand tu viens te coucher, d'accord ?

— Emmy, tu m'en veux si je vais au lit ? demanda Izzie en se tournant vers elle. Je sais que pour toi c'est encore très tôt, mais j'ai passé la nuit debout et ça m'a tuée.

1. Petit écureuil.

Emmy exhala un soupir démonstratif et secoua la tête avec une moue de feinte déception.

— Le simple fait que tu sois enceinte et que tu aies passé trente-six heures sur le pied de guerre pour mettre au monde des bébés n'est pas une excuse, tu sais. Mais ne t'inquiète pas, je pense que j'arriverai à survivre sans toi pendant les prochaines huit heures.

Izzie lui donna une bourrade, puis la serra dans ses bras.

— Je serai plus drôle demain, promis.

Ils lui tendirent des serviettes de toilette, lui souhaitèrent une bonne nuit et l'instant d'après, ils avaient disparu. Emmy trouva que finalement, c'était mieux ainsi. Elle se sentait encore un peu groggy après sa petite sieste, mais la pensée de la grossesse d'Izzie la remplissait d'une énergie nerveuse. Elle attrapa son téléphone et le dernier numéro de *Elle*, et gagna le rez-de-chaussée pour s'installer au bord de la piscine, éclairée, tout comme ses abords, avec un sens certain de la mise en scène. Et mis à part deux types d'une vingtaine d'années qui, dans un coin un peu à l'écart, disputaient une partie de backgammon en buvant des bières, l'endroit était merveilleusement désert. Emmy roula son pantalon corsaire, s'assit sur le bord du Jacuzzi, et soupira d'aise quand elle plongea ses pieds dans l'eau chaude.

Elle décida d'appeler Leigh, qui décrocha à la première sonnerie.

— Tu ne peux pas savoir comme je suis contente de t'entendre !

— Comment ça ? C'est vendredi soir, et tu es fiancée au garçon le plus sexy qu'il m'a jamais été donné de voir. Tu n'as donc rien de mieux à faire ?

— La sœur de Russell, la plus jeune – la nageuse – est à New York pour le week-end, donc ce soir, il reste chez lui, avec elle.

— Je vois. C'est celle que tu aimes bien, non ?

Leigh soupira.

— Oui, enfin, tout est relatif. C'est une fille adorable, gentille, amicale, avenante – parfaite, quoi. Un peu trop à mon goût. Son autre sœur est d'ailleurs exactement sur le même modèle.

Emmy distingua le bruit familier d'une Nicorette dégringolant du paquet jusque dans sa bouche, et il lui sembla presque sentir le soulagement de son amie à l'instant où ses dents se plantèrent dans la dragée.

— C'est toujours mieux qu'une garce passive-agressive qui transforme ta vie en enfer, observa-t-elle. En matière de belles-sœurs, tu peux rencontrer bien pire que des filles exaspérantes de gentillesse.

— C'est sûr. Mais j'ai besoin de vider mon sac. (Leigh se tut et Emmy n'entendit plus que des bruits de mastication.) Tu fais quoi, ce soir ? Oh, attends ! J'avais oublié : tu es en Floride, non ?

— J'y suis, sans l'ombre d'un doute. Encore que j'aie plutôt l'impression d'être en Afrique subsaharienne.

— Comment va Izzie ? Je ne l'ai pas vue depuis une éternité.

— Izzie est… Emmy hésita.

Comment annoncer la nouvelle à Leigh ? Elle savait que sa voix aurait dû trahir plus d'enthousiasme – parce que, bon sang, *elle sautait de joie !* – mais entre l'heure tardive, l'eau chaude dans laquelle barbotaient ses pieds et le choc qu'elle venait d'encaisser, elle se sentait vidée. Oui, elle était sincèrement ravie pour Izzie, et enchantée à l'idée d'avoir un neveu ou une nièce, mais elle ne pouvait pas se défaire de la sensation d'être au bord des larmes.

— Emmy ? Elle va bien ? Tout va bien ?

La note d'inquiétude et de sympathie dans la voix de Leigh actionna un levier : en quelques instants, ses joues furent noyées sous une cascade de larmes.

— Emmy, parle. Parle-moi. Qu'est-ce que tu as ?

— Oh, Leigh, je suis affreuse, sanglota-t-elle. Je me dégoûte. Je suis monstrueuse, détestable. Mon unique sœur, ma meilleure amie, est enceinte, et je n'arrive même pas à être heureuse pour elle.

— Izzie ? *Enceinte ?* répéta Leigh de sa voix la plus sérieuse.

Emmy hocha la tête, avant de se souvenir qu'elle parlait au téléphone.

— Oui, enceinte. Elle accouche en février. Ils sauront si c'est une fille ou un garçon le mois prochain.

— Oh, Emmy ! J'ai envie de dire en même temps « Félicitations ! » et « Je suis désolée », alors j'imagine bien dans quel état tu es.

— Naturellement, je savais qu'ils finiraient par avoir des enfants, mais je ne m'attendais pas que ce soit maintenant. Leigh, c'est ma *petite* sœur !

— Je sais, je sais, dit Leigh d'une voix apaisante. Et ne te sens pas une seule seconde coupable d'éprouver ce que tu éprouves. Bien sûr que tu es heureuse pour elle, mais c'est aussi parfaitement compréhensible que ça t'inspire des sentiments mitigés. Ce serait pareil pour n'importe qui, surtout à la lumière de tout ce qui s'est passé avec Duncan…

Voilà pourquoi, précisément, Emmy avait appelé Leigh plutôt qu'Adriana ou – et ça, jamais de la vie ! – sa mère.

— Tu comprends, j'arrive ici et je passe trois heures à lui raconter mes aventures foireuses et sans intérêt, à me lamenter sur le fait que je n'arrive pas à me résoudre à coucher avec des garçons que je viens de rencontrer – et elle, elle est en train de fonder une famille, avec le mari idéal, à l'âge idéal. Qu'est-ce qui cloche chez moi ?

Emmy se remit à pleurer de plus belle. Cette petite séance d'auto-apitoiement lui faisait le plus grand bien – et franchement, qui pourrait lui reprocher de ne pas l'avoir méritée ? Oui, elle avait manifesté soutien et enthousiasme face à Izzie. Mais avec Leigh, elle pouvait bien se lâcher un peu, non ?

— Emmy, ma chérie, il n'y a rien qui cloche chez toi. Toi et Izzie êtes juste à des moments différents de votre vie. C'est une simple question de *timing*. Ça n'a rien à voir avec ce que tu es en tant que personne. Et naturellement, tu seras une tante et une sœur formidable, je n'en doute pas une seule seconde. Et plus encore, je sais que tu vas trouver un garçon bien. Le garçon *idéal*. D'accord ?

— Oui, soupira Emmy. (Elle sortit les pieds du Jacuzzi, roula son pantalon plus haut encore et les replongea dans l'eau.) Distrais-moi. Et toi, quoi de neuf ?

Ce fut au tour de Leigh de soupirer.

— Pas grand-chose. Attends, non ! Je dis des bêtises. Devine qui j'ai rencontré hier soir.

— Donne-moi un indice.

— Adriana l'a présenté comme son futur mari.

— Tobias Baron ? Tu l'as rencontré ? C'est pas vrai ! Raconte ! Je ne savais même pas qu'il l'avait appelée.

— Je sais, elle fait un peu sa cachottière, à propos de celui-là. Elle n'en parle pas. Un peu comme si elle avait peur que ça lui porte la poisse si elle en disait trop. Je suppose qu'il était reparti chez lui, à L.A., pendant une quinzaine de jours et qu'il est de retour à New York. Ils sont sortis pour la toute première fois mercredi, et ensuite à nouveau avec Russell et moi hier soir et écoute bien ça : elle n'a pas encore couché avec lui.

Emmy laissa échapper un hoquet.

— Non !

— Je te le jure.

— Qu'est-ce qui déconne chez lui ? Adriana n'est jamais, *jamais* sortie avec un mec beau et célèbre, sans coucher avec. Tu es sûre de ce que tu avances ?

— Oui, je sais c'est bizarre, rigola Leigh. Peut-être qu'elle prend votre pacte au sérieux ? Parce que *a priori*, il ne semble présenter aucun handicap rédhibitoire. Il est charmant, un peu snob et pompeux, comme tous les gens de Hollywood, mais rien de bien méchant. Il est poli, attachant, et complètement sous le charme d'Adriana.

— Et elle ?

— Elle semble en admiration béate devant lui. Nous sommes allés les retrouver pour dîner à l'Odéon, et je me demande bien pourquoi on s'est donné cette peine. Ils n'ont pas arrêté de se dévorer des yeux.

— C'est génial, dit machinalement Emmy.

N'était-ce pas la réponse attendue ? Naturellement, elle aurait dû se réjouir que son amie ait surmonté sa phobie des liens sentimentaux et ait trouvé l'amour, le vrai – tout comme elle aurait dû être ivre de joie d'apprendre que sa sœur attendait un bébé. Le problème, c'était précisément ce décalage entre les réactions qu'elle *aurait dû* avoir, et celles qu'elle avait.

— Ouais, bon, on verra bien, reprit Leigh. Elle part le voir à L.A. le week-end prochain. C'est là que tout se jouera. Elle va coucher avec lui, c'est sûr.

— Leigh ! Et tu te prétends sa meilleure amie ? se récria Emmy d'une voix faussement outrée.

— Tu la connais autant que moi – Adriana n'a pas un profil d'*épouse*. Elle ne l'a pas aujourd'hui, et ne l'aura certainement jamais. C'est mignon de sa part de vouloir tenter le coup, mais jusque-là, je ne suis pas convaincue.

— C'est de bonne guerre. Et toi, comment vas-tu ? Comment va Russell ?

Du coin de l'œil, Emmy remarqua que les deux garçons avaient terminé leur partie de backgammon et se souhaitaient bonne nuit en se tapant sur l'épaule. Le plus blond des deux, celui qui avait des cheveux mi-longs et qui semblait assez jeune, ramassa les deux canettes vides, glissa le backgammon sous son bras et gagna l'entrée de l'immeuble, tandis que son copain, un grand mec d'un bon mètre quatre-vingts vêtu d'une chemisette en lin blanc, se dirigeait vers elle.

— Il va bien. Il n'y a pas grand-chose à raconter. Nos mères se sont lancées à corps perdu dans les préparatifs du mariage, mais on essaie l'un comme l'autre de rester en dehors de tout ça.

— C'est ce que vous avez de mieux à faire, chuchota Emmy.

Le garçon venait de poser son portefeuille et sa serviette sur une chaise longue, tout près de l'endroit où elle se trouvait, et commença à retirer sa chemisette. Il n'y avait pas âme qui vive autour de la piscine. Pourquoi fallait-il qu'il vienne à deux pas d'elle ?

— Ouais, ça ne nous passionne pas. Et puis au boulot, c'est un peu la folie et j'ai appris que je devais partir dans les Hamptons la semaine prochaine.

— Mmm, mmm, fit distraitement Emmy, qui n'avait rien écouté parce qu'elle matait le garçon en train de retirer son jean. Vêtu de son seul boxer en jersey marine, il paraissait beaucoup plus mince. Maigre, auraient même dit certains, mais Emmy trouvait que « svelte » était un qualificatif bien plus avenant. Son torse n'était pas musclé, mais il avait un ventre irréprochablement plat. Le genre beau ténébreux, avec du caractère, décida Emmy. On pouvait même le trouver sexy – à condition de passer outre la chemisette à col boutonné.

Leigh était en train de parler des Hamptons et de son nouvel auteur, mais Emmy, agacée et gênée que le garçon puisse entendre ce qu'elle disait, ne lui prêtait aucune attention.

— Leigh ? Je vais rentrer. Je peux te rappeler dans quelques minutes, de l'appartement ?

— Je vais me coucher, rappelons-nous plutôt demain. Russell est…

— Parfait, ma puce. Bonne nuit.

Et Emmy raccrocha sans attendre la réponse.

Le garçon lui sourit – un beau sourire, décida-t-elle, même s'il n'avait rien de renversant –, s'avança sur la première des marches qui descendaient dans le Jacuzzi et se plongea entièrement dans l'eau, sans paraître incommodé par la température élevée.

— Aaah… Votre petit ami vous manque ?

Emmy se sentit rougir, ce qui l'agaça prodigieusement.

— Non… ce n'était pas mon petit ami. Je n'ai pas de petit ami. Je papotais avec mon amie Leigh. De New York.

Il lui fit un grand sourire rigolard, et Emmy eut envie de le tuer, et de se tuer ensuite. Pourquoi parlait-elle toujours à tort et à travers ? En quoi cela le regardait-il avec qui elle parlait au téléphone, où elle passait la soirée et si elle avait ou non un petit ami ? D'accord, elle avait la manie d'en dire toujours trop, elle en était bien consciente, mais ce blanc-bec était-il pour autant obligé de se marrer ?

— Bien, pigé. Et comment va Leigh de New York ?

Emmy était incapable de déterminer s'il se moquait *vraiment* d'elle ou s'il attendait une réponse à sa question. C'était suprêmement agaçant.

— Leigh de New York se porte comme un charme, lui rétorqua-t-elle, d'un ton un peu plus hautain qu'elle n'en avait eu l'intention.

Et puis, tout en frétillant des orteils dans l'eau chaude et à force de dévisager ce garçon qui la dévisageait lui aussi, elle décida brusquement qu'elle se moquait éperdument de ce qu'il pouvait penser.

— En fait, non, pas tant que ça, reprit-elle. Elle a eu une semaine superchargée au boulot, et son mariage imminent ne l'enthousiasme pas autant qu'il le devrait, à mon sens. Ce qui est totalement incompréhensible, parce que son fiancé est un mec fantastique. Du coup, elle m'a juste raconté que notre autre amie est tombée raide amoureuse d'un réalisateur célèbre – et non, je ne vous dirai pas son nom parce que je suis une fille discrète – et ça, c'est un truc qui ne lui ressemble pas, parce que Adriana ne tisse pas de relations avec les hommes, elle les collectionne. Et pour couronner le tout, je viens d'apprendre ce soir que ma sœur – ma *petite* sœur – attend un bébé.

— Ben dites donc, vous et Leigh de New York aviez pas mal de choses à vous raconter, observa le garçon.

Il avait l'air amusé mais nullement surpris par ce flot de confidences.

— Et vous ? Vous n'auriez pas envie de partager avec moi quelque sujet archiperso, limite indiscret ? s'enquit Emmy.

Il haussa les épaules et ouvrit les mains, l'air de donner sa langue au chat.

— Non, pas vraiment.

— Oh… Fascinant, ricana Emmy.

Quel connard ! songea-t-elle. Ce n'était pas *elle* qui était venue envahir son espace vital, l'avait dérangé en pleine communication, avait engagé la conversation, n'est-ce pas ? Emmy retira les pieds de l'eau et fit mine de se lever.

— OK ! OK ! Je m'appelle George. Je suis étudiant en droit. Le gars avec qui je jouais au backgammon est mon cousin germain, mais c'est plutôt comme un frère. Et il vient juste de me dire que sa copine a chopé des chlamydiae… et que ça ne vient pas de lui. Voyons voir… quoi d'autre ? Je n'ai été accepté à l'université de Miami que parce que mon père a fait jouer ses relations, et il passe son temps à me le rappeler. Et le truc le plus con que j'ai jamais fait de ma vie, ç'a été de me marier, à Las Vegas, une nuit où j'étais vraiment très, très bourré.

Ah, voilà qui était mieux ! Il ne semblait pas avoir inventé l'eau tiède, mais il était marrant. Emmy éclata de rire.

— Comme Britney, en somme.

— Exactement. Tout pareil que Britney, jusqu'à la procédure d'annulation. Sauf que dans mon cas, c'était pire – j'avais rencontré la fille la veille.

— Excellent ! applaudit Emmy en replongeant ses jambes dans le bassin. Dis-moi, George, que penses-tu de…

La surprise ne lui laissa pas le loisir de terminer sa phrase. George venait de se matérialiser soudain, comme par enchantement, à quelques centimètres d'elle. Et sans lui laisser le temps de penser, ou de réagir, il se faufila entre ses jambes, s'agenouilla sur le banc du Jacuzzi et pressa ses lèvres sur les siennes. Prise de court, Emmy lui rendit son baiser. Instantanément, cette décharge d'excitation qu'elle n'avait plus éprouvée depuis la nuit des temps – celle-là même qu'elle ressentait au début, avec Duncan, mais plus guère au bout d'un an – déferla en elle. Elle ne l'avait même pas sentie avec l'Australien, à Curaçao – une expérience pourtant agréable, mais qui, à aucun moment, n'avait réussi à faire taire son incessant monologue intérieur. Et là, avec George, comme par magie, elle ne pensait plus à rien – sinon que personne ne l'avait embrassée comme ça.

Mais la douceur ne dura qu'un instant, juste assez pour qu'Emmy s'abandonne entièrement, puis George l'enveloppa de ses bras, colla son torse nu contre le sien, qu'elle n'avait pas eu le loisir de dévêtir, mordit sa lèvre inférieure, enfouit le visage dans son cou. L'espace d'une seconde, Emmy songea : *Oh mon Dieu, c'est une scène droit sortie d'un roman de gare !* Mais aussitôt après, elle rejeta la tête en arrière et s'abandonna sans plus de retenue, enroula les jambes autour de sa taille, passa les doigts dans ses cheveux et le supplia presque de continuer à embrasser la zone délicieusement érogène au creux de son cou. George respirait fort, de plus en plus fort. Il sembla hésiter un instant, puis, sans sommation, l'attira tout entière contre lui et l'entraîna dans l'eau.

L'immersion ramena d'un coup Emmy à la réalité.

— George ! Oh mon Dieu. Je suis tout habillée ! Qu'est-ce que tu fais ?

Pour toute réponse, il colla une fois de plus ses lèvres contre les siennes. Emmy continua de protester, jusqu'à ce qu'il morde à nouveau dans sa lèvre. Entre l'humidité de leurs salives, les volutes de vapeur et la sensation inédite que lui procurait le contact de ses vêtements détrempés, Emmy avait l'impression de fondre. De flotter. Raison pour laquelle elle ne résista pas quand George tira son tee-shirt détrempé par-dessus sa tête, et comme ce soir-là – comme toujours – elle ne portait pas de soutien-gorge (le seul avantage qu'il y avait à être plate comme une planche à pain), elle tressaillit aussitôt à ce contact peau contre peau, un contact d'une intensité inouïe, et totalement inédite.

À compter de cet instant, George cessa d'exister en tant que personne distincte, et même en tant que personne tout court, d'ailleurs. Il n'était plus ni un étudiant en droit, ni le type qui jouait au backgammon quelques instants auparavant, ni un inconnu, rencontré cinq minutes plus tôt, mais simplement un corps, le corps dont elle ne voulait être éloignée à aucun prix. Il lui sembla que c'était la chose la plus naturelle du monde quand, avec adresse, il lui retira son corsaire et son string en coton, quand il l'entraîna vers le centre du bassin, sans décoller un seul instant ses lèvres des siennes et tout en se débarrassant de son boxer. C'est à peine si Emmy réalisa qu'il la hissait ensuite hors de l'eau pour l'allonger doucement sur les dalles qui, au sortir du Jacuzzi, lui parurent agréablement fraîches. Elle oublia qu'elle était entièrement nue, en présence d'un parfait étranger, offerte à la vue de Dieu seul sait combien d'appartements. Elle ne se soucia pas une seule seconde de l'épilation de son maillot (à peine acceptable), de la couleur que prenait son visage quand elle était excitée (un violine intense), ni de l'aspect qu'offrait sa poitrine quand elle était allongée sur le dos (plus plat que le fil de l'horizon). Elle ne pensa à rien, absolument rien, sinon au désir violent qu'elle avait de ce garçon, et à l'instant où, après d'interminables baisers, d'un mouvement de bassin presque indiscernable, il se glissa en elle, Emmy sut que jamais plus elle ne pourrait vivre sans ce bonheur-là.

Une impudente assurance
et un sourire ravageur

Adriana n'avait jamais compris pourquoi les gens détestaient à ce point prendre l'avion. Franchement, qu'y avait-il de déplaisant à passer quelques heures pelotonnée sous un plaid en cachemire, à siroter du champagne et mater des films ? La nourriture était exécrable, certes, même en première, mais quand on arrivait équipée (barres diététiques, salade de fruits mélangés de chez Whole Foods et brumisateur Évian) ce pouvait être un moment assez agréable. Surtout quand, comme c'était le cas ce jour-là, on avait pour voisin de siège un acteur célèbre, canon et sans attaches sentimentales connues. Un acteur de télé, d'accord, mais une star néanmoins, qu'on pouvait voir dans la plupart des séries qui passaient en *prime-time*. Sa récente rupture avec la vedette d'un feuilleton à l'eau de rose – une fille de vingt et un ans, superbement bien foutue – venait de faire les délices de la presse people. Adriana avait suivi les rebondissements de cette affaire un brin sordide dans *Us Weekly* ; elle avait même lu les messages hargneux, échangés par BlackBerry interposés et reproduits dans le magazine, et sur le moment, elle s'était dit que ce garçon était certainement capable de mieux. Maintenant qu'elle observait à la dérobée son séduisant profil et ses biceps sculptés, elle était formelle : il pouvait faire bien mieux.

Dommage qu'*elle*, elle ne soit pas libre. Au soupir audible qui accompagna cette pensée, son voisin de siège leva les yeux – un mouvement qu'Adriana mit un point d'honneur à ignorer. Car il n'y avait pas pire engeance que les gens du spectacle, tous affublés d'un ego boursouflé, et elle était sortie avec assez d'acteurs, de musiciens, de comédiens et d'athlètes professionnels pour se considérer une autorité en la matière, et savoir, comme toute fille digne de ses dentelles La Perla, que ces hommes ne répondaient qu'à une seule chose : le défi. Comme elle le faisait volontiers remarquer, ils avaient un comportement infantile et ne désiraient que la seule chose qui, justement, était hors de leur portée. Raison pour laquelle elle fit comme si le spécimen assis à côté d'elle n'existait pas.

Lorsqu'il s'était installé et l'avait poliment saluée, Adriana l'avait immédiatement reconnu mais n'avait répondu que d'un « hmm » indifférent. Elle avait meublé le temps qui les séparait du décollage par des coups de fil plus verbeux les uns que les autres, puis, sitôt que l'usage des appareils électroniques avait été de nouveau permis – et avant qu'*il* ne décide de *lui* parler – elle avait allumé son iPod. Jusque-là, elle trouvait qu'elle avait plutôt bien assuré. Et lorsque l'hôtesse, un sourire pimpant aux lèvres, vint s'enquérir de ce qu'ils souhaitaient boire, et que Monsieur l'Acteur de la Télé se sentit obligé de lui transmettre la question, Adriana veilla à ne destiner son sourire qu'à l'hôtesse, avant d'accepter une autre coupe de champagne et de remettre ses écouteurs en place.

Quelques minutes plus tard, il sortit un scénario, en faisant son maximum pour que sa voisine ne puisse pas ne pas remarquer le logo de la prestigieuse agence qui ornait la couverture. Il se plongea dans sa lecture – ou plutôt, Adriana eut l'impression qu'il se contentait de feuilleter les pages, pour se donner une contenance. Il va de soi que ce manège était supposé lui en mettre plein la vue. Elle leva les yeux au ciel et s'autorisa un sourire qui, pour discret qu'il fût, n'échappa pas à son voisin. Adriana n'était pas le moins du monde surprise. Après tout, il était depuis le début à l'affût d'un prétexte pour engager la conversation.

Il lui fit un grand sourire – qui ne manquait pas de charme, nota-t-elle.

— Vous écoutez quelque chose d'amusant ?

Adriana, en fait, n'écoutait rien du tout. Les écouteurs n'étaient qu'un accessoire destiné à manifester son désintérêt pour toute conversation, et comme escompté, ils avaient merveilleusement bien tenu leur rôle.

Elle lui décocha un coup d'œil, sans réagir tout de suite, puis, lentement, dégagea un écouteur de son oreille.

— Pardon ? fit-elle, en écarquillant les yeux. Vous m'avez parlé ?

— Je vous demandais si vous écoutiez un truc drôle. Vous riiez…

Adriana garda le silence quelques secondes de plus que nécessaire, histoire de bien le déstabiliser.

— Ah bon ? fit-elle. Non, je pensais juste à un truc amusant.

Du vague, de la suggestion, du mystère. Toutes les spécialités d'Adriana.

Son visage s'éclaira d'un immense sourire. Nom de Dieu ! Il était *super mignon.*

— J'adorerais savoir ce dont il s'agit. Nous avons tout le temps devant nous, ajouta-t-il en étirant les bras. Quatre heures et demie, pour être précis.

— Il se pourrait que ce soit partie remise, répondit-elle. (Elle glissa une mèche folle derrière l'oreille, lentement, pour bien lui laisser le temps d'apprécier sa main délicate et féminine, aux doigts longs et élégants, aux ongles laqués d'un rose très pâle, avant de la lui tendre :) Adriana, dit-elle en forçant délibérément la note de son accent brésilien.

— Dean, répondit-il, en capturant sa main dans la sienne.

Ce que, naturellement, elle savait déjà, mais se garda bien de laisser transparaître.

— Alors, Dean, qu'est-ce qui vous amène à L.A. ? demanda-t-elle innocemment.

— Des rendez-vous. Avec des réalisateurs, les studios, tout ça.

— Oh ! Vous voulez être acteur ! Ça alors !

Oui, elle en faisait des tonnes, mais c'était nécessaire. Il était évident qu'un aspirant acteur n'aurait pas voyagé en première, mais Dean était devenu trop célèbre, trop vite ; si elle laissait assez de marge à son ego pour se dilater, elle risquait vite d'étouffer. De plus, si jamais il soupçonnait qu'elle l'avait reconnu, elle dégringolerait de son piédestal, et la Brésilienne-New-Yorkaise sophistiquée se métamorphoserait à ses yeux en midinette lèche-bottes et obsédée par la célébrité – et *ça*, plutôt crever.

— Euh, non, en fait, je…

— Bonne chance pour votre bout d'essai ! Vous avez le trac ?

Il fronça les sourcils.

— Ce n'est pas un bout d'essai. Je suis déjà…

— Dean ? l'interrompit-elle d'une voix suave. Auriez-vous l'amabilité d'appeler l'hôtesse pour moi ? Rien ne me ferait plus plaisir qu'une autre coupe.

Il lâcha un soupir, fit signe à l'hôtesse, et commanda un bourbon-ginger en plus du champagne d'Adriana.

— Vous habitez à L.A. ? s'enquit-il, plus déterminé que jamais à poursuivre la conversation afin de corriger la fausse idée qu'elle semblait se faire de lui.

— Moi ? À Los Angeles ? Jamais de la vie ! s'exclama-t-elle en riant. Je vais simplement rendre visite à un ami, pour le week-end.

Ça ne le regardait en rien que l'« ami » en question soit, en fait, son petit ami, et nul autre que le célèbre Tobias Baron – un nom qui n'aurait pas manqué de tourner la tête à ce pauvre Dean.

— Rien n'est plus excitant qu'une audition ! C'est pour la télé, ou pour un film ?

À présent il avait l'air vraiment défait. Pour rectifier le tir, il n'avait d'autre choix que de décliner son identité – chose insurmontable pour son orgueil. Elle le tenait, elle en était certaine. Tellement même, qu'elle commença à compter. *Cinq, quatre, trois, deux, un et...*

— Dites, Adriana, pourquoi ne me laisseriez-vous pas vous inviter à dîner ? Avec votre ami, si vous voulez. L.A. n'est pas si mal que ça... quand on sait où aller.

Bingo. Elle n'avait pas perdu la main ! Elle avait beau friser la trentaine, elle pouvait encore manipuler en dix minutes (voire moins) n'importe quel homme – enfin, presque, mais son échec avec Yani venait probablement de lui, pas d'elle – et le conduire à lui proposer un rencard. Beau boulot.

— Oh, j'aurais tant aimé pouvoir accepter, Dean, mais je n'ai plus une minute de libre ce week-end.

Dire cela lui réclamait un effort surhumain, mais elle était bel et bien embarquée dans une relation monogame. Pas plus tard que la semaine précédente, Toby lui avait annoncé qu'il avait cessé de sortir avec d'autres filles, et ajouté qu'il espérait qu'elle en ferait autant de son côté. Son premier petit ami attitré ! Et du premier choix, en prime : il avait fréquenté les meilleurs établissements universitaires de la Côte Est, il s'était fait un nom (et des millions) avec de gros succès, sitôt sorti de l'école de cinéma de USC[1], et pour l'heure, il était l'un des réalisateurs les plus sollicités de Hollywood. Elle se délectait déjà en imaginant la tête de ses amies quand elle leur annoncerait, dans quelques mois, ses fiançailles. Et sa mère ! Elle allait s'évanouir, c'est sûr. Seules ces pensées lui donnèrent la force de refuser les avances de cette délicieuse friandise humaine, assise à côté d'elle.

— Bon, en ce cas, nous attendrons d'être de retour à New York, dit Dean, avec une impudente assurance et un sourire ravageur.

— Oui, avec plaisir, répondit-elle, sans une seconde d'hésitation.

Où était le problème ? Accepter d'aller boire un verre ne mangeait pas de pain, et personne ne pouvait lui reprocher, jusque-là, de ne pas s'être comportée en petite amie modèle. Il était tout simplement trop craquant.

Ils continuèrent à bavarder pendant tout le reste du vol. Lorsqu'ils débarquèrent, Adriana avait déjà établi un programme précis des festivités, si jamais le hasard des circonstances les conduisait jusque dans un lit, et elle s'employa à ne se souvenir qu'à la dernière

1. University of South California. *(N.d.T.).*

seconde que Tobias l'attendait à la livraison des bagages.

— Dean, *querido*, il faut que j'aille me rafraîchir. Je vais devoir vous dire au revoir.

— Je vous attends. Une voiture vient me chercher, je pourrais vous déposer chez votre ami, répondit-il en se plantant devant la porte des toilettes pour dames.

— Oh, très cher, c'est gentil à vous, mais c'est inutile. Allez-y. (Elle le regarda à travers ses paupières mi-closes.) Attendons New York…

— J'adore l'idée, répondit-il en l'embrassant sur la joue. Je vous appelle.

— J'espère bien, ronronna-t-elle.

Adriana prit cinq bonnes minutes pour rafraîchir son maquillage, puis gagna d'un pas plein d'allant l'aire de livraison des bagages pour y retrouver son *petit ami*. Découvrir que ce n'était pas Toby, un grand sourire aux lèvres, qui l'attendait, mais un chauffeur en uniforme brandissant une pancarte à son nom, n'était pas une mauvaise surprise. Loin de là. Ils auraient tout le week-end pour profiter l'un de l'autre et franchement, passer cinq minutes sans flirter, ni faire assaut de parades de séduction, ça lui ferait des vacances. Le chauffeur hissa sa malle Goyard sur un caddy – les bagages à roulettes, très peu pour elle, c'était vraiment trop *petit-bourgeois* – puis lui tendit une enveloppe frappée, dans un coin, du logo de la 20th Century Fox.

— M. Baron s'excuse de n'avoir pas pu venir vous accueillir, dit-il en la guidant vers le parking.

— Oh, pas de souci ! répondit-elle avec enjouement. Je vais profiter du trajet pour m'accorder un petit somme.

Mais une fois installée sur la confortable banquette de la limousine, Adriana s'aperçut qu'elle était bien trop excitée pour dormir. Après deux mois et demi, elle allait enfin découvrir la légendaire demeure de Tobias, dans les collines de Hollywood. Elle lut et relut sa lettre (*Adriana chérie, crois bien que je suis affreusement désolé de ne pas pouvoir être là pour t'accueillir, mais j'ai eu un empêchement de dernière minute. Je te promets de me racheter. Love, love, love. T.*) et s'arrêta un instant sur ce *love* – qui n'était très certainement qu'une affectation hollywoodienne, puisqu'il était impossible qu'il soit déjà amoureux d'elle… à moins que ? Si ? Elle lâcha un soupir de contentement. Toute cette histoire de monogamie, c'était fastoche. Pourquoi diable avait-elle résisté aussi longtemps ? De plus, et même si elle répugnait à l'admettre, sa mère avait raison. Pas plus tard que le matin même, dans l'avion, elle avait remarqué que ses cuisses s'étalaient un peu plus qu'auparavant sur le siège. Et quand elle avait filé aux toilettes pour pousser l'investigation, elle avait détecté une minuscule ligne près de son œil gauche – une ride. Maudits soient les néons, et ces prétendues consignes de sécurité qui empêchaient désormais de monter à bord avec une panoplie de cosmétiques appropriés ! Quelques centimètres de tour de cuisse supplémentaires – ou, que Dieu l'en préserve ! – de vraies pattes d'oie au coin des paupières, et elle pourrait définitivement faire une croix sur les réalisateurs à succès et les acteurs sexy. Oui, il était grand temps de devenir sérieuse, de se caser auprès d'un homme qui serait aux petits soins pour elle. Et elle était ravie des progrès accomplis, jusque-là, en ce sens. Toby, avec ses douze ans de plus qu'elle (et son indéniable petit côté d'ancien bon élève timide et complexé) avait une chance folle d'avoir à ses côtés une fille aussi jeune et aussi sublime qu'Adriana – une chance que, Dieu merci, il semblait mesurer.

Comme par un effet de transmission de pensée, son nom s'afficha sur l'écran de son portable. Elle laissa passer trois sonneries, puis répondit.

— William ? demanda-t-elle d'un ton dérouté.

— Adriana ? C'est toi ?

Le pauvre chou semblait déconcerté, et un peu indigné.

— Oh, Toby, *querido* ! Comment vas-tu, mon grand ? Ton petit mot était gentil tout plein !

— Qui est William ? demanda-t-il, d'un ton cassant.

— William ? William qui ?

Adriana étouffa un soupir. Cette comédie était épuisante, mais nécessaire.

— Tu as cru que la personne qui t'appelait était un certain William. Quand tu as répondu, tu as dit « William ». Donc, je repose ma question : qui est William ?

— Toby chéri, c'est bête comme chou : j'ai mal lu ! Tu sais comme je peux être distraite, parfois. Je te promets que je ne connais personne du nom de William. (Adriana baissa la voix et passa sans transition du ton de la gentille écolière à celui de la séductrice rompue à l'exercice de son art.) Alors dis-moi, tu es excité à l'idée de me voir ? Parce que, moi, je suis *très* excitée.

— Je brûle d'impatience de poser mes mains sur toi, souffla-t-il d'une voix rauque.

Les hommes étaient tellement simples à manipuler ! Comment se pouvait-il que tant de femmes ne comprennent pas qu'avec un minimum de discipline et un brin de créativité, elles pouvaient les avoir tous à leurs pieds ?

Un signal lui indiqua un double appel au moment où le chauffeur s'engageait sur la 405.

— Toby, je dois absolument répondre. Tu me retrouves à l'hôtel quand tu es libre ?

— C'est ce William ? demanda-t-il, soudain possessif.

— Non, mon chéri, j'avoue que ce n'est rien d'aussi excitant qu'un amant secret. En fait, c'est ma mère qui appelle.

— Donc tu admets qu'il y a un amant secret ?

Adriana éclata d'un rire joyeux et décida qu'elle avait assez fait tourner ce pauvre garçon en bourrique ; et puis, cela n'avait plus rien d'un défi.

— Il n'y a absolument pas d'amant secret dans le tableau. Juste une mère brésilienne en plein retour d'âge qui veut m'expliquer par le menu combien je suis une fille indigne de son amour.

— À tout à l'heure, bougonna-t-il, avant de raccrocher.

Adriana inspira un grand coup et prit le nouvel appel.

— Maman ! Quel plaisir de t'entendre !

— Dis-moi, Adi, où as-tu disparu, ces derniers temps ?

— Comment ça, maman ? Au sens littéral ou figuré ?

— Adriana, je ne suis pas d'humeur à jouer, la prévint Mme de Souza d'un ton sévère.

— Quelque chose ne va pas ? demanda-t-elle, soudain alarmée – non par l'idée que son père ait fait une crise cardiaque, ou qu'un de ses innombrables cousins ait été fauché par une mort prématurée, mais plutôt par celle que ses parents envisagent de débarquer à New York de manière intempestive.

— Je viens de parler à Gerard, qui m'a dit t'avoir vue partir ce matin avec une valise de la taille d'une Land Rover.

— Tu as appelé mon portier pour m'espionner ? se récria Adriana. Comment oses-tu !

— J'ai appelé *mon* portier, corrigea sa mère. Adriana, je pense que nous devrions avoir une petite conversation, toi et moi. Ton père n'était pas ravi de la facture de ton American Express du mois dernier. Si j'ai bonne mémoire, il y avait 10 000 dollars de vêtements et chaussures, et 10 000 encore en voyages et sorties. Nous t'avions ordonné de réduire significativement toutes les dépenses frivoles, et voilà que tu recommences à papillonner.

— Maman ! Je ne papillonne absolument pas. Il se trouve que je suis à Los Angeles. Je fréquente un homme, ajouta-t-elle. Un *très* bon parti. Ce ne sont pas des dépenses à fonds perdus – c'est un investissement.

Ah, ah ! Voilà qui semblait calmer la vieille ronchon ! Adriana trouvait humiliant d'être à la merci de ses parents. Ils pouvaient débarquer à l'improviste à New York et rester aussi longtemps que bon leur semblait puisqu'ils étaient chez eux dans l'appartement. Ils pouvaient lui demander des comptes sur chaque dollar dépensé pour des vêtements, des soins en institut ou des billets d'avion tout simplement parce que c'était eux qui payaient les factures. Et là, elle devait, à presque trente ans, justifier les avantages qu'il pourrait y avoir à fréquenter Toby ?

— Ah bon ? fit sa mère. Et puis-je demander qui est ce monsieur ?

— Oh, juste un petit réalisateur de cinéma. Tu connais Toby Baron, n'est-ce pas ?

En entendant sa mère étouffer un hoquet, Adriana fut presque saisie d'une bouffée délirante de bonheur.

— Tobias Baron ? N'a-t-il pas remporté un oscar ?

— Si, tout à fait. Et il était nominé pour trois autres. Il est sans doute un des trois réalisateurs vivants les plus influents aujourd'hui, précisa-t-elle en se rengorgeant.

— Et… quel type de relation entretiens-tu avec ce M. Baron ?

— Oh, c'est mon petit ami.

En dépit de tous ses efforts, elle n'avait pas pu supprimer la note de jubilation dans sa voix.

— Petit ami ? Adi, *querida*, tu n'as plus eu de petit ami depuis la cinquième. Voudrais-tu me dire par là que tu ne fréquentes que lui en ce moment ?

— Oui, c'est précisément ce que j'essaie de te dire, maman. En fait, l'idée de ce week-end à Los Angeles vient entièrement de lui. Il a dit qu'il trouvait étrange quc jc nc fasse pas partie de sa vie en Californie, que je ne connaisse pas ses amis, que je ne sache pas à quoi ressemble sa maison. Qui, d'après ce que j'ai entendu raconter, est démente.

Pour tout dire, il s'agissait plus que de ouï-dire : à force de passer des heures à chercher des renseignements concernant Toby sur Internet, elle avait déniché, sur le site de *InStyle*, un reportage illustré d'une dizaine de photos sur sa « garçonnière » de quatre chambres et cinq salles de bains. Adriana savait donc déjà qu'en matière de décoration, il avait une préférence pour le contemporain minimaliste ; que sa maison était construite sur le modèle des maisons balinaises (avec pavillons indépendants pour la cuisine, la salle à manger, le salon, les chambres) et agrémentée de jardins et douches en extérieur ; et que pour couronner le tout, il possédait une piscine sublime – un bassin qui semblait s'étirer à l'infini en surplomb de la vallée. Donc, avant même d'avoir eu à juger sur pièces, Adriana savait quels aménagements (mineurs) elle aurait à y faire pour y couler des jours très, très heureux – il s'agissait juste de faire installer une coiffeuse sur mesure, avec miroir et rangements intégrés, dans la chambre principale, et de commander à un spécialiste des garde-robes de stars et un dressing digne de ce nom.

— Bien, *querida*, nous allons fermer les yeux pour cette fois. Mais s'il te plaît, montre un peu de modération, à l'avenir, d'accord ? Je n'ai pas besoin de te dire que ton père a été en butte à pas mal de stress, ces derniers temps.

— Je sais, maman.

— Et tiens-toi bien avec M. Baron. Souviens-toi de tout ce que je t'ai appris.

— Maman ! Évidemment !

— Et souviens-toi que les règles sont d'une importance encore plus capitale quand il s'agit d'un homme riche et puissant. Ils sont habitués à avoir des femmes à leurs pieds, et du coup, ils n'en apprécient que davantage d'en rencontrer une qui refuse de se prosterner.

— Je sais, maman.

— Garde une part de mystère, Adriana ! Je comprends bien qu'on va au lit plus vite que de mon temps, mais du coup, il n'en est que plus important de demeurer inaccessible dans quelques autres domaines. Tu m'as bien comprise ?

— Oui, maman, c'est parfaitement compris.

— Parce que ce n'est pas la première fois que tu traverses le pays pour voir un homme, observa Mme de Souza.

— Maman ! Il était temps que j'y aille ! Il est déjà venu me voir quatre fois à New York. » (D'accord – elle exagérait un peu, mais sa mère n'avait pas à le savoir.)

— J'espère que tu descends à l'hôtel ?

— Évidemment. Encore que ç'aurait été plus économique de m'installer chez lui…

Cette seule suggestion fut accueillie par un cri de panique.

— Adriana ! Tu es plus maligne que ça ! Naturellement, ton père et moi serions heureux que tu montres un peu plus de jugeote en matière de finances, mais il s'agit là d'un domaine qui n'est pas négociable.

— Je *plaisantais*, maman. J'ai une suite réservée au Peninsula, et je compte bien en faire bon usage.

— Et n'oublie pas : ne passe pas la nuit avec lui ! Si tu dois absolument avoir des relations intimes avec lui, aie au moins le bon sens de partir ensuite.

— Oui, maman, promit Adriana en esquissant un sourire.

La plupart des mères mettaient en garde leur fille contre les coucheries par crainte qu'elle ne contracte une maladie, ou se fasse manquer de respect ou n'entache leur réputation. Mais pas Mme de Souza : sa seule crainte, c'était qu'Adriana ne commette un faux pas qui endommagerait irrémédiablement l'équilibre des forces dans la relation et rendrait l'objectif final – les promptes fiançailles de sa fille avec un bon parti – encore plus difficile à atteindre.

— Bien, ma chérie, je suis heureuse que nous ayons eu cette petite conversation. Ce monsieur me semble très prometteur. Bien plus que les hommes que tu fréquentes en général…

— Je te rappelle dimanche, une fois de retour à New York, d'accord ?

— Ttt… Laisse-moi vérifier dans mon agenda. Alors… ah, oui, c'est bien ce que je pensais : dimanche, nous serons à Dubaï. Le portable devrait passer, mais c'est mieux que tu appelles directement sur la ligne de l'appartement. Tu as le numéro ?

— Oui. Je t'appelle, promis. Souhaite-moi bonne chance !

— Tu n'en as pas besoin, *querida*. Tu es une splendide jeune femme que n'importe quel homme – et M. Baron inclus, à n'en pas douter – serait ravi de fréquenter. N'oublie pas tes responsabilités, Adriana, c'est tout ce que je te demande.

Elles échangèrent des baisers et Adriana raccrocha. Certes, sa mère était épuisante, et à en juger par ce que pouvaient raconter Leigh et Emmy, assez différente des autres mamans, mais il était difficile de nier sa réussite. Mme de Souza avait su transformer le succès phénoménal de sa carrière de top model en une vie de luxe et de loisirs, offerte par un homme bon et acharné au travail qui vénérait le sol sur lequel elle marchait. Une propriété à Rio, une vaste demeure en front de mer au Portugal, et de sublimes appartements à New York et à Dubaï ; rien de tout cela n'était négligeable. Les fourrures et les bijoux, les voitures et le personnel – ça non plus, ce n'était pas mal – et naturellement, Mme de Souza savait faire un excellent usage de son crédit illimité, dont elle disposait à discrétion (une clause sur laquelle elle avait insisté avant la cérémonie du mariage). Et même si les interminables sermons maternels pouvaient parfois être lassants, Adriana ne remettait jamais en question l'autorité de sa mère pour tout ce qui touchait aux hommes.

Elle regarda par la vitre : ils venaient de quitter la 405 au niveau de Wilshire Boulevard et traversaient Westwood. Cela faisait deux ou trois ans qu'elle n'était pas revenue à Los Angeles, mais elle était quasiment certaine que le chauffeur avait raté l'embranchement qui menait à son hôtel.

— Monsieur ? Excusez-moi, je crois que nous venons de dépasser le Peninsula.

Le chauffeur toussota et la regarda par rétroviseur interposé.

— M. Baron nous a redirigés vers une autre destination, m'dame.

— Ah bon ? Eh bien, je crains que nous ne passions outre ses indications. Je voudrais d'abord m'arrêter à mon hôtel, s'il vous plaît.

Toute impatiente qu'elle fût de découvrir la somptueuse demeure de Toby (et sa nouvelle maison par la même occasion) elle devait à tout prix s'occuper de ses cheveux rendus filasse par l'humidité et de ce teint cireux que donnent les voyages en avion. Après quoi, elle s'occuperait de l'incident qui venait de se produire – ce « m'dame ».

D'abord dépitée, puis outrée, elle constata que le chauffeur ignorait sa requête et continuait sur sa lancée. Que se passait-il ? Était-ce un kidnapping ? Se pouvait-il que ce type fût un pervers qui perdait la raison à la seconde où une jolie fille s'installait sur la banquette arrière ? Devait-elle appeler Toby ? Sa mère ? La police ?

— Je suis navré, m'dame. C'est juste que…

— Pourriez-vous, s'il vous plaît, arrêter de m'appeler *madame* ? aboya-t-elle.

La grossièreté de ce type avait au moins eu le mérite de lui faire oublier son trépas imminent.

Le chauffeur prit un air contrit.

— Bien sûr, mademoiselle. Je disais que vous seriez sans doute ravie en découvrant notre destination.

— Nous allons au centre de Kabbale de Madonna ? s'enquit-elle, pleine d'espoir.

— Non, m'dame. Euh… mademoiselle.

— Au centre de Scientologie de Tom ?

— Non.

Il bifurqua vers la gauche, s'engagea sur une avenue, et là, Adriana découvrit qu'ils se trouvaient sur… Rodeo Drive.

— Je sais ! s'exclama Adriana qui venait de retrouver instantanément sa bonne humeur. On va au pénitencier fédéral ! Vous m'emmenez voir Paris[1], c'est ça ?

Il éclata de rire, se rangea en douceur le long du trottoir sur lequel était écrit « STATIONNEMENT INTERDIT » et descendit lui ouvrir la portière.

— Si vous voulez bien me suivre… dit-il en lui offrant son bras.

Ils dépassèrent quelques boutiques aux vitrines criardes, tapageuses, vulgaires (sur Rodeo Drive !) et Adriana commençait à paniquer, quand elle aperçut l'enseigne. Elle faillit en oublier de respirer et eut soudain envie de chanter, de pleurer, de crier, tout en même temps. *Oh mon Dieu, oh mon Dieu, oh mon Dieu !* songea-t-elle en s'obligeant à prendre de petites inspirations mesurées. *Ce n'est pas possible !* Pourtant, ce n'était pas un rêve : un rapide examen des vitrines qui s'offraient à son regard lui confirma qu'ils venaient bel et bien de pénétrer dans le saint des saints, chez le joaillier attitré des stars et des oscars : Harry Winston, le seul, l'unique.

— Oh mon Dieu ! s'étrangla-t-elle à mi-voix, oubliant un instant que le chauffeur et une vendeuse hautaine la dévisageaient intensément.

— Oui, cela peut en bouleverser certaines, observa cette dernière en hochant la tête avec un sourire de feinte empathie. C'est votre première fois ?

Adriana se reprit. Elle voulait bien être damnée si elle laissait cette bonne femme la prendre de haut. Elle lui décocha son sourire le plus radieux et lui effleura le bras.

1. Paris Hilton.

— La première ? Ah, si seulement… ! s'exclama-t-elle avec un petit rire. Non, je suis juste un peu saisie car je pensais que nous allions chez Bulgari.

— Ah, murmura la femme, l'air de ne pas en croire un mot. Eh bien, je crois qu'il va vous falloir vous contenter de nous, aujourd'hui.

En temps normal, Adriana aurait dû rassembler toutes ses réserves de volonté pour retenir une riposte venimeuse, mais cet environnement étincelant avait, semblait-il, un effet souverain sur son animosité. Elle sourit.

— À vrai dire, je ne sais pas trop pourquoi on m'a conduite chez vous…

La vendeuse approchait sans doute de la cinquantaine, et même Adriana devait reconnaître qu'elle était drôlement bien conservée. Son tailleur bleu marine était féminin et flatteur tout en demeurant professionnel, et son maquillage était parfait. D'une main tendue, elle désigna des sièges et invita Adriana à prendre place.

Le chauffeur s'éclipsa discrètement tandis qu'elle s'installait sur un canapé ancien tendu de velours. Une femme aux formes généreuses, revêtue d'un uniforme de bonne à l'ancienne, vint déposer devant elle un plateau avec du thé et des biscuits.

— Merci Ama, dit la vendeuse, sans un regard.

— *Gracias*, Ama, ajouta Adriana. Vous avez de belles boucles d'oreilles, poursuivit-elle en espagnol. Elles viennent d'ici ?

L'employée, peu habituée à ce que les clients s'adressent à elle, et de surcroît dans sa langue, rougit.

— Oui, *señora*. Le *señor* Winston me les a offertes pour mon mariage, il y a presque vingt ans.

— Elles sont très belles, dit Adriana en hochant la tête.

Ama rougit à nouveau et disparut derrière une lourde tenture en velours.

— Comment se fait-il que vous parliez si couramment espagnol ? s'enquit la vendeuse, par politesse plus que par curiosité sincère.

— Le portugais est ma langue maternelle, mais tous les Brésiliens apprennent aussi l'espagnol. Ce sont des langues cousines, expliqua patiemment Adriana, en dépit du mal qu'elle avait à contenir son excitation.

— Ah, c'est intéressant.

Pas le moins du monde, songea Adriana, en se demandant si elle était sur le point d'établir un record de temps dans la catégorie « demande en mariage ». Toby ne pouvait pas la demander en mariage – pas déjà… à moins que ? Non, c'était ridicule. Ils venaient à peine de se rencontrer. Plus vraisemblablement, il devait commencer à nourrir quelque anxiété à propos de son « amant secret » imaginaire et il avait décidé – à très bon escient, il va de soi – qu'un petit caillou pourrait faire balancer le pendule en sa faveur.

— Le temps s'est curieusement rafraîchi, n'est-ce pas ? était en train de dire la vendeuse.

— Mmm…

Assez de blabla ! avait-elle envie de hurler. *Je. Veux. Mon. Cadeau !*

— Bien, reprit la femme. Vous vous demandez sans doute pourquoi vous êtes ici.

C'est l'euphémisme du siècle ! songea Adriana.

— M. Baron m'a prié de vous présenter… (Comme en réponse à un signal invisible, un monsieur d'une soixantaine d'années, en costume trois-pièces, avec une loupe de joaillier suspendue autour du cou, apparut et tendit un petit plateau recouvert de velours à la vendeuse, qui le présenta à son tour à Adriana.)… ceci.

Soigneusement disposée sur le velours noir se trouvait la plus belle paire de boucles d'oreilles qu'Adriana eût jamais vue. Plus que belles – éblouissantes.

La vendeuse effleura délicatement l'une d'elles d'un ongle irréprochablement manucuré.

— Elles sont ravissantes, n'est-ce pas ?

— Sublimes, exhala Adriana, qui retenait sa respiration depuis plus d'une minute. Elles sont sublimes. Des pendants en saphir, exactement comme ceux que Salma Hayek portait aux oscars, ajouta-t-elle, le souffle court.

La femme releva brusquement la tête et la dévisagea.

— Eh bien, dites-moi, vous vous y connaissez en bijoux…

— Non, pas vraiment, répondit Adriana en riant. Mais je connais *vos* bijoux.

C'était proprement ahurissant, sidérant, que Toby se soit souvenu qu'elle avait admiré ces boucles sur une photo de Salma dans un vieux magazine. Mais qu'en plus, il ait découpé la photo et se soit donné du mal pour les retrouver, deux mois après les faits, c'était presque inconcevable.

— Eh bien, pour tout vous dire, c'est précisément la paire que portait Mlle Hayek aux oscars. Nous les lui avions prêtées, et nous avons eu beaucoup de demandes depuis. Cependant… (Elle marqua une pause pour faire son petit effet.) Elles sont à vous, désormais.

— Ooooh…, exhala Adriana en oubliant un instant son quant-à-soi et en soulevant un pendant d'une main fébrile.

Un quart d'heure plus tard, les saphirs de star brillant de mille feux à ses lobes, et une bouteille d'Évian à la main, Adriana se réinstalla sur la banquette de la limousine, contente d'elle, non pas seulement à cause de sa nouvelle parure, mais pour ce qu'elle symbolisait : un petit ami attitré, engagé dans la relation, qui l'adorait et la couvrait d'amour, de tendresse – et de bijoux. Elle comprenait enfin pourquoi toutes les filles couraient après ce genre de stabilité. Quelle femme avait besoin d'hommes par centaines, et de toutes les migraines qui allaient immanquablement avec, quand elle pouvait en trouver un qui avait tout ? Certes, Dean-l'acteur-de-la-télé était délicieux, c'était indéniable, mais serait-il encore délicieux après cinq ans de chômage qui le condamneraient à vivre dans une espèce de dortoir pour acteurs-crève-la-faim à West Hollywood ? Elle ne pouvait pas non plus nier qu'elle avait passé des moments exaltants avec le chirurgien de Greenwich, et l'espion israélien, et l'étudiant de Dartmouth… Oui, elle avait apprécié les instants qu'elle avait passés avec chacun d'eux, tout comme, pour ne rien cacher, elle avait apprécié ceux qu'elle avait passés avec d'innombrables autres. Mais ça, c'était avant, du temps où elle n'était qu'une gamine, et non pas une femme, avec des désirs de femme, de vraie femme. Adriana taquina du doigt les pierres bleues qui se balançaient à ses lobes et sourit. Elle allait passer un week-end de rêve.

— Tu n'es pas assez payée pour faire *en plus* des déplacements à domicile, murmura Russell en caressant doucement le dos de Leigh du bout des doigts.

— Si tu le dis, répondit-elle en priant *in petto* pour qu'il continue.

Elle se blottit plus étroitement contre son torse presque imberbe, et enfouit son visage contre son aisselle. Elle avait toujours adoré ces moments de tendresse, et continuait à voir en eux un signe encourageant : elle n'avait peut-être pas envie de coucher avec Russell mais, au moins, son contact ne la répugnait pas. Leigh se souvint qu'Emmy avait connu ça avec Mark, le garçon qui avait précédé Duncan. Elle racontait qu'avec lui le sexe n'avait jamais été terrible, même au début de leur relation, et que les choses n'avaient fait qu'empirer avec régularité – principalement dans sa tête, reconnaissait-elle – jusqu'à ce qu'elle se recroqueville de dégoût chaque fois qu'il essayait de la toucher. Cette histoire avait toujours hanté Leigh, qui comprenait parfaitement qu'on puisse se dérober aux baisers de son petit ami, et c'était précisément pour cette raison qu'elle trouvait ces moments de tendresse si rassurants. Si quelque chose clochait vraiment, elle n'aurait pas eu envie d'être nue dans un lit avec Russell, elle n'aurait pas pu supporter de s'emboîter étroitement contre lui, elle n'aurait pas pris plaisir à ses caresses… N'est-ce pas ? Non, tous ces signes indiquaient, sans ambiguïté aucune, que tout était dans l'ordre des choses. Quelle femme n'était pas sujette, de temps en temps, à des sautes d'humeur, question désir ? D'ailleurs, à en croire cet article qu'elle avait lu la semaine dernière chez la manucure, dans *Harper's Bazaar*, la libido féminine était une mécanique fragile : le stress, un changement dans les rythmes de sommeil, un désordre hormonal passager et un million d'autres facteurs incontrôlables pouvaient l'affecter. Avec un peu de temps et beaucoup de patience – un domaine dans lequel Russell avait excellé, jusqu'à une date récente –, jurait l'article, la plupart des femmes retrouvaient une appétence normale pour le sexe. Leigh devait juste s'armer de patience.

— Alors, il est comment ? Il est réellement aussi cinglé que tout le monde le prétend ?

Leigh se demanda à quel moment Russell avait cherché des informations sur Jesse *via* Google.

— Comment ça ? Il ressemble… je ne sais pas, à un *écrivain*. Ils sont tous barjos.

Russell roula sur le dos et croisa les bras devant les yeux pour se protéger des premiers rayons de soleil qui filtraient par le côté du store.

— Oui, mais lui, il a vendu cinq millions d'exemplaires de son bouquin, il a reçu le Pulitzer et ensuite, il a disparu de la circulation. Pendant *six ans*. Il avait vraiment un problème de drogue ? Ou il se l'est juste coulé douce ?

— Je n'en ai aucune idée. Nous n'avons déjeuné qu'une fois ensemble ; il ne m'a pas vraiment fait ses confidences. (Leigh essayait de ne rien trahir de son exaspération, mais ce n'était pas facile.) Écoute, moi non plus je ne meurs pas d'envie d'aller là-bas.

Ce qui était assez vrai. Quitte à s'échapper deux jours du bureau juste avant un long week-end férié, elle aurait préféré aller ailleurs que dans les Hamptons.

— Je sais, ma puce. Mais ne le laisse pas te bousculer, d'accord ? Qu'il se prenne pour un génie si ça lui fait plaisir, mais tu restes son éditrice. C'est toi qui mènes la barque, pas vrai ?

— Tout à fait, répondit-elle machinalement en songeant combien cela lui restait sur l'estomac quand Russell se mettait à parler comme son père.

Pas plus tard que la veille au soir, M. Eisner lui avait tenu exactement les mêmes propos. Et ce qui, de sa part, n'était certainement qu'un petit *speech* de motivation pour la mettre dans le bain, avait résonné aux oreilles de Leigh comme les leçons condescendantes d'un professionnel accompli à un amateur immature.

Russell lui déposa un baiser sur le front, enfila son caleçon et gagna la salle de bains. Il ouvrit la douche en poussant la température au maximum, puis partit attendre dans la cuisine que la salle de bains, saturée de vapeur, ait atteint la température ambiante idéale à son goût. Entre-temps, il se prépara un petit déjeuner énergétique : boisson aux protéines de soja, yogourt à zéro pour cent de matière grasse et trois blancs d'œufs brouillés. Ce rituel avait le don d'exaspérer Leigh. Toute cette eau gaspillée ! Elle n'avait de cesse de lui en faire la remarque, mais il se contentait de lui rappeler que les dépenses d'eau étant incluses dans les charges mensuelles, ça n'avait pas vraiment d'importance. Et ce n'était là qu'un des trucs qui, chez lui, la rendait folle. Elle comprenait parfaitement qu'il doive se faire maquiller quand, une fois par semaine, il enregistrait son émission, mais elle détestait assister à la séance de démaquillage. Il utilisait ses disques en coton et sa lotion démaquillante, qu'il étalait par délicats tapotements sous ses yeux et autour du nez. Leigh n'aurait su dire précisément pourquoi, mais elle trouvait ce rituel révoltant. Pas aussi révoltant, cependant, que lorsqu'il oubliait de se démaquiller et qu'elle retrouvait au matin des traces de fond de teint sur ses taies d'oreillers.

Elle se tança d'être aussi rigide et intolérante et prit une profonde inspiration, pour se détendre. Il n'était que 9 heures du matin en ce jeudi ensoleillé, mais il lui semblait être éveillée depuis quarante-huit heures et avoir enduré les affres d'un conflit mondial. Épuisée, et néanmoins en proie à un léger sentiment d'anxiété,

Leigh s'arracha du lit et entra dans la salle de bains transformée en étuve.

Elle réussit à enfiler un jean blanc et à rassembler ses affaires avant que Russell ait terminé de prendre sa douche, ce qui lui permit de lui souffler juste un baiser par l'entrebâillement de la porte avant de filer en vitesse. Elle fit rouler sa petite valise le long de la 13e Rue jusqu'à l'officine Hertz et après avoir souscrit à toutes les assurances proposées – mieux valait prévenir que guérir – Leigh glissa deux Nicorette dans sa bouche, s'installa derrière le volant de sa Ford Focus rouge et posa dans le compartiment prévu à cet effet le grand café *latte* glacé qu'elle s'était acheté chez Joe. Le trajet dura moins de temps que prévu ; à peine plus de deux heures plus tard, elle se garait sur le parking d'Estia, un petit restaurant installé dans une cabane à bardeaux, qui correspondait en tout point à la description que lui en avait faite Jesse. Elle entra dans la salle, fit un tour aux toilettes et avala un autre café avant de l'appeler.

Il répondit à la quatrième sonnerie.

— Jesse ? Bonjour, c'est Leigh. Je suis chez Estia.

— Déjà ? Je ne vous attendais pas avant cet après-midi.

Leigh sentit sa tension grimper d'un cran.

— Ah bon ? Je ne vois pas pourquoi, puisque hier au téléphone, je vous ai dit que je serais là entre midi et midi et demi.

Il éclata de rire. À sa voix, on aurait dit qu'il se réveillait.

— Ouais, mais bon, qui est ponctuel ? Quand je dis midi, je pense 3 heures.

— Ah bon ? Eh bien, moi, quand je dis midi, je pense midi.

Il rit à nouveau.

— Message reçu. Le temps de m'habiller et j'arrive. Prenez un café. Essayez de vous détendre. On va se mettre tout de suite au boulot, promis.

Leigh commanda un autre café et feuilleta le supplément « style » du *New York Times* qu'un client avait abandonné sur le comptoir.

Elle l'entendit entrer avant même de le voir, puisqu'elle fixait le journal ouvert devant elle, feignant d'être absorbée par la lecture d'un article sur les brosses à cheveux en soies de sanglier. Tout autour d'elle, les clients – tous des gens du coin et qu'on ne pouvait pas soupçonner, à en juger par leur look, d'être des citadins venus se mettre au vert – le saluèrent d'un geste ou de vive voix. Un vieux bonhomme à l'air particulièrement bourru, vêtu d'un bleu de travail qui n'avait rien d'un déguisement de branché, leva sa tasse et lui fit un clin d'œil.

— Bonjour, monsieur, dit Jesse en lui tapant dans le dos.

— Salut chef, répondit le vieux en opinant.

— Toujours partant pour lundi soir ?

— Lundi. Ça roule.

Jesse longea le comptoir en saluant chaque personne à son passage avant de venir s'asseoir sur la chaise à côté de Leigh. Elle n'aurait su dire précisément pourquoi, mais elle lui trouva bien meilleure mine que lors de leurs précédentes rencontres. Il n'était toujours pas sexy, ni même beau dans un sens conventionnel, mais il conservait ce petit côté chiffonné, désinvolte, et aussi bête que cela puisse paraître, *cool*. Cette impression tenait en partie à sa tenue – une vieille chemise écossaise près du corps et un Levi's qui semblait avoir été retouché pour épouser son corps – mais à quelque chose d'autre, également, à un détail dans sa façon de se tenir. Tout en lui était criant de naturel, sans le moindre apprêt, à la différence du style *grunge* très étudié des années 90, ou du look « tombé du lit » délibéré.

S'apercevant qu'elle était en train de le dévisager, Leigh s'empara de la première idée qui lui vint à l'esprit.

— Que se passe-t-il lundi ?

— Les amabilités d'usage, ce n'est pas votre truc, hein ? répondit Jesse avec un sourire. Ce n'est pas le mien non plus. Le lundi, c'est la soirée poker et, cette fois, ça se passe chez Smith. Comme il vit dans un minuscule appartement, au-dessus du marchand d'alcool du village, il s'est arrangé pour qu'on le retrouve à l'aéroport d'East Hampton – il est mécanicien. On va jouer dans un hangar, et je dois dire que je suis assez impatient. Ce sera doublement festif puisqu'on va célébrer la fin de l'été et par conséquent la fin de la « Grande Invasion des Cons » – du moins jusqu'à l'année prochaine.

Leigh secoua la tête. Peut-être la presse people et autres torchons disaient-ils vrai. Peut-être Jesse avait-il vraiment perdu la tête. Quelques années plus tôt, il menait une vie de jet-setteur, il faisait le tour du monde pour promouvoir son roman, fréquentait les meilleurs restaurants, s'offrait tous les vêtements, toutes les femmes qu'il voulait, et profitait au maximum de cette célébrité flambant neuve qui lui ouvrait les portes des fêtes les plus exclusives, et aujourd'hui, il vivait en reclus dans ce coin prolo de Long Island et il jouait au poker dans des hangars d'aéroport avec des mécaniciens ! Une chose était sûre : son nouveau roman avait intérêt à être *sacrément* bon.

Comme s'il avait lu dans ses pensées, Jesse reprit :

— Il vous tarde qu'on commence à bosser, n'est-ce pas ? Dites-le.

— Oui, il me tarde qu'on commence. Nous n'avons que deux jours et une nuit devant nous et je n'ai toujours pas la moindre idée de ce sur quoi vous travaillez.

— Eh bien, allons-y.

Il tendit un billet de 10 dollars à la femme qui se trouvait derrière le comptoir et sortit le premier. Sitôt que ses pieds foulèrent le gravier, il alluma une cigarette.

— Je vous en offrirais bien une, mais quelque chose me dit que vous ne fumez pas.

Sans attendre sa réponse, il grimpa dans sa Jeep.

— Suivez-moi. La maison n'est qu'à quelques minutes d'ici, mais il y a tout un tas de bifurcations pour y arriver.

— Vous ne croyez pas que je devrais d'abord poser ma valise à l'hôtel ? demanda Leigh en entortillant une mèche de sa queue de cheval autour du doigt.

Elle avait réservé une chambre à l'American Hotel, à Sag Harbor, un établissement historique dont la réputation devait autant à ses lambris et à son ambiance de vieux club qu'au généreux volume de ses Martini.

Jesse se pencha par la portière.

— Si vous y tenez… mais je les ai appelés en venant ici, et ils m'ont certifié que la chambre ne serait pas prête avant 15 heures. Je serais plus que ravi d'attendre jusque-là, croyez-moi…

— Non, non, allons-y. J'y ferai un saut dans l'après-midi et ensuite, nous nous remettrons au travail.

— Un programme de rêve.

Il remonta la vitre de sa Jeep, passa la marche arrière, et démarra en soulevant un nuage de poussière.

Leigh se précipita dans sa voiture de location et démarra à sa suite. Ils traversèrent le village, dépassèrent l'hôtel, que Jesse lui indiqua en gesticulant dans le rétroviseur. La rue principale était ravissante, avec ses boutiques pittoresques, ses restaurants de cuisine familiale et ses commerces de bouche qui voisinaient avec quelques galeries d'art ou des cavistes. Des parents hissaient des gamins et des sacs de légumes dans des breaks rouges. Les piétons étaient prioritaires. Les gens souriaient, sans raison apparente. Tout le monde promenait un chien.

La rue principale débouchait sur la baie, bordée par une marina qui semblait droit sortie d'un décor de film ; de là, ils franchirent un pont, s'engagèrent sur des petites routes tortueuses et boisées, puis enfin, dans l'allée qui conduisait à la maison de Jesse, un chemin de terre de plusieurs centaines de mètres ; les éclats de lumière qui fusaient entre les feuillages des arbres l'enveloppaient d'une atmosphère féerique. Leigh remarqua, d'un côté de l'allée, un modeste cottage aux murs blancs et aux volets bleus, doté d'un ravissant petit porche qui invitait au *farniente* ou à la lecture. Sans doute le bungalow des invités, songea-t-elle. Quelques dizaines de mètres plus loin se trouvait une aire de jeux pour enfants, dotée d'équipements élaborés et flambant neufs, bien différents de ceux, en plastique de couleurs criardes, qu'on voyait habituellement. Ceux-là étaient en bois ; et en avisant le petit mur d'escalade en pierres, la cabane perchée dans un arbre, le petit belvédère coiffé d'une marquise, le bac à sable, la table de pique-nique à l'échelle des enfants et les deux toboggans, Leigh eut un instant le souffle coupé. Elle savait que Jesse était marié (encore qu'il avait donné l'impression que sa femme ne vivait pas avec lui dans les Hamptons), mais jamais – pas une seule seconde – elle ne l'avait imaginé père. Bien sûr, c'était complètement logique – le contraire aurait même été presque surprenant – mais quelque chose, dans le fait d'en avoir la preuve sous les yeux, fit naître chez elle une légère irritation, et une petite déception. Des *balançoires* ? Chez l'un des plus grands fêtards que Manhattan ait jamais connu ? Elle soupira.

Lorsqu'ils atteignirent la maison, son cœur commença à battre plus vite, sa respiration se fit plus saccadée. Elle reconnut les signes révélateurs de l'anxiété : venir dans cette maison était une énorme erreur ; ce n'était pas professionnel, elle avait été idiote, c'était l'espace personnel de l'écrivain, elle n'aurait jamais dû accepter. Quand Jesse descendit de sa Jeep et se dirigea vers elle, elle sentit son front se couvrir de transpiration, en dépit de la fraîcheur agréable de l'air. Que n'aurait-elle pas donné pour être allongée sur son canapé, en train de lire un manuscrit, ou de bavarder avec Russell, ou même de l'écouter évoquer sa prochaine interview ! Et même s'il avait insisté pour coucher avec elle, pour regarder Sports Center, même si sa voisine avait donné une sauterie dansante et invité tous les possesseurs de jambes de bois de Manhattan, ç'aurait été mieux qu'être là. Oui – tout plutôt qu'être ici, en cet instant.

Jesse lui ouvrit la portière, puis la devança dans l'allée en direction du porche qui s'étirait sur toute la façade de la maison ; il y avait là un hamac et une balancelle. Au pied de laquelle se trouvait une bouteille de chianti, vide, et un unique verre à vin, sale.

— Vos enfants sont là ? J'adorerais les rencontrer, hasarda Leigh.

Jesse regarda autour lui, l'air un instant dérouté, puis il eut un sourire entendu, comme s'il pouvait lire dans ses pensées.

— Oh, vous parlez de l'aire de jeu ? C'est pour mes neveux – pas pour *mes* enfants.

Il y avait dans son ton une note de fin de non-recevoir ; et même si elle se moquait éperdument de la réponse – et tout en étant parfaitement consciente qu'elle allait se montrer grossière et que c'était une question bien trop personnelle – elle insista :

— Vous voulez dire que vous n'en avez pas ? Ou que vous n'en voulez pas ?

Il éclata de rire et secoua la tête tout en ouvrant la porte.

— Bon sang ! Vous dites tout ce qui vous passe par la tête, n'est-ce pas ?

Au point où on en est, autant aller jusqu'au bout, songea Leigh, avant de reprendre :

— Alors ?

— Non. Je ne veux pas d'enfants. Ni maintenant ni jamais.

Leigh leva les mains, dans un geste de feinte défense.

— On dirait que j'ai touché un point sensible.

Jesse essaya de réprimer un sourire, ce qui n'échappa pas à Leigh.

— Autre chose que vous aimeriez savoir ? Comment je me nourris, comment je dors ?

— Bon, maintenant que le chapitre des enfants est réglé… Comment vous nourrissez-vous ? Est-ce que vous dormez bien ? lança-t-elle avec un grand sourire.

Son anxiété commençait à se dissiper. Elle avait oublié combien c'était drôle de badiner avec lui.

Il avait les yeux injectés, le teint pâle, il n'était pas rasé. Même ses cheveux semblaient un peu ternes – ni sales ni gras, juste… tristes. Il prit une pose exagérée de mannequin – bassin déhanché et lèvres pincées – et dit :

— À votre avis ? Je me nourris bien ? Je dors bien ?

— Affreusement mal, répondit Leigh sans une seconde d'hésitation.

Jesse éclata de rire et poussa la porte.

— Bienvenue dans mon humble chaumière.

Leigh embrassa la pièce du regard : les planchers usés, la monumentale table de ferme patinée, le plaid en crochet jeté négligemment sur le sofa… et même si elle succombait déjà au charme de cette maison à la vue de cette première pièce, elle poussa un profond soupir et dit :

— Jesse, Jesse, Jesse… Vous avez vraiment dépensé *tous* vos droits d'auteur en cocaïne et prostituées, comme le prétend la presse people ?

Il secoua la tête.

— Cocaïne, *alcool* et prostituées.

Leigh hocha la tête.

— J'en prends bonne note.

— Bien, et si nous commencions ? Je travaille principalement ici, dans cette pièce. Installez-vous, je vais nous apporter à boire. (Il ouvrit le réfrigérateur et se pencha pour en inspecter le contenu.) Voyons voir…, j'ai de la bière, du vin blanc pas terrible, du rosé pas trop dégueu, et des *Bloody Mary*. C'est un peu tôt pour le rouge, vous ne trouvez pas ?

— C'est un peu tôt tout court, quelle que soit la couleur du vin. Je prendrai un Coca light.

Jesse claqua dans ses doigts et retira une bouteille de vodka entamée du *freezer*.

— Excellent choix. Un *Bloody Mary*. C'est comme si c'était fait.

Leigh savait que ce serait vain d'argumenter, et par ailleurs, il semblait avoir besoin d'un verre pour dissiper sa gueule de bois. Leigh se rappelait vaguement à quoi ressemblait cet état. Dans les premières années après la fac, quand elle s'était installée en ville, et que son corps lui permettait de boire jusqu'à 3 heures du matin et d'être quand même au bureau à 9 heures, il lui était arrivé de s'autoriser quelques gorgées de vin au petit déjeuner pour dissiper le mal de tête. Elle se souvenait de toutes ces nuits passées à traîner avec Adriana et Emmy dans les rues de la ville, à aller d'*happy hour* en fête d'anniversaire, ces soirées passées à trop boire, trop fumer, et embrasser bien trop de garçons dont elle ne connaissait même pas le prénom, et dont les visages s'étaient effacés de son souvenir. Il lui semblait que c'était des siècles auparavant… Dans une autre vie. Aujourd'hui, elle ne mettait plus des talons aussi hauts (comment avait-elle pu supporter des choses aussi inconfortables ?), les bars bondés avaient laissé place à des restaurants plus civilisés (Dieu merci) et elle ne se rappelait pas à quand remontait sa dernière nuit blanche pour une raison autre qu'une insomnie ou le travail. Mais elle ne perdait pas de vue que quelques-uns de ces bons souvenirs devaient forcément être revisés. À l'époque, elle n'avait ni boulot prestigieux ni bel appartement tout à elle, et certainement pas un fiancé qui l'adorait.

Leigh s'avança de quelques pas dans le séjour éclairé par un Velux et fit coulisser la porte vitrée, qui s'ouvrit sur un jardin des plus accueillants. Plus qu'une simple arrière-cour, c'était une oasis au milieu de la forêt, délimitée par d'immenses chênes et érables, couverte d'une pelouse engageante, bien entretenue, mais sans excès. Un bassin en gunite, de la taille d'un Jacuzzi et entouré de deux chaises longues, d'une table et de chaises, semblait se fondre dans le paysage, pour permettre au regard de se focaliser sur la véritable attraction : un petit étang de rêve, de six mètres sur dix peut-être, sur lequel flottait un ponton agrémenté de coussins ; une barque en bois toute simple était amarrée au rivage. Derrière cet étang, à l'extrémité de la propriété, niché sous un bosquet d'arbres feuillus, se trouvait un lit de repos en teck agrémenté d'un baldaquin, dans le style balinais, assez large pour accueillir deux personnes. Ce n'est qu'au prix d'un immense effort que Leigh se retint d'aller immédiatement s'allonger sur ce lit et elle se demanda comment dans un environnement aussi beau, aussi paisible, Jesse pouvait arriver à se consacrer à autre chose qu'au *farniente*.

— Pas mal, hein ? lança-t-il en avançant dans le patio dallé de pierre.

Il lui tendit un *Bloody Mary*, servi dans les règles de l'art avec un bâtonnet de céleri et une rondelle de citron vert.

— Mon Dieu. La façade ne paie pas de mine – ni même l'intérieur, d'ailleurs – mais cet étang... C'est *sublime*.

— Merci. Je trouve aussi.

— Vous n'avez jamais pensé à le faire photographier ? Je le verrais bien dans un magazine de déco.

Il passa la main dans ses cheveux et but une gorgée de sa bouteille de bière.

— Ça ne risque pas.

— Non vraiment, je pense que...

— Ni journalistes ni photographes chez moi. *Jamais*.

— Oui, je comprends, dit Leigh, en repensant au reportage sur l'appartement de Russell qu'elle avait vu dans *Elle Decor*, avant même de rencontrer son propriétaire.

Le magazine consacrait ce mois-là un dossier aux plus belles garçonnières de la ville, dont le loft ultramoderne de Russell, à TriBeCa, constituait le plat de résistance. À l'époque, elle avait étudié de près les photos de la cuisine qui, entre ses proportions et ses équipements, évoquait celle d'un grand restaurant ; de la chambre, avec le lit, un simple matelas posé sur une estrade en wenge ; de la salle de bains au design contemporain, qui semblait avoir été démontée d'un palace et posée au milieu de l'appartement. L'article précisait que l'appartement, avec ses immenses fenêtres et ses planchers laqués en noir, offrait une superficie de deux cents mètres carrés entièrement décloisonnés. Ce n'avait été que lors de leur troisième rendez-vous que Leigh l'avait découvert de ses yeux. Et depuis, elle y avait passé le moins de temps possible : tous ces chromes, toutes ces laques noires et ces angles aigus la rendaient encore plus nerveuse que d'habitude.

Jesse s'assit à la table et indiqua à Leigh la chaise en face de lui. Il but une autre gorgée de bière avec une lenteur étudiée, puis il inspira un grand coup, défit le fermoir d'une sacoche en toile défraîchie, d'où il sortit une liasse de feuilles de l'épaisseur d'un annuaire, qu'il présenta à Leigh à plat sur ses deux mains, comme un serveur de restaurant asiatique aurait présenté l'addition à ses clients.

— Soyez indulgente, dit-il doucement.

— Je croyais que vous vouliez de l'honnêteté, pas de l'indulgence. (Elle prit le manuscrit et le posa devant elle, en refrénant son impatience.) « Personne n'est franc avec moi, on me dorlote et on me dit toujours oui, et je veux un éditeur qui va me donner son avis sans prendre de gants. » Ce sont vos propres paroles, lorsque nous nous sommes rencontrés dans le bureau d'Henry, lui rappela-t-elle.

Jesse alluma une cigarette.

— Pure bravade. C'était des conneries. Je suis un vrai gosse, c'est à peine si je peux entendre une critique constructive, alors pour ce qui est d'un lynchage…

Leigh posa ses mains bien à plat sur la table et sourit.

— Eh bien, en cela, Jesse Chapman, vous êtes exactement comme tous les autres auteurs de ma connaissance. Je n'en ai encore jamais rencontré qui se prenne pour Dieu le père, mais un auteur miné par un manque de confiance en soi, qui passe son temps à douter de lui et à s'autoflageller ? *Ça*, je sais y faire.

Jesse brandit sa cigarette comme pour la faire taire.

— Hou la ! Ne nous emballons pas. Ceci… (Il désigna le manuscrit) est la meilleure contribution à la littérature de l'année, voire de la *décennie*. Ça, j'en suis sûr. Je vous demandais juste un peu d'indulgence, au cas où vous tomberiez sur un paragraphe ou deux qui ne soit pas à votre goût.

— Ah oui, bien sûr… un paragraphe ou deux. Je suis certaine qu'il n'y en aura même pas autant, répliqua Leigh avec une gravité feinte.

— Parfait. Je suis heureux que nous soyons sur la même longueur d'ondes. (Il se tut et la dévisagea.) Bon ?

— Bon quoi ?

— Vous n'allez pas le lire ?

— Si, dès que vous m'aurez laissée seule.

Jesse écarquilla les yeux.

— Seule ? Je ne savais pas que c'était la procédure standard.

Leigh éclata de rire.

— Vous savez comme moi qu'il n'y a rien de standard dans la façon dont nous procédons ici.

— Je ne vois pas ce que vous voulez dire, répliqua-t-il en feignant un air d'innocence.

— Dans une procédure standard, ce serait mon patron qui s'occuperait de votre livre, pas moi. Dans une procédure standard, j'aurais lu votre manuscrit – ou au moins un synopsis, ou un premier chapitre – avant de faire deux heures et demie de route pour venir vous voir. Dans une procédure standard…

Jesse tendit ses mains devant lui, comme pour se protéger d'un assaillant et se leva.

— Ça me gave, annonça-t-il. Appelez si vous avez besoin de quelque chose. Je monte faire la sieste.

Et sans rien ajouter de plus, il disparut.

Ce n'est qu'au bout d'un moment que Leigh s'aperçut qu'elle avait les poings serrés et les ongles enfoncés dans les paumes. Essayait-il de la faire sortir de ses gonds, ou bien était-ce chez lui un comportement coutumier ? Plaisantait-il lorsqu'il disait ne pas supporter la critique, ou être convaincu que son livre – quel qu'en soit le sujet – était vraiment la merveille littéraire de l'année ? Ou bien tout cela n'était-il qu'une façade ? Il pouvait être tellement charmant, tellement irrévérencieux, spirituel et puis, vlan ! en une volte-face, il redevenait le connard arrogant que tout monde critiquait en ces termes.

Elle regarda sa montre. Encore une heure à patienter avant qu'elle puisse prendre possession de sa chambre d'hôtel. Aussi, elle but une gorgée de *Bloody Mary*, coula un regard concupiscent vers le paquet de cigarettes que Jesse avait laissé sur la table, et elle commença à lire. Le roman débutait au Club des correspondants étrangers de Phnom Penh, et mettait en scène un narrateur, un Américain déphasé et porté sur l'alcool, que Leigh ne put s'empêcher de trouver immédiatement très familier. Pas familier au sens d'un plagiat, non, mais rebattu, téléphoné, un rien cliché. On pensait immédiatement à *La Fin d'une liaison*, à

Un sport et un passe-temps, à *Act of Faith*. En soi, cela ne l'inquiétait guère – ce serait assez facile de rectifier le tir – mais la lecture des pages suivantes ne fit qu'accroître son inquiétude. L'histoire en elle-même – celle d'un gamin d'une vingtaine d'années qui se voyait propulsé au sommet de la gloire avec son tout premier ouvrage – était passionnante, dans le sens où elle excitait le voyeurisme. Ce qui n'était guère surprenant, vu que l'auteur parlait d'une expérience de première main. C'était en fait l'écriture elle-même qui inquiétait Leigh : le style était terne, convenu, parfois même monotone. Et ne ressemblait en rien à Jesse. Elle inspira profondément et se dit que ç'aurait pu être bien pire. Si l'histoire en elle-même avait été un désastre, elle n'aurait pas su par où commencer.

Quand Jesse réapparut d'un pas traînant une heure plus tard, les yeux injectés de sang, ayant troqué sa bière contre une bouteille d'eau, Leigh commença à comprendre à quel point elle ne faisait pas le poids. Comment diable elle, Leigh Eisner, éditrice junior, n'ayant encore jamais dirigé d'auteur à succès, était-elle censée dire à l'un des écrivains les plus respectés, les plus vendus de sa génération que, dans son état actuel, sa toute dernière contribution à la littérature ne figurerait jamais sur aucune liste de *best-sellers* sans avoir subi au préalable quelques remaniements d'envergure ? La réponse, était-elle en train de comprendre, était simple : elle ne le dirait pas.

Jesse alluma une cigarette et fit glisser le paquet vers elle.

— Vivez un peu. Vous les dévorez des yeux depuis tout à l'heure.

— C'est vrai ?

Il hocha la tête.

Et c'est ainsi que sans réfléchir une seconde de plus, et en ne pensant que très fugacement à la déception de Russell s'il apprenait qu'elle avait craqué, elle sortit une cigarette du paquet, la glissa entre ses lèvres et se pencha avec avidité vers l'allumette que Jesse venait de craquer. Elle s'étonna du goût âcre de la première bouffée, et de la sensation de brûlure dans ses poumons, qui disparut à la deuxième et à la troisième bouffée.

— Toute une année d'efforts dans le caniveau, observa-t-elle avec regret en inhalant à nouveau.

Jesse haussa les épaules.

— Vous ne me faites pas l'impression d'être portée sur l'alcool, la drogue, la nourriture… ni quoi que ce soit, d'ailleurs. Si ça vous fait plaisir de fumer une cigarette de temps en temps, pourquoi ne pas vous l'accorder ?

— Si j'étais capable de n'en fumer une que de temps en temps, je le ferais, répondit Leigh. Le problème, c'est que j'en fume une, et dix minutes plus tard, j'ai fumé presque tout un paquet.

— Ah ah, Mademoiselle-jamais-sans-mon-quant-à-soi a finalement un point faible.

Il sourit.

— Super, je suis ravie que le combat que je mène contre mon addiction vous amuse.

— Je le trouve plus attachant qu'amusant. (Il se tut et sembla réfléchir.) Mais bon, c'est tout de même marrant.

— Merci.

Jesse désigna le manuscrit.

— Des commentaires sur ce que vous avez lu ? Ou bien c'est la « procédure standard » de ne pas en parler avant que vous l'ayez terminé ? lança-t-il en portant la bouteille d'eau à ses lèvres.

Soulagée par cette échappatoire offerte sur un plateau quand elle-même n'avait pas réfléchi à la tactique dilatoire qu'elle allait mettre en œuvre, Leigh répondit d'un ton vague :

— J'ai lu à peine soixante-dix pages, alors oui, je préfère attendre.

Elle toussota.

Jesse la dévisageait avec une intensité qui la mettait mal à l'aise. On aurait dit qu'il cherchait des indices sur son visage, et après une minute entière de cet examen minutieux, elle se sentit rougir. Mais il ne fit aucune remarque.

— Bon, je euh… je crois que je devrais aller déposer ma valise à l'hôtel, reprit-elle en glissant son mégot dans la bouteille d'eau que Jesse venait de transformer en cendrier improvisé.

— Oui.

— Vous voulez que je revienne ici ensuite, ou préférez-vous qu'on se retrouve ailleurs ? Au salon de l'hôtel ? Dans un café ? Vers 4 heures, 4 h 30 ? Ça vous irait ?

La tension était assez palpable pour lui mettre les nerfs à fleur de peau. Il fallait qu'elle arrête de parler.

— Revenez ici, mais pas avant d'avoir lu tout le manuscrit.

Leigh éclata de rire, mais s'aperçut vite que Jesse ne plaisantait absolument pas.

— Il va me falloir au minimum cinq ou six heures pour arriver au bout. Nous pourrions au moins commencer à parler du timing. (Quand elle s'aperçut qu'elle semblait, au ton de sa voix, lui demander sa permission, elle ajouta, en rassemblant toute son autorité :) La date de remise n'est pas négociable. Henry a été très clair sur ce point.

— Leigh, Leigh, Leigh, dit-il d'une voix où perçait la déception. Toute date de remise est négociable. S'il vous plaît, lisez le manuscrit. Revenez lorsque vous aurez terminé. Comme vous vous en doutez, je ne suis pas un couche-tôt.

Elle haussa les épaules en espérant paraître désinvolte, et commença à rassembler ses affaires.

— Si vous voulez veiller jusqu'à pas d'heure, ça me convient.

Il alluma une autre cigarette et recula contre son dossier.

— Ne vous énervez pas contre moi, Leigh. Ça va nous prendre un petit moment, pour trouver notre *modus vivendi*. Faites montre de patience avec moi.

Leigh ricana et sans réfléchir, lança :

— « Trouver notre *modus vivendi* ? » « Faire montre de patience ? » C'est le genre de sornettes qu'on vous a apprises dans l'un de vos ashrams, après vos cures de désintox ? Attendez… ne me dites pas que vous êtes toujours accro !

L'espace d'un instant, il donna l'impression d'avoir reçu une gifle, mais il se ressaisit rapidement et répondit, avec un grand sourire et en recrachant la fumée :

— Ravi d'entendre qu'au moins vous avez potassé mon cas.

— Je suis désolée. Je ne voulais pas…

— Leigh, s'il vous plaît, filez, maintenant, dit-il en agitant sa cigarette en direction de la porte. Et n'oubliez pas que je n'ai plus d'éditeur depuis pas mal de temps, alors ne m'en veuillez pas si je suis un peu difficile à manier, d'accord ?

Leigh hocha la tête.

— Parfait. Il me tarde que vous soyez de retour. Inutile d'appeler d'abord, et revenez à l'heure qui vous convient. Bonne lecture.

Lorsqu'elle remonta dans sa voiture, Leigh songea qu'elle ne savait pas si cette première séance de travail avait été un départ correct, ou un désastre complet… mais elle suspecta, avec une crampe d'estomac, que c'était plutôt la seconde hypothèse.

Compte-le comme Sud-Américain

Emmy tira le plateau du minifour et délicatement, du bout des doigts, retourna les pitas, partagée entre le ravissement de les voir si croustillantes et l'agacement de n'avoir pas la possibilité de préparer plus ambitieux festin dans son propre four. Elle recevait ses amies deux fois par an, et plutôt que de leur mitonner un petit banquet (italien sans doute – de belles escalopes accompagnées de pâtes irréprochablement *al dente*) elle en était réduite à réchauffer des pitas dans un minifour qui encombrait la totalité de son espace cuisine, et à écraser des pois chiches dans un bol posé en équilibre sur ses genoux. Emmy s'était toujours réconfortée à l'idée que Duncan et elle ne tarderaient pas à emménager ensemble dans un nouvel appartement, où elle installerait une cuisinière La Cornue, un réfrigérateur Sub-Zero et des placards remplis de casseroles en inox de qualité, mais ce rêve s'était évanoui en même temps que Duncan.

Elle avait du mal à croire que cinq mois entiers s'étaient écoulés depuis leur rupture. Et ce qui était encore plus surprenant, c'était qu'ils aient cessé tout contact entre eux – ou du moins, si elle voulait être entièrement honnête, que *Duncan* ait cessé tout contact.

Car ce qu'Emmy n'avait pas dit à Izzie ni à ses amies, c'est qu'elle avait continué à l'appeler assez régulièrement au cours des deux premiers mois, et qu'elle était même passée chez lui à quelques reprises – jusqu'à ce qu'il change les serrures. Après cette ultime humiliation, elle avait réussi à calmer le jeu, et vers le milieu de l'été, elle avait quasiment cessé de l'appeler – à l'exception de cette petite rechute, après son fiasco parisien. Ah, oui ! Et il y avait aussi ce mail. Gênant. Mais bon, tout le monde n'était-il pas, un jour ou l'autre, victime d'un raptus ? Elle n'avait pas – absolument pas – eu l'intention de lui écrire, mais un soir, juste avant son séjour en Floride, elle était rentrée chez elle un peu gaie après une dégustation professionnelle de vin, et elle avait allumé son ordinateur pour surfer sur le Net avant d'aller dormir. S'étant souvenue que c'était l'anniversaire de son amie Polly, elle avait ouvert sa boîte mail et entré la lettre P dans la fenêtre « destinataire ». Bien évidemment, c'était l'adresse de Duncan qui s'était affichée (puisqu'elle l'avait inscrit dans son répertoire sous le surnom « Pumpkin[1] ». Et après une (très) brève hésitation, elle s'était lancée dans la rédaction d'un faux courrier à l'intention de Paul – le fameux garçon rencontré au Costes, celui qui l'avait laissée en plan – dont elle ne connaissait même pas le nom de famille, et ne possédait bien entendu pas l'adresse électronique.

« Salut, bébé, avait-elle écrit. Je suis ravie de savoir que tu t'éclates à Saint-Tropez, même si tu me manques. Je suis super débordée, mais j'imagine que c'est parfaitement normal quand on commence un nouveau boulot qui exige autant de déplacements. C'est terrible

1. « Citrouille » *(N.d.T.)*

d'être loin de toi ! Merci mille fois pour le sublime négligé que tu m'as envoyé de Paris. Toutes ces dentelles ! C'est ravissant et archi-sexy. Il me tarde de le mettre pour toi. Plus qu'une semaine avant de te retrouver là-bas… Mille tendres baisers. E. »

Elle avait envoyé le message et frissonné d'excitation en voyant le nom de Duncan s'afficher dans la boîte des messages envoyés : si ce mail restait lettre morte, c'est que rien ne marcherait jamais. Il avait fallu à Duncan deux jours entiers pour se fendre d'une réponse, fort décevante de surcroît. C'était d'ailleurs à peine une réponse : « Je crois que tu as envoyé accidentellement ce mail à la mauvaise personne », avait-il écrit. Suivait en guise de signature, un *smiley*. Un *smiley* ! C'était vraiment trop insultant ! Pas une question dictée par la jalousie sur l'identité de cet amant secret, ni aucune sur son nouveau travail, pas même un commentaire ironique à propos de la nuisette, ou de son (prétendu) voyage à venir dans le sud de la France. C'était la goutte d'eau qui avait fait déborder le vase. Presque deux mois avaient passé depuis, et Emmy ne l'avait pas recontacté une seule fois. Et même mieux : elle s'apercevait avec bonheur qu'il lui était complètement sorti de la tête depuis son aventure sulfureuse avec George. Ce qui, à l'évidence, n'appelait qu'une seule conclusion : elle se devait de multiplier les aventures sulfureuses avec de beaux inconnus.

La sonnerie de l'interphone retentit à 8 heures précises et Emmy se prépara à entendre la réaction imminente d'Otis. Qui comme prévu, se réveilla, s'ébroua et croassa :

— C'est qui ? Montez ! C'est qui ? Montez !

Emmy soupira, enfila ses mules et se dirigea vers l'escalier, puisque le système d'ouverture automatique de la porte de l'immeuble était cassé. Certes, ce dernier possédait un ascenseur, mais construit *circa* 1925, et Emmy, après être restée coincée un après-midi entier dans la cabine, trois ans plus tôt, s'était convaincue qu'il était plus sûr d'emprunter l'escalier. Elle appréciait énormément qu'Adriana et Leigh fassent l'effort de venir chez elle deux fois par an – et ce d'autant plus qu'elles étaient désormais voisines et que leurs appartements respectifs étaient largement plus confortables que le sien – mais commençait à avoir des complexes d'habiter dans ce minuscule studio, d'obliger ses visiteurs à grimper quatre étages à pied, pour finir assis par terre et contraints d'endurer toute la soirée les insultes de cet ignoble perroquet.

Mais sitôt qu'elle ouvrit la porte et vit ses amies assises sur le perron, toutes ses réserves disparurent.

— Salut ! lança-t-elle avec entrain.

Le fond de l'air était doux pour un mois d'octobre, mais curieusement enfumé.

— Ouah ! Qu'est-ce que je vois là ?

Adriana la poussa du coude et, avec un grand sourire, désigna Leigh.

— Tu as vu ça ?

Leigh était en train d'écraser une cigarette sous sa semelle tout en recrachant un dernier panache de fumée.

— Leigh ? Que s'est-il passé ? Tu tenais si bien ! se récria Emmy.

— Il s'est passé que Jesse Chapman est passé par là ! chantonna Adriana avec une évidente délectation.

Les trois filles, Emmy en tête, entreprirent l'ascension en file indienne.

— En quoi ta rechute est de la faute de Jesse Chapman ? demanda-t-elle en se retournant.

Leigh lâcha un soupir mélodramatique.

— Je me suis toujours doutée que vous n'écoutiez pas un traître mot de ce que je vous disais.

— Oh, épargne-nous les drames ! lui répliqua Adriana. Nous écoutons chaque mot relatif à tes mélodrames professionnels. Et c'est une chance pour nous que Jesse Chapman s'avère un peu plus intéressant que les auteurs lunatiques avec lesquels tu bosses en général.

— Attendez ! piailla Emmy. On rembobine et on en revient à « Jesse Chapman est passé par là ». Qu'est-ce que ça veut dire ?

Elle arrivait enfin sur son palier et Emmy constata avec plaisir qu'à la différence de ses amies, pantelantes, elle se portait comme un charme.

— Rien. Absolument rien. À entendre Adriana, on croirait qu'il y a un truc scandaleux dans l'air, ce qui n'est absolument pas le cas, je vous assure, protesta Leigh. Il me donne du fil à retordre, c'est tout.

— Ça, je veux bien le croire, observa Adriana avec un sourire narquois.

Emmy désigna les coussins à ses invitées et servit le vin rouge qu'elle avait ouvert avant leur arrivée.

— À propos de sexe avec des inconnus…

Adriana laissa échapper un glapissement si strident qu'Otis se sentit obligé de rivaliser par une série de cris et de croassements si puissants que Leigh écrasa les mains sur ses oreilles

— Emmy ! Non ! Ne me dis pas que tu l'as fait !

— Et si. Je l'ai fait.

C'était si bon, de dire ces mots, et de voir l'incrédulité se peindre sur le visage de ses amies. Entre les voyages des unes et des autres dans les Hamptons ou à L.A., le mois de septembre avait filé sans qu'Emmy ait eu l'occasion de leur raconter ses aventures de vive voix. Donc, elle avait patienté.

— Noooooooon ! souffla Leigh en relevant la tête, l'air complètement assommé.

— Siiiiiiiii ! chanta Emmy avec délectation.

— Gros tas ! Gros tas ! grinça Otis.

Adriana cogna sur la cage du dos de la main, dans laquelle Otis essaya immédiatement de planter son bec.

— Raconte ! On veut tout savoir. C'était qui ? Où ? Quand ? Comment ? C'était bien ? C'est le futur père de tes enfants ?

Emmy se laissa choir par terre, but une gorgée de vin en prenant son temps et en savourant l'attention dont elle était l'objet.

— Il s'appelle George. Il est étudiant en droit, à Miami. Comme vous vous en doutez, je l'ai rencontré lorsque je suis allée chez Izzie et Kevin. Et… c'est arrivé, c'est tout, conclut-elle en contemplant ses mains.

Adriana lui poussa gentiment l'épaule.

— C'est un bobard. Je suis sûre que tu nous mens. Tu ne crois pas, Leigh ?

— Non, moi je crois qu'elle est vraiment passée à l'acte, répondit Leigh, l'air pensif. Mais il y a quelque chose qui cloche. Elle ne nous dit pas tout. Emmy ? ajouta-t-elle en se penchant vers son amie. Tu es amoureuse, n'est-ce pas ? C'est ça. Tu es tombée raide dingue de ce type, et tu le vois déjà comme ton futur mari.

Adriana hocha la tête.

— Tu as raison, c'est ça. Un avocat, ami de ta sœur, probablement le mec le plus gentil de la terre. Bien, je suis heureuse pour toi, ma puce. Pas surprise, je dois dire, mais heureuse. Cependant…, ajouta-t-elle en agitant l'index, je voudrais qu'on reconnaisse ici que c'est moi qui ai officiellement gagné notre pari puisque je suis désormais la moitié d'un couple, que c'est du sérieux et que dans six mois maxi, je suis fiancée.

— Je suis témoin, renchérit Leigh. Elle est bien partie pour. Moi aussi je suis contente que tu aies rencontré l'homme de tes rêves, Emmy, mais tu laisses Adriana te voler la victoire.

Adriana ouvrit le classeur où étaient rangés les menus de restaurants livrant à domicile et commença à le feuilleter.

— Si on commande maintenant, on sera livrées à temps pour regarder *Grey's Anatomy*. Sushi, ça vous dit ?

— Eh, minute ! lança Emmy.

— Minute ! Gros tas ! Minute ! Gros tas !

— Je ne sais pas comment tu fais pour vivre avec cette ignoble créature, ragea Adriana.

Emmy arracha le classeur des mains d'Adriana, et la télécommande de la télé de celles de Leigh.

— J'aimerais que vous m'accordiez votre attention.

Leigh soupira.

— Quoi ? Tu es fiancée ? S'il te plaît, ne nous dis pas que tu l'épouses *déjà*.

Elle éclata de rire, imitée par Adriana.

— Je voudrais vous faire savoir que… (Emmy brandit un doigt) primo, j'ai eu une aventure purement sexuelle avec un mec et que je ne le reverrai jamais plus de ma vie… (Ravie de voir qu'elle avait enfin attiré l'attention de ses amies, elle poursuivit :)… et que, secundo, j'ai adoré.

Cette seconde déclaration fut accueillie par un silence médusé.

— Répète, dit finalement Adriana.

— Et j'ajoute que le garçon en question était un partenaire on ne peut plus inadéquat…

Ce dont Emmy ne s'était elle-même rendu compte que le lendemain matin, quand elle avait mentionné avec désinvolture le nom de George devant sa sœur.

— Qui ça ? avait demandé Izzie tout en faisant cuire ses œufs brouillés.

— Un garçon qui s'appelle George. Hier soir, je suis descendue au bord de la piscine pour téléphoner à Leigh, et il était là. On a un peu papoté. (Pause.) Il semblait sympa.

— George, George… Non, je ne vois pas.

— Il est peut-être nouveau dans la résidence. Bon, ce n'est pas très important.

Emmy, qui n'avait jamais rien caché jusque-là à Izzie, ne pouvait se résoudre à lui révéler ce qui s'était passé avec George juste après que sa sœur lui eut annoncé sa grossesse. Ça lui semblait trop… mesquin. Débile, même.

Kevin les rejoignit dans la cuisine et se servit une tasse de café.

— De quoi parlez-vous ?

— Emmy a rencontré un de nos voisins hier soir au bord de la piscine. George. Je ne vois pas du tout de qui il s'agit.

— Un étudiant en droit ? demanda Kevin en se tournant vers Emmy.

Elle hocha la tête.

— Oui, il m'a effectivement dit qu'il était à la fac de droit de Miami.

— Un mec grand, beau gosse, qui porte toujours des shorts en maille.

— Oui, c'est lui.

— *Jorge !* s'exclama alors Kevin. Je me demande quand il a commencé à américaniser la prononciation de son prénom. Ce gosse est une vraie légende dans le coin.

Il y avait quelque chose d'énervant dans la façon dont Kevin s'obstinait à traiter George de « gosse », et cette histoire de « légende » ne lui disait rien qui vaille, elle non plus.

— Comment ça ? demanda-t-elle, même si, en réalité, elle ne tenait pas vraiment à connaître les détails.

— C'est un tombeur. Une fille différente chaque soir, deux ou trois, même. À vingt-trois ans, ce mec a connu plus de filles que la plupart des hommes en connaîtront dans toute leur vie.

Emmy s'était pétrifiée, son verre de jus d'orange suspendu à mi-chemin de la bouche.

— Vingt-trois ans ?

— Ouais, c'est un gamin, confirma Izzie qui venait s'asseoir à la table. Mais il a un succès fou avec les filles. (Elle décocha à Emmy un regard curieux tout en mordant délicatement dans une tartine.) Pourquoi ? Il s'est passé quelque chose ?

Emmy se concentra très fort pour ne pas s'étrangler et dit :

— Ne sois pas ridicule ! Bien sûr que non. Tu me connais…

Kevin termina sa tasse de café et noua ses baskets.

— Izzie, ma puce, aussi belle que soit Emmy, je suppose que Jorge est plus branché par des filles entre dix-huit et vingt ans.

Ouille.

Quand Emmy eut terminé de leur rapporter cette conversation, Adriana et Leigh pleuraient de rire.

— Tu déconnes ! s'étrangla Leigh, qui se roula par terre en se tenant le ventre.

— Vingt-trois ans, *querida* ? Pour de vrai ?

— Comment aurais-je pu le savoir ? Et comment aurais-je pu savoir que son *passe-temps* préféré, c'était de faire l'amour dans la piscine à des nanas sans méfiance…

— À des nanas *plus âgées* sans méfiance, corrigea Adriana.

— Moque-toi tant que tu veux, riposta Emmy en couvrant la cage d'Otis d'une serviette. Mais de toute ma longue vie, je n'ai jamais pris mon pied comme ça.

Leigh leva la main.

— Attends, attends. Nous oublions de mentionner ici un point crucial. Ai-je raison de supposer que *Jorge* est cubain ?

Emmy haussa les épaules.

— Oui, sans doute. Je crois me souvenir que Kevin a dit que sa famille est connue pour son activisme anticastriste.

— Donc…, reprit Leigh avec un gracieux mouvement de poignet.

— Donc quoi ? demanda Emmy, déroutée.

— Donc, tu viens de te faire ton premier étranger ! s'écria Adriana. Bon, il y a toutes les chances pour qu'il soit né aux États-Unis, et même si ce n'est pas le cas, Cuba est en Amérique du Nord. Mais, dans un geste de magnanimité et d'encouragement, je veux considérer qu'il compte pour étranger.

— Je suis d'accord, renchérit Leigh. Compte-le comme Sud-Américain. Mais compte-le.

Adriana tendit le bras pour pincer la joue d'Emmy.

— Félicitations, *querida*. Et d'un ! – deux si on compte Duncan pour l'Amérique du Nord –, plus que cinq !

Emmy sentit l'air frissonner autour d'elle en entendant prononcer le nom de Duncan, et aurait volontiers juré avoir surpris Adriana et Leigh échanger un regard, mais elle passa outre. Elle savait bien que ses amies ne la croyaient pas, lorsqu'elle affirmait être remise de leur rupture, et elle se lassait d'essayer de les convaincre.

— Oui, en conséquence de quoi, je suis guérie de ma monogamie compulsive. Et j'apprécie les encouragements que vous me prodiguez l'une et l'autre sur mon long chemin de débauche.

Les filles trinquèrent, puis Emmy appela leur japonais habituel pour passer commande (trois soupes miso, deux plateaux de sushis et un de sashimis, et de la sauce superpimentée, comme d'habitude) puis Leigh entreprit de régler le DVR pour enregistrer *Grey's Anatomy* et leur éviter de perdre du temps avec les coupures publicitaires. Une demi-heure plus tard – après qu'Emmy eut dévalé une fois de plus l'escalier pour réceptionner leurs repas, et trouvé, à son retour, Adriana penchée à la fenêtre en train de balancer la cage d'Otis dans le vide – les trois filles piochaient joyeusement tout ce qui se trouvait à portée de leurs baguettes, en sirotant la seconde bouteille de vin de la soirée, le gewurztraminer préféré d'Emmy.

— Comment va Russell ? demanda-t-elle à Leigh, en espérant la faire un peu sortir de sa coquille.

Depuis le temps qu'elles se connaissaient, Emmy avait pris son parti de la réserve farouche de son amie, mais cela ne décourageait en rien ses tentatives.

— Quoi ? fit Leigh, comme tirée de sa distraction. Russell ? Oh, il va bien. Très bien. Il interviewe Tony Romo cette semaine, alors il était très préoccupé.

Adriana plongea un morceau de daurade dans la sauce de soja et l'enfourna.

— Emmy m'a dit que vous aviez presque choisi une date pour le mariage. C'est vrai ?

Leigh hocha la tête.

— Avril.

— Avril ? Ah bon ? C'est rapide !

Emmy était sincèrement surprise. Vu qu'ils ne se connaissaient que depuis un an à la date des fiançailles, elle avait pensé qu'ils attendraient au moins l'été suivant, mais elle était contente de voir que Leigh semblait enfin entrer dans le jeu.

— Ouais, s'il n'avait tenu qu'à moi, ç'aurait été moins précipité. Mais ça me va.

— Tu aurais préféré que ça se fasse quand ?

— Je ne sais pas... Je crois que j'ai toujours bien aimé l'idée de me marier à l'automne. Outre que c'est un peu précipité, avril, c'est aussi le mois où est programmée la sortie du bouquin de Jesse, donc ça va être de la folie. Mais mes parents ont fait valoir avec insistance que c'est le seul week-end libre au club pendant les deux ans à venir, à cause d'une annulation, et puis ça convient également à la famille de Russell, donc on est partis sur cette date. Pour être franche, je m'en fiche un peu, ajouta-t-elle en haussant les épaules.

— C'est une future mariée rayonnante qui nous parle, railla Adriana.

Une fois de plus, Leigh haussa les épaules.

— À quoi bon me mettre martel en tête à cause d'une date plutôt qu'une autre ? On va finir par se marier un jour, alors qu'importe la date.

— Dis donc, Leigh, je suis en pâmoison devant ce fol élan de romantisme ! s'exclama Emmy. (Elle avait dit ça pour essayer d'alléger l'ambiance qui était devenue pour le moins étrange, mais voyant que c'était un faux pas, elle s'empressa de changer de sujet :) Alors, comment ça se passe avec M. Chapman ? Tu as rencontré sa femme ?

Leigh posa ses baguettes et replia les jambes sous elle, comme si elle s'installait confortablement pour une longue conversation.

— Non, je ne l'ai pas rencontrée, et tu vois, je finis même par me demander si elle existe – je n'ai jamais rien lu à son propos dans aucun magazine, ni aucun journal. Et puis, c'est bizarre, il ne parle jamais d'elle. Je ne connais même pas son prénom.

— Il t'a déjà fait des avances ?

Emmy se demandait quand Leigh allait se réveiller et regarder la situation en face. Il était évident qu'elle avait une sorte de béguin pour ce type – qui, soit dit en passant, avait tout l'air d'un connard de première catégorie – et Emmy trouvait que cette situation ne pouvait que mal finir. Par ailleurs, c'était irritant que Leigh ait trouvé un type aussi épatant que Russell et ne l'apprécie pas autant qu'elle l'aurait dû.

Leigh la regarda avec des yeux ronds.

— Des avances ? Emmy, c'est mon *auteur*. Bien sûr que non.

— D'autant qu'en plus tu es fiancée, ajouta Emmy.

— Mais évidemment ! Je croyais que c'était inutile de le préciser.

Adriana resservit tout le monde en vin.

— Allons, les filles, on se calme. Pour ma part, je suis bien certaine que les mains lubriques de M. Jesse Chapman s'en sont données à cœur joie. Après tout, il n'est pas spécialement connu pour sa chasteté, et Leigh est une belle femme. Et elle n'est fautive en aucun cas. Bon, pourrions-nous maintenant parler un peu de *moi*. J'ai quelque chose à vous montrer. (Elle plongea la main dans son sac matelassé Chanel et en sortit une petite boîte recouverte de velours.) Regardez ça.

Leigh et Emmy se penchèrent sur l'écrin pour admirer les sublimes boucles d'oreilles.

— Elles sont exceptionnelles, souffla Leigh en les effleurant révérencieusement.

À cet instant, Emmy ne put s'empêcher de remarquer la juxtaposition de la bague de fiançailles qui étincelait au doigt de Leigh et les pendants de saphir d'Adriana ; et en voyant ses amies ébaubies devant ces précieux cailloux, elle se demanda si elles réalisaient seulement leur chance d'avoir des hommes amoureux d'elles derrière ces bijoux. Pour sa part, elle aurait volontiers renoncé à tous les diamants du monde pour simplement trouver l'homme qui était fait pour elle. Ou plutôt, pour arriver à le *garder*. Car si tout avait marché comme prévu, elle et Duncan auraient été, en ce moment même, en train de préparer *leur* mariage.

— Toby s'est souvenu que je les avais admirées sur une photo de Salma Hayek aux oscars. C'est la paire qu'elle portait.

Emmy siffla.

— Toby est la perle rare, Adriana. J'enrage que Leigh l'ait rencontré et pas moi. Quand me le présentes-tu ?

— Il est en tournage à Toronto pendant les quelques semaines à venir, mais il veut donner un grand dîner pour mon anniversaire le mois prochain. Je lui ai pourtant dit que tren… que j'arrivais à un âge qu'on n'a pas envie de célébrer, mais il a insisté. Où on pourrait faire ça ?

Les trois filles bavardèrent ainsi tout au long de l'épisode de *Grey's*, puis d'une rediffusion d'*Entourage*. Elles étaient sur le point de se passionner pour un nouvel épisode de *Notting Hill* quand Emmy annonça qu'elle était crevée, qu'elle devait se lever aux aurores le lendemain, et que tout en appréciant que les filles aient fait le déplacement, il était peut-être l'heure d'aller au lit. Leigh et Adriana eurent l'air surpris, mais pas plus inquiet que ça. Elles rassemblèrent leurs affaires et après quelques minutes consacrées aux embrassades et aux adieux, Emmy fut enfin seule.

Ce soir-là, elle n'était pas d'humeur à bavarder. Elle était même d'humeur revêche, et un peu triste, sans trop savoir pourquoi. *Tu parles !* songea-t-elle en fixant sa frange en arrière avec une pince pour se débarbouiller le visage. Quelques heures plus tôt, Izzie l'avait appelée pour lui annoncer que Kevin et elle attendaient un petit garçon. Emmy avait accueilli la nouvelle avec un enthousiasme entièrement sincère et avait demandé à sa sœur s'ils pensaient toujours l'appeler Ezra. Izzie avait éclaté de rire et dit que Kevin, pour une raison qu'elle ignorait, ne voulait pas démordre de Dylan. Dylan, avec un D, comme Duncan. Duncan, qui – quand on arrivait par miracle à évoquer les enfants – insistait sur le fait qu'il n'aurait que des garçons, et des garçons qui porteraient tous un prénom commençant par un D. Elle avait été bien sage, ces derniers temps – *très* sage – elle avait résisté à toutes les tentations, mais ce soir, elle sentait sa volonté se relâcher. Le coup de fil d'Izzie, le regard que Leigh et Adriana avaient échangé à la mention de son nom… De toute la soirée, Emmy n'avait pas réussi à chasser Duncan de ses pensées. Que devenait-il ? Il pouvait parfaitement avoir épousé sa majorette – ou pire, l'avoir mise enceinte – sans qu'elle n'en sache rien. Comment en était-elle arrivée là ? Comment s'était-elle débrouillée pour finir célibataire à trente ans, quand Leigh et Adriana, qui ne semblaient ni l'une ni l'autre y attacher une grande importance, étaient sur le point de se marier d'un jour à l'autre ? C'était vraiment trop injuste. Duncan n'était peut-être pas un réalisateur célèbre ni une superstar du petit écran, mais il avait été bon avec elle – enfin, la plupart du temps. Emmy n'était pas idiote : elle savait qu'il était coureur, et il lui avait répété assez souvent qu'il n'était pas prêt à se caser. Mais qui aurait pu prévoir un coup pareil ?

Elle s'approcha de l'ordinateur.

Non ! Non ! Non ! protestait une voix dans sa tête. *Tu vas le regretter. Mauvaise idée. Mauvaise idée.* Elle entendait si distinctement ces protestations qu'elle crut un instant que c'était Otis qui criait. Mais la tentation était trop forte. Quatre secondes plus tard, ses doigts pianotaient sur le clavier. Et dix secondes après, elle était face à face avec la page *MySpace* de Brianna.

Et des photos de 17 pouces, haute définition, de Duncan et de sa majorette. Des photos de vacances, qui les montraient en maillot. Rayonnants.

Emmy parcourut rapidement l'album où l'on découvrait le bienheureux couple allongé au soleil, sur une plage de sable blanc ; ou en train de lézarder dans ce qui ressemblait au patio d'une piscine privée ; de sourire béatement devant une pyramide de carcasses de pinces de crabes et de verres à cocktail, vides. Mais – détail horripilant – aucune de ces photos ne s'accompagnait de légende. Où avaient-elles été prises ? Quand ? Était-ce une *lune de miel* ? Emmy parcourut rapidement les messages qui se trouvaient à droite de la page, des missives au ton enjoué émanant des amies et amis de Brianna, farcies de *smileys* et de points d'exclamation. Un de ces messages parfaitement insipides indiquait un lien vers le site de *KodakGallery*. Emmy comprit que sa torture ne faisait que commencer.

« Oh mon Dieu, non ! » gémit-elle tout haut en s'étirant contre le dossier de sa chaise et en fixant l'écran d'un regard méfiant, comme s'il était sur le point d'exploser. Oui, c'était une mauvaise idée de cliquer sur ce lien, elle le savait, mais elle ne pouvait plus faire marche arrière. Elle se rassit bien droite, épaules rejetées en arrière, poitrine bombée, elle inspira profondément et fit glisser le curseur sur le lien. Et juste au moment où elle allait cliquer, elle se souvint – Dieu merci ! – d'un détail : ce maudit livre d'or. Si elle avait cliqué sur le lien, *KodakGallery* se serait automatiquement souvenu de sa dernière visite sur le site et aurait inscrit son nom dans le livre d'or de Brianna, date et heure de sa visite à l'appui. Le cauchemar ! Soulagée d'avoir évité ce désastre, Emmy s'empressa de revenir à la page d'accueil du site, pour s'identifier sous le pseudo qu'elle utilisait pour ce genre d'activité d'espionnage. Quand elle cliqua sur le lien, elle fut accueillie par un « Bienvenue, Lucy ! Cliquez ici pour voir les aventures mexicaines de Brianna et Duncan ».

Les *aventures* mexicaines ? *Pitié ! Ils sont vautrés sur une plage, pas en train d'escalader le Kilimanjaro !* Emmy prit une grande inspiration – qui ne la calma en rien – et cliqua.

Avant que le diaporama se mette en route, Emmy vit que l'album contenait des dizaines – voire des centaines – de photos. Elle savait que tout ça était une très mauvaise idée, que d'un point de vue intellectuel, c'était ridicule, et que de celui de sa santé mentale, c'était toxique, mais tout était désormais hors de son contrôle. Les six premières photos défilèrent à la vitesse de l'éclair, sans qu'Emmy, comme paralysée, ne tente rien. À la septième, elle se reprit suffisamment pour se caler sur une vitesse de défilement plus lente, qui la contenta le temps de six ou sept photos, mais sa compulsion à étudier, examiner chaque centimètre carré de chaque photo était telle, que quelques minutes plus tard, elle désactiva le diaporama automatique. Bien mieux. Maintenant, elle allait pouvoir faire ça correctement, à son rythme.

Par malchance, la première photo qui resta figée sur l'écran devait avoir été prise par Duncan. On y voyait Brianna batifoler dans les vagues, de l'eau jusqu'aux genoux, et se pencher pour asperger le spectateur tout en relevant la tête, un mouvement qui imprimait à son dos une cambrure presque… pornographique. Emmy se rapprocha de l'écran. Se pouvait-il que son derrière tînt en l'air comme ça, tout seul ? Et ses seins ! Bien qu'elle fût penchée en avant, on devinait un bon bonnet C – et en dépit de son soutien-gorge de maillot riquiqui – on aurait dit qu'ils échappaient à la loi de la gravitation ! Emmy les examina une minute entière et en arriva, à regret, à la conclusion que non, ils n'étaient pas faux – ils étaient juste très jeunes. D'autant qu'une pucelle de vingt-deux ans, ça ne se faisait pas refaire les seins, n'est-ce pas ?

Clic. Duncan s'afficha en plein écran. Il était allongé sur un matelas gonflable, un bras bronzé et musclé de frais replié sur le front pour abriter ses yeux du soleil. Il portait un caleçon de bain aux motifs hawaïens qu'Emmy ne lui connaissait pas (elle qui l'avait tanné, en vain, pour qu'il abandonne ses maillots de vieux ringard contre les modèles ornés d'un crocodile) et… Était-ce un effet d'optique ? Elle plissa les yeux. Non, c'était bien des tablettes ! Le Duncan ramolli, livide, qui passait ses journées avachi à son bureau s'était transformé en un adonis des plages. Emmy ferma les yeux, se les frictionna, mais quand elle les rouvrit, les tablettes étaient toujours là – et Duncan était toujours aussi carrément sexy.

Clic.

Le couple bienheureux, une fois de plus… sur un bateau de plongée ! Ils étaient assis sur un banc en bois, chacun la main posée sur les genoux de l'autre et la combinaison ouverte jusqu'à la taille. Ils étaient entourés de matériel de plongée – des bouteilles et des régulateurs, des masques et des palmes – et sur le côté, on apercevait un Mexicain vêtu d'un uniforme blanc, qui s'apprêtait à leur servir des jus de fruits frais. Une année, Emmy avait supplié Duncan – littéralement *imploré*, se souvint-elle avec une rage qui ne cessait de croître – d'aller plonger avec elle aux Bahamas, pendant les vacances de Noël. Duncan avait refusé catégoriquement, en objectant qu'il était hors de question qu'il gaspille ses précieuses vacances à faire un truc aussi exigeant que la plongée. Il n'avait même pas voulu entendre parler de masque et de tuba, ce salaud, sous prétexte qu'« aller s'extasier devant la faune sous-marine », ce n'était « pas son truc ».

Clic.

Brianna, assise sur un lit à colonnes, en train de lire un magazine, vêtue d'un boxer super étriqué et d'un débardeur quasi allusif qui n'avaient rien de virginal. *Clic*. Les deux en tenue de sport et iPod, transpirant et empourprés au retour d'un jogging. *Clic*. Duncan en train de grimacer devant l'objectif (ce qui ne lui ressemblait guère), vêtu du tee-shirt de Cornell qu'Emmy lui avait acheté à sa cinquième réunion des anciennes étudiantes. *Clic*. Duncan sur son trente et un, pour un dîner aux chandelles sur la plage, attablé devant ce qui avait tout l'air d'un festin de poissons grillés, de légumes frais, et de vin blanc. *Clic*. *Clic*. *Clic*.

Emmy regarda les dernières photos de l'album, évalua rapidement le degré de sa nausée, et entreprit de tout reprendre depuis le début.

La nuit allait être longue, très longue.

Quand amical veut dire désespéré et disponible

— Adi ? Le portier vient d'appeler pour dire que ta voiture est là, annonça Mme de Souza qui venait de se matérialiser sur le seuil de la chambre.

— D'accord, marmonna Adriana, en faisant un effort surhumain pour contenir l'agressivité que lui inspirait sa mère.

— Que se passe-t-il ? Tu as entendu ce que je viens de dire ? Le portier…

— Oui, j'ai entendu ! répondit-elle, avec plus de véhémence qu'elle n'en avait l'intention.

Sa mère lâcha un soupir – un long soupir dans le genre de celui qui préludait d'ordinaire à une longue conversation mélodramatique.

— Adriana j'ai essayé de faire montre de compréhension – vraiment, je t'assure – mais la situation est devenue intenable.

Adriana sentit tout son corps se tendre d'agacement, le fer à cheveux lui glissa de la main et dégringola par terre, non sans avoir fait, auparavant, un arrêt bref mais cuisant sur sa cuisse.

— Putain de merde ! hurla-t-elle en bondissant sur ses pieds pour se frictionner la cuisse à deux mains.

— Adriana ! Surveille ton langage ! Je ne tolérerai pas que tu dises de telles grossièretés sous mon toit. Viens par là, ajouta-t-elle d'un ton radouci, presque maternel. Tu vas bien ?

— Je me suis brûlée ! Ça va faire une cloque !

— Je t'apporte du désinfectant dans un instant. Mais d'abord, j'aimerais te parler de quelque chose. Si j'ai bien compris, tu vas…

— Maman, s'il te plaît, pouvons-nous remettre cette conversation à plus tard ? Je suis déjà en retard et, comme tu peux le voir, loin d'être prête. Désolée pour les gros mots. Vraiment. Mais est-ce que ça peut attendre ?

— Adi, ce n'est pas juste une question de gros mots, c'est aussi le ton avec lequel tu t'adresses depuis quelque temps à ton père et à moi. Je n'ai pas besoin de te rappeler que nous sommes chez nous dans cet appartement, et que nous pouvons y séjourner quand bon nous semble. Or, tu nous as fait comprendre sans ambages que tu n'étais pas ravie de notre présence. Mais as-tu réfléchi à la peine que nous cause cette attitude ?

— Maman…

— Et naturellement, s'ajoutent à cela tes dépenses. Crois-moi, cette conversation me fatigue autant que toi, mais je n'observe aucun changement de ta part. Et il est tout bonnement inacceptable que…

Adriana sentait la boule qui lui obstruait la gorge grossir, grossir. Résolue à ne pas pleurer pour ne pas réduire à néant les trois quarts d'heure qu'elle avait consacrés au maquillage de ses yeux, elle inspira profondément, et marcha vers sa mère.

Elle voulait – elle voulait *réellement* – prendre ses mains dans les siennes, et lui expliquer *posément* que le moment était mal choisi pour discuter. Mais rien au monde ne lui inspirait autant de rage que le regard condescendant de sa mère. La rage et la frustration qui la dévoraient prirent le dessus et elle fit ce qu'elle avait fait toute sa vie, dès lors qu'elle se sentait acculée par sa mère : elle se mit à hurler :

— POURQUOI PASSES-TU TON TEMPS À ESSAYER DE ME GÂCHER LA VIE ? JE T'AI DEMANDÉ GENTIMENT DE REMETTRE CETTE CONVERSATION À MON RETOUR, ET TU REFUSES DE M'ÉCOUTER ! (Elle se rapprocha de sa mère, qui était en train de battre en retraite à reculons dans le couloir.) JE VAIS FINIR DE ME PRÉPARER, ET ENSUITE, JE ME CASSE ! QUE ÇA TE PLAISE OU NON ! ET MAINTENANT, TU ME LAISSES !

Elle ponctua sa diatribe en claquant la porte à la volée, et immédiatement, elle éprouva une vague de soulagement. Certes, c'était ridicule, à son âge, de hurler et de claquer les portes… C'était un comportement aussi prétentieux que grossier. Mais cette femme avait l'art de se montrer exaspérante, et le don de choisir les plus mauvais moments pour ça. C'était tout de même insupportable que ses parents aient débarqué la veille, complètement à l'improviste, sans lui laisser plus de temps pour se retourner que celui qu'il leur fallait pour venir de l'aéroport, et en lui annonçant en prime qu'ils comptaient passer le week-end de *Thanksgiving* à New York ! Une fête qu'ils ne célébraient même pas ! Sa seule consolation, c'est que Toby n'était pas arrivé lui aussi la veille comme prévu (elle ne trouvait pas de mot pour décrire l'horreur que ç'aurait été, si les trois s'étaient croisés dans le hall d'entrée) et qu'elle avait donc eu tout le temps de trouver un hôtel.

— Un hôtel ? Ah bon ? avait répondu Toby, perplexe, quand Adriana lui avait demandé s'il préférait se charger lui-même de la réservation.

— Eh bien quoi, *querido* ? Oui ! Un hôtel…

— Je peux comprendre que ça puisse les mettre mal à l'aise que je dorme dans ta chambre, mais tu crois vrai…

— Toby ! S'il te plaît ! Il est juste hors de question que tu dormes ici en même temps qu'*eux* !

Il avait obtempéré, bien évidemment, et réservé une chambre au Carlyle ; Adriana n'arrivait pas à se résoudre à lui expliquer que son magnifique appartement était en fait *le leur*, ce qu'il aurait à coup sûr découvert s'il avait partagé leur toit. Non, c'était tout simplement inacceptable.

Bien décidée à recouvrer son calme afin de ne pas se brouiller le teint, Adriana s'installa à sa coiffeuse et, en quelques coups de houppette, appliqua de la poudre bronzante sur ses joues et son front. Elle souligna minutieusement le contour de ses lèvres avec un crayon beige rosé, appliqua ensuite un rouge à lèvres légèrement plus soutenu et mat, qu'elle rehaussa d'une touche de gloss. Puis elle pinça une fois un mouchoir en papier entre ses lèvres – et le tour était joué.

Le choix de la tenue, en revanche, était un tout autre problème. Comment était-on censée s'habiller pour un dîner de boulot ? Ah, qu'elle appréhendait cette soirée ! C'était samedi soir, et il faisait exceptionnellement doux pour un mois de novembre ; tous les restaurants allaient certainement ouvrir leur terrasse, et du fait de cet été indien inattendu, tout le monde serait d'humeur festive, allait se précipiter dans les clubs ou dans des fêtes privées, et elle, elle serait coincée dans un appartement étouffant de l'Upper East Side, farci à ras bord, à n'en pas douter, d'antiquités à l'air moisi et de précieux bibelots. Cette seule pensée lui donnait la nausée. Les vieilleries la faisaient éternuer. Et le Limoges ! Rien qu'à poser les yeux sur ces piluliers ridicules, son estomac chavirait. Quand Toby lui avait annoncé le programme de la soirée, elle s'était plainte sans oser trop insister. Toby pouvait se montrer ennuyeux, en plus d'être un peu bébête, mais il était son petit ami, et elle avait la ferme intention de se comporter en bon petit soldat – ou plutôt en bonne petite amie dévouée et éperdue d'adoration.

Avec bien moins d'efforts qu'elle n'en déployait d'ordinaire, elle jeta rapidement son dévolu sur un cache-cœur moulant en cachemire, à manches courtes, et une jupe crayon extrêmement ajustée. Des bas à coutures – Mme de Souza s'était faite l'avocat de leur glamour intemporel depuis qu'Adriana était toute petite – et une paire d'escarpins à talons de dix centimètres. Et le tour était joué

Il lui semblait être habillée comme une nonne.

— J'y vais ! lança-t-elle à tue-tête, sans s'adresser à un interlocuteur particulier.

Sa mère apparut, comme surgie de nulle part, et de son regard expert évalua l'apparence de sa fille en quelques secondes à peine.

Elle esquissa un hochement approbateur à peine perceptible et demanda :

— Il ne vient pas te chercher ?

— Son hôtel est à l'autre bout de la ville, tout comme ce dîner. Il m'a envoyé une voiture.

Personne n'était plus à cheval sur les bonnes manières qu'Adriana, mais elle reconnaissait que c'était ridicule d'obliger un homme à parcourir quatre-vingts blocs pour venir la chercher *downtown*, et autant au retour.

Un point de vue que Mme de Souza ne partageait apparemment pas.

— Ooooh, murmura-t-elle avec une ostensible désapprobation.

— Inutile de rester debout à m'attendre, dit Adriana en ceinturant son trench Burberry – son pardessus le plus classique – et en déposant un baiser sur la joue de sa mère.

— Tu penses rentrer vers quelle heure ?

— Maman…

Mme de Souza leva les mains.

— Tu as raison, je m'excuse. File, amuse-toi. Simplement, ton père et moi aimerions bien rencontrer M. Baron, un jour prochain. N'est-ce pas, Renato ?

M. de Souza détacha le regard de son *O Globo* juste le temps de hocher la tête, de dire à sa fille qu'elle était superbe et lui souhaiter une excellente soirée.

Adriana se sauva sans devoir répondre à d'autres questions, et retint son souffle pendant qu'elle attendait l'ascenseur. Ça suffisait comme ça. Elle avait beau être une femme, une *adulte*, ses parents continuaient à la soumettre à des interrogatoires et à la surveiller comme une adolescente.

Elle ruminait encore sa rage lorsqu'elle arriva dans le hall d'entrée, fonçant d'un pas martial en direction de la sortie.

— Psstt ! Adi, par là ! appela quelqu'un.

Adriana se retourna et avisa Leigh, dans le petit renfoncement qui abritait les boîtes aux lettres. Elle était en train de trier une pile de courrier. Adriana alla la rejoindre.

— Salut, dit-elle avec un soupir éloquent.

Leigh, sans lever la tête, lâcha un catalogue de Victoria's Secret dans la poubelle.

— Rien de tel que ce torchon pour te donner l'impression d'être un boudin, railla-t-elle. Bon, pas à toi, manifestement, ajouta-t-elle en regardant son amie…

— Oh arrête, tu es splendide, répondit machinalement Adriana, tout en étant flattée de la remarque de Leigh – avec laquelle elle était entièrement d'accord.

— Tu vas où, ce soir ?

Un autre soupir.

— Je sors avec Toby. Un dîner chiantissime avec des gens du cinéma. Des directeurs de studio, des producteurs ou je-ne-sais-quoi, qui sont à New York pour je ne sais plus quelle raison.

— Ça ne sera peut-être pas si mal. C'est où ?

— *Uptown*.

Leigh fronça le nez.

— Ah. Ça craint.

— Et toi, tu fais quoi ?

Adriana connaissait déjà la réponse mais sentait qu'elle devait poser la question. Leigh était une fille formidable sous tout un tas de rapports, mais n'était pas vraiment une fêtarde.

— Moi ? dit Leigh en éclatant de rire et en regardant son pantalon de pyjama en flanelle. J'ai un rencard torride avec mon magnétoscope et un demi-litre de Tasti D-Lite. C'est imbuvable, je sais.

Adriana secoua la tête.

— Et où est ton fiancé ? Non, attends – laisse-moi deviner. Il est quelque part en ville, comme toute personne normalement constituée, en train de s'amuser avec des amis, et toi tu as refusé de l'accompagner.

— Je n'ai pas *refusé*, j'ai juste décliné l'invitation. Et puis, j'ai des tonnes de boulot.

— OK, OK, *querida*, je dois filer. Si je reste une minute de plus, je vais me mettre très en colère contre toi. Je vais aussi commencer à ressembler à ma mère et te demander pourquoi une fille aussi jeune, belle et charmante que toi s'obstine à hiberner au lieu de s'épanouir.

— De *s'épanouir* ? Tu viens vraiment de dire ça ?

Leigh jeta un coup d'œil à la couverture d'un catalogue de Sharper Image, qui partit rejoindre les autres dans la poubelle.

— Argh ! lâcha Adriana en levant les mains au ciel.

Cette fille était désespérante ! Et quand on songeait qu'elle avait un petit ami parfait à tout point de vue, quel gâchis ! Pauvre Russell, qui rêvait sans doute de sortir, se détendre un peu, s'amuser – un mot dont sa petite amie ignorait le sens.

— C'est toi qui devrais aller à ce dîner mortel, ce soir, et moi qui aurais dû sortir m'amuser avec Russell.

Leigh leva les yeux au ciel.

— File. Dis bonjour à Toby pour moi. Et tiens-toi bien, veux-tu ? Pas de polissonneries.

— De quoi as-tu peur ? Que j'aille baiser dans la salle de bains ? demanda Adriana avec un sourire.

— Que tu « baises » dans la salle de bains avec un autre que Toby – voilà ce dont j'ai peur.

Adriana feignit de réfléchir à l'idée.

— Mm… Je n'y avais même pas pensé. Très intéressant…

Le trajet en voiture jusqu'à la 74e Rue lui parut interminable. Elle était bien trop jeune pour les dîners guindés de Park Avenue ! Trop jeune pour enterrer sa belle silhouette sous des jupes au genou et des trenchs ! Trop jeune pour passer le restant de sa vie avec un seul homme ! Toute cette folle précipitation pour trouver un mari au simple motif qu'elle allait bientôt avoir trente ans était absurde. Et toute cette pression ! De la part de ses parents, de ses amies. D'où tenaient-ils la conviction que la voie qu'ils avaient choisie était la seule convenable ? À chaque bloc qui défilait, la colère d'Adriana grimpait d'un cran.

Lorsqu'ils arrivèrent à la hauteur de l'immeuble du MetLife, elle était résolue à mettre une bonne fois pour toutes un point final à cette farce. Elle allait perdre un pari ? Et alors, la belle affaire !

Lorsqu'ils dépassèrent l'immeuble de Bear Stearns, Adriana ne put s'empêcher de penser au Duncan d'Emmy, comme chaque fois qu'elle passait devant les locaux de cette banque d'investissements, où, s'était-il une fois vanté, « il jouait au caïd ». Adriana n'avait jamais aimé Duncan, mais elle devait reconnaître qu'il était l'archétype du banquier new-yorkais assez séduisant, archisûr de lui, et qui n'avait que l'embarras du choix quand il décidait de séduire une fille. Ne pouvait-on pas supposer, sans trop s'avancer, que si Duncan avait échangé Emmy pour une nana de huit ans de moins qu'elle, ses amis et collègues feraient de même ? Comme s'ils allaient se gêner ! Et puis, il y avait toujours Yani. Au cours des quelques derniers mois, Adriana avait intensifié ses efforts pour le séduire, l'obliger à la remarquer, jusqu'à ce matin désastreux où elle l'avait vu embrasser une autre fille. Attention ! Pas une fille plus jolie, ou mieux foutue qu'elle, mais qui avait un avantage indéniable, évident à l'œil nu : elle avait vingt ans, et pas un jour de plus. Et enfin, il y avait Toby. Et même si sa mère l'avait dit la première, Adriana n'avait pas protesté : certes, il n'y avait pas pénurie d'hommes beaux, riches et qui avaient réussi, mais dans le lot, pas tant que ça étaient hétéros, ou célibataires. Et parmi ces derniers encore disponibles sur le marché, combien préféreraient épouser une femme de trente et quelques années, plutôt qu'une fille de vingt-deux ans au museau parfaitement lisse, qui les contemplerait avec de grands yeux éperdus d'adoration et une expression qui disait : « Je te révère et chaque mot qui sort de ta bouche est pour moi la parole divine ? » Adriana savait qu'elle était capable de jouer la comédie, un peu, au début, mais il y avait belle lurette qu'elle avait cessé de vénérer les hommes – et s'ils voulaient mériter son attention, c'était à eux de la vénérer. Mais jusqu'à quand marcheraient-ils encore dans ce petit jeu ? Encore un an ? Deux ? Possible. Et la beauté étant de ces choses qui se fanent, elle ne pouvait raisonnablement pas éluder la question. Alors, tout bien pesé, peut-être valait-il mieux ne courir aucun risque.

À son arrivée, Toby l'attendait au pied de l'immeuble, vêtu d'une veste noire et d'un jean. Adriana faillit lui faire remarquer que le choix d'un pantalon digne de ce nom aurait été un choix peut-être plus judicieux – Park Avenue et Hollywood Hills ne partageaient pas vraiment les mêmes codes vestimentaires – mais elle se souvint à temps de calquer son comportement sur la fille de vingt-deux ans qui était en elle. Aussi se pencha-t-elle pour lui chuchoter au creux de l'oreille :

— Tu es super-sexy, ce soir. Je suis impatiente de passer à la deuxième partie de la soirée.

Le visage de Toby s'illumina d'une joie qu'il ne tenta pas de cacher.

— C'est vrai ?

Seigneur, c'était trop facile ! Monsieur le réalisateur superstar pouvait suinter l'arrogance et la confiance en soi quand il s'agissait de faire des films, mais il était évident qu'il n'avait pas l'habitude de ce genre de compliment. Adriana se livra à un petit calcul rapide et estima qu'elle avait probablement gagné un mois entier dans la quête de la bague de fiançailles.

— Oui, vraiment, ronronna-t-elle.

Le portier les accueillit par leur nom et les invita à monter dans l'ascenseur richement capitonné. « Montez jusqu'au sommet », leur indiqua-t-il, sans une trace d'ironie. Adriana leva les yeux au ciel, et Toby éclata de rire. *Ce n'est pas si terrible*, songea-t-elle en le laissant l'enlacer au moment où les portes se refermaient. *Il est câlin, il est gentil et il m'aime. Si je le dois absolument, je pourrai m'y habituer.*

Cette bonne résolution perdura encore dix secondes, très exactement, soit le temps qu'il fallut à la cabine pour atteindre sa destination, s'ouvrir directement dans le penthouse, et pour Adriana de croiser le regard de la première personne qu'elle vit devant elle.

— Tiens, tiens, regardez qui est là ! tonna Toby en libérant Adriana pour aller serrer la main de l'homme. Ma puce, j'aimerais te présenter quelqu'un. Dean Decker, voici Adriana de Souza. Adriana, Dean.

L'esprit d'Adriana passa aussitôt en très grande vitesse. Comment Dean et Toby se connaissaient-ils ? Avait-elle mentionné Toby, le jour où elle avait rencontré Dean dans l'avion ? Était-elle sur le point de se faire attraper la main dans le sac ? Non, conclut-elle rapidement, puisque pour l'instant, elle n'avait rien fait de mal, mais le choc était tel quel avait du mal à réagir de façon appropriée. Par chance, Dean semblait bien plus maître de lui. Et même amusé.

— Adriana, c'est ça ? Très beau prénom. Eh bien, bonjour, ravi de faire votre connaissance, dit-il en lui tendant la main.

— De même, réussit-elle à articuler tandis que ses bras se hérissaient de chair de poule au contact de sa main.

Il était impossible de ne pas remarquer à quel point il était à tomber par terre, surtout qu'il portait exactement la même tenue que Toby – veste noire, chemise blanche et jean. Un instant plus tôt, Toby lui avait semblé raisonnablement séduisant, mais à présent qu'elle le voyait à côté de Dean, il souffrait de la comparaison et avait tout d'un nain. L'espace d'un instant, une image déplaisante lui traversa l'esprit : Toby et Dean, côte à côte, en photo dans *Us Weekly*, à la rubrique « Qui le porte le mieux ? »

N'ayant apparemment pas remarqué leurs tenues assorties ni sa défaite éclatante, Toby glissa un bras possessif autour des épaules d'Adriana, et l'invita à se pencher vers Dean, tant et si bien que leurs têtes se touchaient presque.

— Je viens de signer avec Dean pour le rôle principal de mon prochain film, annonça-t-il dans un chuchotement de conspirateur.

Adriana décocha un regard à Dean.

— C'est exact, confirma celui-ci avec un grand sourire.

La surprise était telle qu'Adriana se sentit chanceler.

— C'est vrai ? glapit-elle.

Reprends-toi ! s'intima-t-elle aussitôt. Elle inspira profondément et se composa un sourire : celui, éblouissant, qu'elle réservait aux occasions spéciales (rencontrer l'épouse de son amant du moment, demander à papa une nouvelle voiture, etc.).

— C'est merveilleux ! Félicitations à vous deux !

Voilà qui était bien mieux.

À cet instant, une femme superbe, à la silhouette élancée et vêtue d'un tailleur Chanel intemporel, s'approcha d'eux.

— Bienvenue à notre petite fête, les Californiens ! roucoula-t-elle en distribuant des baisers à bonne distance des joues concernées. Nous sommes ravis que vous ayez pu venir !

— Catherine, dit Toby en prenant les mains de la femme dans les siennes avant de l'embrasser sur les joues.

Adriana eut un mouvement de recul. Par pitié ! Quoi de pire qu'un Américain qui se la joue européen.

— J'aimerais vous présenter mon amie, Adriana de Souza. (En entendant Toby énoncer clairement son statut, Adriana coula un regard en direction de Dean qui, sourcils haussés, la considérait d'un air amusé.) Ainsi que Dean Decker. Adriana, Dean, cette délicieuse femme est notre hôtesse, ce soir.

Adriana se tourna vers elle. Inspection faite, Catherine était plus âgée qu'elle ne l'avait pensé de prime abord. Sans doute approchait-elle de la soixantaine. Elle se força à débiter les platitudes d'usage – quel splendide appartement, je me réjouis d'être là, j'adore votre collier, blablabla… – mais la femme, elle, se contentait de la dévisager. Et après l'avoir laissée un instant parler pour ne rien dire, elle prit le menton d'Adriana dans le creux de sa main, et lentement, avec autant de délicatesse que si elle manipulait de la porcelaine très fragile, elle tourna son visage de droite à gauche.

— Mon Dieu, mais vous êtes ravissante, dit-elle en l'examinant. Superbes pommettes, ces grands yeux, et cette peau ! (La femme laissa échapper un petit gémissement.) Un teint d'ange.

Ah, voilà qui était bien mieux. Adriana fit son second sourire de star qui vient de remporter un oscar.

— Merci ! Que c'est gentil à vous !

Elle essaya de prendre l'air embarrassé – ou, à tout le moins, humble – mais elle n'était pas certaine du résultat.

— Catherine…, lança Toby d'une voix lourde d'avertissement.

— Excusez-moi, je sais – on ne mélange pas le travail et le plaisir. Je vous promets de ne pas vous embêter ce soir. Mais impossible de dire ce qui se passera lundi. (Catherine tourna la tête, distraite par l'arrivée de deux nouveaux invités.) Le bar se trouve par là, dans le salon, dit-elle en indiquant une double porte monumentale. Si vous voulez bien m'excuser un instant.

— Je crois que je vais filer direct chercher un verre, annonça Dean sitôt que Catherine se fut éloignée. À plus ?

— À plus, mec, répondit Toby.

Il essayait de donner l'impression d'être cool, mais ça sonnait juste vieux.

Adriana ne savait pas par où commencer. Allait-elle accabler Toby de questions à propos de Dean, ou de Catherine ?

— Fais bien attention, ce soir, sinon tu pourrais te retrouver dans les pages de *Marie-Claire*, la prévint Toby.

Il prit deux coupes de champagne sur le plateau d'un serveur et en tendit une à Adriana.

— Catherine travaille à *Marie-Claire* ?

— Travaillait. Elle s'y est occupée des castings pendant des décennies, et on lui attribue la découverte de tout un tas de mannequins qui sont devenus célèbres. Donc, c'est plutôt un compliment de sa part. Même si ça ne t'apprend rien…, ajouta-t-il en se penchant vers elle, assez près pour qu'elle puisse sentir le champagne dans son haleine.

— Intéressant, dit-elle. Très, très intéressant.

Il faudrait qu'elle parle de cette Catherine à sa mère. Si elle était vraiment la grande prêtresse du casting à *Marie-Claire*, Mme de Souza l'avait forcément connue.

— Viens, ma chérie. Laisse-moi parader à ton bras.

Quand il fut temps de passer à table, Adriana localisa sa carte de placement entre une rédactrice de

Marie-Claire et… Dean. Catherine – comme toute hôtesse qui se respecte, et au grand dam des invités – avait séparé tous les couples pour favoriser les rencontres et les conversations. Ce n'était pas l'idéal, mais ce n'était pas non plus un désastre total. Si Adriana s'était retrouvée assise entre Toby et Dean, ce n'aurait pas été drôle. Elle observa la scène, décida d'un plan d'action, et prit place. Elle fit un signe de tête à Dean à sa droite, se tourna aussitôt vers sa gauche, et se pencha vers sa voisine.

— Vous réalisez la chance que vous avez ? lui dit-elle à mi-voix. Vous êtes assise à côté du plus bel homme à cette table.

La femme, que Toby lui avait présentée un instant plus tôt comme étant Mackenzie Michaels – *la* personne à connaître à *Marie-Claire* – la regarda un instant d'un air sans expression, comme si elle hésitait quant à la réaction à adopter. Adriana se contenta d'un discret hochement de tête, comme pour dire, « Si, si je vous assure », et Mackenzie glissa un regard furtif à sa gauche. Adriana vit alors son regard s'écarquiller, et sa poitrine se soulever. Le voisin de Mackenzie était encore plus canon que Dean. Il portait un costume à fines rayures, coupé près du corps, sans cravate. Ses cheveux, courts sur la nuque et les tempes, légèrement plus longs sur le haut du crâne et hérissés juste ce qu'il fallait, lui donnaient un genre naturellement cool. Mais le trait le plus remarquable chez lui venait du fait qu'il semblait tout bonnement *étinceler*. Son visage offrait au regard la douceur d'une peau récemment exfoliée, soigneusement rasée et hâlée par le soleil (et non par les soins d'une lampe) ; ses ongles étaient coupés court, droit, et brillaient discrètement, mais sans paraître le moins du monde efféminés.

Mackenzie se retourna vers Adriana et gémit :

— Vous avez raison. Il est carrément divin, chuchota-t-elle.

Adriana baissa les yeux et, voyant que Mackenzie ne portait pas d'alliance, répondit :

— Allez-y, *querida*. Foncez.

Mackenzie partit d'un éclat de rire un rien nasal, nullement aussi délicat ou féminin que celui d'Adriana.

— Ouais, c'est ça. J'aurais plus de chance de ramener George Clooney.

— Il est là ?

Oubliant sa promesse de ne pas regarder vers Dean, Adriana tourna aussitôt la tête pour étudier les visages des douze invités réunis autour de la table.

— Non, il n'est pas là, reprit Mackenzie en rigolant. C'était juste une façon de dire qu'il n'y a pas la moindre chance pour que ce type sublime s'intéresse à moi.

Adriana étudia sa nouvelle amie. Taille dans la moyenne. Visage mieux que la moyenne, avec un joli petit nez, et un beau sourire. Silhouette correcte – mais là, c'était une extrapolation : comment deviner ce qui se cachait sous cette robe à taille Empire ? Quel cauchemar, ces tailles Empire ! Affublée d'une robe de ce genre, chaque femme sur terre – et y compris elle – semblait soit obèse, soit enceinte de huit mois. Et pourtant, inexplicablement, elles faisaient fureur. Adriana suspecta que Mackenzie pouvait même dissimuler une très belle carrosserie, sous cette espèce de sac immonde… et ça, c'était vraiment un crime. Mais elle devait son salut au fait que tout le reste, dans sa tenue, était étudié à la perfection. Son brushing irréprochablement lisse, son maquillage (qui semblait être l'œuvre d'un professionnel), et son ensemble sac-chaussures, auraient incité la plupart des femmes au meurtre. Entre son apparence, et son aura de rédactrice de mode star, Mackenzie aurait dû être propulsée dans la stratosphère des femmes archisûres d'elles ; tant d'insécurité était absolument insensée.

Avant qu'Adriana ne puisse réagir et l'en empêcher, Mackensie se pencha vers son voisin, lui tapota le bras avec insistance, et s'éclaircit la voix. Sans remarquer, apparemment, qu'elle interrompait une conversation avec son autre voisine, ni même son expression de surprise un brin irritée lorsqu'il tourna la tête.

— Bonjour, dit-il d'un ton neutre – comme il aurait dit : « Oui ? vous désirez ? »

Mackenzie colla un immense sourire de circonstance sur ses lèvres et tendit la main – un geste pour le moins incongru et maladroit, vu à quel point tout le monde était serré autour de la table, et qui, au final, donna l'impression qu'elle souffrait d'un handicap moteur. Un fait qui, remarqua Adriana, n'échappa pas à l'attention de l'homme.

— Bonsoir. Je voulais me présenter. Mackenzie Michaels, rédactrice en chef des pages magazine de *Marie-Claire*. Qui n'est sans doute pas votre lecture de chevet puisqu'il s'agit d'un féminin – mais en fait, nous avons pas mal de lecteurs. Et curieusement, ils ne sont pas tous gay, ce qui…

— Mackenzie, *querida* ? Auriez-vous par hasard une pastille à la menthe, ou un chewing-gum ? l'interrompit Adriana en lui saisissant le bras.

Certes, ce n'était pas l'intervention la plus brillante qui soit, mais c'était le mieux qu'elle pouvait faire, avec cette femme qu'elle connaissait à peine. De plus, peu importait la teneur de ce qu'elle lui disait, du moment que Mackenzie arrêtait de parler. C'était un spectacle pénible, comme d'assister depuis le premier rang à la déconfiture d'un comédien qui pataugeait dans son texte, ou d'entendre le témoin du marié rater son discours. Ça la mettait affreusement mal à l'aise, et c'était pour cette seule raison qu'elle était intervenue.

Au passage, elle croisa le regard du beau mec et il lui traversa l'esprit que si jamais Mackenzie sabotait ses chances… mais non ! Elle avait eu assez de chance elle-même de trouver son futur mari – pas question de tout gâcher en se laissant tenter par un play-boy comme il en existait à la pelle. Cette mission était dictée strictement par la nécessité, pas par le plaisir.

— Bonsoir ! lança-t-elle en forçant un peu sur son accent brésilien. Adriana. Verriez-vous un inconvénient à ce que je vous prive un instant de mon amie ?

Mackenzie ouvrit la bouche pour protester, mais Adriana prit la liberté de lui pincer le bras.

Le beau mec sourit, opina et retourna à la conversation avec son autre voisine.

Adriana sentit la froideur polaire qui se dégageait soudain de Mackenzie, mais elle était bien plus réceptive à la présence de Dean à ses côtés. Il avait observé la scène du coin de l'œil, et elle devinait qu'il souriait. Et puis, il y avait Toby qui, à l'autre bout de la table, citait son nom dans la conversation, d'une voix assez puissante pour qu'elle puisse entendre tout ce qu'il disait. Ah ! que n'était-elle pelotonnée sur une banquette, dans un recoin sombre, avec une *caïpirinha* et un joli garçon, au lieu d'endurer un désagrément mondain après l'autre !

— Si vous le vouliez pour vous, pourquoi m'avez-vous encouragée à me jeter à ses pieds ? Juste pour le plaisir de me voir me ridiculiser ? siffla Mackenzie dans son oreille, mais le regard rivé droit devant elle.

Les deux femmes sourirent à la serveuse qui plaçait des assiettes de mesclun devant elles.

Adriana lâcha un soupir, et s'assura que Dean était absorbé par une autre conversation.

— Je ne le voulais pas – je ne le veux pas – pour moi, *querida*. C'est juste que c'était insupportable de vous voir faire. C'était tellement… tellement…

Adriana essaya de trouver une façon de tourner ça gentiment, mais elle se sentait déjà épuisée par l'exercice.

— Tellement quoi ? Dites-le, insista Mackenzie.

Adriana croisa posément le regard de sa voisine.

— Tellement *désespéré*.

Mackenzie inspira nerveusement et Adriana ressentit un élan de sympathie, avant de se souvenir qu'elle rendait un service à cette femme. Si personne ne lui avait jamais dit ça auparavant, son entreprise était à coup sûr vouée à l'échec. La femme allait la détester. Mais Adriana avait d'autres sujets d'inquiétude en tête, et qu'une fille de plus ou de moins la déteste… Ce ne serait pas la fin du monde.

— Je n'étais pas *désespérée*, chuchota Mackenzie. Je me montrais simplement *amicale*.

Ah, la carte de l'amitié ! Adriana se retrouva aussitôt transportée à l'époque de son adolescence, quand sa mère tentait de lui inculquer ces préceptes vitaux et qu'elle-même lui opposait ce type d'arguments. *C'était le temps de l'innocence*, songea-t-elle, avec une ébauche de sourire.

— Amicale, extravertie, liante, charmante… Appelez ça comme vous voulez. Quand c'est vous qui faites le premier pas, le message que vous transmettez, c'est « disponible et prête à tout ».

Mackenzie sembla méditer cette observation, puis elle ouvrit la bouche, comme pour protester avec vigueur.

— Vous croyez ? demanda-t-elle finalement.

Adriana hocha la tête. Quelle barbe ! Pourquoi les Américaines refusaient-elles d'assimiler une évidence aussi basique ? Ne leur apprenait-on donc rien ? Certes, *Les Règles*[1] avaient un peu aidé, mais pas assez : l'ouvrage expliquait aux femmes comment tenir la dragée haute aux hommes, mais pas comment les séduire. Et si, en dix années d'observation de ses semblables, Adriana n'avait pas vu, de ses propres yeux, qu'il existait des femmes, adultes, qui pensaient qu'on obtient un homme en lui courant après, elle ne l'aurait jamais cru. D'ailleurs, elle n'avait pas eu à aller chercher bien loin : ses propres amies en étaient l'illustration. À un moindre degré en ce qui concernait Leigh, en raison de sa personnalité plus réservée, mais combien de fois avait-elle observé Emmy s'humilier carrément à force d'initier des conversations, d'appeler la première, de suggérer des projets, et de se rendre en permanence disponible.

— En résumé, je n'aurais pas dû me présenter ?

— Exactement, répondit Adriana en sirotant une gorgée de vin.

— Oui mais… comment allions-nous faire connaissance ?

Adriana regarda sa voisine en essayant d'étouffer sa frustration. Elle devait garder à l'esprit que ce n'était vraiment pas la faute de Mackenzie.

— Vous auriez fait connaissance, inévitablement, quelques minutes plus tard sans doute, quand *il* se serait présenté…

— Oh arrêtez ! Qu'est-ce que ça change, que ce…

1. « Manuel de stratégie amoureuse pour partir à l'assaut du bonheur » par Ellen Fein et Sherrie Schneider, Albin Michel *(N.d.T.)*.

— … et à ce moment-là, poursuivit Adriana en ignorant l'interruption, vous l'auriez récompensé de sa politesse par un sourire et un regard sexy, puis vous vous seriez empressée d'esquiver toute question trop frontale, et vous vous seriez détournée, pour vous engager dans une conversation dont il aurait été entièrement exclu.

— Même si…

— Même si pour cela il vous avait fallu l'interrompre à mi-phrase, ou ignorer une question qu'il venait de poser, et même s'il semblait avoir eu un coup de foudre pour vous. *Surtout* s'il semblait avoir eu un coup de foudre pour vous. La seule circonstance où vous pouvez engager la conversation, c'est si le type est hideux parce que, bon, à l'évidence il n'y a rien à en attendre, n'est-ce pas ?

Mackenzie hocha la tête, l'air finalement plus captivée par Adriana qu'agacée par ce discours légèrement condescendant. C'était tellement basique, tellement élémentaire… Comment cette femme par ailleurs séduisante, et qui avait réussi, pouvait être passée à côté ?

— Si j'ai bien suivi, en gros, vous dites que nous devrions toutes suivre les préceptes des *Règles* ? Ce qui, d'après moi, est complètement irréaliste.

— Je ne vous le fais pas dire. C'est complètement irréaliste. *Les Règles*, c'est un bon début, une lecture utile pour les adolescentes. Mais qui ne s'adresse pas aux femmes adultes. Tout bouquin qui présente le sexe comme une chose à éviter, ou à refuser, n'est pas pertinent une seule seconde. (Adriana constata avec plaisir que son interlocutrice était littéralement fascinée par sa science.) Parce que franchement, à quoi sert d'avoir un homme, si on n'en profite pas comme il se doit ?

Comme Mackenzie ne cessait d'opiner avec enthousiasme aux propos de son mentor, Adriana poursuivit. Cela faisait longtemps qu'elle n'avait pas fait de geste de générosité désintéressée pour son prochain ; il était temps qu'elle partage avec celles qui avaient moins de chance qu'elle quelques-unes des leçons que lui avait apprises la vie.

— Un homme ne se désintéresse pas de vous une fois qu'il a couché avec vous, reprit-elle. Ça, c'est un mythe. En fait, ce devrait même être le contraire : si vous faites bien votre boulot, ça lui donnera envie d'en avoir davantage. Tout réside dans l'équilibre à trouver entre le mystère, l'indisponibilité, et le défi en se montrant sensuelle, séduisante, mystérieuse. Ils doivent bosser pour vous obtenir – et pas juste la première fois, mais encore et encore et encore – et là, ils vous aiment à jamais.

— Vous semblez si sûre de vous..., dit Mackenzie d'une voix qui dérailla, mais Adriana sentit qu'elle était convaincue.

— Naturellement que je suis sûre de moi. Et je suis brésilienne. Sur les chapitres des hommes et du sexe, je m'y connais.

Adriana commença à manger sa salade, mais Mackenzie continuait à la fixer. Quasiment au même instant, Adriana vit le super beau mec terminer sa conversation et se tourner vers Mackenzie.

— Excusez-moi..., dit-il.

Mackenzie ne réagit pas immédiatement, puis elle se tourna vers lui, avec un sourire radieux.

— Oui ?

— J'ai bien peur de ne pas m'être présenté. Jack. C'est un plaisir de vous rencontrer.

Mackenzie se reprit ; elle le dévisagea avec une certaine froideur, puis lui sourit à nouveau – mais cette fois, en avançant imperceptiblement les lèvres qu'elle venait d'humecter. Un vrai travail de pro.

— Tout le plaisir est pour moi, Jack, ronronna-t-elle.

— Alors, d'où connaissez-vous Catherine ?

— Oh, qui ne connaît pas Catherine ? répondit-elle en égrenant un rire cristallin, avant de lui tourner le dos. Adriana, très chère, vous vous apprêtiez à me raconter une histoire très amusante de shopping désastreux. Je suis curieuse de l'entendre…

Bon Dieu, elle est faite pour ça, songea Adriana, qui se prêta volontiers au jeu et inventa de toutes pièces une petite anecdote pour meubler la conversation, juste assez longtemps pour que Jack se lève de table, en s'excusant.

— Vous avez été parfaite ! déclara Adriana sitôt qu'il se fut éloigné.

— Vous croyez ? J'ai plutôt le sentiment de l'avoir vexé. J'ai été tellement impolie qu'il est parti !

— Absolument *parfaite*, insista Adriana. Vous ne l'avez pas du tout vexé, et vous n'avez pas été impolie – vous étiez mystérieuse. Tenez ce cap jusqu'à la fin de la soirée, et il ne va plus vous lâcher. Donnez un peu, et ensuite ignorez-le. Flirtez, puis retenez-vous. Il n'aura plus qu'une idée en tête : vous emballer. Et ça va le rendre fou.

Et comme de bien entendu, lorsque Jack eut regagné la table, il passa tout le dîner et une bonne heure après celui-ci à essayer de capturer l'attention papillonnante de Mackenzie. Le garçon se donnait du mal, et il était clair que Mackenzie se régalait du petit jeu. Adriana voyait sa confiance en elle augmenter à chaque seconde, et elle se félicita. Elle avait fait du bon boulot. Le résultat était d'autant plus délicieux à contempler qu'elle était occupée, de son côté, à mettre en pratique les mouvements sophistiqués qu'elle venait d'enseigner à Mackenzie, en jonglant entre épaules qui battaient froid et battements de cils adressés à qui de droit.

Peu après minuit, Toby accepta enfin de rentrer. Dean s'était éclipsé un peu plus tôt en s'excusant abondamment : il était invité à la fête d'anniversaire d'un ami qu'il ne pouvait louper sous aucun prétexte – que le diable l'emporte ! Mackenzie, installée avec Jack sur une causeuse, dans un recoin baigné de lumière tamisée, était dans une phase de désintérêt feint et Adriana s'ennuyait à périr. Elle avait tout essayé pour convaincre Toby de l'emmener danser, mais rien n'avait marché. Entre le boulot et le voyage, il était vanné ; il voulait rentrer directement à l'hôtel, en compagnie de sa petite amie, espérait-il.

Toby jacassait à propos de Dieu sait quoi tout en l'aidant à enfiler son trench, mais Adriana arrivait sans trop de difficulté à en faire abstraction. Ce qui était bien plus dur, c'était de ne pas se souvenir qu'elle n'avait que trente ans, qu'elle était encore quasiment une jeune fille, et non la quinquagénaire qu'elle avait l'impression d'être. Fort heureusement, la soirée n'avait pas été en pure perte : Mackenzie paraissait métamorphosée. Adriana attendit de croiser son regard, et lui adressa de loin un petit signe d'adieu.

Aussitôt, Mackenzie lui indiqua d'un geste de patienter un instant, et en professionnelle consommée, effleura les lèvres de Jack du bout des doigts avant de s'éloigner d'une démarche ondoyante pour rejoindre son mentor.

— Vous partez déjà ? s'étonna-t-elle en regardant le trench d'Adriana.

— Il est minuit passé, je suis vannée, mentit Adriana. (*Pas vannée, je m'ennuie juste à périr,* songea-t-elle.) Mais il semblerait que vous vous débrouilliez formidablement bien.

Mackenzie se pencha vers elle et lui serra le bras.

— Vous êtes un cadeau des dieux, lui chuchota-t-elle avec emphase. Il m'a déjà invitée à prendre un dernier verre chez lui. Je lui ai dit que j'allais réfléchir.

Adriana était impressionnée. Rien n'était plus efficace qu'un « peut-être ». Ce n'était pas éconduire vertement, mais le message était clair : pour obtenir gain de cause, il allait falloir faire encore un petit effort.

— N'oubliez pas : si vous couchez avec lui, ne restez pas dormir chez lui. Peu importe qu'il soit 5 heures du matin, vous devez vous lever, et partir.

Adriana, qui avait l'impression d'être un professeur face à son élève, se força à ne pas penser combien elle devait ressembler à sa mère.

Mackenzie opina, tout ouïe.

— Oui, mais si…

— C'est une règle qui ne souffre aucune exception.

Autre hochement de tête.

— Amusez-vous bien ! roucoula-t-elle en tirant doucement sur la manche de Toby, qui s'était laissé piéger par un groupe faisant cercle autour de lui. Mon cœur, on devrait y aller…

— Oh, une dernière chose, chuchota Mackenzie. J'ai envie de proposer un portrait de vous pour notre prochain numéro. Je n'ai pas encore vraiment réfléchi à l'angle, mais vous possédez un don incroyable, et je pense que nos lectrices adoreraient en savoir plus sur ce sujet.

Diable. C'était là un développement intéressant – et pour le moins inattendu. Adriana était habituée à se faire accoster dans la rue par des touristes qui, subjugués par sa beauté exotique, lui demandaient la permission de la prendre en photo, et ce n'était pas non plus la première fois qu'une rédactrice la jugeait assez belle pour figurer dans les pages d'un magazine. Mais un portrait d'elle, centré sur ses facultés innées avec les hommes et son talent pour apprendre aux autres femmes comment les prendre au piège ? Ça, ça ne se produisait pas tous les jours.

Elle s'efforça de feindre l'indifférence, bien que sa voix tremblât légèrement d'excitation.

— Oh, eh bien, pourquoi pas ? répondit-elle, d'un ton neutre. Ça pourrait être sympa.

— J'espère bien que vous allez y réfléchir, et que vous serez d'accord. Je vois une double page, avec une interview et de belles photos. Je vous promets qu'on fera un truc phénoménal, renchérit Mackenzie, avec effusion.

Adriana s'en étonna. Jusque-là, sa nouvelle amie ne lui avait pas fait l'effet de quelqu'un prompt à s'épancher. Mais cela dit, rien n'avait non plus laissé deviner qu'elle se montrerait aussi habile pour capturer un très bel homme dans ses filets.

Adriana se retint à grand-peine de laisser libre cours à son exultation.

— Eh bien, Catherine sait comment me joindre – ou du moins, comment joindre Toby, donc c'est sans doute le plus simple…

Mais Mackenzie avait déjà tourné les talons pour rejoindre Jack.

— Je vous appelle la semaine prochaine ! C'était un vrai plaisir de vous rencontrer. Et merci pour tout, lança-t-elle en se retournant et en lui adressant un signe de la main.

— J'espère que tu as passé une bonne soirée, mon cœur ? s'enquit Toby lorsqu'il héla un taxi devant l'immeuble.

— Mille fois mieux que bonne, Toby. C'était une merveilleuse soirée, répondit Adriana avec honnêteté. Une soirée étonnante, splendide, merveilleuse.

Le coup frappé à la porte tira Leigh d'un sommeil profond, état qu'elle ne connaissait pas vraiment la nuit, et encore moins au milieu de l'après-midi, alors qu'elle n'avait même pas eu l'intention de dormir. Y avait-il quelque chose dans l'air ? Dans l'eau ? Toujours est-il que chaque fois qu'elle arrivait à Sag Harbor au volant de sa petite voiture de location, tout son corps s'abandonnait au relâchement.

— Entrez ! lança-t-elle, après s'être rapidement assurée qu'elle était habillée et qu'elle n'avait pas un filet de bave au coin des lèvres.

Elle était sidérée de découvrir que la nuit était déjà tombée.

Jesse ouvrit la porte et passa la tête.

— Je vous ai réveillée ? Désolé. J'étais persuadé que vous étiez un bourreau de travail, capable de bosser vingt-quatre d'heures d'affilée.

Leigh lâcha un ricanement.

— Hum… Je suis en train d'apprendre que boire deux *Bloody Mary* avant le déjeuner n'encourage pas vraiment la productivité.

— Ce n'est pas faux. Mais vous vous sentez bien, non ?

— Oui, très bien, reconnut-elle.

Malgré les bribes de rêves qui lui revenaient – un rêve dans lequel elle remontait l'allée jusqu'à l'autel, nue et frissonnante – elle se sentait reposée et en paix.

— Hé ! Attendez ! s'exclama soudain Jesse. (Il traversa la chambre en trois enjambées et s'assit sur le bord du lit où Leigh, allongée tout habillée sur le couvre-lit, était adossée à une demi-douzaine d'oreillers.) Qu'est ce que je vois là ?

Leigh suivit son regard jusqu'au livre de poche, à la couverture bleu layette, illustrée d'un ravissant paquet cadeau joliment emballé, qui était ouvert à l'envers sur son ventre ; il s'agissait de la suite de *Duo à trois*.

— Ça ? demanda-t-elle en cornant la page et en lui tendant le bouquin. C'est la suite d'un roman que je viens de lire et que j'ai adoré. Ça raconte l'histoire d'une fille qui tombe amoureuse du fiancé de sa meilleure amie, et qui ne sait pas quoi faire. Bref, ils finissent ensemble, et là, dans la suite, on découvre l'histoire racontée du point de vue de la meilleure amie qui a perdu son fiancé. Qui n'est pas non plus complètement innocente, puisqu'elle avait couché avec l'un des futurs garçons d'honneur de son fiancé.

Jesse parcourut la quatrième de couverture en secouant la tête.

— Incroyable, murmura-t-il.

— Qu'est-ce qui est incroyable ?

— Que vous lisiez ça.

— C'est censé signifier quoi, cette remarque ?

— Oh, Leigh ! Arrêtez ! Vous ne trouvez pas amusant que Mademoiselle-je-suis-diplômée-de-Cornell-et-je-suis-sortie-major-de-ma-promo-et-je-n'édite-que-de-la-grande-littérature lise *Duo à quatre* à ses heures perdues ?

Leigh lui arracha le livre des mains et le colla contre sa poitrine.

— C'est un très bon roman, protesta-t-elle en fronçant les sourcils.

— Je n'en doute pas une seconde.

Leigh brûlait d'envie de lui rétorquer qu'en l'état actuel des choses *Duo à quatre* était bien mieux écrit, et de loin, que le dernier brouillon de son roman. Que c'était intelligemment construit, et écrit dans un style cohérent. Que certes, l'auteur n'explorait peut-être pas des thèmes intellectuels ambitieux, mais quelle importance ? C'était malin, spirituel et drôle – autant de qualités dont Monsieur-le-virtuose-de-la-littérature devrait prendre de la graine sur-le-champ.

Naturellement, elle ne dit rien de tout cela. Elle se contenta de répondre :

— Je ne vais pas défendre devant vous les bouquins que je choisis de lire pour mon plaisir.

Jesse leva les mains en signe de reddition.

— Bien répondu. Mais vous comprenez tout de même que cette découverte change tout pour moi ? Je n'avais jusque-là aucun indice indiquant que mon bourreau d'éditeur était en fait un être humain.

— Et lire des romans sentimentaux fait de moi un être humain ?

— Absolument. Quelqu'un qui lit et s'identifie au *Journal de Bridget Jones* est forcément doté d'un cœur.

Leigh soupira.

— J'ai adoré ce roman.

Jesse sourit.

— Et l'autre… quel était son titre ? *Le Journal d'une baby-sitter* ?

— C'est devenu un classique.

— Mmm mmm…

Leigh comprit immédiatement qu'il se désintéressait du sujet. Ses gestes, ses expressions lui étaient désormais familières. Elle savait interpréter un froncement de sourcils ou un demi-sourire. Au cours des trois mois écoulés, elle était venue à quatre reprises dans les

Hamptons, et à chaque nouvelle rencontre, les choses étaient devenues un peu moins malaisées. Lors de sa seconde visite, Leigh était descendue de nouveau à l'hôtel, où elle n'avait passé que quelques heures. Les deux fois suivantes, elle avait accepté la proposition de Jesse et s'était installée dans le bungalow des invités, au motif que c'était finalement bien plus pratique – et ce n'était qu'hier, pour sa cinquième visite, que Leigh avait compris la sagesse qu'il y avait à s'installer dans l'une des chambres, à l'étage de la maison. Après tout, ils travaillaient souvent tard le soir, et le chemin de terre pour regagner le bungalow était tortueux et sans éclairage.

Cet arrangement s'était fait très innocemment et, à la grande surprise de Leigh, semblait naturel. Elle était contente qu'ils parviennent à travailler si bien ensemble tout en continuant à maintenir une distance professionnelle, en dépit du fait qu'ils dorment aussi près l'un de l'autre. Quand Leigh avait mentionné qu'elle avait cessé de descendre à l'hôtel lors de ses visites, Henry n'avait rien trouvé d'étrange à cela. D'autres éditeurs de son équipe étaient également obligés de se déplacer – parfois bien plus loin que les Hamptons – et souvent, ils se faisaient héberger par leur auteur. Et quand, la semaine précédente, Leigh avait dit à son père, au dîner, qu'elle avait pris l'habitude de passer deux ou trois jours par semaine chez Jesse, pour travailler avec lui sur son roman, il avait répondu quelque chose comme : « Ce n'est pas l'idéal, mais s'ils ne viennent pas à toi, alors tu es obligée d'aller à eux. » Autant d'attitudes blasées qui n'avaient fait que renforcer Leigh dans sa conviction que Russell n'avait pas besoin d'être au courant.

— Je me demandais ce que vous voudriez pour dîner ? était en train de dire Jesse. Il est bientôt

6 heures, et nous sommes hors saison, donc, si on ne se bouge pas rapidement, on va se retrouver le bec dans l'eau. Que préférez-vous ? Qu'on sorte manger un steak quelque part ? Ou que je prépare un truc ?

— Et par « préparer un truc », vous voulez dire en fait « verser des céréales dans un bol » ? Parce que si c'est le cas, je préférerais le steak.

— Ah, délicieuse Leigh ! Charmante, comme toujours. C'est votre façon de me dire : « Merci Jesse, j'adorerais que vous me prépariez à dîner, mais une chieuse de ma trempe n'acceptera jamais de l'avouer » ?

Leigh éclata de rire.

— Oui.

— Je m'en doutais. Bon, c'est parti pour un dîner maison. Je file chez Schiavoni faire quelques courses. Des envies particulières ?

— Des Lucky Charms ? Ou des Cinnamon Toast Crunch ?

Jesse leva la main en signe de dégoût et quitta la pièce. Leigh tendit l'oreille, et sitôt qu'elle entendit la porte d'entrée se refermer et la voiture démarrer, elle attrapa son téléphone.

Russell répondit à la première sonnerie.

— Oui ?

Bien qu'il disposât, à l'instar de tout habitant du monde civilisé, d'un téléphone qui affichait l'identité de son interlocuteur, il feignait toujours d'ignorer que c'était elle.

— Salut. C'est moi.

— Bonsoir, bébé, comment ça va ? Comment se porte ton lunatique, aujourd'hui ? Il reste assez sobre pour fournir un travail substantiel ?

Russell avait pris l'habitude de dénigrer Jesse à la moindre occasion, bien que Leigh l'eût assuré d'innombrables fois que la réputation de Jesse était infondée, qu'il était juste comme n'importe quel autre auteur, oscillant entre une suffisance qui confinait à l'arrogance, et un défaut d'assurance qui le fragilisait. Mais ces arguments semblaient tomber dans l'oreille d'un sourd, et Leigh avait fini par s'apercevoir que plus elle défendait Jesse, plus cela mettait Russell en rage. De toute évidence, il était jaloux – tout comme elle l'aurait été, elle, s'il avait passé autant de temps avec une autre femme – cependant, elle n'arrivait pas à se résoudre à le rassurer. Même si Jesse n'évoquait jamais sa femme (et Leigh n'avait toujours pas détecté une seule preuve tangible de son existence), le fait n'en demeurait pas moins : Jesse était un homme marié, Leigh était fiancée, et ils avaient développé une belle amitié en plus de leur relation de travail. Une belle amitié platonique – ce que Russell, au grand agacement de Leigh – prétendait impossible entre deux représentants du sexe opposé.

Leigh soupira.

— Il n'est vraiment pas comme ça, Russell. Ce n'est pas un alcoolique, il est… différent, c'est tout. Il n'est pas aussi strictement discipliné que nous.

Bon sang ! Ce n'était décidément pas la bonne approche. Chaque fois qu'elle laissait la conversation dévier vers Jesse, ça finissait immanquablement en dispute ; et depuis quelque temps, en dépit de tous ses efforts, cela semblait se reproduire de plus en plus souvent.

— *Discipliné* ?

— Tu vois ce que je veux dire…

— À t'entendre, on croirait qu'il est zen et que, moi, je suis un bon petit soldat complètement stressé !

— *Nous* sommes différents, Russell. Et de mon point de vue, c'est nous qui sommes des adultes responsables, et lui qui est perdu et à la dérive, d'accord ?

Ce qu'elle se garda bien de reconnaître devant Russell, c'est que même si c'était effectivement ce qu'elle pensait un mois plus tôt, le style de vie que menait Jesse commençait à se parer à ses yeux d'un indéniable attrait.) Écoute, pourquoi parlons-nous de lui ? Quelle importance ? J'appelais pour savoir comment tu vas. Comment s'est passée ta réunion de postprod ?

— Bien. La routine.

— Russell, ne boude pas. C'est vraiment inconvenant.

— Merci pour cette leçon de savoir-vivre, *très chère*. J'en prends bonne note.

— Pourquoi réagis-tu comme ça ? soupira Leigh.

Elle avait juste voulu prendre de ses nouvelles, échanger quelques plaisanteries et revenir à son bouquin. Or elle devinait que Russell se mettait en condition pour une discussion sur l'état de leur relation. C'était sa grande spécialité – et le pire cauchemar de Leigh.

— Leigh, que nous arrive-t-il ? demanda-t-il d'une voix radoucie. Franchement, je pense que nous devrions en parler.

Leigh prit une profonde expiration, puis exhala en silence. Elle luttait pour rester calme, même si à l'intérieur d'elle, elle hurlait : *Non, non et non ! J'en ai marre de parler de ça. Arrêtons de tout disséquer. Pourquoi ne peut-on pas simplement se raconter nos journées respectives et passer à autre chose ? S'il te plaît, ne me fais pas ça !*

— Que veux-tu dire, Russ ? Tout va bien.

Il demeura silencieux une minute.

— C'est vraiment ton impression ? Tu ne sens pas la distance qui s'est installée entre nous ? Et que suis-je censé répondre quand on me demande pourquoi nous n'avons toujours pas fêté nos fiançailles ? Que, depuis cinq mois, ma fiancée ne trouve apparemment pas de temps pour ça ?

Oh mon Dieu, par pitié ! Ne remets pas ça sur le tapis.

— Tu sais à quel point c'est compliqué – pourquoi ne peux-tu pas le comprendre ?

— Ouais, et bien traite-moi de fou si tu veux, mais je m'imaginais que notre mariage serait une grande affaire pour toi aussi.

— Mais évidemment qu'il l'est. C'est pourquoi je veux attendre que tout puisse être parfait.

Ce n'était pas entièrement faux. Mais Leigh savait qu'elle traînait des pieds sur tous les projets relatifs à leur mariage. Cela venait en partie d'un manque d'intérêt pour la chose en général – elle ne faisait pas partie de ces filles qui choisissent à douze ans leur robe de mariée – et en partie aussi au fait qu'elle redoutait d'avoir affaire à la fois à sa mère et à celle de Russell. Cependant, lorsqu'elle faisait l'effort d'être honnête avec elle-même, Leigh savait que ses réticences venaient de bien plus loin.

Pendant un petit moment, elle avait pu se bercer d'illusions et se dire que tout allait trop vite. Ne lui semblait-il pas que leur premier baiser sur un banc d'Union Square remontait à la veille ? À ce moment-là, elle appréciait beaucoup Russell – elle le trouvait tendre, beau, et elle était flattée qu'il s'intéressât à elle. Elle espérait qu'ils allaient se revoir, souvent, et qu'une relation durable naîtrait de là, ou se désintégrerait naturellement. Soit deux personnes se rapprochent et s'épanouissent ensemble, soit l'étincelle ne produit qu'un feu de paille, et il est temps de rompre. Elle avait eu du plaisir à être avec lui, et ne s'était pas trop pris la tête sur ce que l'avenir leur réservait. Ce qui avait assez bien fonctionné, jusqu'à la demande en mariage. Jusqu'à ce qu'il lui glisse cette bague au doigt. Rien ne l'y avait préparée, et nul n'avait besoin d'être grand sorcier pour voir que, depuis ces derniers mois, elle était hantée de doutes. Ce qu'elle ne savait pas expliquer à Russell – ni à personne d'autre, d'ailleurs – c'était ce qui, précisément, n'allait pas. Rien n'avait changé entre eux depuis leur rencontre ; il était toujours aussi tendre, aussi gentil, aussi compréhensif. Le problème, c'est que Leigh attendait toujours de tomber follement amoureuse de lui, alors que tout le monde – ses amies, ses parents et pire que tout, Russell lui-même – pensait que c'était chose faite. À la lumière de tout cela, était-il vraiment si étrange qu'elle veuille prendre son temps ?

— Je comprends, répondit Russell d'une voix radoucie. Je regrette juste qu'il n'y ait pas, je ne sais pas… un peu plus d'enthousiasme dans ta voix. Tu n'en parles jamais avec tes amies ?

— Bien sûr que si, mentit Leigh.

Emmy et Adriana la tannaient pour connaître la date du mariage – elles voulaient à tout prix organiser un enterrement de vie de jeune fille – mais Leigh s'était aperçue qu'elle changeait systématiquement de sujet. Pourquoi ne voulaient-elles pas comprendre que tout allait beaucoup trop vite ? Et que parler de tout ça ne faisait que renforcer son sentiment de culpabilité ?

— Russ, reprit-elle avec douceur, je suis très enthousiaste. On va se marier, et cela fait, on partira loin, très loin, dans un endroit exotique, aux Maldives, par exemple, et on pourra se détendre et profiter l'un de l'autre, d'accord ? Je te le promets.

— Tu mettras ce maillot que j'adore ? Celui avec les anneaux en métal sur les hanches ?

— Oui, promis.

— Et tu ne prendras ni ton ordinateur ni un seul manuscrit, et pas même de lecture pour l'avion ?

— Rien, pas un seul bouquin, affirma-t-elle, avec moins de conviction cependant. Ce sera parfait.

— Marché conclu, répondit Russell, d'un ton qui laissait entendre que le problème était entièrement résolu.

— Je te rappelle plus tard pour te souhaiter une bonne nuit, d'accord ?

— Tu reviens bien demain, n'est-ce pas ? Nous devons passer au moins une soirée seuls, rien que nous deux, avant la « Rencontre des Parents ».

— Oui, bien sûr. Je serai à la maison demain soir, promis, se força à dire Leigh.

La perspective de ce week-end de *Thanksgiving* dans le Connecticut ne lui inspirait aucune appréhension particulière – bien à tort, sans doute, si on considérait que la famille de Russell se déplaçait au grand complet pour rencontrer ses parents – mais sur le moment, son désir pressant de raccrocher prenait le pas sur tout le reste.

— Mmmmwah ! lâcha Russell en mimant bruyamment un baiser, un petit geste intime dont ils étaient coutumiers dès lors qu'ils étaient séparés.

Leigh n'y répondit pas, cédant à un léger agacement qui lui inspira aussitôt un sentiment de culpabilité. Quand ils eurent raccroché, elle se sentit d'abord soulagée, puis épuisée, et trop vidée de son énergie pour reprendre sa lecture.

Elle s'éveilla avec la sensation déconcertante d'être observée. Elle tourna la tête vers la fenêtre et aperçut quelques flocons de neige épars qu'illuminait la lanterne au-dessus de la porte d'entrée. La chambre était plongée dans une obscurité presque totale, mais elle devina une présence.

— Jesse ?

— Salut. Désolé. Je vous ai fait peur ?

Tandis que ses yeux s'accoutumaient à la pénombre, elle le distingua, assis à l'autre extrémité de la chambre, dans le rocking-chair en acajou, mains croisées sur la poitrine, tête calée contre le dossier. Une odeur de pain chaud et d'ail frais montait du rez-de-chaussée

— Qu'est-ce que vous faites ici ?

— Je contemplais votre sommeil.

— Mon sommeil ?

— J'étais monté vous réveiller pour dîner, mais vous respiriez une telle paix… Moi, je ne dors pas beaucoup, pratiquement jamais même, alors c'est toujours agréable de regarder quelqu'un qui dort. Mais je conçois que ce puisse être un peu flippant… J'espère que vous ne m'en voulez pas.

— C'est assez ironique en fait, parce que je ne dors nulle part, sauf chez vous. Il y a un truc, ici, qui est bien plus efficace que le Bambien.

— Le somnifère ? Je croyais que c'était Ambien – sans B.

— « Bain » plus « Ambien » égale « Bambien ». Mais même ça, ça ne marche pas à tous les coups.

Jesse éclata de rire, et Leigh se sentit traversée par un élan de bonheur. Et pour la toute première fois en trente ans de vie, elle agit sans penser une seule seconde aux conséquences, sans anticiper de réaction. L'esprit vide de toute pensée, et sans aucune anxiété, elle descendit du lit et approcha du rocking-chair. Même le fait d'être là, tout près de lui, ne lui inspirait aucune nervosité ; elle tendit la main, et quand il la prit, sans le plus infime signe de surprise sur son visage, elle tira sur son bras, pour l'obliger à se lever. Ils se retrouvèrent face à face, et c'était une impression étrange, car Russell était bien plus grand que lui. Leigh baissa les yeux et regarda ses mains, entrelacées aux siennes, un instant d'intimité indéniable, patent. Il libéra ses mains pour les croiser derrière sa nuque et les mêler à ses cheveux, puis leurs lèvres se rencontrèrent et s'entrouvrirent ; la langue de Jesse sur la sienne était une sensation plus surréaliste qu'excitante, étrange ou mystérieuse.

À partir de là, tout alla très vite. Ils tombèrent à la renverse sur le lit et en quelques secondes à peine, ils étaient nus. Jesse l'étreignait avec une force, une urgence, une voracité dont Leigh n'avait que rarement fait l'expérience. Même s'il jouait avec ses cheveux, prenait son visage entre ses mains, lui embrassait le nez, lui caressait le dos – il n'hésitait pas à la plaquer presque brutalement en lui emprisonnant les mains au-dessus de la tête. Ensuite, il l'attira tout contre lui et lui caressa les épaules, jusqu'à ce que le duvet sur ses bras se hérissent. Il lui demanda si ça allait, si elle se sentait bien, si elle voulait un verre d'eau. Voyant qu'elle se taisait, il lui souleva le menton, et l'embrassa avec tant de tendresse que Leigh crut qu'elle allait défaillir. Ils s'embrassèrent ainsi plusieurs minutes, paresseusement, langoureusement, et quand Jesse pressa sa langue sur sa lèvre inférieure, Leigh eut la sensation qu'elle pourrait entièrement disparaître dans cette bouche. Aucun des deux ne souleva la tête de l'oreiller ; ils roulèrent sur le flanc, enlacés, et s'embrassèrent avec fougue et tendresse jusqu'à ce qu'une étincelle embrase à nouveau leur corps.

Leigh resta un long moment la tête posée contre le torse de Jesse. À travers ses paupières mi-closes, elle voyait que Jesse l'observait. Ce n'était pas un regard qui suggérait de la curiosité, ni même de l'amour ; on aurait dit plutôt qu'il essayait d'imprimer chaque détail de son visage et de son corps dans sa mémoire. Les regards échangés entre les deux amants étaient supposés être le geste le plus intime qui soit, une fenêtre entrouverte sur l'âme de l'autre. Pourtant, avec tous les autres garçons qu'elle avait connus, et même avec Russell, ce contact visuel lui avait toujours semblé forcé, convenu, comme si les deux partenaires avaient lu dans quelque magazine que se regarder dans les yeux devait faire obligatoirement partie de l'acte amoureux. Cela l'avait toujours mise mal à l'aise, avait toujours rompu le charme du moment, mais là, c'était différent. Chaque fois que leurs yeux se rencontraient, elle avait du mal à respirer ; personne ne l'avait jamais regardée comme ça auparavant. Il lui semblait vivre une scène sortie d'un film, et être une star de cinéma. Peu lui importait l'éruption bénigne qui ornait son ventre (une réaction allergique provoquée par une nouvelle lotion) ou que la peau de Jesse soit un peu trop pâle en comparaison de la noirceur de la toison de son torse, ou qu'ils soient l'un et l'autre écarlates, transpirants, pantelants ; ils étaient devenus les deux êtres humains les plus sexy sur terre. Ils s'étaient, au sens le plus fort du terme, *trouvés*.

À un moment donné, ils s'endormirent, car quand Leigh rouvrit les yeux, le ciel commençait à pâlir. Elle glissa de sous le plaid dont Jesse les avait couverts et gagna sur la pointe des pieds la salle de bains, de l'autre côté du palier. Elle s'attendait à être submergée par des flots de regret, de culpabilité, mais rien de tout ça ne vint. Elle s'assit sur les toilettes et se prépara à endurer la brûlure familière d'une inflammation urinaire, mais comme par miracle, elle ne sentit rien. Elle s'aspergea le visage d'eau fraîche, et quand elle surprit son image dans le miroir, elle crut défaillir. Sur son menton, ses joues, la peau était rouge, irritée – jusqu'au sang même, par endroits, là où le contact rugueux de la barbe naissante de Jesse l'avait égratignée ; ses lèvres étaient boursouflées ; elle distingua à la naissance du cou des traces de morsures ; ses cheveux étaient emmêlés, pleins de nœuds ; de légers hématomes commençaient à apparaître à l'intérieur de ses cuisses, là où Jesse avait pesé de tout son poids sur elle. Son crâne douloureux l'élançait, à l'endroit où elle avait heurté la tête de lit, et il lui semblait que la peau délicate de son entrejambe avait été frottée au papier de verre. Même ses orteils étaient douloureux, à force de s'être recroquevillés.

Jamais de sa vie elle ne s'était sentie dans un état aussi *effroyable*, si on entendait par là *absolument, merveilleusement bien.* Elle regagna la chambre et trouva Jesse assis sur le lit, encore nu sous la couverture. La lumière qui filtrait par la fenêtre illuminait son visage, et Leigh pouvait à présent lire l'heure au réveil : 7 h 23. Il leva les yeux à son entrée, et pour la première fois depuis des heures, elle se sentit submergée par un assaut de timidité. Elle était nue, à la pleine lumière du jour, devant cet homme qu'elle connaissait à peine, son *auteur*, nom de Dieu. Avait-elle vraiment *fait* ça ?

— Leigh.

Elle s'obligea à le regarder. La fraîcheur qui régnait dans la chambre hérissa ses cuisses de chair de poule.

— Leigh. Mon ange. Viens par là.

Il souleva un coin de couverture et l'invita à le rejoindre.

Elle grimpa dans le lit. Il l'enlaça et rabattit la couverture, puis il l'embrassa sur le front, comme le faisait son père quand elle était malade. Son père… Que penserait-il d'elle, s'il pouvait la voir, en cet instant, non pas seulement au lit avec un homme – spectacle qui n'avait déjà rien de bien agréable pour un père –

mais avec un homme dont elle avait pour mission d'éditer le livre… Et Russell… son fiancé… Elle portait encore au doigt la magnifique bague qu'il y avait glissé seulement cinq mois plus tôt. Elle n'était qu'une fille dégoûtante, abjecte, qui ne valait pas un clou, qui ne les méritait ni l'un ni l'autre.

— On dirait que tu es à deux doigts de paniquer, lui chuchota Jesse au creux de l'oreille.

Il resserra plus étroitement son étreinte, dans un geste protecteur, dépourvu de toute connotation sexuelle.

— Je suis dégoûtante, abjecte, je ne vaux pas un clou, lâcha-t-elle avant d'avoir pu se retenir, mais à la seconde même où ces mots franchirent ses lèvres, elle les regretta.

Parce qu'elle s'attendait à entendre Jesse protester qu'il n'en était rien, ou, tout au moins, à un geste tendre de sympathie – la spécialité de Russell – Leigh fut horrifiée, puis suprêmement contrariée, en voyant Jesse éclater de rire.

Elle se dégagea, s'écarta de lui et le fixa, abasourdie.

— Tu trouves ça drôle ? En gros, tu trouves amusant que j'aie gâché ma vie ?

Jesse la reprit dans ses bras en la serrant fort contre lui, et loin de se sentir oppressée, comme c'était généralement le cas, elle se détendit. Jesse embrassa ses lèvres, son front, ses joues :

— Je ris parce que j'ai l'impression de me voir, moi.

— Ah, super, marmonna-t-elle.

— Mais nous n'avons rien fait de mal, Leigh.

— Comment ça, rien de mal ? La liste est tellement longue, que je ne saurais même pas par où commencer. Peut-être par le fait que je suis fiancée ? Ou que tu es marié ? *Ou que nous travaillons ensemble* ?

Elle avait mis une pointe d'emphase sur cette dernière question, mais ce n'est que lorsqu'elle eut tout énuméré que Leigh, en son for intérieur, admit quelque chose : la seule réponse qu'elle attendait, c'est que Jesse lui propose une explication crédible concernant son mariage, quelque chose comme « En fait, nous sommes divorcés », ou « Je ne suis pas vraiment marié. » Elle savait que les chances étaient infimes. Mais ça ne l'avait pas découragée d'espérer.

Il posa un doigt contre ses lèvres pour la faire taire, un geste qu'à sa grande surprise elle trouva mignon et nullement enrageant.

— Ce qui s'est passé entre nous est arrivé parce que c'est naturel. Nous en avions envie tous les deux. Où est le mal ?

— Où est le mal ? répéta-t-elle d'une voix cassante, presque acerbe, méchante. Et ta *femme* ?

Jesse se hissa sur un coude et de cette position en surplomb, la dévisagea.

— Je ne te ferai pas l'affront de te servir un bobard rebattu, tel que « nous sommes malheureux ensemble, elle ne me comprend pas et je vais la quitter », parce que ce n'est pas vrai, et que je n'ai pas envie de te mentir. Mais ça ne signifie pas non plus qu'il n'y a pas de circonstances atténuantes. Et ça ne signifie en aucun cas que je n'ai pas follement envie de toi, là, tout de suite.

Ce n'était à coup sûr *pas* ce qu'elle avait envie d'entendre. En ce qui la concernait, « ma femme ne me comprend pas, je la déteste » lui aurait parfaitement convenu. Qu'il n'ait même pas l'intention de le lui dire la renforçait dans sa certitude que tout cela était très mal, et la plongeait en même temps dans une extrême confusion, parce que tout paraissait pourtant parfaitement dans l'ordre des choses. *Dans l'ordre des choses ?* Mais où avait-elle la tête ? Elle était bonne à enfermer… Ce n'était en rien dans l'ordre des choses de trahir Russell, ou de coucher avec l'homme avec lequel elle était censée travailler. C'était le résultat d'une effroyable erreur de jugement, une erreur inexcusable, et il faudrait un miracle pour qu'ils sortent tous indemnes de cette histoire. Naturellement, elle ne pouvait plus éditer Jesse à compter de ce jour, ça au moins c'était évident, mais cela semblait un prix insignifiant à payer pour sa stupidité renversante.

Il était temps de partir. Immédiatement.

— Qu'est-ce que tu fais ? demanda Jesse en voyant qu'elle se tortillait pour se dégager.

Agrippant d'une main la couverture et de l'autre son petit sac de voyage, elle fila, moitié en courant, moitié en clopinant, à la salle de bains. Elle ne lâcha la couverture qu'après avoir verrouillé la porte, sans pouvoir se résoudre à affronter son reflet dans le miroir. Sachant que si elle s'accordait le luxe de prendre une douche, elle ne ferait que sangloter, elle sortit du sac des sous-vêtements propres, un jean et un pull, et elle enroula ses cheveux pleins de nœuds en chignon. Elle ne s'accorda que le temps de se brosser les dents et cela fait, mâchoires crispées pour s'empêcher de pleurer, elle ouvrit la porte.

Jesse l'attendait devant la porte, en tee-shirt et caleçon, l'air malheureux. Leigh ne désirait rien tant que le serrer contre elle, un désir qu'elle trouvait tout à la fois révoltant et pathétique. Elle réussit à passer devant lui sans rien d'autre qu'un effleurement sur son bras.

— Leigh, mon ange, ne fais pas ça, dit-il en lui emboîtant le pas sur le palier puis dans l'escalier. Assieds-toi un instant. Parlons de tout ça.

Elle s'esquiva dans la cuisine pour rassembler ses papiers et ses carnets, et vit le dîner qu'ils n'avaient pas eu l'occasion de manger : un plat de lasagnes qui s'étaient durcies, posé sur un chauffe-plat, entre des sets de table et deux verres de vin rouge ; deux bougeoirs en argent étaient couverts de cire ivoire.

— Je ne veux pas parler. Je veux partir, dit Leigh calmement, d'une voix sans intonation.

— Je sais, et je te demande d'attendre.

Leigh leva un instant les yeux vers lui et remarqua sa barbe naissante mêlée de gris et ses cernes, creusés et si sombres qu'on aurait pu croire qu'il avait les yeux au beurre noir.

— Jesse, s'il te plaît, soupira-t-elle en lui tournant le dos et en glissant ses classeurs dans le sac.

Elle se souvint qu'elle avait oublié *Duo à quatre* à l'étage, dans la chambre d'amis, mais il était hors de question qu'elle remonte le chercher.

Il posa une main sur son épaule et l'obligea doucement à se retourner.

— Regarde-moi, Leigh. Je veux que tu saches que je ne regrette rien de ce qui s'est passé cette nuit.

Pour la première fois depuis qu'elle avait quitté le lit, elle rencontra son regard, et le soutint, les yeux étrécis, l'air glacial.

— Oh, me voilà soulagée ! Dieu merci, tu ne regrettes pas ce qui s'est passé. Je dormirai mieux, sachant ça. En attendant, lâche-moi.

Il s'écarta.

— Leigh, ce n'est pas ce que je voulais dire. S'il te plaît, assieds-toi, juste une minute…

À la façon dont sa voix dérailla légèrement sur ces derniers mots, ils surent tous les deux que, malgré la sincérité de Jesse, ce n'était pas vraiment ce qu'il voulait. Il semblait fatigué, usé, comme un homme épuisé par l’idée de devoir endurer une énième crise d’hystérie.

Elle aurait tout donné pour l’entendre dire qu’il l’avait aimée dès l’instant où il l’avait rencontrée et qu’elle n’était pas juste une conquête extraconjugale qui s’ajouterait au tableau de chasse du légendaire Jesse Chapman, qu’elle, Leigh Eisner, était différente, mais ce ne fut pas le cas. Elle glissa son sac à l’épaule et franchit la porte d’un pas fier, la tête haute, tout à la fois surprise et attristée que Jesse ne la poursuive pas.

Trois amants ne font pas une femme fatale

Adriana n'aurait su dire depuis quand elle n'avait pas attendu avec autant d'anxiété que le téléphone sonne. Au collège, peut-être, quand elle se demandait si elle serait invitée à la boum de l'école ? Il y avait eu aussi les quelques fois où elle avait attendu, plutôt impatiemment, des nouvelles du dispensaire du campus concernant les résultats d'un test de grossesse ; ah oui, et également ce petit incident, à Ibiza – ces trois malheureuses miettes de cocaïne qui avaient nécessité de dépêcher par le premier avion un avocat capable de faire correctement son boulot… Autant d'occasions où attendre n'avait pas été facile. Mais cette fois-ci, c'était différent : elle voulait tellement que *Marie-Claire* l'appelle pour lui annoncer une bonne nouvelle, que c'est à peine si elle pouvait penser à quelque chose d'autre.

Non pas qu'elle s'attendait à autre chose qu'une bonne nouvelle, évidemment – si elle en jugeait par la façon dont s'était déroulé son rendez-vous de la veille avec la rédactrice en chef, elle était certaine d'avoir fait excellente impression. Simplement, ces rédactrices étaient imprévisibles. La raison de toute cette anxiété ne tenait pas au choix de sa tenue pour se rendre au rendez-vous (quelle femme saine d'esprit n'aurait pas adoré le décalage entre une robe Chloé vaporeuse, des sandales à talons Sigerson Morrison et une veste en peau retournée parfaitement patinée et imperceptiblement cintrée ?), ni au déroulement de l'entrevue elle-même (au cours de laquelle elles avaient échangé leur avis sur les meilleurs chirurgiens esthétiques de la ville tout en sirotant de la San Pellegrino) ; non, ce qui la rendait nerveuse, c'était de ne pas comprendre pour quelle raison Elaine Tyler avait insisté pour la rencontrer.

Comme promis, quelques jours après le dîner, Mackenzie avait appelé Adriana, avec une proposition : cela l'intéresserait-elle d'écrire, à titre d'essai, une colonne de conseils sur les relations amoureuses, à laquelle Mackenzie ajouterait un portrait de sa plume pour présenter les talents innés d'Adriana avec les hommes ? Si tout se passait comme prévu, Elaine donnerait son feu vert pour que la colonne soit testée sur l'édition en ligne du magazine et il n'y aurait plus qu'à attendre les réactions des lectrices. Il n'avait fallu qu'un après-midi à Adriana pour rédiger une demi-douzaine d'essais, des petits textes enlevés avec des titres allant de « Coucher oui, dormir non » à « Je voulais juste me montrer amicale et autres excuses idiotes ». Elle ne doutait pas d'avoir réussi à communiquer sa sagesse gagnée de haute lutte tout en conservant un ton léger et distrayant, alors pourquoi diable la rédactrice en chef du magazine avait-elle insisté pour la rencontrer ? Plus précisément : pourquoi personne de son équipe ne l'avait encore rappelée ? Bêtement, quand l'assistante d'Elaine lui avait demandé un numéro de téléphone à inscrire sur sa fiche de renseignements, Adriana avait donné celui de l'appartement et lorsqu'elle avait voulu remédier à son étourderie et indiquer plutôt son numéro de portable, la fille n'avait rien voulu entendre. À présent, il était près de 18 heures, et un vendredi soir qui plus est ! Dans deux heures, elle allait devoir s'extraire de sous son plaid en vison pour aller retrouver Toby. Que s'imaginaient ces bonnes femmes ? Qu'elle n'avait rien d'autre à fiche que poireauter à côté du téléphone, à attendre qu'il veuille bien sonner ?

— Cestchiant ! caqueta Otis. Cesttropchiant !

Perché sur la cheville d'Adriana, il l'observait regarder la télé.

— Ça va ! C'était juste une pub, le rassura-t-elle. Tiens regarde, ça reprend.

La tête d'Otis pivota aussitôt en direction de l'écran, et il recommença à regarder *The Hills* avec une attention redoublée.

Adriana tendit la main pour caresser le plumage soyeux de son dos. Otis se colla plus étroitement contre sa paume, appréciant le massage. Adriana sourit, ravie des progrès de son protégé. Après des cris à n'en plus finir, trop de nuits sans pouvoir fermer l'œil et pas moins d'une demi-douzaine d'appels internationaux au cours desquels Adriana avait menacé Emmy d'estropier et de démembrer son volatile si elle n'était pas immédiatement relevée de son devoir de garde, l'oiseau et la jeune femme avaient finalement noué un lien. Dieu merci, Adriana avait eu une révélation – sans ça, qui pouvait dire ce qu'il serait advenu de cet infortuné Otis ? La révélation datait seulement de la semaine précédente et avait été une agréable surprise. Adriana venait de retirer ses vêtements de nuit et était en train de verser des sels dans son bain du matin quand, de son perchoir près des toilettes, Otis avait crié : « Gros tas ! » Aussitôt, Adriana s'était tournée vers le miroir et avait scruté son reflet pour s'assurer qu'elle n'avait pas gonflé pendant la nuit ; quand elle eut constaté avec satisfaction que ses cuisses semblaient toujours aussi fermes, elle s'était retournée vers la cage. Otis, immobile sur son perchoir, bec pendant sur le bréchet, offrait l'image d'une infinie tristesse. Mais surtout, il contemplait lui aussi son reflet dans le miroir, et juste à l'instant où Adriana saisissait l'importance de ce détail, il lâcha un soupir empreint de tristesse et croassa, « Gros tas », avec une résignation tranquille.

C'est là qu'Adriana comprit que ce n'était pas elle qu'Otis traitait de « gros tas », mais lui-même. Il s'agissait en fait de cris de détresse ! Sans doute savait-il confusément qu'Emmy le gavait à outrance, dans une tentative désespérée pour lui clouer le bec. Pauvre chou ! Comment aurait-on pu attendre qu'il se contrôle, quand on ne cessait de remplir sa mangeoire avec des quantités illimitées de graines industrielles ? Adriana se connecta aussitôt à Internet et consulta quelques sites dispensant des conseils pour la nutrition des perroquets gris d'Afrique. Elle découvrit, horrifiée, que les grains vendus dans le commerce garantissaient presque à coup sûr une obésité pathologique, et provoquaient une défaillance rénale qui conduisait à une mort prématurée. Sans même parler des dommages psychologiques ! Se regarder jour après jour dans un miroir – passer sa vie emprisonné dans une cage en face d'un miroir ! – et comprendre que vous étiez en surpoids, sans rien pouvoir faire pour y remédier… Franchement, Adriana ne voyait pas ce qu'il pouvait y avoir de pire dans la vie.

Cette révélation changea tout. Sitôt qu'elle eut compris que la colère et les insultes d'Otis n'étaient nullement dirigées contre elle, elle éprouva une sympathie sans borne pour la pauvre petite créature dodue. Sans perdre une minute, elle contacta Irène Pepperberg, la grande psychologue animalière, légende vivante s'il en est, pour lui demander comment elle avait nourri Alex, son gris africain célèbre dans le monde entier, et qui avait possédé plus de vocabulaire qu'un petit Américain moyen de quatrième. Mobilisée par ses connaissances fraîchement acquises et soutenue par un désir totalement inédit chez elle d'aider son prochain, Adriana se précipita au Whoole Food puis au marché bio d'Union Square, et après un détour par une animalerie haut de gamme, consulta un vétérinaire spécialisé dans les oiseaux exotiques. Tout cela avait réclamé une semaine de travail à temps plein, mais le changement de style de vie d'Otis était près d'être achevé.

Il était difficile de déterminer ce qui, de tout ça, avait eu le plus d'effet, mais selon Adriana, c'était probablement le récent emménagement dans son nouveau garni. Aux oubliettes, la cage grillagée bringuebalante et empuantie de viles odeurs, qui évoquait quelque cellule de torture d'une prison du Moyen-Orient ! Adriana l'avait remplacée par une demeure aviaire bien plus appropriée : une volière de la taille d'une armoire normande, conçue par un des meilleurs architectes de New York et réalisée avec le plus grand soin par un ébéniste réputé. Cadre en chêne massif (teinté en brun café à la demande expresse d'Adriana, afin que l'objet soit assorti au mobilier de son salon), sol et plafond en granit ; parois latérales tendues d'un grillage en acier inoxydable de la meilleure qualité ; la façade était, sur toute sa hauteur, en acrylique antichoc qui imitait le verre à la perfection. Adriana avait également commandé à un photographe internationalement réputé, collaborateur au *National Geographic*, un tirage haute résolution d'un paysage de jungle luxuriante, qu'elle avait fait plastifier et placer en toile de fond, afin qu'Otis se sente proche de la nature. Elle avait aussi fait installer un système d'éclairage à spectre complet pour qu'il soit moins perturbé par le passage du jour à la nuit. En suivant les conseils d'un spécialiste du comportement des perroquets, elle avait décoré l'intérieur avec des rebords où se prélasser, des balançoires, des saillies, des mangeoires et des perchoirs, avant de se raviser et de retirer quelques-uns de ces accessoires, de crainte que l'espace ne donne une impression d'encombrement. Indéniablement, les sommes exorbitantes investis dans l'opération ne l'avaient pas été en pure perte : pour preuve, Otis avait littéralement chanté lorsqu'il avait découvert sa nouvelle chambre meublée. Et Adriana était prête à jurer que lorsqu'il contemplait le paysage de jungle depuis son perchoir en bambou, elle le voyait sourire.

De toute évidence, son nouveau régime alimentaire, uniquement composé de graines riches en nutriments, de fruits et de légumes, avait également fait des miracles et soulagé quelques-uns de ses problèmes d'image de soi. Adriana avait acheté une quantité industrielle de graines de quinoa auxquelles elle ajoutait des fruits rouges ou des carottes (bio, uniquement) et qu'elle complétait deux fois par semaine d'une portion de yogourt (pour le calcium). Une fois qu'elle eut découvert qu'Otis préférait le goût de la Fiji (une eau puisée dans un puits artésien) à celui de l'Évian ou de la Poland Spring, elle prit l'habitude de remplir son auge trois fois par jour pour être certaine qu'il élimine bien toutes ses toxines. Un bain chez le toiletteur pour oiseaux, qui lui avait également fourni un conditionneur spécial plumage en brumisateur et une pince à griffes, avait complété ce programme de rajeunissement.

Quelques petites gâteries pouvaient vraiment faire la différence ! Adriana en prit bonne note dans un coin de sa tête, au cas où (chose néanmoins hautement improbable) elle viendrait un jour à douter de l'importance de ne pas se laisser aller. Otis était un nouvel oiseau. Il chantait, il pépiait, il dodelinait du chef au rythme de la bossa nova qui passait en permanence dans l'appartement. En une semaine à peine, il s'était hissé du statut de sale bête agressive bannie de la salle de bains, à celui de compagnon de jeu au naturel doux et affectueux qui aimait se blottir contre elle dans le canapé.

Pour tromper son impatience et chasser de son esprit ce maudit coup de fil qui n'arrivait pas, Adriana décida de dispenser à Otis sa leçon de vocabulaire du jour. Elle éteignit la télévision et souleva un miroir à main qui se trouvait sur la table basse.

— Bien, Otis, tu vas essayer de te concentrer, *querido*, roucoula-t-elle. Je vais te tendre le miroir, et tu vas me dire qui tu vois, d'accord ? N'oublie pas : tu es beau, tu es intelligent, tu n'as aucune raison d'avoir honte de toi. Prêt ?

Otis ne broncha pas.

Adriana tendit le miroir en face de lui et retint son souffle. Elle sentait qu'une relation de confiance s'était nouée entre eux, mais jusque-là, à la vue de son propre reflet, Otis n'avait pas été capable de s'écrier autre chose que « Gros tas ! »

Elle tint le miroir sans trembler, et attendit, voulant à tout prix l'entendre prononcer les mots justes.

De toute évidence – et c'était plutôt bon signe – Otis était en extase devant lui-même : les plumes sur ses ailes se gonflèrent légèrement, et il entrouvrit le bec. Oui, il était content de ce qu'il voyait, même si, évidemment, il était impossible d'être affirmative à cent pour cent. *Allez !* l'encouragea Adriana *in petto. Tu peux y arriver ! Tu le...*

— Bellenana, lâcha Otis, la tête légèrement penchée de côté, l'œil brillant.

— Ahhhhh ! exhala Adriana, au bord de l'évanouissement. Ooooooh ! Mais quel bon petit garçon !

Elle estima préférable pour l'instant – *pour l'instant* – passer outre la petite confusion de genre. *Chaque chose en son temps*, décida-t-elle. Son plus grand motif d'inquiétude, ç'avait été le manque accablant d'estime de soi.

— Est-ce que le bon petit garçon veut une récompense ?

— Raisin ! croassa Otis, visiblement ravi, tout en se dandinant sur le mollet d'Adriana. Bellenana ! Raisin ! Bellenana ! Raisin !

— Et un grain de raisin sans adjonction de pesticide, un ! Tout de suite ! Et pour qui ? Pour qui, le raisin ? Pour le joli petit garçon !

Elle souleva Otis pour le poser sur le canapé et gagna la cuisine. À l'instant où elle sortait la coupe de fruits du réfrigérateur, le téléphone sonna.

— Allô ? lança-t-elle sèchement, contrariée par cette interruption.

Elle coinça le combiné sans fil entre l'épaule et le menton tout en disposant quelques grains sur une petite assiette.

— Adriana ? demanda une voix féminine comme essoufflée.

Rien n'exaspérait plus Adriana que ces gens qui omettent de se présenter avant d'exiger de savoir qui est au bout du fil, mais elle se força à rester polie.

— Elle-même. Puis-je savoir à qui j'ai l'honneur ?

— Adriana, ma chérie, c'est Mackenzie ! Bonjour ! Écoutez, j'ai des nouvelles phé-no-mé-na-les. Vous êtes bien assise ?

Nouvelles phénoménales – voilà qui part plutôt bien, songea Adriana avec une jouissance anticipée. « Nouvelles phénoménales », ça laissait augurer que la rédactrice en chef avait décidé de poster une (voire plusieurs !) de ses chroniques sur le site de *Marie-Claire*. Ou même laissait entendre qu'Elaine avait tellement été subjuguée par Adriana qu'elle projetait d'en faire une collaboratrice régulière du site, dont le lien direct figurerait en bonne place sur la page d'accueil, accompagné (naturellement) d'un superbe portrait de l'auteur. L'auteur ! Qui aurait pu un jour imaginer qu'elle, Adriana de Souza serait sur le point de démarrer une carrière… de journaliste ! Et une journaliste dont la page engrangerait des milliers, sinon des millions, de visites par jour ! Les filles enverraient par e-mail le lien de son article à toutes leurs copines, accompagné de commentaires tels que : « Jette impérativement un œil là-dessus », ou « Tellement bien vu ! » ou « Absolument tordant ! » tandis que les hommes visiteraient la page en douce pour contempler d'un regard éperdu d'adoration la photo de l'auteur, et peut-être dérober une ou deux infos sur le camp adverse classées secret-défense.

— Je suis assise, je suis assise, répondit-elle en essayant de ne pas laisser sa voix grimper dans les aigus.

— Je sors à l'instant du bureau d'Elaine. (Mackenzie marqua une pause.) Vous l'avez beaucoup impressionnée.

— C'est vrai ?

— Oui. Cela fait bientôt neuf ans que je travaille avec elle, et je ne crois pas l'avoir jamais vue emballée à ce point par un pitch.

— C'est vrai ? Elle est donc d'accord pour publier une des chroniques sur le site ?

De toute évidence, la réponse était oui, mais Adriana, qui était déjà en train de se demander à qui elle allait annoncer la nouvelle en premier – les filles ? Toby ? Sa mère ? – avait besoin d'entendre Mackenzie le dire.

Il y eut un silence à l'autre bout de fil, juste assez long pour titiller son anxiété, puis Mackenzie dit :

— Mmmm, en fait, non, ce n'est pas ça qu'elle a en tête…

Pas ça qu'elle a en tête ? Mais elle a adoré ! Vous venez vous-même de le dire ! eut envie de hurler Adriana. *Comment ai-je pu me méprendre à ce point ?* songea-t-elle en rejoignant Otis sur le canapé. Elle se rassit, posa l'assiette en équilibre entre ses genoux et tout en caressant le dos d'Otis qui attaquait avec enthousiasme sa récompense, elle commença à dénigrer cette idée stupide. Les Américaines ne changeraient jamais, elles s'accrochaient *mordicus*, depuis des décennies, à leurs conneries de revendications féministes, alors à quoi bon, de toute façon ? Et puis, qui avait besoin de ce genre de visibilité médiatique ? La publicité, c'était une chose, mais avoir une visibilité sur Internet, avec tous ces sites ringards, et ces pervers indésirables qui passaient leur temps à espionner les faits et gestes de leur prochain… Beurk ! Cette seule pensée lui donnait la chair de poule. Il était temps de mettre un terme à ce projet stupide, une bonne fois pour toutes.

— Ah bon ? Quel dommage ! susurra-t-elle d'une voix où transpirait l'hypocrisie. J'apprécie néanmoins que…

— Adriana, laissez-moi terminer ! Oui, Elaine n'est pas intéressée par la publication de ces articles sur le site mais uniquement parce que – attention, préparez-vous – elle veut vous donner une rubrique dans le magazine ! Qu'en dites-vous ?

— Une quoi ?

— Une rubrique. Mensuelle.

— Rubrique ? répéta Adriana. (Son cerveau refusait de traiter l'information.)

— Oui, enfin ! Dans le magazine. Vendu en kiosque.

— Laquelle a-t-elle choisie ?

— Adriana, j'ai l'impression que vous ne comprenez pas. Elle les a *toutes* choisies ! Je crois qu'elle voudrait commencer avec « Je voulais juste me montrer amicale », mais nous les publierons toutes.

— Toutes ?

— Une par mois. Chaque mois. Et en fonction de la réaction des lectrices – qui d'après nous sera absolument enthousiaste – on en fera une rubrique à l'année qui aura pour titre « Secrets de séduction d'une Brésilienne ».

— Oh, mon Dieu ! Oh. Mon. Dieu.

Adriana avait abandonné toute tentative pour paraître détachée, et s'en fichait éperdument.

— Je sais ! C'est phénoménal. Écoutez, je dois filer, j'ai encore une réunion, mais je vais demander à mon assistante de vous appeler pour organiser avec vous la séance photo. Nous bouclons le numéro de mars dans quinze jours, donc il ne va pas falloir traîner, mais c'est jouable, on a vu pire. Ça vous va ?

— C'est… parfait, murmura Adriana.

— Ah, au fait… Jack m'a appelée hier, pour m'inviter samedi soir, et…

Cette remarque fit aussitôt redescendre Adriana de son petit nuage.

— Hier ? Jeudi ? Il vous prend pour qui ? Une pauvre fille qui n'a rien d'autre à faire qu'attendre qu'il veuille bien se manifester ? Vous ne pouvez absolument pas…

Mackenzie l'interrompit d'un grand éclat de rire.

— Et si vous me laissiez terminer ? Je lui ai dit que j'étais prise tout le week-end, même si en réalité je n'ai rien prévu d'autre qu'un déjeuner avec ma mère samedi et… (Elle marqua une pause et prit une inspiration)… et il a répondu qu'il ne raccrocherait pas tant que je ne lui accordais pas une soirée la semaine prochaine. Nous nous voyons mardi. Il a déjà une réservation au restaurant.

— *Querida* ! Je suis super fière de vous. Vous êtes prête pour tenir vous-même la rubrique ! s'exclama Adriana, sincèrement ravie par la tournure que prenaient les événements.

Non seulement parce que cela en disait long sur son talent et la qualité de ses conseils, mais aussi parce que, sans la connaître vraiment, Mackenzie lui faisait l'effet d'être une femme qui méritait à ses côtés un homme éperdu d'adoration et sur lequel elle puisse compter. L'un dans l'autre, c'était une très bonne nouvelle.

Mackenzie se mit à rire. Elle semblait si heureuse, si excitée, qu'Adriana sentit un pincement de jalousie. Elle connaissait bien cette surexcitation, quand on vient de rencontrer un homme…

— Non, je laisse ça à la professionnelle, dit-elle. Mais ce pourrait être une bonne introduction à votre première chronique : une anecdote vraie sur les miracles que vous êtes capable d'accomplir, même sur la rédactrice la plus amère et la plus obstinément célibataire de Manhattan.

— Rédactrice autrefois amère et bientôt plus célibataire, lui rappela Adriana.

— C'est juste. Bon, je dois filer. On se reparle plus tard ?

— Très bien. Et merci encore mille fois, *querida*. Ciao !

Adriana se laissa partir à la renverse contre le dossier du canapé et fit signe à Otis de la rejoindre. Il acquiesça d'une roucoulade, sauta sur ses genoux et d'un coup de tête, lui poussa la main pour quémander un autre grain de raisin. Mais Adriana était déjà en train de pianoter à nouveau sur son combiné.

— Bureau de Leigh Eisner, annonça l'assistante de sa voix lasse.

— Bonsoir Annette, c'est Adriana. Pouvez-vous me passer Leigh, je vous prie ?

— Ce n'est pas possible pour l'instant. Je peux lui dire de vous rappeler ?

Adriana n'était pas d'humeur à forcer des barrages.

— Écoutez, Annette. Je dois lui parler. C'est urgent.

— Ne quittez pas, lui répondit-on sèchement.

— Une urgence ? s'enquit Leigh d'un ton exaspéré, un instant plus tard. Par pitié ! Ne me dis pas que tu m'appelles pour me dire que ton gel douche préféré est en rupture de stock dans toute la ville. C'était ça, l'urgence de la semaine dernière, si je me souviens bien.

— Tu ne vas pas en croire tes oreilles, répondit Adriana, passant outre la gracieuseté de l'accueil. Je te promets que tu ne vas pas en croire tes oreilles.

— Oh mon Dieu ! Les bougies parfumées sont *aussi* en rupture de stock ? Comment vas-tu survivre ? glapit-elle.

— Tu veux bien la boucler deux secondes ? Ce n'est pas la consommatrice frustrée qui t'appelle, mais l'amie. Et, idiote que je suis, je me suis imaginée que ça pourrait t'intéresser de savoir que je serai dans le numéro de mars de *Marie-Claire.*

Leigh bâilla sans discrétion à l'autre bout à fil.

— Mmmm… c'est vrai ? Félicitations. Ça ne sera jamais que la mille et unième fois que tu poses pour leurs pages mode. À moins que tu ne parles du carnet mondain ? Auquel cas, ce sera la cent mille et unième fois.

— Tu es vraiment une peste ! Si tu la fermais, je pourrais te dire que ça n'a rien à voir avec tout ça. Je vais devenir chroniqueuse.

Leigh, qui était en train de chuchoter des instructions à son assistante, s'interrompit à mi-phrase.

— Tu vas devenir *quoi* ? demanda-t-elle après un instant de silence.

— Tu as bien entendu. Je vais devenir chroniqueuse régulière dans l'édition papier du magazine. Ça va s'intituler « Secrets de séduction d'une Brésilienne » et ça dispensera des conseils pour mieux s'y prendre avec les hommes.

— Pour les conduire au pieu, tu veux dire ?

— Évidemment que je veux dire pour les conduire au pieu ! Qu'est-ce que les femmes ont envie de savoir d'autre ? Ça ne va pas être facile, et pour une fois, je pense qu'ils ont frappé à la bonne porte et qu'ils n'auraient pas pu tomber sur mieux que moi.

— C'est clair, murmura Leigh.

Elle ne semblait pas simplement sincère, mais également impressionnée. Adriana ne put réprimer un sourire.

— Adriana, mon chou, reprit-elle. Je ne crois pas qu'il soit prématuré de le dire, et c'est une certitude : une étoile est née.

Emmy tourna le robinet du bout des orteils, lâcha un profond soupir et ferma les yeux en s'immergeant entièrement. Cela faisait déjà une demi-heure qu'elle barbotait dans la baignoire de l'hôtel, tantôt somnolant, tantôt lisant, tout en rajoutant de l'eau chaude de temps en temps. Ses mains étaient toutes fripées, le voile de transpiration sur son front commençait à dégouliner le long de ses joues, et son comportement en matière d'environnement était franchement irresponsable. Mais quelle importance, quand elle pouvait goûter une telle paix, une telle détente un 1er janvier, après une longue, une merveilleuse soirée passée à boire et faire l'amour ?

Il s'appelait Rafi-quelque-chose, et il sortait droit d'un rêve. Emmy avait été sidérée de découvrir que bien des choses avaient changé depuis qu'elle n'était pas venue en Israël, mais, Dieu merci, la beauté des hommes demeurait, elle, intacte. Ils étaient même encore plus beaux qu'avant, tous ces jeunes et solides soldats en uniforme ! Pour ne rien dire de leurs séduisants frères aînés, qui semblaient en bien meilleure forme à trente, ou même quarante ans, que leurs homologues américains. Où que ses yeux se posent, elle ne voyait que de beaux bruns musclés à la peau mate, et dans cette débauche de superbes spécimens, Rafi était l'un des plus beaux.

Ils s'étaient rencontrés deux jours plus tôt, un jeudi, chez Yotvata. Ce restaurant de Tel-Aviv était une véritable institution, un lieu décontracté et joyeusement animé, sis en plein centre, sur la promenade du front de mer, qui servait de généreuses salades inventives et de délicieux *smoothies* au yogourt et aux fruits frais. Tous les ingrédients du restaurant provenaient du kibboutz du même nom, situé sur la frontière jordano-israélienne, dans la vallée d'Aravah.

Emmy n'avait pas eu besoin d'y réfléchir à deux fois quand Massey lui avait demandé d'établir une liste de cuisines nationales ou régionales sortant des sentiers battus et dont il pourrait s'inspirer pour la nouvelle « cantine » haut de gamme qu'il ouvrait à Londres. Elle n'avait mangé que deux fois chez Yotvata – à treize ans, pour sa bat-mitsvah, puis deux ans plus tard, pour celle d'Izzie – mais elle avait gardé un souvenir vivace de leur cuisine, la plus fraîche, la plus savoureuse qu'elle ait jamais goûtée. Quand elle avait brossé pour son patron les grandes lignes de leur carte – centrée sur les produits laitiers, et les fruits et légumes issus de la culture biologique – celui-ci, emballé, lui avait demandé de l'accompagner dans un voyage de documentation en Israël. Leur tâche consisterait à trouver des idées pour développer son actuelle carte de salades au-delà du trio gagnant « salade César – grecque – mesclun » au vinaigre balsamique, et à explorer d'autres coutumes culinaires du Moyen-Orient. En ce qui concernait Emmy, toute proposition qui l'éloignerait de New York pendant les fêtes de fin d'année était la bienvenue, et si cela devait de surcroît la mener en Israël, c'était un énorme bonus. Ce sur quoi elle n'avait pas compté, c'est que Massey se défile à la dernière minute, sous prétexte qu'il se devait de rester en famille, quand il était de notoriété publique qu'il rejoignait en fait sa maîtresse, un mannequin pakistanais, à Saint-Barth. Emmy avait craint un instant que son propre voyage ne tombe à l'eau dans la foulée, mais non : Massey lui avait dit de partir sans lui.

Quand Emmy s'était présentée au restaurant pour un déjeuner tardif, elle s'était attendue à rencontrer la version israélienne de l'attachée de presse new-yorkaise typique : un moulin à paroles bien sapé et d'un enjouement exaspérant. Au lieu de quoi, on l'installa à une table en devanture où elle fut rejointe par un clone de Josh Duhamel, aux yeux verts et à la démarche fanfaronne et sexy, commune à bien des Israéliens. Il ne fallut à Emmy que trois secondes pour remarquer qu'il ne portait pas d'alliance – une vérification indispensable, mais qui ne signifiait rien en soi – et cinq minutes plus tard, elle avait établi qu'il n'avait pas de petite amie.

— Pas de petite amie ? avait-elle ronronné, en se fichant éperdument de savoir qu'elle ressemblait sans doute à un puma prêt à bondir sur sa proie. Ça ne doit pourtant pas manquer de jeunes et jolies filles en liberté dans le kibboutz.

Rafi éclata de rire, et Emmy sut qu'elle coucherait avec lui.

Ce qu'elle avait fait, le soir même, et le lendemain matin, et le soir d'après. Au cours de la journée et demie passée, ils avaient fait l'amour exactement six fois, et avec une telle ardeur qu'Emmy avait insisté pour voir, de ses yeux, le permis de conduire de Rafi.

— Bon sang ! 1978. Tu ne plaisantais pas. Je n'ai jamais rencontré d'homme de plus de vingt et un ans qui ait autant d'endurance !

Il éclata de rire, lui embrassa le ventre et dit, avec un accent droit sorti d'un film :

— C'est un don.

— Ce n'est pas moi qui vais te contredire, renchérit-elle en s'étirant sur l'épaisse couette comme un chiot repu, et sans nulle timidité en dépit de leur nudité. Tu veux qu'on se fasse apporter le petit déj au lit ? J'ai une note de frais.

Rafi, feignant d'être épouvanté, la réprimanda en agitant l'index.

— Le Dan Hôtel est formidable pour des tas de choses… les moquettes, les oreillers, la piscine – superbe, non ? Mais ce serait criminel de leur commander un petit déjeuner quand Yotvata n'est qu'à deux pas.

— Certes, mais deux pas qui m'obligeraient à me doucher, m'habiller, sortir. (Emmy avança les lèvres et écarquilla les yeux du plus grand qu'elle put.) Tu tiens vraiment à me faire sortir du lit ?

— Non, ne bouge pas, répondit-il en disparaissant dans la salle de bains.

Quand elle entendit l'eau couler, Emmy ne put réprimer une pointe de déception car il ne l'avait pas invitée à se joindre à lui. Mais à l'instant où elle soulevait le combiné pour appeler le service d'étage, Rafi réapparut, un épais peignoir à la main, qu'il lui enfila tout en l'étreignant. Puis il la conduisit à la salle de bains.

— Si Mademoiselle veut bien se donner la peine…, annonça-t-il avec un grand geste.

La baignoire était remplie presque à ras bord de mousse fumante parfumée à la vanille et cinq ou six chandelles votives brûlaient sur le rebord en marbre.

Sans une seule seconde d'hésitation, Emmy fit glisser son peignoir à terre et grimpa dans la baignoire. Elle laissa à ses pieds le temps de s'acclimater à la température, puis s'accroupit lentement, et quand elle fut enfin en mesure de s'immerger entièrement, elle ferma les yeux et exhala un gémissement de plaisir.

— C'est génial. Viens donc me tenir compagnie.

— Non, non, répondit-il en secouant le doigt. (Il se pencha et effleura ses lèvres d'un baiser.) C'est rien que pour toi. Moi, je reviens dans une demi-heure, avec un festin.

Un autre baiser, et il avait filé.

Donc, elle paressa dans l'eau. Rajouta de l'eau chaude. Rafi tardait plus qu'il ne l'avait annoncé, mais Emmy s'en fichait. Cela lui laissa le temps de se tartiner de lotion hydrante à la vanille mise à disposition par l'hôtel et d'enfiler la ravissante combinaison qu'elle avait achetée la veille dans une boutique de lingerie. À quand remontait la dernière fois qu'elle s'était offert un sous-vêtement sexy, ou même mignon ? Elle ne s'en souvenait pas, mais quand elle avait vu cette combinaison en jersey rose dans la vitrine, elle n'avait pas pu résister. La douceur de l'étoffe, quand elle épousait le corps, était incroyable et le feston de dentelle verte transparente qui bordait l'encolure la rendait à la fois décontractée et sexy. *Adriana serait archifière de moi*, songea-t-elle en souriant. Elle avait accueilli la nouvelle année dans les bras d'un bel étranger, et s'en portait mieux que bien. Lorsque Rafi réapparut les bras chargés de sacs, elle était, sans comprendre par quel miracle, prête pour un autre round.

— Reviens au lit, ronronna-t-elle, en lui laissant à peine le temps de poser les sacs avant de l'attirer sur elle.

— Emmy, tu dois manger ! protesta-t-il, sans pour autant rester de marbre sous ses baisers.

Ils recommencèrent à faire l'amour, même s'ils étaient l'un et l'autre trop fatigués pour aller au bout de leurs ardeurs. Rafi ayant catégoriquement refusé qu'elle se lève pour l'aider à déballer les provisions du petit déjeuner, elle se laissa tomber à la renverse sur les oreillers et elle l'observa disposer soigneusement des pains, des cuillerées de salade et du yogourt sur des assiettes. Il posa le tout sur le lit, plaça du jus de fruits frais et une tasse de café sur la table de chevet et tendit à Emmy des couverts en argent, enveloppés dans une serviette de table.

— Bon appétit[1], dit-il en levant sa tasse de café.

— *B'tayavon*, répondit-elle avec un immense sourire.

Rafi écarquilla les yeux d'incrédulité.

— On vient de passer deux jours entiers ensemble et c'est maintenant que tu me dis que tu parles *ivrit* !

— Pour la bonne raison que je ne le parle pas. J'ai suivi des cours d'hébreu à l'école, comme tous les autres petits Juifs américains. Le prof était une bonne femme énorme, et elle nous enseignait tout un tas de mots relatifs à la bouffe, en plus des prières.

— Quels autres mots tu connais ?

— Mmmm voyons… *M'tzi-zah.*

Rafi éclata de rire et faillit recracher ce qu'il avait dans la bouche.

— Ton prof d'hébreu t'a appris comment dire *fellation* ?

— Ah non, celui-là, je l'ai appris de Max Rosenstein. (Emmy sirota quelques gorgées de *smoothie*.) Et toi ? Comment se fait-il que tu parles si bien anglais ? Et s'il te plaît, épargne-moi le refrain « les Américains sont les seuls à ne pas parler d'autres langues que la leur ».

— C'est pourtant la vérité.

— Évidemment que c'est vrai. J'en ai juste marre de l'entendre. Alors ? Comment as-tu appris à parler couramment anglais ?

1. En français dans le texte.

Il haussa les épaules, et sembla soudain un peu timide.

— Ma mère est américaine. Elle a rencontré mon père quand elle est venue étudier ici, et elle est restée. Compte tenu de ça, je devrais parler beaucoup mieux, mais elle ne s'adressait presque jamais à nous en anglais, parce que mon père ne pouvait pas comprendre, et qu'elle voulait apprendre l'hébreu.

— Incroyable !

— Non, pas vraiment. Si tu entendais ma sœur. Elle vit en Pennsylvanie, aujourd'hui. Elle parle hébreu, anglais et avec un accent hollandais par-dessus le marché, tout ça à la fois…

Emmy remonta les couvertures et écouta Rafi, le seul à vivre encore en Israël, lui brosser un tableau de sa famille. Elle essayait d'être tout ouïe, mais plus il parlait, plus s'insinuait en elle la certitude qu'elle l'aimait bien. Il n'avait rien d'un mari potentiel, évidemment – ça, elle n'en parlait même plus – mais il lui donnait l'impression d'être un type bien. Et le fait de réaliser cela fit rappliquer au pas de course tous ses bons vieux sentiments d'insécurité. L'appréciait-il lui aussi ? Se reverraient-ils aux États-Unis ? Ou bien allait-il changer d'avis, faire une subite volte-face et disparaître dans la nature, comme Paul, à Paris ?

— Passionnant, murmura-t-elle. Tout s'explique. Mais comment es-tu devenu attaché de presse. Parce que je dois dire que tu ne sors pas vraiment du moule.

— J'ai fait des études d'anglais.

— Ce qui explique tout.

— Et toi ? voulut-il savoir en piquant de sa fourchette du fromage de chèvre émincé.

— Sciences politiques.

Rafi grimaça, comme pour dire « Arrête de te payer ma tête » et lui donna une bourrade dans les côtes.

— Je ne sais pas quoi te dire, reprit Emmy. Rien d'aussi passionnant.

Elle ne mentait pas. Elle détestait qu'on lui demande de résumer sa vie parce que, franchement, il n'y avait pas grand-chose à raconter.

— Je suis née et j'ai grandi dans le New Jersey, dans une banlieue résidentielle agréable à tous points de vue, avec de bonnes écoles publiques, des associations sportives, et tout le tremblement. Mon père est mort quand j'avais cinq ans, donc je n'ai pas beaucoup de souvenirs de lui, et après ça, ma mère a un peu débranché. Elle était là, mais sans y être vraiment, tu vois. Elle s'est remariée, il y a quelques années de ça, et elle est partie s'installer en Arizona, donc je ne la vois pas souvent. Ma sœur cadette, qui attend son premier enfant, est médecin à Miami. Voyons, quoi d'autre ? J'ai passé ma licence à Cornell, et puis j'ai décidé que je voulais devenir chef, alors je me suis inscrite dans une école de cuisine, et puis je me suis aperçue que je ne voulais pas passer ma vie derrière les fourneaux, donc j'ai laissé tomber. Fascinant, non ?

— Bien sûr.

— Menteur !

— Ce qui est sûr, c'est que ton boulot a l'air cool.

— C'est vrai. Je ne fais ça que depuis six mois, mais jusque-là, j'adore.

— Comment ne pas adorer voyager aux quatre coins du monde, descendre dans de beaux hôtels et collectionner les aventures avec des étrangers ?

— Je ne fais pas ça ! protesta Emmy.

— Maintenant, c'est toi qui mens.

— Je ne descends pas que dans de beaux hôtels…

Rafi éclata de rire – d'un rire franc, viril – et lui donna un nouveau petit coup dans les côtes.

— Note bien que je ne me plains pas. Je suis honoré d'être le numéro six mille douze, ou quel que soit le décompte.

Tu peux t'arrêter à six, songea Emmy. Ce qui, compte tenu que Duncan avait été son troisième, était drôlement respectable : depuis le coup d'envoi du Grand Tour International de la Débauche, au mois de juin précédent, elle avait doublé un score qu'il lui avait fallu presque trente ans pour atteindre. Après des débuts poussifs, le plus difficile était passé, pour ainsi dire. George avait été parfait pour un début. Ensuite, il y avait eu l'Australien de la semaine précédente, établi à Londres, mais qui avait grandi au Zimbabwe parce que ses parents y possédaient un safari – des traits taillés à coups de serpe, un visage buriné par le grand air, et bien qu'il n'ait été ni blond, ni même à moitié mignon, après deux vodkas tonic, il pouvait sans problème faire penser à Leo dans *Blood Diamond*. Emmy n'avait passé qu'un week-end prolongé à Londres, et surchargé de travail de surcroît, mais quelle fille sur terre aurait laissé passer l'occasion d'une nuit avec son propre Mick Dundee ? Et maintenant, Rafi, qui venait délicieusement compléter la liste. Ces trois amants avaient fait montre de respect envers elle, pour ne pas dire d'égards, et Emmy ne se souvenait pas s'être jamais sentie plus sexy ou sûre d'elle. Tant qu'elle ne prenait aucun risque – ce qui, entre la pilule et les préservatifs, était le cas – ni ne concevait d'attentes déraisonnables quant à ce qui allait suivre – en général, absolument rien – il n'y avait que des bénéfices à en retirer. Ce pour quoi elle était prodigieusement agacée que Leigh et Adriana paraissent s'offusquer de ces amusements débridés alors qu'elles les avaient encouragés avec tant d'enthousiasme.

Quand elle leur avait raconté sa rencontre avec l'Australien, les deux avaient ri et applaudi son sens de l'aventure. Leigh l'avait déclarée officiellement guérie de sa monogamie compulsive ; Adriana l'avait pressée pour connaître les détails habituels (taille, positions, fétichismes) et avait semblé carrément envieuse quand elle lui en avait fait part avec délectation. Emmy avait attendu un enthousiasme identique, sinon plus grand, à propos de Rafi. Or la veille, quand Adriana l'avait appelée, son amie lui avait semblé plus que modérée dans son emballement.

— Salut ! Bonne année ! avait lancé Emmy. Tout va bien chez toi ?

Adriana avait soupiré.

— São Paulo est génial, et c'est sympa de revoir tout le monde, mais je trouve qu'une semaine entière entre Noël et le jour de l'an, c'est un peu trop ambitieux.

— Mais j'imagine que ton père est content ?

— Il est aux anges. C'est le seul moment de l'année où il a tous ses enfants réunis en un même lieu, alors que veux-tu ? C'est une performance sur commande, mais tant que tout le monde joue le jeu, se pointe et sourit, c'est supportable.

Emmy rit intérieurement à l'idée qu'Adriana se faisait du supportable : climat tropical, une grande propriété peuplée de plus de domestiques qu'il n'y en a dans la plupart des hôtels, et une semaine entière passée à ne rien faire sinon manger, boire, retrouver des amies et amis de longue date. Mieux valait changer de sujet, avant qu'elle ne lâche une remarque désagréable.

— Dis, tu sais quoi ? Hier soir, j'ai fait la connaissance – au sens biblique du terme – d'un Israélien super sexy. Et on se revoit ce soir.

Adriana siffla.

— Ouah, *querida*. C'est du rapide. Aussi rapide que l'éclair.

— Oh, arrête ! Ne me dis pas que tu ne sauterais pas dans un lit avec un soldat !

— Si, évidemment. Mais Croc Dundee, ce n'était pas la semaine dernière ? Ou je me trompe ? Bon sang, Emmy, je n'aurais jamais imaginé perdre un jour le fil de tes conquêtes.

Était-ce une note de contrariété qu'elle percevait dans la voix d'Adriana ? De jugement ? Irait-elle même jusqu'à oser dire que c'était de… l'envie ?

— Rafi est mignon, intelligent et adorable. C'était super drôle.

— Et juif, oublies-tu de dire. (Emmy pouvait presque la voir en train d'agiter un doigt réprobateur.) On sait toutes ce que ça veut dire… Mari potentiel !

Emmy poussa un soupir intentionnellement audible.

— Il y a à peine six mois de ça, Leigh et toi n'arrêtiez pas de me rabâcher que je devais arrêter de chercher un mari, que je devais absolument étendre mon répertoire sexuel. Et maintenant que je m'emploie à le faire, tu ne me parles que de me marier !

— C'est bon, *querida*, ne t'énerve pas. Évidemment que je veux que tu t'amuses. Parlons d'autre chose – de moi par exemple.

Emmy éclata de rire, tout en faisant défiler les chaînes de la télévision, sans le son.

— Oui, c'est ton tour. Comment va M. Baron ? Toujours aussi merveilleux ?

— Il va bien. Il est reparti pour Toronto. Sur le tournage. Mais j'ai une nouvelle à t'annoncer.

— Ne me dis pas que…

— Non, nous ne sommes pas fiancés. Cependant… (Elle s'interrompit pour ménager ses effets, et Emmy l'aurait volontiers étranglée.)… *Marie-Claire* va publier mes chroniques !

— Tes chroniques ?

Emmy savait que sa réponse n'avait pas l'enthousiasme attendu, mais c'était la première fois qu'elle entendait parler de cette histoire.

— Oui. Tu te rends compte ? J'ai rencontré une chef de rubrique à un dîner où Toby m'avait traînée, en novembre, et je lui ai enseigné les règles d'or pour attraper un homme – ce qui, dois-je ajouter, a si bien marché, qu'elle sort encore avec le mec qu'elle a rencontré ce soir-là. Bref, elle veut publier mes conseils !

Emmy eut toutes les peines du monde à dissimuler son immense surprise. Adriana, journaliste ? Adriana, payée par quelqu'un pour faire un *travail* ?

— Adi, félicitations ! Toute une nouvelle génération de jeunes femmes va pouvoir profiter de ta science. C'est génial !

— Et Dieu sait qu'elles en ont besoin. Les Américaines… Doux Jésus… Mais je vais essayer. Écoute, je dois me préparer pour le dîner. Papa a invité tout le quartier à réveillonner à la maison. Où vas-tu, ce soir, avec ton Israélien ?

— Dîner dans un restau de Tel-Aviv, et ensuite, si j'ai mon mot à dire, ce sera retour direct à mon hôtel.

Adriana soupira.

— C'est comme entendre une nouvelle Emmy. Ça me fait chaud au cœur, *querida*. Mais sois prudente, d'accord ? Rien ne t'oblige à coucher avec tous les garçons que tu rencontres.

— Tu viens vraiment de dire ça, ou je rêve ? Qu'est-ce que tu sous-entends ? Ai-je seulement besoin de te rappeler…

Le rire en trille d'Adriana ne la laissa pas achever.

— Je dois te laisser, *querida* ! Amuse-toi bien et bonne année ! On se reparle l'année prochaine !

Cette conversation laissa Emmy dans un état étrange, un peu déphasée, comme quand, au collège, elle observait ses copines dérober des bâtons de rouge à lèvres au supermarché du coin : pas coupable à cent pour cent, mais nerveuse et légèrement honteuse. Ne faisait-elle pas exactement ce qu'elles lui avaient prescrit ? Elle n'essayait pas de passer la bague au doigt à qui que ce soit – elle n'avait même pas fait un seul rêve de mariage en un mois ! – et pourtant elle devinait chez elles de la désapprobation. C'était vraiment injuste ! Même Leigh l'angélique avait connu une douzaine, peut-être même une quinzaine de garçons avant Russell, et personne n'en faisait tout un plat. Et Adriana ! Seigneur ! Elle avait couché au pied levé avec des hommes (oui, au pluriel) rencontrés dans un taxi au sortir d'une fête, et elle avait le culot de jouer à la fille choquée quand Emmy croisait un gentil garçon dans le cadre de son boulot et décidait, à jeun et avec pondération, de coucher avec lui ? *Ah oui, excuse-moi, Adi,* songea-t-elle en levant les yeux au ciel. *Une aventure*. Le fait d'avoir couché avec trois hommes polis, beaux, bien sous tous rapports ne faisait pas d'elle une femme fatale !

Tout en se jurant qu'elle n'allait pas laisser ses amies ternir son plaisir avec leur pruderie flambant neuve, Emmy les chassa de son esprit et écarta son assiette pour se blottir entre les bras musclés de Rafi.

— Tu voudrais aller au ciné, ce soir ? roucoula-t-elle en lui couvrant l'avant-bras de petits baisers. Ou juste commander un film en *V.O.D* ?

Rafi lui caressa les cheveux et se pencha pour déposer un baiser sur son front.

— J'adorerais, trésor, mais je dois rentrer chez moi. D'ailleurs, ajouta-t-il en jetant un œil au réveil sur la table de nuit, vaudrait mieux pas que je traîne.

— Tu pars déjà ?

Emmy se redressa d'un coup, manquant au passage lui cogner la mâchoire avec l'épaule. Ils n'allaient donc pas passer tout l'après-midi au lit, à faire l'amour, à boire des *smoothies* au yogourt, à prendre des bains ? Emmy s'était imaginé qu'ils profiteraient l'un de l'autre au moins jusqu'à la tombée de la nuit, et qu'à ce moment-là, ils auraient enfilé les premiers vêtements qui leur seraient tombés sous la main, pour se traîner jusqu'à quelque gargote connue seulement des autochtones, mais servant une cuisine délicieuse. Et qu'après un festin de falafels, d'houmous et de vin rouge, ils auraient regagné l'hôtel en zigzaguant un peu, main dans la main, hilares à force de se cogner l'un dans l'autre, repus et épuisés, pour s'effondrer sur les draps frais et dormir dix heures d'affilée ; qu'ils ne se seraient réveillés que pour faire l'amour encore quelques fois, avant qu'il ne la raccompagne à l'aéroport, ne l'embrasse, en larmes, lui promettant de venir la voir à New York aux prochaines vacances, sinon avant. Sans doute aurait-elle rencontré ses parents à ce moment-là – ce qui en temps normal aurait été un peu prématuré, mais compte tenu qu'il venait d'Israël, et que ses parents habitaient à Philadelphie, à quelques heures à peine de New York, ç'aurait été franchement idiot de ne pas les retrouver pour partager un repas, même si ce n'était qu'un déjeuner rapide quelque part sur le…

— Emmy ? Trésor, je dois partir dans le sud aujourd'hui – je te l'ai dit, hier, tu ne t'en souviens pas ?

En dépit d'une indéniable note de sollicitude dans sa voix, Emmy crut déceler une légère trace d'irritation.

Oui, évidemment qu'elle s'en souvenait, mais à ce moment-là, elle ne l'avait pas cru.

Elle colla son visage au creux de son cou.

— Je m'en souviens, Rafi, mais c'était… c'était hier. Tu dois toujours y aller ?

Elle détestait sa voix, suppliante, un peu pathétique. Elle venait tout juste de faire savoir à tous ceux qui voulaient bien l'écouter qu'elle était partante pour des distractions désinvoltes, libres d'attaches, et voilà qu'elle se retrouvait à s'agripper à ce quasi-étranger comme une bernacle. *Ne fais pas comme avec Paul !* s'implora-t-elle. *Par pitié.*

Rafi s'écarta, imperceptiblement, et lui décocha un regard curieux. « Ouais, je dois toujours y aller », dit-il, mais derrière cette phrase, Emmy entendit quelque chose plus proche de « On vient de passer vingt-quatre heures géniales, mais pas géniales au point que je bouleverse mes plans pour rester avec toi. »

Piquée au vif, elle remonta le drap, le coinça sous ses aisselles et roula sur elle-même en veillant à dévoiler le moins de peau possible. Elle se sentait exposée, vulnérable, oui, mais il y avait plus que ça : elle venait de comprendre que, très vraisemblablement, elle ne reverrait jamais Rafi. Alors, pourquoi se miner ? Son départ ne faisait-il pas que confirmer qu'ils avaient juste pris du bon temps ensemble ? N'était-ce pas tout ce qu'elle voulait, de toute façon ? Rafi était gentil, beau, mais elle le connaissait à peine et, pour être entièrement honnête, elle ne se voyait pas passer le restant de sa vie avec lui. Alors pourquoi être contrariée par son départ ? La réponse n'était pas difficile à trouver, si peu d'ailleurs qu'Emmy soupçonna que chaque femme sur terre (à l'inverse des hommes qui avaient, sur ce coup-là, toutes les peines du monde à percuter) comprenait d'instinct ce qu'elle éprouvait :

elle ne voulait pas nécessairement qu'il reste, elle voulait juste qu'il ait *envie* de rester. Était-ce vraiment trop demander ? Et même si elle n'aurait jamais, au grand jamais, accepté de l'accompagner – pour tout dire, elle avait bien envie de se retrouver un peu seule, et indéniablement, elle devait rattraper le temps perdu sur le front du boulot – ne pouvait-il pas avoir la décence de le lui proposer ? De l'inviter simplement à se joindre à lui ? Était-ce si déraisonnable ?

Rafi se leva et gagna la salle de bains.

— Je file sous la douche, lança-t-il une fois la porte refermée derrière lui. J'espère que tu sais que tu es la bienvenue, si ça te dit.

La bienvenue pour quoi ? Le rejoindre sous la douche ? L'accompagner dans le sud ? Passer le restant de sa vie comme sa promise bien-aimée ?

C'était épuisant. Tant qu'à s'investir émotionnellement auprès de quelqu'un, celui-ci devait être au moins un vrai petit ami, et non un garçon de passage. Les doutes se mirent à déferler dans son esprit : *Admets que tu n'es pas faite pour ce style de vie. Tu es monogame dans l'âme. Arrête de te comporter comme une fêtarde immature*, et ainsi et de suite.

Reprends-toi, s'intima-t-elle en enfilant résolument une culotte en coton et une de ses brassières généreusement rembourrées, deux alliées fiables en matière de tue-le-sexe. Elle choisit ensuite un tailleur-pantalon bleu marine, une chemise à col boutonné et ses mocassins classiques, plutôt que les escarpins à talons hauts qu'elle ne quittait plus depuis plusieurs semaines. Lorsque Rafi émergea de la salle de bains, en jean et chemise bleue, Emmy était assise sur le bord du lit, dans une posture un peu guindée et elle feuilletait son Filofax pour se donner la contenance de la fille distante et préoccupée.

Rafi s'approcha, tira ses cheveux en queue de cheval et l'embrassa dans le cou. C'était un geste d'intimité entre deux personnes qui venaient de passer pas mal de temps ensemble, et Emmy s'en trouva un instant ravie. Ravie, oui, jusqu'à ce que Rafi lâche ses cheveux, dépose un baiser très paternel sur son front, et entreprenne de rassembler sa montre, son portefeuille et son sac à dos en toile. Cela ne lui prit qu'une minute à peine, et il ne semblait pas ennuyé par le fait qu'Emmy, obstinément silencieuse, semble absorbée par son emploi du temps.

— Je sais que tu as beaucoup de travail, trésor, donc je ne vais pas éterniser la cérémonie des adieux. Il prit ses lunettes de soleil sur la table de chevet et les posa en bandeau sur sa tête.

— Mmm…, fit Emmy. (Il allait vraiment partir comme ça ?)

— Viens par là, reprit-il en lui serrant le bras pour lui indiquer qu'elle devait se lever.

Elle s'exécuta et Rafi la gratifia d'une accolade si tiède, si convenue qu'elle aurait pu lui être donnée par un grand-père distant, ou un coiffeur dont elle était proche.

— Emmy, c'était génial. Vraiment génial.

— Mmm…

Soit il ne remarqua pas sa froideur, soit c'était le cadet de ses soucis. Il lui donna un autre baiser chaste, une dernière accolade de rigueur, puis il se dirigea vers la porte.

— Bon voyage, demain. Je penserai à toi.

— Pareil pour toi, répondit-elle machinalement et avec indifférence – même si cette réponse fit naître sur les lèvres de Rafi un sourire de soulagement, un sourire qui semblait dire : « Dieu merci, tu ne vas pas compliquer ce qui n'a pas besoin de l'être. »

Une seconde plus tard, il était parti. Et au bout d'une minute, Emmy s'aperçut qu'il n'avait pas pris la peine de lui demander son adresse e-mail, ou son numéro de téléphone. Elle ne le reverrait jamais… ce dont, de toute évidence, il se fichait éperdument.

À quoi bon différer l'inévitable ?

Les mains de l'aromathérapeute faisaient des miracles sur ses épaules nouées, mais en dépit de la musique d'ambiance, des éclairages tamisés et des huiles parfumées à la lavande, Leigh ne parvenait pas à faire le vide dans son esprit. Un mois s'était écoulé depuis qu'elle avait couché avec Jesse, un mois de torture absolue – ce qui n'était pas peu dire pour une fille coutumière des pensées obsessionnelles et des comportements compulsifs. Pas une seule seconde – littéralement – elle n'avait cessé de ruminer ce qui s'était passé avec Jesse, ce qui allait se passer avec Russell, ou quelque combinaison inextricable des deux. Elle avait d'abord été prête à tout raconter à Russell, immédiatement, mais le temps de rentrer des Hamptons, elle s'était ravisée. Ç'aurait été injuste envers Russell et leurs parents de gâcher le week-end de *Thanksgiving* par une annonce dramatique – et vraisemblablement fatale à leur relation. Un détail l'avait également aidée à reconsidérer sa décision : Jesse lui avait laissé un message sur sa boîte vocale, pour lui annoncer qu'il partait le lendemain en Indonésie, en vacances, et ce jusqu'au début du mois de janvier. Lui aurait-il tendu un sauf-conduit sur un plateau en argent qu'il n'aurait pas pu mieux faire. Sa conscience avait beau réclamer à cor et à cri d'être déchargée de ce poids, Leigh décida d'endurer le fardeau de la culpabilité et de faire comme si tout allait bien, le temps que soient derrière elle ces épouvantables fêtes de fin d'année.

Elle s'était débrouillée tant bien que mal pour traverser ces dernières semaines sans craquer, mais elle était un vrai paquet de nerfs – plus encore que d'habitude. Et entre Emmy qui était en déplacement en Israël, et Adriana en vacances au Brésil, elle n'avait même pas eu l'occasion de se confier à ses amies. Toutefois, si elle voulait être parfaitement honnête avec elle-même, c'était aussi un soulagement de n'avoir pas eu à évoquer ce qui s'était passé. Leigh avait enduré une soirée de réveillon particulièrement pénible chez un collègue de Russell – qui habitait un loft presque en tout point identique au sien, à ce détail près que celui-là se trouvait à SoHo – et quand, le 2 janvier, il lui avait fallu retourner au bureau, elle n'en avait pas trouvé la force. Elle avait pris un congé maladie de deux jours – un fait si rare venant d'elle que cela avait aussitôt éveillé la suspicion d'Henry.

— Vous êtes vraiment malade, Eisner, ou bien s'est-il passé quelque chose dont je devrais être au courant ? avait-il demandé.

Leigh avait pris soin de l'appeler à 6 heures du matin, dans l'intention de lui laisser un message sur sa boîte vocale, mais Henry avait décroché à la seconde sonnerie. Insomniaque chronique du dimanche soir, il avait pris le pli d'arriver au bureau à 4 ou 5 heures le lundi matin, et il soutenait que ces quelques heures de paix absolue étaient le seul moment de toute la semaine où il pouvait travailler efficacement. Dans son désarroi, Leigh avait oublié ce détail.

— Qu'est-ce que vous insinuez ? s'était-elle rebiffée, avec une indignation passablement crédible. Évidemment que je suis malade ! Qu'est-ce qui vous fait penser le contraire ?

— Oh, rien de précis… sinon le fait que vous n'avez pas pris un seul congé maladie pendant toutes les années où vous avez travaillé pour moi, et également celui que Jesse Chapman, à peine débarqué de son avion, m'a laissé trois messages hier, et deux autres, déjà, ce matin. Disons que c'est mon intuition qui s'exprime.

— Qu'a-t-il dit ? demanda Leigh.

Au tréfonds d'elle-même, elle savait que leur collaboration professionnelle était terminée, mais elle voulait avoir l'opportunité d'en informer elle-même Henry, quand elle serait prête.

Elle entendit Henry siroter une gorgée de quelque chose, puis il pouffa.

— Ben, rien… justement. Il a dit qu'il appelait pour « prendre des nouvelles », « reprendre contact » et « dire bonjour ». Et ça, de la part de M. Jesse Chapman, c'est une banderole publicitaire aérienne annonçant : « Il y a un truc complètement foiré, et j'essaie de deviner si, oui ou non, vous êtes au courant. »

Leigh inspira d'un coup sec, à la fois impressionnée par la perspicacité d'Henry et en colère contre la transparence de la manœuvre de Jesse.

— Eh bien, je ne peux pas parler au nom de Jesse, mais en ce qui me concerne, il n'y a aucun problème à signaler. Le manuscrit n'a pas encore le niveau que je souhaite lui voir atteindre, mais il n'y a pas lieu de s'inquiéter, répondit-elle avec une fermeté qu'elle était loin de ressentir.

Henry observa une pause, commença une phrase, puis se ravisa.

— Bon, c'est votre version et vous n'en démordrez pas, hein ? D'accord. Je n'en crois pas un mot, cependant je l'accepte pour l'instant. Mais à la seconde où il se produira quelque chose, n'importe quoi, qui menace notre date de publication, je veux être mis au courant. Quelle que soit l'heure du jour ou de la nuit, et même s'il faut envoyer la nouvelle par FedEx, ou par pigeon voyageur, je veux être au courant. Compris ?

— Évidemment ! Henry, je sais combien c'est important, je vous assure. Je vous jure que j'ai la situation bien en main. Et sans vouloir écourter notre conversation, j'ai l'impression d'avaler du verre pilé.

— Du verre pilé… hum, hum…

Leigh hocha la tête, bien que personne ne pût la voir.

— Oui, ce doit être une angine, donc je ne viendrai sans doute pas demain non plus. Mais j'ai mon ordinateur à la maison, et mon portable reste allumé, évidemment.

— Bon, soignez-vous bien. Je suis heureux que nous ayons eu cette petite conversation.

Une douleur fulgurante dans la nuque la ramena à l'instant présent, et à ce massage qu'elle avait programmé juste après la conversation avec Henry. Elle cilla.

— Désolée, dit la thérapeute. C'était trop fort ?

— Non, non pas du tout, mentit Leigh.

Elle savait qu'il était bienvenu de faire part de ses réactions pendant un massage, qu'il était idiot de payer des sommes extravagantes pour ne pas y prendre plaisir, ou pire, d'endurer une heure de souffrance, mais malgré cette conscience, Leigh ne pouvait se résoudre à faire la moindre réflexion. Avant chaque séance, elle se disait que, cette fois, elle parlerait, mais ses résolutions restaient invariablement lettre morte, et elle supportait, dents serrées, un malaxage trop énergique, une musique trop forte et une pièce trop fraîche. Pourquoi ? Était-ce par crainte de heurter les sentiments de la masseuse ? Si tel était le cas, ça ne manquait pas d'ironie. Elle avait trompé son fiancé sans l'ombre d'une hésitation, mais répugnait à dire à une inconnue – qu'elle payait – qu'elle aurait préféré un toucher plus doux ? Leigh secoua la tête. Elle s'écœurait elle-même.

— Je vous fais mal, n'est-ce pas ? demanda la fille, à qui le mouvement de Leigh n'avait pas échappé.

— C'est un euphémisme – j'ai l'impression de me faire rouer de coups par un boxeur, répondit Leigh sans réfléchir.

— Oh mon Dieu ! se récria la fille, consternée. Mais il fallait me le dire ! Je suis désolée. Je peux y aller bien plus doucement.

— Non, non, c'est moi qui m'excuse. Je, euh… ce n'est pas ce que je voulais dire. C'est juste… je me suis mal exprimée. Tout va bien, je vous assure.

Pourquoi n'était-elle pas capable de contrôler les mots qui sortaient de sa bouche ?

Le matin, une séance de massage lui avait semblé une bonne idée – si elle avait jamais eu besoin de se détendre, c'était bien en ce moment, et justement, un de ses auteurs lui avait offert pour Noël un chèque-cadeau de cet institut. Mais jusque-là, le seul bénéfice qu'elle retirait de l'expérience, c'était d'avoir tout loisir de ressasser interminablement ses problèmes.

Russell et elle avaient prévu ce soir-là, au dîner, de discuter du mariage. Quelle perspective plus redoutable ?

— Vous avez la nuque complètement nouée. Vous sentez-vous stressée, ces derniers temps ? demanda la fille en pétrissant un muscle à pleine paume, d'un mouvement circulaire répétitif et douloureux.

— Mmmm, murmura évasivement Leigh, en espérant que la fille comprendrait qu'elle n'avait pas envie de parler.

— Oui, ça se voit. Les clients se demandent toujours comment on sait où ils portent leurs tensions, et j'ai toujours envie de répondre, « Vous rigolez ? On est formés pour ça. » C'est sûr, n'importe qui peut vous frictionner le dos et ça fait du bien, mais seul un professionnel sait localiser ces points spécifiques et les dénouer. Alors, c'est quoi ? insista-t-elle.

Elle avait parlé sans élever la voix, qu'elle avait d'ailleurs plutôt douce, mais la rapidité de son débit donnait l'impression qu'elle n'était pas elle-même à l'abri du stress.

— Pardon ? demanda Leigh, agacée d'être forcée de discuter.

— Pourquoi êtes-vous stressée ?

Leigh, qui avait cessé de consulter un psy parce qu'elle trouvait l'exercice du divan par trop révélateur, n'était pas ravie par cette série de questions. D'ailleurs, elle détestait qu'on lui en pose, sur quelque sujet que ce soit, et quelle que soit la personne qui les pose. Et malgré tout, elle était totalement incapable d'éluder par quelques mots simples. Elle aurait pu répondre : « J'ai un peu mal à la tête ; ça vous embêterait si je restais là sans parler ? » Mais non. Elle se mit à débiter une histoire inepte à propos d'échéances professionnelles qui l'obligeaient à une course d'endurance, et de la pression à laquelle elle était soumise par l'organisation du mariage idéal, à Greenwich. La fille l'écoutait en lâchant de petits bruits pour exprimer sa sympathie. Leigh se demanda comment cette inconnue réagirait si elle lui expliquait la véritable origine de sa tension – à savoir le fait qu'elle avait couché avec un de ses auteurs (et que par « coucher avec » il fallait entendre « prendre son pied comme jamais, dans toutes les positions imaginables, avec toutes les variations possibles, pendant dix heures ») tout en continuant à jouer la fiancée aimante et enthousiaste auprès de son adorable fiancé qui la soutenait et ne se doutait absolument de rien.

À la fin de la séance, Leigh se sentait légèrement plus anxieuse, et franchement moins détendue. Elle se rhabilla – sans même prendre la peine de se doucher pour débarrasser sa peau des huiles parfumées – et essaya de se préparer mentalement à affronter le chaos qu'elle avait créé. Elle n'avait qu'une envie : retourner dans la maison de son enfance, se pelotonner sous une couverture et tout oublier devant n'importe quel programme télé. Et cette envie la tenaillait au point qu'elle était à deux doigts d'emprunter la voiture de Russell et de partir chez ses parents quand une autre vision chassa celle-là. Là aussi, il y avait un plaid moelleux et une pile de ses romans préférés, mais au panorama s'ajoutaient ses père et mère la soumettant à un tir nourri de questions.

Pourquoi es-tu là au beau milieu de la semaine ? Où est Russell ? Comment marche le travail ? Quand vas-tu choisir le menu pour la réception ? Que se passe-t-il avec le roman de Jesse ? Où vas-tu déposer ta liste de mariage ? Pourquoi as-tu l'air aussi malheureuse ? Pourquoi ? Où ? Quand ? Dis-nous, Leigh, dis-nous !

Le mal de tête, jusque-là diffus, s'était transformé en un martèlement continu, comme si on lui attaquait le crâne au piolet, et la pellicule d'huile un peu collante entre sa peau et ses vêtements lui donnait soudain l'impression d'être particulièrement sale.

Elle s'empressa de régler et réussit à opposer un refus ferme et catégorique quand on lui demanda de bien vouloir remplir un questionnaire d'appréciation sur l'institut.

— Vous êtes sûre ? insista la réceptionniste tout en mâchouillant son chewing-gum avec un enthousiasme irritant. Ça vous donne droit à quinze pour cent de remise lors de votre prochaine visite.

— Merci, mais je suis pressée, mentit Leigh en souriant (enfin… presque) intérieurement à l'idée que, d'après ses calculs, la moitié de ce qu'elle disait ces temps-ci n'était que mensonges.

Elle griffonna une signature méconnaissable au bas du chèque-cadeau, laissa un pourboire de plus de vingt-cinq pour cent par culpabilité de n'avoir pas été plus bavarde avec la masseuse, et fonça vers la sortie avant que d'autres crépitements de mastication ne l'amènent à commettre un meurtre.

En dépit de la circulation congestionnée de l'heure de pointe, le taxi la conduisit du spa, dans l'Upper East Side, à TriBeCa en quelques secondes à peine, lui sembla-t-il. À l'instant où le chauffeur la déposait au pied de l'immeuble de Russell, son téléphone sonna.

— Salut, dit Russell.

Il y avait quelque chose de changé dans sa voix, comme une distance. Non, se rassura Leigh, son imagination lui jouait des tours.

— Salut ! J'arrive à l'instant en bas de chez toi. Tu es à la maison ?

Sa propre voix lui parut forcée et faussement enjouée, mais Russell ne sembla pas le remarquer.

— Non, j'en ai encore pour une heure au moins, mais j'espérais que tu m'attendrais. Installe-toi et commande-nous peut-être quelque chose à dîner ? Il me tarde de te retrouver.

— Moi aussi, répondit-elle, avec un certain soulagement, celui de s'apercevoir que ce n'était pas entièrement un mensonge.

Elle réglait sa course et descendait du taxi quand son téléphone sonna de nouveau. Elle l'ouvrit, sans regarder.

— J'ai oublié de te demander : tu préfères italien ou japonais ?

— Italien ! s'esclaffa une voix féminine.

— Emmy ! Tu appelles d'Israël ? Comment ça va ?

À cet instant précis, Leigh n'avait pas envie de parler à qui que ce soit, mais elle ne pouvait décemment pas expédier sa meilleure amie, dont elle n'avait pas de nouvelles depuis une semaine.

— Non, je viens juste d'atterrir à JFK et je suis dans le taxi. Tu fais quoi, ce soir ? J'espérais te convaincre d'aller dîner quelque part. Mes amies me manquent !

— Je vais rompre avec Russell, répondit Leigh calmement, d'une voix sans intonation.

Elle doutait encore de ce qu'elle venait de dire quand le hoquet que lâcha Emmy lui confirma qu'il n'y avait pas lieu d'en douter.

— Qu'est-ce que tu as dit ? Ces portables, c'est vraiment nul. Je ne crois pas avoir entendu.

— Si. Tu as bien entendu, confirma Leigh, avec un calme qu'elle n'avait pas éprouvé ces trois derniers jours. J'ai dit que je vais rompre avec Russell.

— Où es-tu ? demanda Emmy avec autorité.

— Emmy, ça va. J'apprécie ta…

— Tu es où, putain ? grinça Emmy, si fort que Leigh dut éloigner son téléphone de l'oreille.

— J'arrive chez lui. Il n'est pas encore rentré, mais je vais nous commander à dîner, et ensuite, je vais en finir. Emmy, je sais que ça a l'air fou, mais…

Sa voix se fêla et un sanglot l'étouffa.

— J'arrive tout de suite. Écoute-moi bien, Leigh Eisner. Je viens directement. J'arrive. (Leigh entendit Emmy donner de nouvelles instructions au chauffeur pour le rediriger vers chez Russell.) Leigh, tu es toujours là ? Écoute, on a déjà passé le tunnel, on arrive sur le FDR Drive. Je suis là dans dix minutes – douze maxi. Tu m'entends ?

Leigh hocha la tête.

— Leigh ? Dis quelque chose.

— J'ai entendu, dit-elle d'une voix étranglée par un sanglot.

— OK. Ne bouge pas. Ne. Bouge. Pas. Compris ? J'arrive d'un instant à l'autre.

Emmy avait raccroché, mais Leigh n'arrivait pas à se résoudre à refermer son propre téléphone. Pourquoi avait-elle dit qu'elle allait rompre avec Russell ? Ce n'était pas du tout ce à quoi elle avait pensé au cours des quelques derniers jours, ni pendant son massage, ni même pendant le trajet en taxi. Elle en était simplement arrivée à la conclusion qu'elle devait être honnête avec lui – à tout prix – concernant Jesse. Que même si ces aveux avaient pour seul but d'alléger le fardeau de sa culpabilité, elle ne pouvait pas démarrer un mariage sur la base d'une tromperie et que Russell méritait de connaître toute la vérité. Cela étant, elle était aussi à peu près certaine que Russell – si elle lui offrait les garanties qui s'imposaient – se laisserait convaincre de lui donner une seconde chance. Ce ne serait agréable pour aucun des deux, mais si elle se démenait pour lui assurer que ce qui s'était passé avec Jesse tenait d'un hasard extraordinaire (ce qui était le cas), et ne se reproduirait jamais (ce qui était également le cas), elle se disait qu'elle avait toutes les chances de passer au travers. Ce qu'elle n'avait pas envisagé, pas même une seule seconde, c'est de n'avoir peut-être pas envie de passer au travers... Jusqu'au moment où ces mots s'étaient échappés de sa bouche, quelques instants plus tôt.

Elle entra s'acheter un café dans une minuscule échoppe de produits diététiques et resserra le nœud de son écharpe. Au moment où elle allait pénétrer dans le hall de Russell, elle entendit quelqu'un qui criait dans son dos, et reconnut la voix d'Emmy. Elle se retourna. Un taxi était en train de piler dans un grand crissement de pneus. Emmy, toute bronzée et visiblement paniquée, lui adressait des signes frénétiques derrière la vitre.

Leigh attendit calmement devant la porte et regarda Emmy tendre trois billets de 20 dollars au chauffeur, récupérer quelques dollars de monnaie et extraire sa valise du coffre.

— Quand s'est-il mis à faire aussi froid ? siffla celle-ci entre ses dents tout en bataillant ferme pour dégager la poignée de la valise de sa glissière.

— Deux secondes après ton départ.

Leigh se rendait compte qu'elle aurait dû voler à son secours, mais elle n'en avait pas envie. Pour l'instant, contempler la condensation de son souffle dans l'air glacial lui convenait très bien. Elle allait quitter Russell. Quitter Russell. Allait-elle vraiment le faire ? Allait-elle rompre, comme ça, d'un coup ? Annuler les fiançailles, rendre la bague, se dédire de sa promesse ? Oui. C'est exactement ce qu'elle allait faire.

— Mon Dieu, mais c'est barbare ! Inhabitable ! Pourquoi avons-nous choisi de vivre comme ça ?

(Emmy s'approcha pour embrasser Leigh.) Russell n'est pas là, hein ? Donc on peut monter ?

Leigh ouvrit et tint la porte d'entrée, aida Emmy à caser sa valise dans l'ascenseur, qu'elle actionna avec sa clé. Quand les portes de la cabine s'ouvrirent directement dans le loft de Russell, le paysage d'acier et de laque noire infligea à Leigh un choc qui suffit à la ramener au présent ; à la seule vue de la collection de sculptures en métal et des affiches en noir et blanc choisies par un décorateur, elle sentit ses ongles s'enfoncer dans la chair de ses paumes.

— Bienvenue ! chantonna-t-elle avec un enjouement feint. Cet appartement réchauffe le cœur, tu ne trouves pas ?

Emmy laissa sa valise près de l'ascenseur, posa sa doudoune sur une chaise de salle à manger et se laissa choir d'un mouvement un peu gauche sur le canapé terriblement design et affreusement dur.

— Je pourrais te citer les noms de trois douzaines de femmes, là, sans réfléchir, qui seraient prêtes à tuer pour passer ne serait-ce qu'une nuit dans cet appart.

Leigh lui décocha un regard en forme de mise en garde.

— Je dis juste…

— Tu as raison, évidemment. Ce qui rend la situation encore plus ironique, c'est que je ne sois pas l'une d'elles.

Leigh s'étonna du son de sa voix – posé, sérieux. Pourquoi n'était-elle pas déjà en train de pleurer ?

Emmy tapota le canapé à côté d'elle, ce qui produisit un bruit sourd.

— Putain, qu'est-ce que c'est dur ! marmonna-t-elle. Viens par là, assieds-toi et dis-moi ce qui se passe. Ce truc est fou.

Leigh se dirigea vers Emmy, mais prit place sur le lit de repos, en face d'elle.

— C'est l'impression que ça donne, je suppose. Bon sang, c'est même l'impression que j'ai ! Mais pas si je suis honnête avec moi-même.

Leigh sentit sa gorge se nouer, et fut presque soulagée d'avoir enfin une réaction d'apparence normale.

— Que se passe-t-il ? Vous vous êtes disputés ?

— Disputés ? Non, bien sûr que non. Russell est toujours aussi gentil et attentionné que d'habitude. Je ne sais pas, c'est juste que je, eh bien… Je ne sais pas.

— Oh, mon Dieu ! se récria Emmy en se tapant la tête. Comment n'ai-je pas deviné plus tôt ! C'est un mec, après tout. Russell te trompe, n'est-ce pas ?

Leigh sentit qu'elle écarquillait les yeux, mais elle était incapable d'articuler un mot.

— Oh. Mon. Dieu. Quelle merde ! Monsieur-je-suis-la-perfection-faite-homme te trompe ? Leigh, trésor, malheureusement pour nous deux, je sais exactement ce que tu ressens en ce moment. Bon sang, j'ai du mal à croire qu'il a…

— Il ne me trompe pas, Emmy. C'est moi qui le trompe.

Une flopée d'anges traversa la pièce. Emmy, hébétée, assommée, les traits déformés par la surprise, se débattait visiblement pour assimiler l'information.

— Tu trompes Russell ?

— Oui. Enfin, non. Pas en ce moment. Mais je l'ai fait.

— Avec qui ?

Leigh soupira.

— Peu importe. Ce qui compte pour l'instant, c'est que c'est fini. Mais je suis bien obligée de me dire que ce n'est pas arrivé sans raison. Les couples qui nagent dans le bonheur ne vont pas voir ailleurs.

Emmy leva la main, comme pour réclamer le silence.

— *Peu importe ?* Leigh, chérie, tu es l'une de mes deux meilleures amies sur cette terre. Je ne veux pas tout ramener à moi, mais arrête ! Ça craint déjà assez que je n'aie pas su que tu couchais avec quelqu'un d'autre au moment où ça s'est passé – et j'admets que ce n'est pas le bon moment pour t'en vouloir de tes cachotteries – mais que tu oses suggérer que tu ne vas pas me dire de qui il s'agit après coup est absolument impensable. Je veux dire, tu crois vraiment que…

— Jesse. Jesse Chapman.

Emmy fit un geste d'exaspération.

— Nom de Dieu ! Je ne sais pas comment elle fait ! C'est comme si elle avait un sixième sens pour ces trucs. Ou alors, lorsque tu t'es tapé pas mal de mecs toi-même, tu devines quand quelqu'un d'autre fait pareil. C'est incroyable ! Cette fille est juste incroyable !

— De quoi parles-tu ? Qui est incroyable ?

La voix de Leigh sembla ramener d'un coup Emmy à la réalité.

— Oh, excuse-moi. C'est juste qu'Adriana me rabâche depuis des semaines – des mois, même – que tu couches avec Jesse, que vous avez une liaison, et moi je lui soutenais *mordicus* qu'elle se trompait. Je te jure, sur ce que j'ai de plus cher, que pour moi, c'était le truc le plus ridicule que j'avais jamais entendu. Tu es fiancée à Russell, bon sang de… (Emmy s'interrompit et colla la main sur sa bouche.) Excuse-moi. Leigh, je suis désolée, ce n'est pas ce que je voulais dire.

Leigh haussa les épaules.

— Bon, pour que les choses soient bien claires, je n'ai pas de « liaison » avec Jesse, ni n'en ai jamais eue. C'est arrivé une fois, une seule, et ça ne se reproduira plus jamais. Donc, la prochaine fois que tu parles de ça avec Adriana, tu lui diras qu'elle se trompait.

Le téléphone d'Emmy sonna. La tête que fit celle-ci lorsqu'elle regarda l'écran confirma à Leigh que c'était Adriana.

— Nom d'un chien ! Elle t'oblige à planquer un micro ? s'exclama-t-elle en secouant la tête.

— C'est sa fameuse intuition latine – c'est ce qu'elle prétend, du moins. (Emmy renvoya l'appel sur la messagerie et rangea le téléphone dans son sac.) Bon, au risque de passer pour euh… insensible, est-ce que je peux te demander pourquoi tu as l'impression de devoir rompre avec Russell ? Si ce qui s'est passé avec Jesse est sans lendemain – et tu veux qu'il en soit ainsi – alors est-ce que ça fait de moi un monstre, si je te suggère de passer cette histoire à la trappe ?

— Ce n'est pas aussi simple.

— Ça veut dire que tu éprouves des sentiments pour Jesse ?

— Non ! Enfin, si. En quelque sorte. Mais en fait, Jesse n'a rien à voir avec tout ça. Le problème, c'est entre Russell et moi.

Emmy sortit une bouteille d'eau de son sac, but une gorgée et en proposa à Leigh. Qui déclina en secouant la tête.

— Oui, j'ai bien entendu, répondit prudemment Emmy. Mais je suis certaine que tu as réfléchi aussi au fait qu'il est parfois inutile de blesser quelqu'un uniquement pour soulager sa conscience. Si ça ne doit pas vous aider qu'il soit au courant, mieux vaut ne pas le faire.

Leigh s'obligea à décrisper sa mâchoire et à dégager sa tête d'entre les épaules. Elle répugnait à laisser transparaître l'agacement que lui inspirait cette conversation, mais il devenait difficile de le cacher. Évidemment qu'elle avait réfléchi à tout ça ! Et la situation était bien plus compliquée que ne le supposait son amie. Leigh ne ressentait pas le besoin de – comment Emmy avait-elle présenté ça ? – « soulager sa conscience », avant d'implorer le pardon de Russell. Si tel avait été le cas, elle aurait pris la seule décision raisonnable et fait exactement ce que lui suggérait Emmy : elle aurait enfoui sa culpabilité dans un coin de son cœur, elle se serait juré de ne jamais plus trahir Russell et elle serait allée de l'avant. Le vrai problème surgissait quand elle s'autorisait à reconnaître que, même si elle le pouvait certainement, elle ne *voulait pas* aller de l'avant.

Elle prit une profonde inspiration, et dit :

— Je ne suis pas amoureuse de Russell.

— Oh, Leigh.

Emmy bondit sur ses pieds et s'avança vers le lit de repos. Leigh leva la main.

— Non. S'il te plaît. (Emmy recula, s'accroupit, et posa la main sur le bras de son amie.) C'est là que je vais dire un truc complètement con, un lieu commun ridicule, comme « J'aime Russell, mais je ne suis pas amoureuse de lui. »

Leigh lâcha un rire sans joie et chassa une grosse larme d'entre ses cils.

— Mon Dieu, quel bordel ! Qui aurait pensé que c'était possible ? Mademoiselle-parfaite-sous-tous-rapports qui accepte d'épouser un type dont elle n'est pas amoureuse parce que toutes les femmes sont amoureuses de lui, et qu'elle s'imagine qu'avec un peu de temps elle le deviendra elle aussi. Et puis, plutôt que d'assumer la situation dans laquelle elle s'est mise de son plein gré, en faisant montre de raison et de maturité, elle choisit de baiser avec quelqu'un avec qui elle travaille. Et qui est marié ! En bousillant d'un seul et même coup bien net et sa carrière, et sa vie sentimentale. Ce serait marrant, si ce n'était pas aussi pathétique.

— Ça n'a rien de pathétique, protesta Emmy.

— Je parle de moi à la troisième personne. Si ça, c'est pas pathétique…

— Oh, mon chou, soupira Emmy. Je suis navrée. Je ne savais pas que ça allait aussi mal. Personne ne s'en doutait. Mais tu ne peux pas te flageller à cause de sentiments que tu n'éprouves pas. Russell est un mec génial, et oui, il a l'air parfait. Mais rien de tout ça ne compte s'il n'est pas le mec parfait pour toi.

Leigh hocha la tête.

— Tout s'est enchaîné si vite ! Un jour on se baladait main dans la main à Union Square et, le lendemain ou presque, il me glissait un diamant au doigt sans même imaginer que je puisse répondre autre chose que oui. Je n'arrête pas de me demander à quel moment nos chemins ont divergé à ce point. Je pensais qu'on sortait ensemble comme ça, pour passer de bons moments, et que cette relation nous convenait telle quelle. Pas de rupture en vue, mais sans que ce soit forcément l'histoire d'amour du siècle. Mais se fiancer ? Se *marier* ? Emmy, au risque de passer pour la plus grosse conne de la terre – ou, au mieux, la moins perspicace – je n'ai rien vu venir. Et depuis, j'attends d'avoir enfin la certitude que j'ai pris la bonne décision en acceptant de l'épouser, mais ça ne vient pas. Je n'ai jamais, jamais senti la moindre étincelle pour Russell, et je pense qu'il est temps de regarder les choses en face : je n'en sentirai jamais.

Les deux filles se figèrent en entendant la cabine de l'ascenseur monter. Et avant que l'une ou l'autre ait pu ajouter quelque chose, les portes s'ouvrirent. Elles entendirent des pas aller jusque dans la cuisine, puis la porte du frigo s'ouvrir et se refermer, et Russell apparut dans le salon.

— Oh, salut, Emmy. Je ne savais pas que tu étais là, dit-il en ne lui accordant qu'un regard distrait et fugace.

Regard qui fit comprendre à Leigh que Russell n'était pas d'humeur sociable. Bien. Ils seraient deux.

Emmy n'eut pas besoin d'autres indices. Elle se leva d'un bond, embrassa Russell puis Leigh, marmonna quelque chose à propos d'un dîner de boulot auquel elle ne pouvait pas échapper, et disparut dans l'ascenseur. Tout cela se passa si vite que Leigh ne disposa même pas d'une minute pour préparer ce qu'elle allait dire. À quel moment elle allait le dire. Et comment.

— Salut, lâcha-t-elle en scrutant le visage de Russell.

Avait-il surpris quelque chose de leur conversation ? Non, c'était impossible, bien évidemment – sitôt qu'elles avaient entendu la cabine monter du hall, elles n'avaient plus prononcé un mot. Pourtant, elle ne put réprimer l'espoir qu'il ait surpris quelques bribes. Ce serait tellement plus facile s'il avait eu ne serait-ce qu'un indice de ce qui était sur le point de se passer !

— Bonsoir. J'espère que je n'ai pas interrompu une conversation. Elle a filé drôlement vite.

Il desserra sa cravate (Leigh reconnut celle que lui avaient offerte ses parents pour son dernier anniversaire) puis, comme s'il trouvait que ça ne lui permettait pas de respirer assez librement, la fit passer par-dessus la tête et la posa sur la table.

— Tu connais Emmy. Elle est toujours à cent à l'heure.

— Mmm. Tu as commandé à dîner ?

— Non, désolée. Emmy voulait s'arrêter me dire bonjour en rentrant de l'aéroport, on a un peu bavardé et bon, j'ai oublié. Tu veux quoi ? demanda Leigh, reconnaissante de cette diversion. (Elle attrapa son téléphone et commença à faire défiler les numéros de son répertoire.) Sushi ? Vietnamien ? Le Viet de Greenwich Avenue qui fait des super rouleaux de printemps ?

— Leigh.

— Ou alors on descend manger un truc au *diner* en bas, si tu préfères. Une omelette au fromage et des frites bien grillées. Ça pourrait être pas mal.

— Leigh !

Il n'avait pas haussé la voix, mais le ton était plus incisif, plus insistant.

Leigh leva aussitôt les yeux et croisa son regard pour la première fois depuis son arrivée. Russell ne s'énervait jamais contre elle, pour aucun motif. S'était-il passé quelque chose à son travail ? Peut-être s'était-il disputé avec ce producteur associé imbuvable. La chaîne avait-elle décidé de déplacer à nouveau son créneau ? Il était question de remaniements dans la grille des programmes et Russell était terrifié à l'idée de se faire éjecter du *prime-time*. D'ailleurs, en y repensant, il lui avait dit un peu plus tôt au téléphone qu'il voulait lui parler de quelque chose. Et si – que Dieu l'en garde ! – il s'agissait d'une mesure encore plus drastique ? Que, pour quelque raison inconnue, impossible à prévoir et complètement saugrenue, Russell avait été viré ? On ne pouvait décemment pas rompre avec quelqu'un le jour où celui-ci perdait son boulot, n'est-ce pas ? À cette pensée, elle frissonna.

— Leigh, que t'arrive-t-il ? Ça fait des semaines maintenant que tu es une vraie loque, et je ne sais absolument pas pourquoi.

— Tu n'as pas été viré ?

— Quoi ? Viré ? Mais de quoi tu parles ?

— Je pensais que tu allais me dire qu'on t'avait…

— Viré ? Mais bien sûr que non. Et je sais qu'on était censé parler du mariage, ce soir, mais je pense qu'il y a des sujets plus importants à aborder. C'est quoi, Leigh ?

Bon – elle devrait se contenter de ça. Il venait de lui offrir, sur un plateau pour ainsi dire, la meilleure ouverture imaginable. Elle prit une brève inspiration, enfonça les ongles dans ses paumes, et se lança :

— Russell, je sais que c'est dur – ça me tue rien que de le dire – mais je veux être franche avec toi. (Elle fixait le sol, mais sentait qu'il l'observait intensément.) Je pense qu'on devrait faire un break.

Bon, d'accord, ce n'était pas entièrement vrai – « faire un break », ça impliquait qu'on veuille, au final, résoudre les problèmes – mais au moins avait-elle réussi à aborder le sujet.

— Un quoi ?

Leigh leva les yeux et en voyant Russell, l'imperturbable, l'air complètement dérouté, elle se troubla encore plus.

— Je, hum… je pense qu'on devrait s'accorder un peu de temps. Pour réfléchir.

À ces mots, Russell se leva du canapé comme un ressort et vint l'envelopper dans ses bras.

— Leigh, mais de quoi tu parles ? « S'accorder un peu de temps » ? On est fiancés ! On va se marier, bébé. Notre vie est devant nous. Tu veux vraiment attendre pour la commencer ?

L'étreinte de Russell lui donnait une douloureuse sensation d'asphyxie. Mais elle savait qu'elle devait poursuivre.

— Russell, je ne suis pas certaine de vouloir ce mariage, dit-elle avec toute la douceur dont elle était capable pour prononcer ces mots cruels.

Le silence de Russell était tel qu'elle se demanda s'il l'avait entendue, jusqu'à ce qu'il s'écarte d'elle et réintègre le canapé.

Elle s'assit à côté de lui, suffisamment près pour que le geste reste intime, mais pas assez pour que leurs corps se touchent.

— Russell, tu m'aimes ? Je veux dire, tu m'aimes vraiment ? Tu m'aimes tellement que tu veux passer le restant de ta vie avec moi et moi seule ?

Russell demeura stoïque et ne répondit pas.

— Réponds-moi, insista-t-elle, en pensant – en sachant – que la réponse était certainement non. Si elle se doutait depuis si longtemps que quelque chose clochait dans leur couple, Russell n'avait pas pu ne pas en faire autant. Elle avait juste besoin de lui donner l'opportunité de le dire.

Il prit une profonde inspiration et lui attrapa la main. Il sourit.

— Évidemment que je t'aime vraiment, Leigh. C'est pour ça que je t'ai demandé de m'épouser. Tu es ma partenaire, ma fiancée, mon amour. Tout comme je le suis pour toi. Je sais, parfois, le bonheur peut faire peur, mais Leigh, mon bébé, c'est normal. Je n'arrive pas à croire que c'est pour ça que tu te ronges depuis des semaines ! La frousse. Ma chérie ! Je suis désolé que tu aies gardé tout ça pour toi si longtemps.

Il se tut et voulut la prendre dans ses bras, mais cette fois, Leigh le repoussa. Son refus d'entendre – d'écouter – ce qu'elle disait avait libéré sa colère. Cela dépassait-il donc son entendement, qu'elle ne veuille pas l'épouser ?

— Russell, tu ne m'écoutes pas. Tu sais que je t'aime, mais je ne peux pas m'empêcher de penser que si notre relation a évolué aussi rapidement, c'est peut-être à cause des circonstances. Tu comprends, tu approches de la trentaine, tu commences à sortir avec quelqu'un qui satisfait à tous tes critères – intelligence, réussite, séduction – et tu vois tous tes amis autour de toi franchir le pas, de plus, tu les entends te demander sans arrêt quand tu en feras autant. Alors du coup, tu vas ton petit bonhomme de chemin, sans te poser de questions. C'est ainsi qu'une relation qui, à vingt-cinq ans, aurait été géniale et drôle mais n'aurait sans doute pas duré plus d'un an, prend soudain un tout autre sens à trente, trente-deux ans. Et tu as à peine le temps de comprendre ce qui se passe que tu te retrouves fiancé, en train de remettre ta vie entre les mains de quelqu'un que tu ne connais pas forcément si bien que ça. Parce que « il est temps », quel que soit le sens de cette expression. Bon sang, je m'explique mal…

Le regard de Russell, qui n'exprimait qu'empathie et tendresse la seconde d'avant, se fit dur.

— En ce qui me concerne, je trouve que tu t'expliques on ne peut plus clairement.

— Donc, tu comprends ce que je veux dire ?

— Ce que tu dis, c'est que tu as l'impression de faire fausse route depuis un bon moment, mais que tu n'as jamais trouvé le courage de me le dire.

Tout d'un coup, elle eut envie de lui raconter toute la vérité, lui raconter ce qui était arrivé avec Jesse, lui dire combien elle était heureuse et détendue quand elle était avec lui, et comment cette seule nuit d'amour était restée plus fermement imprimée dans son souvenir que toutes celles qu'elle avait vécues avec Russell en dix-huit mois.

Elle était à deux doigts de dire la vérité quand, fort heureusement, elle se reprit. À quoi bon lui raconter ce qui s'était passé avec Jesse ? Par charité ? Pour qu'il puisse diriger toute sa haine contre elle, sur son infidélité, et lui éviter de prendre personnellement ce rejet ? Non, ça ne semblait pas non plus la bonne chose à faire. À quoi bon le blesser sans nécessité ? Cependant, n'était-ce pas mal de lui dissimuler une partie de la vérité ? Ne disait-on pas que la noblesse de sentiment oblige à une honnêteté et une franchise totales ? Perdue et épuisée, Leigh prit le parti de se taire. D'autant qu'à en juger par la froideur de sa dernière affirmation, et de son regard, Russell ne semblait pas tenir à poursuivre la conversation. Pourquoi rendre la situation plus dure qu'elle n'était déjà ?

Sans crier gare, il lui saisit le menton et plongea les yeux dans les siens.

— Écoute, Leigh, je sais que ce que tu éprouves en ce moment n'est rien d'autre qu'une frousse normale, naturelle. Pourquoi ne t'accordes-tu pas un petit moment pour réfléchir à tout ça, seule, comme tu le proposais. Pour mettre de l'ordre dans ta tête ?

Leigh, en son for intérieur, soupira. Dans le regard de Russell, la colère avait cédé le pas à la supplique, et c'était tout aussi insupportable.

— Russ, je euh… J'ai… (*Vas-y, dis-le !* s'intima-t-elle. *Arrache le pansement d'un coup !*) J'ai peur que ça ne serve qu'à différer l'inévitable. Je crois que nous devrions en finir tout de suite.

Elle en était même certaine. Elle savait que c'était inutile – à tous points de vue – de faire traîner les choses en longueur, même si c'était beaucoup moins terrifiant de remettre à plus tard les désagréments d'une rupture. Elle savait, sans l'ombre d'un doute, que tout était définitivement fini entre eux, mais s'entendre le dire, c'était un choc.

Russell se leva et se dirigea vers le hall.

— Bien, dit-il posément, de cette voix contrôlée qui faisait des miracles à l'antenne. Je suppose qu'il n'y a rien à ajouter. Je t'aime Leigh, et je t'aimerai toujours, mais je voudrais que tu partes.

Ce sont les mots que Leigh se répéta en boucle dans le taxi – le seul qu'elle ait eu à héler par ses propres moyens en quittant cet appartement. Sa relation avec Russell se terminait aussi subitement qu'elle avait commencé, et cette rupture avait effacé comme par magie l'anxiété qui la rongeait depuis des mois. Elle inspira longuement, profondément, et tandis que le taxi remontait vers Washington Square, elle admit enfin que, oui, elle se sentait profondément triste à cause de ce qui venait de se passer, mais que, plus que tout, elle se sentait soulagée.

Puissent ses énormes rotoplots lui briser le dos à trente ans

— Emmy, je me tue à vous le répéter depuis votre première consultation : vous avez tout le temps devant vous.

— Ce n'est pas ce qu'on lit dans les magazines ! protesta Emmy en gesticulant en direction de la porte. D'un côté vous me dites que j'ai tout le temps, et de l'autre, vous entassez dans votre salle d'attente des milliers d'articles qui me disent que mes ovaires se ratatinent !

Le Dr Kim, une belle Asiatique de quarante-deux ans qui en paraissait quinze de moins, soupira, mais Emmy était lancée. La charmante doctoresse – qui l'assurait à chacune de ses visites (et parfois entre) qu'elle avait tout le temps devant elle pour enfanter – avait elle-même eu trois magnifiques enfants avant son trente et unième anniversaire. Quand Emmy lui demandait comment elle s'était débrouillée pour jongler entre un mari, des études de médecine puis l'internat, et trois mômes en bas âge, tout en bossant quatre jours par semaine, en étant de garde une nuit sur trois et un week-end sur deux, le Dr Kim se contentait de sourire et lui répondait avec un haussement d'épaules :

— On le fait, c'est tout. Parfois, ça semble impossible, mais ça marche, d'une manière ou d'une autre.

Emmy, qui était étendue jambes écartées sur la table d'examen, allait fêter ses trente ans le lendemain et elle était déterminée à entendre une fois encore les paroles rassurantes de la praticienne.

— Parlez-moi de votre patiente moyenne, lança-t-elle, en remarquant à peine que l'examen avait commencé.

Mais quand elle sentit le frottement du Coton-tige contre sa paroi utérine, elle retint sa respiration pour s'interdire de bouger.

— Emmy ! Vous en savez autant que moi, vous m'avez posé la question cent fois.

— Entendre la réponse une cent et unième fois ne peut pas nuire.

Le docteur retira son gant et soupira.

— J'ai une clientèle d'environ deux cent cinquante patientes dans ce cabinet. Et sur ces deux cent cinquante femmes, la moyenne d'âge pour la première grossesse est de trente-quatre ans. Ce qui naturellement signifie que…

— Nombre d'entre elles ont leur premier enfant bien plus tard, termina Emmy.

— Exactement. Et sans vouloir fausser le tableau – car il est important de se souvenir qu'on est dans le quartier le plus huppé de New York et que c'est probablement le seul endroit du pays, sinon du monde, où ces statistiques ont cours – la majorité d'entre elles ne rencontre aucune difficulté.

— Donc, vous n'avez pas de patientes enceintes à vingt ans et quelques ?

Le Dr Kim ouvrit le peignoir d'Emmy et entreprit de lui palper le sein gauche, par pressions successives, le regard rivé au mur en face d'elle, l'air visiblement concentré. Après avoir terminé l'examen de l'autre sein, elle rabattit les pans du peignoir et posa la main sur le bras d'Emmy.

— Si, quelques-unes…

— Quelques-unes ! La dernière fois, vous m'avez répondu « quasiment aucune » !

— On parle ici des très jeunes épouses de quelques confrères mormons, originaires de l'Utah, en stage à Mount Sinai.

Emmy lâcha un soupir de soulagement.

— Vous êtes toujours satisfaite de votre pilule ? s'enquit la doctoresse en notant une observation dans le dossier de sa patiente.

— Ça va. (Emmy se redressa et dégagea les pieds des étriers.) On peut dire qu'elle est efficace.

Le Dr Kim éclata de rire.

— C'est le but, non ? Je vous laisse un renouvellement pour six mois au secrétariat, d'accord ? On vous enverra les résultats du frottis par courrier d'ici une semaine, mais *a priori* je ne vois rien qui cloche. Vous avez l'air en parfaite santé. (Elle tendit le dossier à l'infirmière et après s'être assurée qu'Emmy était couverte, elle ouvrit la porte.) On se revoit dans six mois. Et n'oubliez pas, ma chère, relax. Je suis votre médecin traitant et je vous certifie qu'il n'y a pas lieu de s'inquiéter sur quoi que ce soit.

Facile à dire pour toi, avec tes trois gosses, songea Emmy en lui souriant et la saluant d'un hochement de tête. *Toi, Izzie, et toutes ces gynécos qui ont des ribambelles de gamins, ou qui sont enceintes jusqu'aux yeux, vous avez beau jeu de me dire de ne pas m'en faire.*

Izzie allait accoucher d'un jour à l'autre – elle avait même dépassé le terme de trois jours, mais à son grand désespoir, les contractions se faisaient toujours attendre et son col n'était pas dilaté d'un millimètre. À contrecœur, Emmy avait accepté d'attendre que sa sœur entre à l'hôpital pour s'envoler pour la Floride (avec un premier bébé, avait insisté Izzie, il n'était pas rare de rencontrer un retard d'une, voire même deux semaines, et il était stupide de se précipiter avant de connaître avec certitude la date de l'accouchement) mais elle ne pouvait s'empêcher de penser continuellement à l'arrivée imminente de son neveu.

En sortant du cabinet médical, elle prit la ligne 4, en songeant qu'elle allait rentrer dare-dare chez elle et se doucher. Mais, arrivée à Union Square, en sortant du métro, au croisement de la 14e Rue et de Broadway, elle se retrouva à marcher en direction de chez Leigh et Adriana. Entre la rupture de Leigh qui remontait à une semaine et les toutes nouvelles responsabilités professionnelles d'Adriana, elle s'imaginait que l'une des deux au moins serait chez elle, en train de broyer du noir ou d'écrire, ou les deux. Mais le portier secoua la tête.

— Elles sont parties ensemble. Il y a une heure environ, précisa-t-il en consultant sa montre.

Emmy leur envoya un texto à chacune, identique : « Suis chez vous. Et vous ? » et reçut presque simultanément leurs réponses. « Shopping av Adriana pour ton anniv ! À + », disait celui de Leigh ; « Si tu veux un cadeau, fous-nous la paix », répondait Adriana. Emmy soupira, remercia le portier, et prit sans enthousiasme la direction de Perry Street. C'était un vendredi soir de février, glacial, la neige s'était transformée en gadoue sur les trottoirs. Emmy grillait d'envie de prendre une bonne douche bien chaude, mais deux heures durant, pour retarder le moment de rentrer chez elle, de se retrouver seule dans son appartement, elle se débrouilla pour trouver une bonne raison de s'arrêter à presque chaque bloc le long de la 13e Rue : pour acheter un café chez Grey Dog, à l'angle de University ; pour dégouliner de tendresse devant les chiots qui jouaient dans la vitrine de Wet Nose ; pour s'offrir une manucure et une pédicure impromptues au Silk Day Spa, où ils eurent l'amabilité de la prendre sans rendez-vous. À quoi bon se précipiter chez elle ? Pour attendre que sonnent les douze coups de minuit, franchir seule le cap de la trentaine et dire adieu à sa jeunesse ? Merci bien. Ses amies lui avaient proposé de sortir faire la fête, mais elle avait catégoriquement refusé et décliné toutes les propositions – depuis un dîner élégant chez Babbo (et même si elle mourait d'envie de goûter à leurs pâtes à la menthe et aux merguez) jusqu'à une soirée régressive au Culture Club. Ce n'est qu'après des semaines d'insistance qu'Emmy avait accepté de les retrouver, le lendemain, pour une célébration surprise. La seule promesse qu'elle avait obtenue, c'était qu'au menu de cette « surprise », il n'y aurait pas de garçon, d'aucune sorte. Elle avait donc fini par se résigner, sans enthousiasme. Et en attendant, elle avait l'intention de combler les heures avec une bouteille de vin blanc et une bonne petite séance d'auto-apitoiement. Et si celle-ci se présentait bien, si elle se sentait assez motivée, peut-être se ferait-elle même livrer quelques petits gâteaux.

Le temps qu'elle arrive devant chez elle, entre la pluie glaciale et la gadoue sur les trottoirs, Emmy était trempée de la tête aux pieds. Aucune carte d'anniversaire n'attendait dans sa boîte aux lettres. Elle s'attaqua d'un pas lourd à l'ascension de ses cinq étages. Pas un seul paquet ne l'attendait non plus dans le couloir, devant sa porte. Rien. Mais elle se souvint que son anniversaire ne tombait en réalité que le lendemain, et que si tout le monde l'oubliait, elle pourrait au moins compter sur sa mère, et sur Izzie. Elle se déshabilla sitôt franchi le seuil, entassa ses vêtements mouillés près du placard et fila en ligne droite à la salle de bains. Au moment précis où l'eau chaude imprégnait entièrement ses cheveux, elle entendit sonner son portable. Puis, son téléphone fixe. Puis à nouveau son portable. Elle ne put s'empêcher d'espérer que c'était Rafi, qui s'était débrouillé pour trouver son numéro et appelait pour s'excuser de s'être conduit en parfait crétin. Certes, cela n'était pas très vraisemblable qu'il ait dégoté *à la fois* son numéro de portable et celui de l'appartement, mais pourquoi pas ? Il lui avait fait l'effet d'un garçon débrouillard, et d'autre part, il était le seul de ses amants récents – de ses *conquêtes* – susceptible de se donner la peine de retrouver sa trace : George était déjà passé à sa dernière écolière en date, et il n'y avait aucune raison qu'elle réentende parler de Croc Dundee un jour.

Emmy se sécha les cheveux avec une serviette, puis manœuvra au mieux pour s'extraire de sa salle de bains archi-exiguë et alla s'agenouiller, nue, afin d'extraire un sac de sous le lit. Elle dénoua délicatement le ruban en gros-grain qui en retenait les anses, retira avec précaution le paquet enveloppé de papier de soie, puis, perdant patience, déchira le sticker orné d'un monogramme, froissa le papier et enfouit ses mains dans la somptueuse douceur de l'article le plus cher qu'elle ait jamais possédé. L'appeler peignoir n'aurait pas rendu justice à l'onctuosité luxueuse du cachemire quatre fils, d'un brun chocolat intense, élégamment brodé d'un simple E. Les peignoirs, c'était ce qu'on enfilait pour couvrir un pyjama en flanelle, ou pour maintenir un minimum de décence entre les vestiaires et la piscine. Mais ça ? Le vêtement était dessiné pour draper de manière suggestive chaque courbe (ou plutôt, dans son cas, pour accentuer expertement ses rares courbes), pour donner l'impression d'être aussi léger que de la soie tout en étant aussi chaud que du duvet. Quand elle marcha, l'ourlet caressa le sol, et la ceinture, en soulignant la finesse de sa taille, lui donna l'impression d'être un mannequin. Un immense soulagement la submergea. Cet achat n'avait pas été une erreur. Elle l'avait repéré quelques semaines plus tôt dans la vitrine de la boutique de lingerie la plus chère de SoHo, un endroit où il était impossible de s'offrir quelques centimètres carrés d'étoffe sans débourser plusieurs centaines de dollars. Le moindre soutien-gorge, le moindre slip, chaque paire de collants y coûtaient plus cher que les robes qu'elle possédait – en conséquence de quoi le peignoir coûtait une part de son loyer mensuel beaucoup plus grosse qu'elle voulait bien se le rappeler. Où avait-elle trouvé le culot d'entrer dans la boutique ? Cela demeurait flou dans son souvenir. Mais elle se souvenait du bonheur qu'elle avait éprouvé, dans la luxueuse cabine d'essayage tendue de lourds rideaux en brocard, lorsqu'elle s'était admirée, vêtue de ce peignoir, une moue de star aux lèvres, perchée sur des talons aiguilles obligeamment prêtés par la vendeuse, légèrement déhanchée devant le miroir. Et ce soir-là, il lui avait suffi à nouveau d'un seul coup d'œil à son reflet pour lui confirmer que rien n'avait changé pendant les semaines où le peignoir avait attendu sous le lit, intact dans son emballage, jusqu'à cet anniversaire qui marquait un cap dans sa vie. Toujours en face du miroir, Emmy releva ses cheveux humides en un élégant chignon, se mordit les lèvres pour leur donner du volume, avant d'y étaler un peu de son nouveau gloss groseille, dont elle tapota aussi quelques touches sur les pommettes. *Pas mal*, songea-t-elle avec plaisir. *Pas mal du tout, pour une nana de trente ans*. Et là, elle s'aperçut qu'elle avait une faim de loup. Elle enfila une paire de confortables chaussons en peau retournée, resserra les pans de son rêve en cachemire et fila à la cuisine se préparer une soupe.

Son téléphone fixe retentit à nouveau à l'instant où elle allumait la plaque chauffante.

Correspondant caché. Hum, hum.

— Allô ? fit-elle en calant le combiné entre l'oreille et l'épaule, tout en ouvrant énergiquement une boîte de soupe chinoise au poulet.

— Em ? C'est moi.

Quel que soit le nombre de mois d'absence, il semblait que Duncan ne perdrait jamais l'habitude de s'annoncer de cette façon, et qu'Emmy saurait immédiatement qui était au bout du fil. Un million de pensées lui traversèrent l'esprit. Il l'appelait pour lui souhaiter un bon anniversaire... ce qui sous-entendait qu'il n'avait pas oublié la date... et qu'il pensait à elle... ce qui pouvait donc signifier qu'il ne pensait pas à la majorette... à moins que, oh Seigneur ! Il l'appelait pour lui annoncer quelque chose... quelque chose qui concernait justement la majorette... quelque chose qu'elle n'était pas préparée à entendre, ni ce soir ni jamais.

Son premier réflexe fut de raccrocher, mais quelque chose l'en dissuada, et sentant que si elle ne parlait pas, elle allait lui demander tout de go s'il était fiancé, elle dit, par simple manœuvre d'autoprotection, le premier truc qui lui passa par la tête.

— Depuis quand tu es sur liste rouge ?

Il éclata de rire – ce rire bien à lui, du type qui est amusé, mais pas entièrement sous le charme.

— Ça fait des mois qu'on ne s'est pas parlé et c'est tout ce que tu trouves à me dire ?

— Tu espérais que je te demande autre chose ?

— Non, j'imagine que non. Écoute, je sais que tu viens juste de rentrer mais j'espérais pouvoir monter.

— Monter ? Chez moi ? Tu es dans le coin ?

— Ouais, je… Euh, ça fait un petit moment que je suis là. Au magasin de photocopies, en face. J'attendais que tu rentres. Et ils commencent à me trouver un peu louche, alors ce serait super si je pouvais monter une minute.

— Si j'ai bien suivi, tu traînes dans la boutique en face et tu surveilles mon appart ?

N'était-ce pas curieux de trouver quelque chose à la fois effrayant et flatteur ?

Duncan se remit à rire.

— Ouais, bon, j'ai déjà appelé plusieurs fois, juste après ton arrivée, mais tu n'as pas décroché. Je ne resterai pas longtemps, promis. Je veux juste te parler, en face.

Donc, c'était bien ça. Il était fiancé. Le connard ! Même si c'était probablement noble de sa part d'avoir fait tout ce chemin pour lui annoncer la nouvelle en personne. Et le jour de son anniversaire, en plus ! Elle était prête à parier qu'il avait complètement oublié. Eh bien, en ce qui la concernait, son face-à-face, il pouvait se le mettre où bon lui semblait – ce dont elle lui fit part, sans une seconde d'hésitation.

— Emmy, attends, ne raccroche pas. Ce n'est pas ce que tu crois. Je veux juste…

— J'en ai plein les bottes d'entendre ce que tu veux, ou ne veux pas, Duncan. En fait, ma vie est mille fois mieux sans toi dans le paysage, alors pourquoi ne rentres-tu pas plutôt chez toi, retrouver ta pom-pom girl et la rendre malheureuse ? Parce que laisse-moi te dire une chose : moi, je ne suis pas intéressée !

Elle raccrocha avec violence et se sentit assaillie par une vague de satisfaction inouïe, à laquelle succéda immédiatement un vent de panique. Que venait-elle de faire ?

Moins d'une minute après, on frappa à la porte.

— Emmy ? Je sais que tu es là. Veux-tu bien ouvrir, s'il te plaît ? Juste pour une minute, promis.

Elle savait qu'elle aurait dû être suprêmement agacée que Duncan ait utilisé la clé qu'il n'avait jamais pris la peine de lui retourner, mais une part d'elle était dévorée de curiosité : qu'est-ce qui pouvait être si important pour que Duncan – l'indifférence faite homme – se résolve à la harceler de la sorte ? Elle se sentait aussi en partie soulagée ; le Duncan qu'elle connaissait n'aurait jamais (au grand jamais) consenti un tel effort simplement pour lui annoncer ses fiançailles.

Sans même prendre la peine de retirer ses chaussons fourrés, Emmy ouvrit la porte et s'adossa au chambranle.

— Alors quoi ? lança-t-elle, sans sourire. Qu'est-ce qu'il y a de si important ?

Il était essoufflé par l'ascension des cinq étages – mais nettement moins que par le passé, c'est-à-dire les trois ou quatre fois en cinq ans où il avait fait l'effort de venir chez elle – et avait sacrément bonne mine. Emmy se douta que ces changements positifs (le visage plus mince, le teint sans sa pâleur maladive, sa bonne coupe de cheveux, qui dissimulait sa calvitie naissante sur le haut du crâne) résultaient du dur travail fourni par la majorette.

— Puis-je entrer ? demanda-t-il avec un de ces sourires dont il avait le secret, entre le flirt et l'ennui.

Emmy recula dos à la porte et fit un geste d'invite vers l'appartement, en veillant à ce qu'il remarque son air de suprême indifférence.

Le temps de refermer la porte et de sécuriser le verrou, Emmy se retourna vers Duncan, qui la contemplait sans cacher son admiration. Pour la toute première fois la présence de Duncan ne lui inspira aucune timidité.

— Bon sang, Em, tu es superbe, lâcha-t-il avec une sincérité dont elle l'aurait cru incapable.

Emmy baissa les yeux vers son peignoir, puis se souvint de sa petite séance de maquillage impromptue en sortant de la douche, et remercia quelque puissance supérieure qu'il ne l'ait pas surprise une demi-heure plus tôt.

— Merci.

Son regard continuait à la toiser, de haut en bas, de bas en haut, en s'attardant sur chaque centimètre pour apprécier ce qu'il voyait.

— Je suis sincère – superbe, vraiment superbe. Je ne t'ai jamais vue comme ça. Quoi que tu fasses pour ça, c'est réussi, incontestablement, insista-t-il, sans une once d'ironie.

Tu parles de quoi, au juste ? songea Emmy. *Du fait que je perds la tête entre les bras de tout inconnu séduisant qui croise mon chemin ? Que j'achète de la lingerie sexy ? Que je refuse de détester mon corps simplement parce que toi tu ne l'appréciais pas ? Oui, au risque de te choquer, les choses vont plutôt bien pour moi.*

— Merci, Duncan, répondit-elle sobrement.

Il balaya la pièce des yeux.

— Où est Otis ? demanda-t-il en fixant la cage vide. Est-ce qu'il a fini par…

— Ah ! Si seulement ! Mais à mon avis, c'est la prochaine bonne nouvelle.

Duncan la fixa d'un regard interrogateur.

— Adriana s'est occupée de lui lors de mon dernier déplacement – en traînant les pieds, je dois préciser – et elle m'a dit pis que pendre de lui pendant des jours et des jours. Puis je rentre à New York, je l'appelle pour lui dire que j'arrive récupérer Otis, je la remercie, etc. – j'étais sincère, je lui avais acheté une bouteille de vin à 100 dollars – et là, coup de théâtre : elle m'annonce qu'il peut rester un peu plus longtemps.

— Chez elle ?

— Oui ! Tu te rends compte ? Elle a dit qu'ils avaient noué un lien. Que je n'appréciais pas Otis à sa juste valeur, et qu'elle lui avait offert un nouveau départ.

— Et qu'as-tu répondu ?

— Comme si tu avais besoin de poser la question ! Je lui ai dit qu'elle avait entièrement raison, que je ne l'avais jamais apprécié comme il se doit, et qu'entre lui et moi, le courant n'était jamais passé, et que donc, si elle souhaitait l'accueillir un peu plus longtemps, je trouverais la force d'y consentir. C'était il y a deux mois. Je lui ai parlé ce matin, et les deux partaient au « spa pour compagnons à plumes » – ce sont ses mots, pas les miens. Je retiens mon souffle, en priant pour que ce ne soit pas un rêve.

Duncan retira son pardessus et le posa sur une chaise. Il portait encore son costume ; il avait dû venir directement en sortant de la banque. Il transportait un sac en papier kraft, et Emmy ne put s'empêcher de se demander s'il renfermait un cadeau d'anniversaire.

— Tiens, c'est pour toi, dit-il en suivant son regard.

— C'est vrai ?

Elle entendit dans sa voix plus d'espoir qu'elle ne l'aurait souhaité. Le sac était bien rempli, et lourd. *Un livre de photos*, songea-t-elle. Peut-être un de ces guides illustrés sur les hôtels d'exception, ou un album sur ces îles des Caraïbes où ils avaient l'habitude d'aller lors des rares vacances de Duncan.

Emmy ouvrit le sac avec empressement et resta sous le choc en découvrant une rame de papier pour imprimante, toute bête.

Duncan remarqua son expression de surprise et haussa les épaules.

— J'ai passé plus d'une heure dans cette foutue boutique. Il fallait bien que j'achète *un truc*.

— Hum, hum…

Donc, il avait bel et bien oublié son anniversaire. Cela n'aurait dû ni la surprendre ni la décevoir, mais pour une raison qu'elle ne s'expliquait pas, elle éprouvait l'un et l'autre de ces sentiments.

— Bon, tu te demandes sans doute, euh… pourquoi je suis là… (Il laissa sa phrase en suspens, mais Emmy ne dit pas un mot.) Je sais que toute cette situation avec Brianna n'était facile ni pour toi ni pour moi, mais c'est euh…, c'est fini, maintenant, et j'espérais qu'on pourrait euh… essayer de recoller les morceaux.

C'était donc ça ! La surprise d'Emmy était telle qu'elle dut chercher appui sur le plan de travail. Son esprit savait à peine par où commencer. En une seule phrase, Duncan venait de larguer trois bombes, distinctes et pourtant également dévastatrices. Pour commencer, il avait qualifié le dénouement dramatique d'une relation de cinq ans, à cause de son infidélité avec le coach de fitness dont Emmy lui avait offert les services, de « situation » ! (Et elle ne relevait même pas son culot d'avoir précisé que ça n'avait pas été facile pour lui non plus !) Ensuite, il avait annoncé avec désinvolture que la « situation » était terminée, détail qu'Emmy ne pouvait pas ignorer, selon lui – car comment aurait-elle pu ne pas suivre les détails de sa vie, hein ? Et enfin, le pompon : Duncan, chez elle un vendredi soir, lui suggérait, dans ses petits souliers, qu'ils pourraient « recoller les morceaux ». Emmy savait qu'elle avait une tendance à l'exagération, que son imagination s'envolait vite – mais dans le cas présent ça restait à confirmer, car dans ce qu'elle venait d'entendre, il lui semblait bien avoir compris qu'il lui demandait de revenir avec elle.

Pourquoi ont-ils rompu ? Qui, des deux, a voulu rompre ? Et surtout, pourquoi veut-il revenir avec moi ? Un million – un milliard ! – de questions se bousculaient dans sa tête, mais elle n'allait certainement pas lui faire le plaisir de les poser.

Elle s'adossa au plan de travail, croisa les bras, et le dévisagea.

— Bon alors ? Tu ne vas rien dire ? s'impatienta-t-il en commençant à ronger la cuticule de son index.

Tiens, une des milliers de choses qui ne me manquent pas, songea Emmy.

— Je ne suis pas trop d'humeur à la conversation, ce soir, répondit-elle avec un regard distant.

Il soupira, comme pour suggérer que tout ça était vraiment pénible.

— Bon, écoute, Em, je suis un imbécile, d'accord. Je sais que j'ai déconné, et je veux me racheter. Tout ce truc avec Brianna – ce n'était rien d'autre qu'un pépin, un accident de parcours, un truc qui ne voulait absolument rien dire, et qui n'aurait jamais dû arriver. Toi et moi, on est faits pour être ensemble. On le sait tous les deux. Alors, qu'en dis-tu ? Je suis devant toi, le chapeau à la main (il fit semblant de retirer un couvre-chef et de le lui tendre) en train de te supplier de revenir.

Il s'approcha d'elle, passa les bras autour de ses épaules et l'embrassa avec douceur sur les lèvres. Emmy se laissa faire, elle le laissa coller ses lèvres contre les siennes, et prit plaisir à la familiarité et au confort de ce geste. Duncan s'écarta, et tout en repoussant délicatement quelques mèches de son visage, la regarda dans les yeux et dit :

— Alors ? Qu'en dis-tu ?

Qu'elle veuille bien l'admettre ou pas, elle avait attendu cette scène pendant dix mois, laquelle lui semblait maintenant tout aussi incroyable qu'elle l'avait imaginée. Emmy ne chercha pas à fuir son regard : elle lui fit son sourire le plus doux.

— Ce que j'en dis ? répondit-elle tout en minaudant. J'en dis que je vais m'offrir le plus beau des cadeaux pour mes trente ans et te dire, là, tout de suite et une bonne fois pour toutes : *Dégage !* Voilà ce que j'en dis.

— Non ! s'exclama Adriana d'une voix suraiguë et en claquant dans ses mains.

— Si, si, confirma Emmy avec un sourire radieux.

— Non ! J'y crois pas.

— Je te jure que c'est vrai. Et tu ne peux pas savoir comme c'était bon.

Adriana serra Emmy dans ses bras, l'attirant aussi près que le permettait leur minuscule table. Elles se trouvaient chez Alice's Tea Cup, dans l'Upper East Side, dans une salle remplie de dizaines sinon de centaines de femmes de tous les âges, et se repassaient en boucle le grand moment de triomphe d'Emmy.

— Tu as fait ce qu'il y avait de mieux à faire.

— Mmm… ouais ! approuva Emmy, les yeux écarquillés. Ne pense pas une seule seconde que j'en doute. Tu le crois, que ce connard a eu le culot de se pointer chez moi, la veille de mes trente ans, pour me demander de le reprendre – sans même se fendre d'une excuse ? Il est détestable.

— Il l'a toujours été, renchérit Adriana, avant de s'apercevoir qu'Emmy la regardait d'un air bizarre. Oh, mon chou, ce n'est pas ce que je voulais dire ! Je dis juste que sur ce coup-là, il a agi de façon vraiment répugnante.

Seigneur, mais que ces filles étaient susceptibles !

Une ravissante serveuse, aux appas particulièrement pigeonnants, approcha de leur table.

— Vous fêtez quelque événement particulier, mesdames ?

Emmy renifla.

— Qu'est-ce qui nous a trahies ? Les pattes d'oie, ou le fait que nous sommes trois merveilles sans bague au doigt qui se retrouvent pour un *five o'clock*, tout comme elles le feront dans cinquante ans ?

— Trois merveilles sans bague au doigt ? Ça sort d'où, ça ? lâcha Adriana en levant les yeux au ciel.

Elle coula ensuite un regard vers Leigh qui, le visage impassible, venait de glisser la main gauche sous sa cuisse. Adriana se sentit mal. Emmy ne devait pas savoir que Leigh avait rendu, la veille au soir, sa bague de fiançailles à Russell.

— C'est drôle, non ? Je viens de l'inventer.

La serveuse toussota et contempla ses pieds.

— Désolée. J'ai cru que… Enfin, comme…

— Non, c'est nous qui sommes désolées, la coupa Adriana. En fait, nous fêtons bien quelque chose… les trente ans de mademoiselle, ajouta-t-elle en désignant Emmy. Et comme vous pouvez le voir, ce n'est pas un cap facile.

— Trente ans ? C'est vrai ? Vous ne les faites absolument pas ! s'extasia la serveuse, qui devait avoir – grand maximum – vingt-quatre ans. Je ne peux qu'espérer être aussi bien conservée quand j'aurai votre âge.

Par chance, Leigh intervint avant qu'Emmy ne riposte d'une réflexion vraiment désagréable.

— Oui, elle est superbe, n'est-ce pas ? Nous avons choisi.

La fille prit leur commande avec un grand sourire, et fila d'un pas guilleret, ne doutant pas d'avoir fait un immense compliment.

— Garce ! siffla Emmy à mi-voix. Puissent ses énormes rotoplots lui briser le dos à trente ans !

Adriana tapa sur la table.

— Tu as vu les ravages du soleil sur sa gueule ? Arrête ! À trente ans, elle aura l'air d'une vieille peau tannée. Ses nichons seront le cadet de ses problèmes.

— J'ignore ce que vous regardiez, intervint Leigh, mais moi, je n'arrivais pas à détacher mes yeux de ses cheveux.

— Ses cheveux ? Quel est le problème, avec ses cheveux ?

— Pour l'instant, il n'y en a pas, mais on voit qu'elle sera du genre à se déplumer. Pour rien au monde je ne voudrais avoir le front et le sommet du crâne dégarnis à trente ans.

Les trois éclatèrent de rire.

— Ouais, bon, toujours est-il que tu as raison… C'était en souffrance depuis un long moment, dit Emmy en reprenant le fil de leur conversation interrompue par ce malheureux incident. Mais c'est étrange comme les choses s'enchaînent, non ? Je ne voulais rien tant que Duncan revienne, qu'il me jure qu'il m'aimait encore, je voulais m'envoler avec lui dans le soleil couchant, je voulais plus que tout qu'il comprenne qu'il avait fait une horrible erreur, et puis, au moment où ça arrive enfin, la seule chose dont j'ai envie, c'est qu'il se fasse renverser par un bus. Vous trouvez ça normal ?

— Entièrement normal, décréta Adriana. Tu ne crois pas, Leigh ?

Elle n'en était pas à sa première tentative pour inclure Leigh dans la conversation, mais celle-ci n'avait pas dit grand-chose jusque-là ; elle se contentait de sourire, distraitement, et de temps en temps, de murmurer un « Mmm » d'assentiment.

— Tout à fait, dit Leigh en se tournant vers son amie. Notre petite Emmy grandit ! Je trouve que c'est…

La sonnerie de son portable la coupa dans son élan. Elle sortit l'appareil du sac, regarda qui appelait, et renvoya l'appel sur la messagerie.

— C'est encore Jesse ? demanda Adriana.

Leigh hocha la tête.

— On pourrait croire qu'il a pigé le message, à l'heure qu'il est. Je ne l'ai pas rappelé une seule fois depuis son retour d'Indonésie.

— Ah oui, *querida* ? Et quel est ce message, exactement ?

Naturellement, elle ne pouvait pas l'avouer aussi ouvertement à ses amies, mais elle avait été ravie quand Emmy l'avait appelée pour lui confirmer que Leigh avait eu une aventure, et avait rompu avec Russell. Non pas qu'elle n'aimait pas Russell. Tout le monde adorait Russell. Mais elle adorait encore plus Leigh, et elle voulait ce qu'il y avait de mieux pour son amie. Une aventure ? Avec un homme marié ? Qui se trouvait également être brillant, volage et foncièrement inapproprié de mille autres façons ? C'était là un pas merveilleusement inattendu dans la bonne direction ! Si seulement Leigh avait pu considérer la situation du même œil… !

— Ce qui s'est passé entre nous était une erreur, un faux pas sans suite, et qui remonte à des mois ! À quoi bon en parler ? Ce que je ne comprends pas, c'est son acharnement à rendre la situation plus difficile qu'elle n'est déjà.

Emmy éclata de rire.

— Ma puce, tu ne peux pas lui en vouloir de ne pas comprendre que c'est un peu plus compliqué que ça, non ? Il sait que tu as rompu tes fiançailles ?

Leigh pivota la tête d'un mouvement brusque.

— Bien sûr que non, répondit-elle d'un ton cassant. Ce qui s'est passé entre Russell et moi n'a rien à voir avec Jesse.

Adriana lâcha un ricanement. Cette fille délirait ! Quand accepterait-elle de reconnaître enfin qu'elle était follement amoureuse du mauvais type ? Adriana commença aussitôt à songer à son prochain article ; si son amie, une fille sensée, raisonnable, pouvait faire preuve d'autant de cécité, d'autres femmes souffraient forcément du même trouble. Peut-être pourrait-elle l'intituler « Se bercer d'illusions : petit abécédaire », ou « Pourquoi j'insiste pour me mentir à moi-même ». Oui, ça pourrait fonctionner très bien.

Leigh lui décocha un regard agacé.

— Quoi ?

— Tu crois vraiment ce que tu dis, *querida* ?

— Oui, je le crois. Vraiment. Parce que c'est vrai ! Russell et moi étions… (Elle s'interrompit, comme pour chercher le mot juste.) Nous avions des problèmes bien avant que je ne rencontre Jesse. Je pourrais concéder – je dis bien, *je pourrais* – que ce qui s'est passé avec Jesse m'a aidé à ouvrir les yeux sur ma relation avec Russell, mais même ça, c'est pousser un peu loin. J'ai couché avec Jesse parce que je me sentais seule, et certainement aussi parce que ce qui se passait avec Russell me faisait un peu peur. Il s'agit d'une défaillance de jugement, dans un moment où j'étais particulièrement vulnérable. Rien de plus, rien de moins.

Adriana et Emmy échangèrent un regard.

— Qu'est-ce qu'il y a ? Pourquoi vous regardez-vous comme ça ?

Avec reconnaissance Adriana laissa Emmy prendre les rênes de la conversation. Elle savait qu'elle allait parler d'une voix apaisante, et choisir ses mots avec diplomatie.

— On ne dit pas que tu ne penses pas que c'est vrai, mais bon… euh… Est-ce que ça signifie que ça l'est également pour Jesse ?

— D'autant qu'il n'y a pas besoin d'être psy pour voir que tu es mille fois plus détendue que d'habitude, intervint Adriana.

Leigh leva les yeux au ciel.

— Écoutez, vous savez que je vous adore toutes les deux, mais là, on pousse le ridicule un peu loin ! Quels que soient les sentiments que je puisse – que j'aie pu – avoir pour Jesse, vous oubliez toutes les deux un détail de taille. Suivez-moi bien : Jesse. Chapman. Est. Marié. Marié, comme dans : *engagé à vie auprès d'une autre femme.* Marié, comme dans : *coucher avec moi fait de lui un menteur et un infidèle, que mes meilleures amies ne devraient pas m'encourager à fréquenter.* Marié, comme dans…

— C'est bon, c'est bon, on a pigé ! protesta Adriana en levant la main.

Rien ne l'exaspérait davantage que ces moments où Leigh se mettait à prêcher la morale puritaine.

Leur commande arriva sur un plateau, entre les mains d'un serveur.

— Oh mon Dieu, j'espère que nous n'avons pas froissé votre collègue, se récria Emmy. Nous avons été un peu odieuses.

Le serveur lui décocha un regard interloqué, et commença à vendre sa commande aux enchères :

— Salade de blancs de poulet fumés au Lapsang Souchong, sauce à part ! (Il plaça cette assiette devant Leigh.) Et deux « Folles à lier » ! avec scones et sandwiches en même temps, comme vous l'avez demandé. Le thé arrive tout de suite. Désirez-vous autre chose, mesdames ?

— Un mari ? Un bébé ? Une vie ? lança Emmy. Vous n'avez rien de tout ça au menu ?

Le serveur s'éloigna lentement à reculons, comme un animal sauvage.

— Je euh…, je repasse dans un moment, bafouilla-t-il en décampant.

— Non d'un chien, Emmy ! Tiens-toi ! gronda Adriana. Tu fais peur aux gens.

Mais elle se garda bien d'ajouter qu'elle avait trouvé la scène extrêmement divertissante.

Emmy souffla.

— OK. Quelles nouvelles, à part ça ?

Leigh releva la tête et regarda ses deux amies en face d'elle.

— J'ai pas mal réfléchi, cette semaine…, commença-t-elle.

Aïe, songea aussitôt Adriana. Voilà qui ne laissait rien augurer de bon. Quand Leigh se mettait à « réfléchir », cela ne la conduisait en général qu'à prendre des décisions vouées à la rendre encore plus malheureuse. À tous les coups elle allait commencer sa phrase par « Je me suis dit que je devrais… »

— Je me suis dit que je devrais reprendre mes études, dit-elle posément.

— Quoi ? grinça Adriana. (Des études ? Où Leigh était-elle allée dégoter une idée pareille ?) Pourquoi diable ferais-tu ça ?

Leigh sourit.

— Parce que ça fait longtemps que j'en ai envie.

— Ah bon ? fit Emmy.

— Oui, je voudrais faire un troisième cycle en écriture créative. Je voulais déjà m'y inscrire après mon diplôme – vous vous souvenez ? – mais mon père m'a trouvé ce boulot d'assistante chez Brook Harris, et il n'arrêtait pas de me seriner qu'un bon éditeur – ou un bon écrivain, d'ailleurs – n'a pas besoin d'être bardé de diplômes, et que le mieux, c'était de me jeter à l'eau. (Elle lâcha un rire amer.) Ce qu'on a tous les deux oublié de prendre en compte, c'est que je n'avais pas envie de devenir éditrice.

— Mais, Leigh ! Tu es douée pour ça ! se récria Emmy. Tu es à deux doigts d'avoir une énorme promotion, tu bosses avec un auteur de *best-sellers*…

— Je *bossais*, la corrigea Leigh. Imparfait.

Adriana lâcha un soupir. Leigh avait parfois l'art de se complaire dans le mélodrame.

— Leigh, le fait que tu aies baisé avec lui ne signifie pas que tu ne peux pas continuer à l'éditer. Si tout le monde se mettait à refuser de travailler avec ceux et celles avec qui ils ont couché, c'est toute l'économie mondiale qui se casserait la gueule.

— Je suis d'accord avec toi. Nous aurions probablement pu trouver un arrangement. Et Dieu sait que Henry n'aurait rien trouvé à y redire, du moment que le manuscrit était rendu en temps et en heure. Quand je disais que c'était du passé, c'est parce que j'ai déjà démissionné. Hier.

— Arrête ! se récria Emmy, d'une voix si puissante qu'une tablée de touristes d'un certain âge se retourna pour les dévisager. Tu te fiches de nous, chuchota-t-elle.

— Oui, comment se fait-il que tu ne m'en aies pas parlé hier, quand on faisait les boutiques ? renchérit Adriana en agrippant le bras de Leigh. Ça t'est sorti de la tête ?

— J'avais besoin de temps pour le digérer. J'ai dit à Henry que je n'étais pas pressée, que je resterais aussi longtemps que nécessaire pour que la transition se fasse en douceur, mais que je partais, c'est sûr.

— Oh, mon Dieu ! souffla Emmy.

— Comment l'a-t-il pris ? voulut savoir Adriana, sans pouvoir réprimer un léger – *minuscule* – mouvement d'humeur.

Elle aussi avait une grande nouvelle à annoncer. En lui coupant l'herbe sous le pied, Leigh lui avait volé la vedette.

— Il tombait un peu des nues. Il m'a avoué que depuis la rentrée, il n'a pas arrêté de recevoir des coups de fil bizarres de Jesse, lequel disait qu'il avait fait quelque chose – sans préciser quoi – qui m'avait mise probablement mal à l'aise, que tout était entièrement sa faute, et que ça ne se reproduirait pas. Et il semblerait qu'il ait supplié Henry de ne pas le remettre entre les mains d'un autre éditeur.

— C'est vachement sympa de sa part, observa Emmy. Tu crois que Henry est courant de ce qui s'est vraiment passé ?

— Non. À en croire ce qu'il dit, il semble penser que Jesse m'a fait des avances, et que j'ai flippé. Il s'imagine que c'est la raison pour laquelle je ne veux plus travailler avec lui. Il m'a même dit que tomber de temps à autre sur un auteur pervers faisait partie intégrante du poste d'éditeur, que c'était un des risques du métier. (Leigh lâcha un rire contrit et but une gorgée de thé.) Je me demande ce qu'il penserait s'il savait que c'est pratiquement moi qui ai traîné Jesse au lit.

— *Querida*, je n'arrive pas à croire que tu aies démissionné ! Quelle est ta stratégie ?

— Tu sais quoi ? Pour la toute première fois de ma vie, je n'en sais rien. (Leigh se resservit du thé ; elle ne semblait pas préoccupée outre mesure.) Je veux souffler un peu, ne pas me précipiter, peut-être voyager et, si j'ai la chance avec moi, commencer mon troisième cycle à l'automne. Je n'ai pas encore pensé à tout, mais je présume que je vais devoir vendre mon appartement et… (Elle marqua une pause et regarda Emmy)… me trouver une coloc. Je ne te mets pas la pression, Emmy, promis, mais je sais que tu détestes ton studio, et que tu parles depuis des années de déménager. Donc, je n'ai pas besoin d'une réponse tout de suite, mais peut-être qu'on pourrait se trouver un joli petit trois pièces ?

Adriana commençait à voir rouge. Leigh était en train de tout gâcher ! Elle avait un plan génial sous le coude, qu'elle s'était fait une joie d'exposer à Emmy, et voilà que Leigh réduisait tout à néant. Elle essaya d'intervenir.

— Bon, eh bien justement, à ce propos, j'ai…

— Oh mon Dieu ! piailla Emmy d'une voix stridente. Tu es sérieuse ? J'adore l'idée ! J'adore, j'adore, j'adore. Je ne peux plus supporter ce foutu studio. Je suis prête à partir n'importe où. N'importe où ! Ma seule exigence, c'est qu'il y ait un four. Et le gaz. Ça devrait pouvoir se trouver, non ? Qu'en dis-tu ?

— Marché conclu ! On peut commencer à chercher tout de suite. Je suis prête à déménager dès que mon appartement sera vendu.

— *Allôôôôôôôôô ?* Vous m'entendez, toutes les deux ? Allô !!! s'interposa Adriana, j'ai un truc qui pourrait vous intéresser toutes les deux.

Les deux filles la regardèrent, attendant la suite.

— Bon, rien n'est encore décidé à cent pour cent – et je devrais sans doute ne pas en parler pour l'instant – mais il est probable que j'aille m'installer à Los Angeles.

Ah, quand même ! Voilà qui les avait fait taire. Adriana contempla, satisfaite, Leigh étouffer un hoquet, et Emmy rester bouche bée. Qu'est-ce qu'il ne fallait pas faire pour obtenir un peu d'attention !

— Quoi ?

— Pourquoi ?

— C'est Toby ?

— Vous allez vivre ensemble ?

— Tes parents sont au courant ?

— C'est sûr ?

— Tu vas te marier ?

Adriana buvait du petit-lait. C'était encore mieux que la réaction qu'elle avait espérée. Elle soupira, théâtralement.

— OK, je vais tout vous raconter. Calmez-vous.

Ce par quoi elle entendait, évidemment : « Allez-y, continuez de me bombarder de questions, j'adore ! » Ses amies se prêtèrent très volontiers au jeu, et Adriana se délecta de leur curiosité jusqu'à ce qu'elle prononce les mots qu'elle avait cru ne jamais s'entendre prononcer, ces mots qui la rendaient archi-heureuse au plus haut point et l'excitaient.

— J'ai une proposition de boulot, et je projette d'accepter, lâcha-t-elle.

Puis elle se recula contre son dossier, et savoura la réaction de ses amies. C'était tellement délicieux d'annoncer comme ça, de but en blanc, des nouvelles excitantes et de voir ses amies tomber de nues. Car comment, autrement, arriver à capter leur attention ?

— Une proposition de *quoi* ? demanda Leigh, perplexe.

— Qu'est-ce que tu entends exactement par « boulot » ? demanda Emmy, l'air tout aussi dérouté.

— Oh, arrêtez ! À votre avis ?

C'était exaspérant ! Était-ce donc à ce point impossible de l'imaginer avec un travail, au simple motif qu'elle n'en avait jamais gardé un jusque-là ? Tout le monde travaillait ; pourquoi diable n'en serait-elle pas capable elle aussi ?

— D'accord, Adi. Ne nous oblige pas à te supplier. Mets-nous au parfum, dit Leigh en se penchant au-dessus de la table.

Adriana inspira profondément, ostensiblement. Elle jubilait. Ce n'était pas tous les jours qu'Adriana de Souza était prise au sérieux !

— Bon, je vais vous la faire courte : vous êtes au courant pour mes chroniques dans *Marie-Claire* ? (Les deux filles opinèrent.) Eh bien, l'autre soir, on est sortis dîner avec des collègues de Toby, des gens de la Paramount. Il faisait le fier-à-bras à propos de mes papiers – vous auriez dû le voir, il était absolument adorable – et une des femmes qui étaient là, un genre de productrice, a commencé à faire comme si ça l'intéressait. Elle n'arrêtait pas de me poser des questions, sur moi, sur les chroniques, elle voulait savoir comment *Marie-Claire* m'avait trouvée, quand paraissait la première… Bref, un million de questions. Je me disais qu'elle se montrait polie, mais en fait, le lendemain, elle m'a appelée pour me dire qu'elle était intéressée – attention, vous êtes prêtes ? Pour développer mes idées dans un film.

— Noooooon ! souffla Emmy.

Leigh, elle, semblait assommée.

— Impossible. Non, ce n'est pas possible !

Adriana hocha énergiquement la tête.

— Si, si, si ! Je lui ai envoyé les textes que j'avais soumis à *Marie-Claire* à titre de tests, et elle m'a rappelée le jour même. Elle voulait devancer tout le monde et commencer à travailler dessus avant même que la première chronique soit publiée et, je cite : « qu'elles ne deviennent : inévitablement un phénomène ». Elle m'appelle la nouvelle Candace Bushnell[1].

— Tu déconnes ! se récrièrent à l'unisson Leigh et Emmy.

— Je suis on ne peut plus sérieuse.

Leigh se pencha encore plus par-dessus la table ; son visage n'était plus qu'à quelques centimètres de celui d'Adriana.

— Qu'est-ce que ça signifie ? Que vas-tu faire pour elle ?

— Eh bien, je n'ai pas tout compris… mais Toby dit que la première étape, c'est de prendre un agent – il me conseille quelqu'un de bien – qui me négociera un contrat de consultante. La productrice est sous contrat avec la Paramount, elle y a une caravane, et elle va me mettre en tandem avec un scénariste pour élaborer un script. Si tout se déroule comme prévu, je pars m'installer à L.A. dans deux mois.

Ce qu'Adriana ne disait pas à ses amies, c'est que la productrice ne voyait aucun inconvénient à ce qu'elle travaille à New York – elle avait même espéré qu'il en serait ainsi – c'était entièrement son choix de partir s'installer en Californie. C'était le bon moment pour un changement. Adriana était à New York depuis qu'elle avait quitté l'université, et elle savait que, tôt ou tard, elle y reviendrait. Si elle n'essayait pas de

1. Auteur de *Sex and the City*.

vivre ailleurs maintenant, cela pourrait ne jamais arriver. De plus, l'idée de s'éloigner de ses parents, de leurs ingérences dans sa vie et de leur manie de tout vouloir contrôler était plus que tentante.

— Adriana, c'est incroyable. Proprement incroyable ! Félicitations ! s'écria Leigh en se levant pour serrer son amie dans ses bras.

— Hé, Emmy ! Qu'est-ce qui ne va pas ? demanda Adriana en voyant des larmes grossir dans les yeux de son amie.

— Excuse-moi, renifla Emmy. Je suis super-heureuse pour toi. Mais je n'arrive pas à croire que tu vas partir.

— *Querida !* C'est toi qui as commencé à partir, tu te souviens ? Ton école de cuisine en Californie ? Comme s'il n'y en avait pas de bonnes sur la Côte Est. Mais tu es revenue, et moi aussi je reviendrai. D'autre part, j'ai une proposition à te faire qui devrait te consoler.

— Ah oui ? Et quoi ça ? fit Emmy d'un ton boudeur mais curieux à la fois.

— Et je pense qu'elle va te plaire énormément.

— C'est quoi ? Dis-moi ! C'est quoi ?

— Eh bien, je me demandais si ça te plairait de t'installer chez moi, quand je serai partie. Et naturellement... (Elle marqua une pause pour faire son petit effet et se tourna vers Leigh, qui la dévisageait.) Tu es également la bienvenue, *querida*. Je ne savais pas que vous projetiez d'habiter ensemble, mais quoi de mieux que mon appart ? J'en ai parlé à mes parents, ils étaient enchantés à l'idée qu'Emmy s'y installe, et je suis certaine qu'ils seront tout aussi ravis si vous y habitez toutes les deux. Trois chambres, pas de loyer, évidemment, et deux seules obligations : leur faire suivre leur courrier où qu'ils soient, une fois par semaine, et s'accommoder de leurs visites. Qui devraient être significativement moins fréquentes puisque je ne serai plus là. Qu'en pensez-vous ?

— Pfft ! je n'en sais rien, souffla Leigh. Ça m'a tout l'air d'un marché nul.

— Ouais, franchement, renchérit Emmy. Archinul. Ton appart gratis en échange d'un passage par semaine à la poste ? Sans rire, Adriana, je ne sais même pas comment tu as le culot de nous proposer un truc pareil.

— Je rêve ! La poste ? Beurk ! On a un contrat avec UPS, ils passent une fois pas semaine récupérer le courrier et ils se chargent de l'envoi. Votre seule tâche, c'est de le sortir de la boîte aux lettres, dit Adriana de son ton, « mais ça coule de source, mes chéries ».

Soudain, Leigh tapa des deux mains sur la table.

— Nom d'un chien, mais j'y pense ! Qui dit penthouse dit dernier étage.

— À l'évidence…

— Et qui dit dernier étage dit… personne pour marteler ton plafond ! Oh mon Dieu ! s'écria-t-elle en se mettant à rire, ou à pleurer. Je crois que c'est le plus beau cadeau de ma vie !

Emmy leva les bras, avec une emphase théâtrale et fixa le plafond.

— Penthouse, nous voilà !

— Et toi, Adriana ? reprit Leigh. Où vas-tu vivre pendant qu'Emmy et moi savourerons un merveilleux sommeil sans martèlements intempestifs ? Ai-je raison de sentir qu'il y a de la cohabitation dans l'air ?

Adriana sourit. C'était peut-être le meilleur de tout.

— Bon, effectivement, Toby m'a demandé d'habiter chez lui et… (Leigh et Emmy applaudirent.)… et même si tout se passe très bien entre nous – étonnamment bien, en fait – je trouve que c'est une raison supplémentaire pour ne rien précipiter. (Elle s'interrompit pour boire une gorgée de thé et fit semblant d'hésiter.) Donc… avec l'argent que je vais gagner, je vais louer un petit appartement rien que pour moi, à Venice – un studio, le plus près possible de la plage. À côté du marché bio, je pense.

Emmy se tourna vers Leigh et poussa un soupir.

— Leigh, tu te rends compte ? Notre petite Adriana est en train de devenir une grande fille. Elle devient indépendante !

Adriana leva la main pour réclamer le silence.

— Pas si vite, *querida*. J'ai moi-même une faveur à te demander, et elle est de taille.

— De taille ? répéta Emmy en la regardant avec curiosité. De quelle taille ? Aussi grande que le penthouse ?

— Voilà, j'espérais que tu me laisserais euh… t'emprunter Otis pour un an. Oh, Emmy ! Je sais, c'est ton animal, et je sais que c'est dingue de faire traverser le pays à cette pauvre bête, mais on est devenus *tellement* proches, lui et moi, au cours de ces dernières semaines. Bizarrement – et s'il vous plaît, ne vous moquez pas de moi – je pense qu'il me porte chance. Tout dans ma vie s'est mis en place comme par enchantement du jour où il y est entré. Emmy, tu voudrais bien ?

Adriana savait pertinemment qu'Emmy serait ravie – plus que ravie, même : extatique – de lui laisser la garde d'Otis, mais ça ne mangeait pas de pain de laisser croire à son amie qu'elle lui faisait à son tour une faveur, non ?

— Mmm, fit Emmy en feignant de réfléchir. Écoute, je pense que ça ne devrait pas poser de problème. Moi, vouloir priver quelqu'un de son porte-bonheur ? Ça ne me ressemble pas. Si tu veux emmener Otis avec toi, je n'y vois aucun inconvénient.

— À Otis ! dit Leigh en levant sa tasse de thé.

— À Emmy, à son anniversaire ! Et pour reprendre les mots impérissables de notre serveuse, puisse tout le monde être aussi bien conservé à trente ans ! ajouta Adriana en levant sa tasse.

Emmy fut la dernière à lever la sienne.

— Aux trois merveilles sans alliance. Puissions-nous être tout aussi merveilleuses mais avoir des alliances dans trente ans !

— Je veux bien lever ma tasse à ça !

— Oui, moi aussi, renchérit Adriana, excitée par tout ce qui se profilait à l'horizon. À la nôtre, *queridas*. À nous.

Ce serait écœurant si ce n'était pas aussi mignon

Cinq mois plus tard

— Emmy ! La voiture est en bas. On va être en retard ! cria Leigh.

De sa chambre – l'ancienne chambre d'Adriana, qu'elle n'avait eu aucun mal à faire sienne avec sa couette, sa collection de photos encadrées et son fauteuil de lecture – Leigh entendait Emmy passer d'une pièce à l'autre et emballer tout ce qui n'était pas cloué aux planchers ou aux murs.

— Tu n'as pas vu mon iPod ? Et le chargeur de mon téléphone ? Putain, je ne trouve rien !

Leigh tira la fermeture Éclair de son sac où tout était soigneusement rangé et glissa le *vanity* assorti par-dessus. Elle vérifia mentalement qu'elle n'avait rien oublié – rien, *a priori*, conclut-elle avec satisfaction – et fit rouler son bagage jusque dans le hall d'entrée. Puis elle entra dans la chambre d'Emmy – l'ancienne chambre d'amis des Souza – se dirigea vers la commode, piocha dans le gros aquarium qu'Emmy utilisait comme vide-poches et dénicha le iPod et le chargeur du téléphone.

— Tiens, les voilà. Fourre ça dans ton sac et on y va. Il est hors de question qu'on rate l'avion !

— C'est bon, c'est bon, marmonna Emmy, en se passant une brosse dans les cheveux. Se réveiller à une heure pareille, c'est indécent ; alors, se bouger… Je fais de mon mieux.

Il fallut un quart d'heure de plus pour arriver à faire franchir la porte à Emmy, et ajouter dix minutes pour attendre que la voiture, obligée de faire le tour du bloc, les charge à destination de JFK. Elles avaient très exactement une demi-heure de retard sur le *timing* idéal de Leigh – le seul fait que les compagnies aériennes recommandent aux passagers d'arriver deux heures en avance ne signifiait pas que deux heures et demie, ce n'était pas mieux – et en temps normal, elle aurait été une loque, mais aujourd'hui, elle était tellement excitée que rien n'aurait pu l'agacer. Cela faisait presque trois mois qu'elles n'avaient pas vu Adriana, qui s'était envolée pour la Californie après un grand dîner d'adieu au Waverly Inn en présence de vingt-cinq de ses plus chers et plus proches amis et amies. Enfin, elles partaient lui rendre visite sur la Côte Ouest !

Une fois Adriana partie, Emmy avait quitté son studio sans même donner de préavis ; elle avait payé deux mois de loyer supplémentaire et vidé les lieux dans la foulée. Leigh, elle, s'était attendue à devoir prendre son mal en patience avant de vendre son appartement – après tout, il lui avait fallu un an pour le trouver ! – mais l'agent immobilier l'avait rappelée deux jours après les premières visites pour lui annoncer qu'il avait une offre. Finalement, elle l'avait vendu au premier couple qui l'avait visité (des fiancés de fraîche date, évidemment, grisés d'excitation), douze pour cent plus cher qu'elle ne l'avait acheté un an plus tôt. Même une fois décomptée la commission de l'agent immobilier, Leigh avait gagné assez d'argent sur son investissement initial pour financer quelques mois à ne rien faire, absolument rien – rien de constructif – avant de commencer les cours, en septembre.

— Tu crois qu'on va aller au Ivy ? demanda Emmy en serrant sa tasse Thermos de café dans la main. Je sais que c'est affreusement cliché et banal, mais tu comprends, leur brunch nous sert un peu de modèle et de mètre étalon, pour nos restos, alors j'aimerais quand même y aller. T'en penses quoi ?

En dépit du fait que le soleil n'était même pas levé, Emmy parlait sans discontinuer.

— Je ne sais pas, répondit laconiquement Leigh en espérant la décourager.

— Tu te rends compte que ce dîner au Waverly Inn remonte à un an ?

— Oui. C'est dingue, non ? J'ai l'impression que c'était hier.

— Hier ? Tu es folle ! J'ai l'impression que c'était il y a dix ans ! Ce doit être l'année qui est passée le plus lentement de toute ma vie. C'est comme si le temps s'était immobilisé. Comme si je vivais dans un temps déformé et figé de…

— Em, ma puce, ne le prends pas mal, mais il faut que tu arrêtes de parler. Juste le temps qu'on arrive à l'aéroport.

Emmy leva la main et hocha la tête.

— Assez parlé. Sans rancune. Je ne sais pas pourquoi je me transforme en moulin à paroles. C'est comme si la fatigue et le besoin compulsif de parler allaient de pair. Plus je suis fatiguée, plus je suis ba…

— Em…

— Pardon, pardon.

Le téléphone de Leigh sonna. Elle ressentit cette drôle de sensation à l'estomac quand elle vit l'identité de son interlocuteur.

— Salut ! souffla-t-elle. Que fais-tu debout de si bonne heure ?

— Que dirais-tu si je te répondais que j'ai mis le réveil juste pour pouvoir te souhaiter un bon voyage ? répondit Jesse, d'une voix fatiguée mais heureuse.

— Je dirais que tu es un fieffé menteur et que tu ferais mieux de me dire la vérité.

Il éclata de rire, et Leigh se sentit sourire. Le seul fait d'entendre ce rire suffisait à lui donner un léger vertige, comme si elle était ivre.

— Bon, en ce cas, tu sais déjà sans doute que je ne me suis pas couché de la nuit. Et que j'ai attendu le moment de t'appeler.

— Que tu ne te sois pas couché de la nuit, ça, je veux bien le croire, mais pour ce qui est d'attendre, trouve autre chose.

Leigh tourna la tête et vit qu'Emmy la considérait d'un regard agacé, en ouvrant et refermant sa main mécaniquement. Leigh lui sourit et lui souffla un baiser.

— Bon d'accord, reprit Jesse. Tu m'as eu. J'ai écrit jusqu'à 3 heures, et de 3 à 6, j'ai joué à *Grand Theft Auto*, puis je me suis fait du café et je t'ai appelée. C'est plus vraisemblable ?

— Beaucoup plus.

De la part d'un autre homme, Leigh aurait été horrifiée de découvrir une addiction aux jeux vidéo. Il avait été un temps où cela figurait même sur sa liste de tares rédhibitoires (au même titre que les dos velus et/ou une transpiration excessive, un goût prononcé pour les blagues scatologiques et tout type de fondamentalisme religieux) mais en dépit de ses démonstrations assidues de désapprobation (moqueries, regards excédés, perpétuelles taquineries) elle trouvait ça secrètement adorable. Et pour dire la vérité, cela l'amusait qu'il lui laisse choisir la tenue des gangsters, au début de chaque partie. Était-ce de l'amour ? Elle n'en était pas encore à dire ça, mais bon sang, on ne devait plus en être loin.

— Tu es dans le taxi ?

Leigh soupira. Elle se le représenta allongé sous les couvertures, prêt à dormir quelques heures avant d'aller chez Estia's faire sa tournée de fin de matinée.

— Oui. On est presque arrivées. Je dois te laisser. Tu me manques.

— Tu me manques, chuchota Emmy. Oh Jesse, chéri, tu me manques tellement. Comment vais-je survivre sans te voir pendant quatre jours entiers ? Oh mon Dieu, nous sommes comme deux amants maudits par le sort…

— Qu'est-ce qu'elle raconte ?

— Rien, dit Leigh en riant. Je t'appelle quand on arrive, d'accord ? Va dormir un peu.

Elle résista à l'envie de l'embrasser par combiné interposé pour épargner Emmy.

— Mon Dieu ! Ce serait écœurant si ce n'était pas aussi mignon ! s'exclama celle-ci en lâchant un long soupir démonstratif.

Oui, c'était écœurant, Leigh le savait pertinemment, mais elle était trop heureuse pour y prêter attention. Au cours des deux mois qui avaient suivi « l'incident » (terme qu'ils avaient désormais adopté tous les deux), Jesse n'avait eu de cesse de l'appeler. De lui envoyer des e-mails. Des textos – trois, quatre, cinq fois par jour. Elle avait filtré tous ses appels, n'avait répondu à aucun de ses messages. Il n'était pas question qu'elle bousille sa vie plus qu'elle ne l'avait déjà fait. Que la situation semblât compliquée ne signifiait pas qu'elle l'était ; Jesse avait beau la harceler pour s'excuser ou essayer de s'expliquer, un fait demeurait : il était marié, point. Elle avait déjà commis l'erreur monumentale de coucher avec lui ; nul besoin d'aggraver la situation en s'impliquant en plus dans une liaison.

Autant de résolutions qui avaient assez bien fonctionné, pour tout dire, jusqu'à sa décision de démissionner de chez Brook Harris. Leigh continuait à aller au bureau tous les jours, mais uniquement pour faciliter la transition des auteurs auprès de leur nouvel éditeur. Henry avait eu la sagesse de s'occuper lui-même de Jesse, et avec ce savoir-faire que seul possède un éditeur chevronné, il avait su l'amadouer pour l'inciter à dégraisser son texte, sans l'offenser. Quand elle avait lu les épreuves, Leigh n'avait pu que constater les améliorations : Jesse tenait là sans aucun doute un autre gros succès de librairie. Leigh avait réussi à le chasser de son esprit la plupart du temps, jusqu'à ce jour où il lui avait envoyé un e-mail : « RETROUVE-MOI AU STARBUCKS D'ASTOR PLACE CE SOIR À 19 H. JE NE TE DEMANDE QUE DIX MINUTES. APRÈS ÇA, JE TE LAISSERAI TRANQUILLE SI TU LE SOUHAITES. MAIS VIENS, JE T'EN SUPPLIE. J. »

Leigh fit ce que toute fille saine d'esprit aurait fait en recevant un tel mail : elle le détruisit, pour résister à la tentation d'y répondre ; puis vida sa corbeille, pour résister à la tentation d'aller le repêcher ; puis appela les techniciens du service informatique pour qu'ils restaurent tous les messages récemment détruits. Elle caressa brièvement le projet de le faire suivre à Emmy et à Adriana pour recueillir leurs commentaires et analyses, mais décida finalement que ce serait du temps perdu ; de toute évidence, elle irait au rendez-vous.

Ce soir-là (un lundi !), lorsqu'elle poussa la porte du Starbucks, elle était une vraie loque, à force d'avoir cherché à anticiper la rencontre, de se répéter que c'était de la folie, d'imaginer seulement de discuter avec Jesse, ex-amant et ex-auteur génial. À quoi bon ? Oui, c'est vrai, il lui plaisait. Et après ? Qu'attendait-elle ? Un prix de bonne conduite pour son renoncement ? Pourquoi se soumettre au supplice idiot de cette entrevue ? Par masochisme. Une entrevue qui ne lui apporterait qu'une déception de plus, dans un mois qui n'était déjà pas brillant. Et voir débarquer Jesse avec dix minutes de retard, et flanqué d'une jeune Asiatique – assez jeune pour être sa fille – n'améliora pas les perspectives de Leigh.

— Leigh, dit-il avec un immense sourire en lui tendant la main. Je suis si heureux que tu sois venue.

— Mmm.

Elle ne se leva pas pour les accueillir. Cela, au demeurant, semblait inutile – la jeune fille, souriante, tira une chaise et en quelques secondes, Jesse et elle étaient installés à la table, en face de Leigh.

— Tuti, j'aimerais te présenter Leigh. Leigh, voici Tuti… ma femme.

Leigh décocha un regard à Jesse, qui ne semblait pas le moins du monde mal à l'aise, puis regarda la fille, qui après un examen plus attentif, semblait encore plus jeune qu'elle ne l'avait d'abord cru, et moins jolie. Tuti avait de très beaux cheveux bruns et épais, mais sa coupe ne mettait pas en valeur son visage rond.

— Doux Jésus ! lâcha Leigh à voix haute.

Ça lui avait échappé.

Tuti gloussa gentiment, et Leigh remarqua que sa mâchoire supérieure était très proéminente. En toute autre circonstance, elle aurait trouvé cette gamine adorable. Charmante, même. Mais ce soir-là ? Comme ça ? C'était plus qu'elle ne pouvait en supporter.

— Tuti, c'est un plaisir de faire votre connaissance. Je euh… (Elle avait failli dire, machinalement « J'ai beaucoup entendu parler de vous », mais c'était trop lourd de sens.) Je suis navrée, mais je dois filer.

— Déjà ? dit Tuti en fronçant les sourcils, l'air sincèrement déçue. Bon, je vais chercher à boire, et vous laisser tous les deux. Leigh ? Jesse ? Vous voulez quoi ?

Jesse lui toucha l'épaule, secoua la tête et Tuti fila en direction du comptoir.

— À quoi tu joues ? Pourquoi l'avoir amenée ? s'entendit dire Leigh, comme si son cerveau et sa bouche avaient perdu tout contact. (Elle glissa trois Nicorette dans sa bouche et attendit que le calme se répande en elle.) Non, inutile de me répondre. Je me fiche de ce à quoi tu joues. Je veux partir, c'est tout.

Elle commença à rassembler ses affaires, mais Jesse lui agrippa le bras.

— Elle a vingt-trois ans, elle est indonésienne. Elle vient de Bali – d'un village appelé Ubud. J'ai atterri là-bas un an environ après la sortie de *Désenchantement*, et j'ai passé un mois à faire la bringue non-stop avec une bande d'Européens pleins aux as, dans la maison du père de l'un d'entre eux. C'était formidable, jusqu'à ce que l'un d'eux fasse une overdose, et que le lendemain Al-Qaida fasse sauter cette boîte, à Bali.

Leigh hocha la tête. Elle se souvenait de ça.

— Inutile de te dire que la fête était finie. Mais quelque chose me retenait là-bas. J'ai quitté Kuta, où avait eu lieu l'attentat, et je suis parti m'installer dans les terres, au milieu des rizières ; j'avais lu que c'était là que vivent tous les artistes, les artisans et les écrivains de Bali. Et pour ça, je n'ai pas été déçu. Ce village était incroyable ! C'était un enchaînement ininterrompu de fêtes, de célébrations ; et les gens étaient d'une beauté sublime. Incroyablement accueillants, chaleureux. Je me suis lié d'amitié avec le père de Tuti. Il n'a que quatre ans de plus que moi, et il a eu cette fille… (Jesse secoua la tête.) C'est un ébéniste de talent. On s'est rencontrés un jour dans sa boutique, et il m'a invité chez lui, pour dîner. Une famille magnifique. Bref, pour résumer, je lui dois beaucoup. Il m'a remis sur les rails – de bien des façons, et je pense qu'on peut dire qu'il m'a sauvé la vie – donc je n'ai pas vraiment réfléchi à deux fois quand il m'a demandé d'épouser Tuti.

Leigh se demandait où il voulait en venir en lui racontant cette histoire, qu'elle trouvait néanmoins captivante – et qui expliquait parfaitement pourquoi la presse people n'avait pas eu vent de son mariage. Cependant, elle n'était pas disposée à lui laisser deviner ses sentiments. Elle but une gorgée de café et dit d'un ton qui se voulait distant, détaché :

— Elle est adorable, Jesse. Je comprends parfaitement que tu n'aies pas hésité.

Jesse se mit à rire.

— Leigh, quand je dis que j'ai épousé Tuti par amitié pour son père et parce qu'il me l'a demandé, c'était à prendre au pied de la lettre. À l'époque, c'était une môme – c'est encore le cas – et j'ai une immense affection pour elle. Mais notre relation n'a jamais été, et ne sera jamais, une relation amoureuse.

— Ah, eh bien… ça explique tout.

Leigh ne voulait pas s'engager sur la voie du sarcasme, mais cette situation était complètement farfelue.

— Après le 11 Septembre, les États-Unis ont mis l'Indonésie en bonne place sur leur liste des pays terroristes. Même si Bali est une île à quatre-vingt-dix-huit pour cent hindouiste – contrairement au reste de l'archipel qui est lui, musulman – Tuti s'est vu refuser un visa pour les États-Unis, même un visa de tourisme. Ses parents ont bossé toute leur vie pour l'envoyer étudier dans notre pays (comme ils l'avaient fait avec son frère aîné) mais la nouvelle situation politique rendait ce projet irréalisable. C'est là que je suis entré en jeu.

— Tu l'as épousée pour qu'elle puisse obtenir un visa ?

Leigh était abasourdie. N'était-ce pas le genre d'histoire qui n'arrivait qu'au cinéma ?

— Oui. Tu trouves ça effroyable ? demanda-t-il en la voyant secouer la tête. C'est pour ça que je ne voulais pas entrer dans les détails, jusque-là.

— Effroyable, ce n'est pas le mot que j'emploierais, mais c'est… bizarre, ça oui. (Elle scruta son visage.) Tu n'as jamais envisagé d'épouser un jour quelqu'un que tu aimes ?

— Je sais que tu as du mal à le comprendre, mais pour être parfaitement honnête, non, ça n'entrait pas dans mes considérations. Je commençais à peine à me détacher du succès retentissant de mon premier bouquin, et j'étais pris dans ce mouvement ininterrompu de voyages, de bringues, de femmes. Le mariage était le cadet de mes soucis. Qu'est-ce que je sacrifiais en acceptant de faire ce mariage blanc ? Elle partage un appartement avec trois copines dans le Lower East Side, elle va à la fac, et elle a un nouveau petit copain qui a l'air très gentil. Je l'emmène déjeuner deux fois par mois, et elle adore apporter sa lessive chez moi parce que ma femme de ménage s'en occupe pour elle. C'est comme si j'avais une nièce, ou une petite sœur. Et cette situation n'a jamais eu d'impact négatif sur ma vie… jusqu'à présent.

Trois mois s'étaient écoulés depuis ce rendez-vous, mais Leigh se souvenait encore mot pour mot des paroles de Jesse : combien elle l'avait intrigué, dès l'instant où ils s'étaient rencontrés dans le bureau d'Henry ; combien elle avait peu à peu forcé son respect et son adoration, au cours de ces séjours de travail dans les Hamptons ; le fait qu'il ne se serait jamais cru capable de s'attacher autant à quelqu'un. Il lui avait dit qu'il savait bien que tout allait trop vite, mais qu'il ne voulait plus perdre de temps à jouer à des jeux idiots, à coucher à droite à gauche. Il lui avait dit qu'elle pouvait prendre tout le temps dont elle avait besoin, surtout à la lumière de ce qui s'était passé avec Russell (Henry lui avait tout raconté), mais qu'il était épris d'elle, et d'elle seule. Qu'il voulait juste qu'elle lui dise si elle partageait ce sentiment ; et que, s'il y avait la plus infime chance que ce soit le cas, il l'attendrait. Leigh sourit au seul souvenir de ces paroles.

Le vol jusqu'à Los Angeles se passa sans encombre. Comme promis, Adriana les attendait devant le tapis de livraison des bagages, et entreprit aussitôt, avec volubilité et excitation, de leur faire part de tous les projets pour le week-end.

— D'abord et avant tout : shopping ! annonça-t-elle en déverrouillant les portes de sa BMW flambant neuve – un coupé décapotable rouge cerise.

— Trop top, la caisse ! s'extasia Emmy en caressant le hayon.

Adriana sourit joyeusement.

— Elle est géniale, hein ? Ce serait un sacrilège de vivre en Californie et de ne pas conduire une décapotable. C'est un cadeau de mes parents, pour « fêter mon indépendance ».

— Tu te fiches de nous ! s'exclama Leigh, aux anges.

Elle était ravie que leur trio retrouve ses marques en quelques minutes.

— Pas du tout ! chantonna Adriana. Ils tenaient à m'« encourager » dans ma décision de m'assumer financièrement – c'est moi qui paie le loyer de mon appart, au fait. Alors j'aurais pu refuser cette petite merveille par principe, mais franchement, ç'aurait été idiot, vous ne trouvez pas ?

Les trois filles s'installèrent dans le cabriolet et se dirigèrent vers Beverly Hills. Après un déjeuner au Ivy, elles firent le tour des boutiques de Robertson Boulevard, où Emmy acheta pour son neveu une paire de Uggs pour bébé, puis Adriana leur fit en voiture les honneurs de Venice Beach, son nouveau quartier. Elle habitait un studio lumineux, sobre et minimaliste, à deux pas à la fois de l'océan et de Main Street, avec ses commerces et ses restaurants. Leigh n'avait pas ressenti un tel sentiment de bonheur, de plénitude, depuis bien longtemps. Alors qu'elles étaient en train de se préparer pour dîner tout en sirotant un verre de vin, elle songea que toutes ces manifestations liées à l'angoisse – les palpitations, les mains moites, sa façon de s'enfoncer les ongles dans les paumes – appartenaient au passé. Tout comme les Nicorette. Les insomnies étaient devenues exceptionnelles. C'était presque impossible à imaginer, mais si elle avait dû choisir un mot, un seul, pour qualifier son actuel état émotionnel, ç'aurait été « sereine ».

Aussitôt qu'elles furent prêtes pour leur folle nuit, elles mirent le cap sur West Hollywood, en chantant un tube de Shakira pendant tout le trajet. Lorsque Adriana se gara devant l'entrée de Koi, le voiturier lui réserva un accueil digne d'une rock-star, et le maître d'hôtel, par ailleurs imbuvable, se précipita pour l'embrasser sans rien cacher de sa vénération. Immédiatement, et à la barbe de la horde d'amateurs de sushis qui patientait en ingurgitant du saké, on les installa à l'une des meilleures tables du restaurant, qui offrait une vue imprenable et permettait d'embrasser d'un seul regard l'ensemble de la salle et du bar, tout en laissant apercevoir des parcelles du jardin, avec ses meutes de paparazzi frénétiques.

— Alors, quel est le programme ? demanda Leigh.

En dix minutes à peine, trois autres personnes étaient venues à leur table saluer Adriana.

— Tu es devenue une célébrité locale, observa Emmy, en secouant doucement la tête. Ce qui ne me surprend pas le moins du monde, mais quand même…

Adriana lui fit son sourire le plus étincelant et rejeta ses cheveux en arrière. Leigh aurait été prête à jurer qu'elle avait entendu quelques gémissements en provenance des tables voisines.

— *Querida*, arrête ! Tu me fais rougir !

— Ouais, c'est ça. Tu n'es qu'un bourgeon fragile et timide qui n'a pas encore éclos.

— Bon, d'accord, peut-être pas si timide, consentit Adriana. Pour en revenir à nos projets, nous n'avons aucune obligation. On peut retrouver Toby plus tard ou alors… (Adriana fit un sourire diabolique, qui ne laissait aucun doute sur le plan qui avait sa préférence), on peut passer au Vine, retrouver quelques mecs de Endeavor. L'un d'eux a une maison de malade, et donne toujours des méga-fêtes autour de sa piscine…

— Qu'est-ce que j'entends là ? Une nouvelle idylle dans l'air ? Et Toby ? demanda Leigh avant d'enfourner un sashimi de saumon.

— Toby ? répéta Adriana avec ce sourire qui ne laissait rien augurer de sage. Il est adorable, comme toujours. Mais ça ne veut pas dire qu'il est le seul homme adorable dans le coin…

— Il est au courant ? demanda Emmy.

Adriana hocha la tête.

— Il est merveilleux, prévenant, attentionné et même drôle parfois. Je lui ai dit que j'aimerais continuer à le voir, mais sans avoir avec lui une relation exclusive. Il m'a dit qu'il était OK. Franchement ! Comment attendre d'une fille qui est nouvelle dans cette ville, avec tous ces jolis garçons à chaque coin de rue, qu'elle s'oblige à n'en choisir qu'un ! C'est inhumain !

— Oui, mais d'après les termes de notre pacte…, observa Emmy.

— Car c'est pour ça que nous sommes là, non ? Cela fait un an exactement qu'on a scellé ce pacte, et ce week-end nous sommes censées déclarer qui est le vainqueur, dit Leigh.

Adriana balaya l'objection d'un geste.

— Ce pari idiot ? Arrêtez, les filles, je n'en suis plus là.

Emmy éclata de rire.

— Une façon de dire que tu reconnais ta défaite ?

— Absolument pas ! Pas une seule seconde. (Adriana but une gorgée de Martini, puis passa délicatement la langue sur ses lèvres.) Je conviens que je n'ai pas de bague (elle agita sa main gauche, doigts écartés), mais j'aurais pu l'avoir. Et je le peux encore – Toby ou pas Toby. Je suis peut-être une femme de trente ans noyée dans un océan de sublimes nanas de vingt et quelques années, mais plus je passe de temps ici, plus c'est évident : ces filles sont des amatrices. Des petites filles. Elles ne savent rien de rien pour ce qui est de séduire un homme, et de le garder. Nous, on est des femmes… dans tous les sens du terme.

Un serveur s'approcha, avec une bouteille de Dom Pérignon qu'il entreprit de déboucher.

— Nous n'avons pas commandé de champagne, indiqua Leigh avant de regarder ses amies pour avoir confirmation.

— C'est de la part des messieurs qui sont assis au bout du bar, répondit le serveur.

Le bruit festif du bouchon qui saute ponctua l'information.

Les trois filles tournèrent aussitôt la tête.

— C'est très gentil ! s'exclama Leigh, avec ce ton qu'ont, de par le monde, toutes les filles dont le cœur est déjà pris et qui semblait dire : « Ils sont parfaits… pour vous deux. Moi, je ne prends pas part à ça parce que je suis déjà follement amoureuse.

Adriana évalua les quatre hommes d'un seul regard d'aigle.

— Trop bécebège, trancha-t-elle.

— On n'est pas obligées de coucher avec eux, mais on va devoir les inviter à notre table, observa Leigh de son ton de dame raisonnable.

— Tu plaisantes ? On ne leur doit rien d'autre qu'un sourire et un petit signe de la main, lui rétorqua Adriana en joignant le geste à la parole.

Tout occupées à débattre des convenances, ni l'une ni l'autre n'avait pris garde à la réaction d'Emmy. Leur amie avait viré au cramoisi, se tordait nerveusement les mains et évitait de regarder en direction du bar.

— Ça va ? s'inquiéta Leigh.

La vue de ces garçons en costard-cravate avait-elle réveillé chez elle des regrets liés à Duncan ? Ou pire : se pouvait-il que ces types soient des amis de Duncan ? Avec leur look d'étudiant chic de la Côte Est, ils ne faisaient pas du tout couleur locale. En voyant l'inconfort d'Emmy augmenter, Leigh fut convaincue d'avoir soulevé un lièvre.

— Emmy ? Ce sont des amis de Duncan ?

Emmy secoua la tête.

— Quelle humiliation, lâcha-t-elle. Jamais je n'aurais pensé le revoir un jour. Ce qui se passe à l'étranger reste à l'étranger, n'est-ce pas ? Ou ce qui ne se passe pas, en l'occurrence…

Adriana se tourna vers Leigh.

— Mais de quoi elle parle ?

Leigh haussa les épaules. Comment aurait-elle pu savoir ?

Adriana eut un sourire rusé et revint à la charge.

— Un de ces jeunes hommes serait-il un des heureux participants au Grand Tour International de la Débauche ? Un… ou plusieurs ?

— Si seulement, soupira Emmy. Vous voyez celui avec la chemise à rayures ? C'est Paul. J'ai du mal à croire qu'il ne me reconnaît pas. C'est super gênant ! On fait quoi, dans ces cas-là ?

— C'est lequel déjà, Paul ? demanda Leigh ? L'Israélien ?

— Croc Dundee ?

— Le mec qui t'avait draguée sur la plage, à Bonaire ?

— Un dont nous n'avons jamais entendu parler et qui va te valoir un interrogatoire en règle ?

— Non ! siffla Emmy, l'air plus affolé que jamais. Paul ! Je l'ai rencontré au Costes, lors de mon premier séjour à Paris. C'est celui à la tête de qui je me suis jetée, et qui m'a repoussée. Il devait se rendre à la fête d'anniversaire de son ex. Ça ne vous dit rien ?

Adriana et Leigh hochèrent la tête.

— Ça remonte à un an, observa cette dernière. Je suis sûre qu'il a oublié que tu lui as fait des propositions malhonnêtes, et qu'il ne se souvient que de votre conversation.

— Ouais, c'est ça, continue à la bercer avec tes sornettes, ricana Adriana.

— De toute façon, tu ne vas pas avoir le choix, chuchota Leigh. Il se dirige droit vers nous. Attention – trois, deux, un…

— Emmy ? demanda le jeune homme avec une nervosité touchante. Je ne sais pas si tu te souviens : on s'est rencontrés à Paris, dans le pire hôtel du monde. Paul ? Paul Wyckoff ?

— Bonsoir ! lança Emmy avec l'enthousiasme de rigueur. Merci pour le champagne. Je te présente mes amies : Leigh, Adriana. Voici Paul.

On échangea des poignées de main, des sourires, et après une ou deux minutes de banalités, Paul lâcha deux bombes dans la conversation, l'une à la suite de l'autre. Il expliqua que, même s'il passait la semaine à L.A. pour voir sa nièce, qui venait de naître, il s'était installé à New York, six mois plus tôt, dans un superbe appartement, dans l'Upper East Side. Et comme si cette information n'était pas assez lourde à digérer, il se débrouilla pour mentionner combien il avait été déçu qu'Emmy n'ait jamais répondu au petit mot qu'il avait laissé à son intention à la réception de l'hôtel avant de partir et qu'il avait vraiment espéré la revoir bientôt pour pouvoir se rattraper.

— Un mot ? Quel mot ? demanda Emmy, qui avait renoncé à toute velléité de feindre le détachement.

— Ah, comme on oublie vite ! s'exclama Paul en rigolant. (Emmy songea qu'elle était à deux doigts de se lever et de se jeter sur lui pour lui grignoter les lèvres). Le petit mot dans lequel je m'excusais d'avoir détalé comme un voleur et te donnais toutes mes coordonnées, en te suppliant quasiment de reprendre contact. Je l'avais laissé à la réception du Costes en partant le lend… (Il laissa sa phrase en suspens et sourit.) Ils ne te l'ont jamais donné, c'est ça ?

Emmy secoua la tête.

— Bien évidemment que non, confirma-t-elle d'une voix enjouée.

C'était sans aucun doute la meilleure nouvelle de l'année.

Paul soupira.

— J'aurais dû m'en douter.

Il se tourna vers Leigh et Adriana, et leur demanda s'il pouvait leur voler Emmy un instant, pour boire un verre dans le jardin.

— Elle est tout à vous, répondit Leigh avec bonne humeur en faisant signe à Emmy de dégager.

— Mais pour quelques minutes seulement ! prévint Adriana. Nous avons des projets. (Elle se tourna vers Leigh, qu'elle réprimanda de l'index.) Ne lui mâche pas le travail, enfin !

Emmy réapparut vingt minutes plus tard, les joues empourprées.

— Alors ? fit Leigh. C'était comment ? Si j'en juge par ta mine, ce n'était pas complètement humiliant.

Emmy éclata de rire.

— Pas en ce qui me concerne, du moins. Il m'a avoué qu'il avait bataillé dur pour trouver le culot de nous offrir le champagne. Il était encore gêné que je ne l'aie jamais rappelé. C'est incroyable, non ?

— Totalement incroyable, renchérit Leigh en secouant la tête. Et il vit maintenant à New York ? Tu te moques de moi ?

Emmy la regarda, un sourire jusqu'aux oreilles, mais elle n'eut pas le temps de savourer sa victoire car Paul reparut une minute plus tard la mine défaite :

— Bon, ça m'embête vraiment de te refaire le coup, mais je dois filer.

Emmy était tellement assommée, que cela l'empêcha de dire ce qu'elle pensait, à savoir que Paul pouvait aller se faire voir avec son « Oh, je suis tellement navré que tu n'aies jamais eu mon petit mot ». À peine quelques instants plus tôt, elle réfléchissait à tout ce qu'elle avait à faire avant de rentrer avec lui, chez lui, le soir même (noter l'adresse d'Adriana pour être capable de rentrer le lendemain matin, vérifier qu'elle portait bien le joli caraco qu'elle pensait porter) et là il s'apprêtait à disparaître dans la nature… à nouveau ?

— Encore une fête d'anniversaire d'une de vos ex ? s'enquit Adriana d'une voix suave.

— En fait, je euh… Bon sang, ça va vous paraître idiot.

Vas-y, dis-le, songea Emmy. *À nous trois, on a déjà entendu toutes les excuses nulles possibles et imaginables.*

Paul consulta sa montre, puis enfonça les mains dans ses poches. Il s'éclaircit la voix.

— Je fais la garde de nuit pour mon frère et ma belle-sœur, et je dois commencer là, dans un moment, donc…

— La garde de nuit ? répéta Emmy.

— Oui, ça ne fait que quatre jours qu'ils sont rentrés de la maternité, et ils sont un peu flippés. Et crevés, aussi. Je euh… comme j'avais des jours de vacances à prendre et que je suis plutôt un couche-tard, je me suis porté volontaire pour m'occuper du bébé la nuit. (Il secoua la tête.) Elle donne pas mal de fil à retordre.

Leigh et Adriana échangèrent un regard. Ce type n'aurait pas pu mieux faire s'il s'était tatoué « FUTUR PÈRE DES ENFANTS D'EMMY » sur le front.

— Oh, que c'est mignon ! roucoula Emmy, toute colère et déception envolées. Comment fait ta belle-sœur ? Elle tire du lait et remplit des biberons ? Le bébé va bien ? Je parie qu'elle est un peu grincheuse, si elle ne dort pas de la nuit. Ma sœur vient d'avoir un bébé, elle aussi, et c'est une vraie petite fripouille.

— Oui, c'est un peu dur de s'occuper du bébé – elle dit qu'elle n'a jamais rien fait d'aussi dur, même – donc pour l'instant, elle combine les tétées et le lait maternisé. Mais le bébé – elle s'appelle Stella – se porte comme un charme. Elle est tellement petite ! Elle se réveille toutes les deux heures.

— Aaaaahhh, roucoula de nouveau Emmy en contemplant Paul avec un regard éperdu d'adoration. Elle a l'air adorable.

— Ouais, donc je ferais mieux de filer… (Il s'interrompit et sembla réfléchir.) Bon, sans vouloir t'obliger à quoi que ce soit – je sais que tu es avec tes amies et tout ça – mais ce serait génial d'avoir de la compagnie et si jamais…

Emmy ne le laissa même pas terminer sa phrase.

— Avec grand plaisir. Je suis quasiment une experte en bébé, maintenant, et je vois bien que tu as cruellement besoin d'aide.

Il sourit, et même Adriana trouva qu'il était absolument délicieux.

— Formidable. Je vais récupérer mon manteau et dire au revoir à mes amis. On se retrouve à la porte dans quelques instants ?

Emmy hocha la tête et le regarda regagner le bar.

— Tu vas y aller vraiment ? demanda Adriana, d'un ton qui laissait entendre que c'était une pure question, qu'elle savait déjà que la réponse serait : « Bien sûr que non. » Il ne peut pas tomber sur toi à l'improviste et s'attendre à ce que tu le suives partout où il va, comme un chiot.

Emmy but une longue gorgée de son Martini, reposa le verre, lentement, et sourit à son amie

— Ouaf, ouaf ! Ouaf, ouaf !

— Emmy ! Mais je ne t'ai donc rien appris de…

Emmy leva la main pour l'interrompre, et Leigh se surprit à encourager *in petto* son amie dans son acte de rébellion.

— Arrête, avec tes règles, Adriana. Garde ça pour tes fans plus jeunes, plus inexpérimentées. Nous toutes ici… (Elle fit un geste circulaire et sourit à ses amies.) nous sommes désormais des expertes. Et on a appliqué les bonnes vieilles méthodes *qui marchent.*

Adriana fit mine de vouloir protester, mais se ravisa.

— Bon, d'accord, dit-elle en hochant la tête.

— À nous ! lança Leigh en levant son verre.

Les filles entrechoquèrent leurs coupes, burent une gorgée et se sourirent. C'était peut-être la fin du pacte, mais quelque part, elles étaient toutes convaincues d'une chose : le meilleur était à venir.

REMERCIEMENTS

Je remercie d'abord et avant tout Marysue Rucci, qui est bien plus que la meilleure éditrice du monde ; Sloan Harris, qui a usé de sa persuasion pour me faire descendre de tous les rebords de fenêtre de la ville ; et David Rosenthal, pour m'avoir offert fou rire après fou rire, en sachant toujours à quel moment j'en avais le plus besoin. Un grand merci à toute l'équipe inégalable de Simon & Schuster, et tout particulièrement à Aileen Boyle, Tracey Guest, Victoria Meyer, Katie Grinch, Leah Wasielwski, Jackie Seow et Ginny Smith. J'ai une immense dette envers JoAnna Kremer, grâce à qui cet ouvrage laisse croire que je connais quelques règles de grammaire rudimentaires. Ma gratitude va également à Melissa Perello, pour son cours de rattrapage express sur tout ce qui a trait à la cuisine et à la restauration, à Deborah Schneider, Vivienne Schuster, Betsy Robbins, Lynne Drew, Claire Bord, Helen Johnstone, Dave Patane, Kyle White, Stephen Frank, Judith Hirsch et Cathy Gleason – à vous tous, merci pour vos conseils avisés.

Merci des millions de fois à mes amies, à qui j'ai volé des anecdotes sans la moindre honte : Audrey Kent, Victoria Stein, Helen Coster, Alli Kirshner, Julie

Hootkin, Laura Dave, Megan Deem, et Gretchen Bylow. Merci aux Cohen – Allison, Dave, Jackie et Mel – qui m'ont accueillie dans leur famille à bras ouverts et avec plein de bouteilles de vin. Maman, papa, Dana – merci d'être chaque jour mille fois plus drôles et plus sarcastiques que moi, merci de me le rappeler chaque jour, et merci de répondre à mes plaintes et à mes médisances par un soutien sans faille… Je vous aime tant que je ne saurais le dire. Plus que tout, je remercie Mike, qui a enduré d'innombrables heures de prétendues « conversations » pour débattre de la façon dont « mes personnages » devraient se fiancer et qui s'est néanmoins débrouillé pour me faire la plus belle des surprises avec sa demande dans la vraie vie. De la première crise d'angoisse à la dernière ligne droite du processus d'édition, tu as aidé ce roman (et son auteur) de bien plus de façons que je ne consentirai à l'admettre un jour.

Composé par Nord Compo Multimédia
7, rue de Fives, 59650 Villeneuve-d'Ascq

POCKET – 12, avenue d'Italie – 75627 Paris cedex 13

Achevé d'imprimer par LIBERDUPLEX : octobre 2009
Dépôt légal : novembre 2009